TRILOGÍA LUNA

LUNA DE LOBOS. VOLUMEN II

NOVA

TRILOGÍA LUNA
LUNA DE LOBOS. VOLUMEN II

IAN McDONALD

Traducción de José Heisenberg
Corrección de Alexander Páez
Galeradas revisadas por Antonio Torrubia

GRUPO ZETA

Barcelona • Madrid • Bogotá • Buenos Aires • Caracas • México D.F. • Miami • Montevideo • Santiago de Chile

Título original: *Luna. Wolf Moon*
Traducción: José Heisenberg
1.ª edición: mayo, 2017

© Ian McDonald 2017
© Ediciones B, S. A., 2017
    Consell de Cent, 425-427 - 08009 Barcelona (España)
    www.edicionesb.com

Las diferencias respecto del original son enmiendas solicitadas por el propio autor

Printed in Spain
ISBN: 978-84-666-6090-7
DL B 8082-2017

Impreso por Unigraf S.L.
Avda. Cámara de la Industria nº38,
Pol. Ind. Arroyomolinos nº1
28938 - Móstoles, Madrid

La luna de lobos

En *Farmers' Almanac*, los nombres de los meses son los que empleaban los nativos americanos del actual noreste de Estados Unidos.

La luna de lobos es la de enero, en la que estos aúllan de hambre y deseo; la luna más fría y oscura.

CARA VISIBLE *de* LA LUNA

Lista de personajes

CORTA

Ariel Corta: antigua abogada del Tribunal de Clavio
Marina Calzaghe: ayudante personal y guardaespaldas de
    Ariel Corta
Robson Corta: hijo de Rafa Corta y Rachel Mackenzie
Luna Corta: hija de Rafa Corta y Lousika Asamoah
Lucas Corta: segundo hijo de Adriana. *Jonmu* de Corta Hélio
Amanda Sun: antigua *oko* de Lucas Corta
Lucasinho Corta: hijo de Lucas Corta y Amanda Sun
Wagner Corta, *Lobinho*: quinto hijo (desheredado) de Adriana
    Corta. Analista y lobo lunar
Dra. Carolina Macaraeg: médico personal de Adriana Corta

MADRINHAS

Flávia: gestadora de Carlinhos, Wagner y Lucasinho Corta
Elis: gestadora de Robson y Luna Corta

MACKENZIE METALS

Robert Mackenzie: fundador de Mackenzie Metals y antiguo consejero delegado

Jade Sun-Mackenzie: segunda *oko* de Robert Mackenzie

Alyssa Mackenzie†: *oko* de Robert Mackenzie

Duncan Mackenzie: hijo mayor de Robert y Alyssa Mackenzie, consejero delegado de Mackenzie Metals

Anastasia Vorontsova: *oko* de Duncan Mackenzie

Apollonaire Vorontsova: *keji-oko* de Duncan Mackenzie

Adrian Mackenzie: hijo mayor de Duncan y Apollonaire; *oko* de Jonathon Kayode, Águila de la Luna

Denny Mackenzie: hijo menor de Duncan y Apollonaire; primer *blade* tras la muerte de Hadley Mackenzie

MACKENZIE HELIUM

Bryce Mackenzie: hijo menor de Robert Mackenzie; director financiero de Mackenzie Metals; padre de numerosos «adoptados»

Hoang Lam Hung: adoptado de Bryce Mackenzie y, brevemente, *oko* de Robson Corta

Analiese Mackenzie: *amor* de oscuridad de Wagner Corta en su aspecto oscuro

ASAMOAH

Lousika Asamoah: *omahene* del Kotoko de AKA

Abena Asamoah: estudiante de Ciencias Políticas y *amor* esporádico de Lucasinho Corta

Kojo Asamoah: compañero de estudios de Lucasinho Corta y correlunas

Adelaja Oladele: breve *amor* de Lucasinho Corta

Afi: compañera de estudios de Abena en Twe

SUN

Lady Sun: la matriarca de Shackleton, abuela del consejero delegado de Taiyang

Sun Zhiyuan: *shouxi* (consejero delegado) de Taiyang

Sun Gian-Yin: *yingyun* (subconsejero delegado) de Taiyang

Sun Liwei: director financiero de Taiyang

Jade Sun: *oko* de Robert Mackenzie

Tamsin Sun: directora jurídica de Taiyang

Darius Mackenzie-Sun: hijo de Jade y Robert Mackenzie

Amanda Sun: antigua *oko* de Lucas Corta

VTO

Valeri Vorontsov: fundador de VTO; consejero delegado de VTO Espacio

Yevgueni Vorontsov: consejero delegado de VTO Luna

Valentina Vorontsova: capitana del ciclador *Santos Pedro y Pablo* de VTO

Dra. Volikova: médico personal de Lucas Corta

Grigori Vorontsov/Vorontsova: antiguo *amor* de Lucasinho Corta

LUNAR DEVELOPMENT CORPORATION

Jonathon Kayode: Águila de la Luna; gerente de la Lunar Development Corporation

Vidhya Rao: economista y matemática; miembro del Pabellón de la Liebre Blanca y de la Sociedad Lunaria; activa independentista

HERMANDAD DE LOS SEÑORES DEL AHORA

Madrinha Flávia: se unió a la Hermandad tras su exilio de Boa Vista

Mãe-de-Santo Odunlade Abosede Adekola: madre superiora de la Hermandad de los Señores del Ahora

Irmã Loa: hermana y antigua confesora de Adriana Corta

MERIDIAN / REINA DEL SUR

Mariano Gabriel Demaria: director de la Escuela de las Siete Campanas, una academia de asesinos

LOBOS

Amal: cabecilla del clan Lobos Azules de Meridian

Después de la caída:
Aries de 2103

—Llévenme a la Tierra —dijo Lucas Corta. La tripulación lo desató de la cápsula del cable orbital y lo arrastró a la esclusa anóxico, hipotérmico y deshidratado.

—Está a bordo del ciclador *Santos Pedro y Pablo*, de VTO, *senhor* Corta —dijo la encargada de la esclusa mientras cerraba las compuertas.

—Asilo —susurró Lucas Corta, y se puso a vomitar. Se había mantenido firme durante cinco horas mientras la cápsula huía de la destrucción de Corta Hélio. Cinco horas, mientras los atentados estratégicos le desbarataban la industria en los mares de la Luna, mientras el software de ataque le congelaba las cuentas, mientras los *blades* de los Mackenzie le destripaban la ciudad. Mientras sus hermanos desenfundaban los cuchillos para defender la casa de los Corta y él escapaba cruzando el mar de la Fecundidad, subiendo, alejándose de la Luna.

«Salva la empresa —le había dicho Carlinhos—. ¿Tienes algún plan?»

«Siempre tengo un plan.»

Cinco horas alejándose vertiginosamente de la destrucción de Corta Hélio entre los restos de la explosión. Después, el solaz de las manos, la calidez de las voces, la solidez de una nave (una nave, no una baratija de plástico y aluminio) a su alrededor, le relajaron los músculos atenazados, y vomitó. La tripulación de cubierta de VTO acudió con aspiradoras portátiles.

—Es mejor ponerse en esta dirección, *senhor* Corta —dijo la encargada de la esclusa. Le echó una manta de aluminio por los hombros mientras la tripulación lo enderezaba para introducirlo en el ascensor—. Ahora mismo lo llevamos a gravedad lunar.

Lucas sintió que el ascensor se movía y la gravedad centrífuga del ciclador le sujetaba los pies. «Tierra», intentó decir, pero la sangre le ahogó las palabras. Los alvéolos reventados le traqueteaban en el pecho. Había respirado vacío en el mar de la Fecundidad, cuando Amanda Sun intentó matarlo. Había pasado siete segundos expuesto a la superficie desnuda de la Luna. Sin traje. Sin aire. Espira: era la regla principal de los correlunas. Vacíate los pulmones. Se le había olvidado; se había olvidado de todo excepto de la escotilla de la estación del cable orbital que tenía delante. Le habían estallado los pulmones. Ya era correlunas. Deberían darle la insignia de Dona Luna, con media cara de piel negra y la otra media de calavera blanca. Lucas Corta se echó a reír y, durante un momento, pensó que iba a ahogarse. La flema sanguinolenta formaba un charco en el suelo del ascensor. Tenía que pronunciar claramente. Esas Vorontsov tenían que entenderlo.

—Llévenme a gravedad terrestre —dijo.

—*Senhor* Corta... —empezó la encargada.

—Quiero bajar a la Tierra —dijo Lucas Corta—. Tengo que ir a la Tierra.

Estaba en la camilla de exploración del centro médico con solo unos pantalones cortos. Siempre había aborrecido los pantalones cortos, ridículos e infantiles. Hasta se había negado a llevarlos cuando estaban de moda, y lo estuvieron porque todas las modas llegaban a la Luna. Habría preferido la piel; habría mostrado con aplomo una desnudez digna.

La mujer estaba al pie de la camilla, rodeada de brazos sensores e inyectores, como una deidad. Era blanca, entrada en la madurez, cansada. No perdía la calma.

—Me llamo Galina Ivánovna Volikova —dijo—, y soy la médico que lo va a atender.

—Lucas Corta —graznó Lucas.

El ojo derecho de la doctora Volikova se agitó mientras leía la interfaz médica.

—Un pulmón colapsado, microhemorragias cerebrales multifocales... Estaba a diez minutos de un derrame cerebral, probablemente mortal. Daños en la córnea, hemorragia interna en los dos globos oculares, ruptura de alvéolos y un tímpano perforado; eso lo he arreglado ya.

Le ofreció una breve y tensa sonrisa cargada de humor negro, y Lucas supo que podría trabajar con ella.

—¿Cuánto tiempo...? —siseó Lucas Corta. Sintió el pulmón izquierdo lleno de cristal molido.

—Falta por lo menos una órbita para que le deje salir —dijo la doctora Volikova—. Y no hable.

Una órbita: veinte días. De pequeño, Lucas había estudiado la física de los cicladores y las ingeniosas órbitas de consumo mínimo que estos trazaban alrededor de la Luna, acercándose al suelo dos veces y catapultando las cápsulas hacia la superficie terrestre. El proceso se llamaba *órbita de voltereta*. Lucas no entendía la parte matemática, pero formaba parte del negocio de Corta Hélio, por lo que tuvo que familiarizarse con los principios, ya que no con los detalles. Dan vueltas entre la Luna y la Tierra mientras estas describen sus propios círculos alrededor del Sol y los otros mundos en el baile de doscientos treinta millones de años alrededor del centro de la galaxia. Todo está en movimiento. Todo forma parte del gran baile.

Una voz nueva, una figura nueva al pie de la camilla, más baja y musculosa que la doctora Volikova.

—¿Puedes oírme? —La voz es de mujer, clara y musical.

—Sí —contestó Lucas—. Y hablar —farfulló.

La figura se acercó a la luz. La capitana Valentina Valeriovna Vorontsova era conocida en los dos mundos, pero se presentó formalmente a Lucas Corta.

—Bienvenido a bordo de la *Santos Pedro y Pablo*, *senhor* Corta.

La capitana Valentina era de constitución sólida y recia; músculos terrestres, pómulos rusos, ojos kazajos. En dos mundos se sabía también que Yekaterina, su hermana gemela, era la capitana de la *Alexander Nevski*. Las capitanas Vorontsova estaban rodeadas de leyendas. La primera afirmaba que procedían de fetos idénticos gestados por mujeres distintas en diferentes gravedades, nacidos uno en el espacio y otro en la Tierra. Otro mito persistente era el de su telepatía innata, una identidad íntima que trascendía la comunicación, por grande que fuera la distancia que las separaba. Magia cuántica. Según el tercer mito intercambiaban periódicamente el control de los dos cicladores de VTO. De todas las leyendas relacionadas con las capitanas gemelas, esta última era la única a la que Lucas Corta daba crédito. Mantén al enemigo intrigado.

—Tengo entendido que debemos informarte de la situación en la Luna —dijo la capitana Valentina.

—Estoy preparado.

—No creo. Tengo noticias nefastas. Todo lo que conocías se ha perdido. Tu hermano Carlinhos murió defendiendo João de Deus. Boa Vista resultó destruida. Rafael murió en la despresurización.

Cinco horas a solas en órbita de transferencia del ciclador, con la pared de la cápsula devolviéndole la mirada: la imaginación de Lucas había viajado a los lugares más oscuros. Había visto a su familia muerta, su ciudad destrozada, su imperio desmoronado. Esperaba las noticias que le transmitía Valentina Vorontsova, pero aun así lo golpearon como el vacío y, como este, lo dejaron sin aliento.

—¿Despresurización?

—Es mejor que no hable, *senhor* Corta —dijo la doctora Volikova.

—Los *blades* de Mackenzie Metals volaron la escotilla de superficie —dijo la capitana Valentina—. Rafael llevó a todo el mundo al refugio. Creemos que estaba buscando rezagados cuando se despresurizó el hábitat.

—Típico de él. Una estupidez noble. ¿Luna? ¿Robson?

—Los Asamoah rescataron a los supervivientes y los llevaron a Twe. Bryce Mackenzie ya ha presentado en el Tribunal de Clavio la solicitud oficial para adoptar a Robson.

—¿Lucasinho? —Ya tenía el rigor emocional y el control físico del cuerpo necesarios para pronunciar el nombre que quería gritar desde el principio. Si Lucasinho había muerto, se levantaría de la camilla y saldría por la escotilla.

—Está a salvo en Twe.

—Los Asamoah siempre han sido de fiar. —Saber que Lucasinho estaba sano y salvo lo llenó de una alegría ardiente como el sol, como el helio a temperatura de fusión.

—La guardaespaldas ayudó a Ariel a escapar al Bairro Alto. Está escondida. Igual que su hermano Wagner; el clan de Meridian lo protege.

—El lobo y la tullida —susurró Lucas—. ¿Y la empresa?

—Robert Mackenzie ya está asimilando la infraestructura de Corta Hélio. Ha ofrecido contratos a sus antiguos empleados.

—Serían idiotas si no aceptaran.

—Están aceptando. Ha anunciado la creación de una nueva filial: Mackenzie Fusible. El consejero delegado es su nieto Yuri Mackenzie.

—Vistos dos o tres australianos, vistos todos. —Lucas se echó a reír, con un sonido grave y cargado de sangre. Bromear es escupir polvo a la cara de los ganadores—. Sabes que fueron los Sun, ¿verdad? Nos azuzaron a los unos contra los otros.

—*Senhor* Corta... —insistió la doctora Volikova.

—Les encanta hacer que nos degollemos entre nosotros. Planean a décadas vista, los Sun.

—Taiyang está ejerciendo una serie de opciones de adquisición en el ecuador —dijo la capitana Valentina.

—Piensan convertir toda la franja ecuatorial en una batería de energía solar —susurró Lucas. Los pulmones se le deshacían en pulpa. Escupió sangre fresca. Los brazos mecánicos se pusieron en marcha para limpiarla.

—Ya basta, capitana —dijo la doctora Volikova.

La capitana Valentina juntó los dedos y bajó la cabeza: un saludo lunar, aunque era una mujer terrestre.

—Lo siento, Lucas.

—Ayúdame —dijo Lucas Corta.

—Las divisiones espacial y terrestre de VTO guardan las distancias con la lunar —dijo la capitana Valentina—. Tenemos puntos débiles específicos. La prioridad es la protección de nuestra catapulta de punto de libración y nuestras instalaciones de lanzamiento de la Tierra. Los rusos, los chinos y los indios nos miran con envidia.

Los brazos mecánicos volvieron a moverse. De pronto, Lucas sintió una inyección subcutánea detrás de la oreja derecha.

—Capitana, necesito que la Luna crea que he muerto.

La capitana, la médico, los lentos brazos adoradores de la unidad médica, se difuminaron en un borrón blanco.

No podía identificar el momento en el que fue consciente de la música, pero salió a su superficie como un nadador a través de un agujero en el hielo. Lo rodeaba como el aire, como el líquido amniótico, y se sentía satisfecho por dentro, con los ojos cerrados, respirando, sin dolor. La música era noble, sensata y ordenada. Algún tipo de jazz, decidió Lucas. No era lo suyo; no era una música que entendiera o apreciara, pero reconocía su lógica, las pautas que trazaba en el tiempo. Estuvo un buen rato tumbado, intentando no ser consciente más que de la música.

—Bill Evans —dijo una voz de mujer.

Lucas Corta abrió los ojos. La misma camilla, los mismos bots médicos, la misma luz tenue e indirecta. El mismo rumor de aire acondicionado y motores que le decía que estaba en una nave, no en un mundo. La misma médico que se movía en el límite de su campo visual.

—Estaba examinando su actividad neuronal —dijo la doctora Volikova—. Reacciona bien al jazz modal.

—Me ha gustado —dijo Lucas—. Puede ponerlo siempre que quiera.

—Ah, ¿sí? —Una vez más, Lucas captó el tono divertido en la voz de la doctora Volikova.

—¿Cuál es mi estado?

—Ha pasado cuarenta y ocho horas inconsciente. Le he reparado los daños más notables.

—Gracias, doctora.

Se movió para apoyarse en un codo; se desgarró por dentro mientras la doctora Volikova soltaba un gritito y corría junto a la cama, para tenderlo en la superficie blanda.

—Tiene que recuperarse, *senhor* Corta.

—Tengo que trabajar. No puedo quedarme aquí eternamente. Tengo un negocio que reconstruir, y fondos limitados. Y tengo que ir a la Tierra.

—Nació en la Luna. Para usted es imposible ir a la Tierra.

—No es imposible, doctora; es lo más fácil del mundo. Simplemente, es mortal. Pero todo lo es.

—No puede ir a la Tierra.

—No puedo volver a la Luna; los Mackenzie me matarían. No puedo quedarme aquí; la hospitalidad de los Vorontsov no es ilimitada. Hágame caso, doctora. Está especializada en medicina de baja gravedad. Hipotéticamente...

Empezó a sonar un tema nuevo, animado y modal. Piano, contrabajo, el susurro de la percusión. Fuerzas mínimas con un gran efecto.

—Hipotéticamente, con un entrenamiento intensivo y supervisión médica, un lunario podría sobrevivir dos lunas en condiciones terrestres.

—Hipotéticamente, ¿sería posible llegar a cuatro lunas?

—La preparación física llevaría mucho tiempo.

—¿Cuántas lunas, doctora? Hipotéticamente.

Vio a la doctora Volikova encogerse de hombros; oyó el leve suspiro de exasperación.

—Un año por lo menos. Catorce o quince lunas. Ni siquiera tiene una probabilidad mayor del cincuenta por ciento de sobrevivir al despegue.

A Lucas Corta no le había gustado nunca el juego. Él trabajaba con certezas. Como vicepresidente de Corta Hélio había convertido incertidumbres en seguridades. Pero las certidumbres inamovibles lo habían abandonado, y su única esperanza era la apuesta.

—Entonces tengo un plan, doctora Volikova.

1
Virgo de 2105

El chico cae desde el nivel superior de la ciudad.

Es delgado y fibroso como un cable eléctrico. Tiene la piel del color del cobre, tachonada de pecas oscuras; los ojos, verdes, y los labios, grandes y carnosos. Lleva la melena color teja frustrantemente constreñidas con una cinta verde lima. Dos rayas de brillo blanco le resaltan cada pómulo, y otra le atraviesa los labios por el centro, en vertical. Lleva una malla corta de deporte de color mandarina y una camiseta blanca enorme que declara: «Frankie dice...».

Hay tres kilómetros desde el techo hasta el suelo de la gran cámara de lava en la que se encuentra Reina del Sur.

Los chavales estaban haciendo *parkour* en la zona industrial automatizada de los niveles superiores, colgando del límite del mundo con una elegancia y una destreza que cortaban el aliento, pasando barandillas y montantes, rebotando de pared en pared en pared, brincando, rodando, cruzando abismos al vuelo, subiendo y subiendo como si el peso fuera el combustible que quemaban para volver a la gravedad contra sí misma.

El chico es el más joven del equipo. Tiene trece años; valiente, ágil, audaz, atraído por los sitios altos. Hace ejercicios de calentamiento en el suelo boscoso de Reina del Sur con los otros *traceurs*, pero tiene la vista clavada en las altas torres, en el lugar en que se unen con la línea solar. Músculos estirados; guantes y escarpines antideslizantes. Saltos de práctica para ir soltándose;

se sube a un banco y al instante está diez metros más arriba. Cien metros. Mil metros; surca bailando los parapetos y salva los huecos de los ascensores con saltos de cinco metros. Hasta el nivel superior de la ciudad. El nivel superior de la ciudad.

Basta con un error infinitesimal, una demora de una fracción de segundo en la reacción, un dedo que no agarra bien. La mano se le escurre del cable y se precipita. No grita; solo aspira de golpe, sobresaltado.

El chico cae. Vuela boca arriba, intentando agarrarse con manos y pies a las manos enguantadas que se tienden hacia él desde la maraña de tuberías y conductos que recorren el techo de Reina. Se produce un instante de conmoción cuando los otros *traceurs* se dan cuenta de lo que ha pasado; salen disparados de sus agarres para correr por el techo hasta la torre más cercana. Jamás serán más rápidos que la gravedad.

Hay reglas para la caída. Antes de ponerse a saltar, trepar y brincar, el chico aprendió a caer.

Regla número uno: Dar la vuelta. Si no ve lo que tiene debajo, en el mejor de los casos acabará malherido, y en el peor, muerto. Vuelve la cabeza y observa los amplios espacios abiertos entre el centenar de torres de Reina. Gira el torso y deja escapar una queja cuando nota un tirón en los abdominales al orientar el resto del cuerpo de cara al suelo. Debajo de él se extiende un entramado mortal de puentes, cables transportadores, pasarelas y tendidos de fibra entre los rascacielos de Reina. Tiene que esquivarlos.

Regla número dos: Aumentar al máximo la resistencia al aire. Extiende brazos y piernas. En un hábitat lunar, la presión atmosférica es de mil sesenta kilopascales. La aceleración, en la gravedad de la superficie lunar, es de un metro con seiscientos veinticinco por segundo al cuadrado. La velocidad terminal en caída libre en la atmósfera es de sesenta kilómetros por hora. El impacto contra el suelo de Reina del Sur a sesenta kilómetros por hora implica un ochenta por ciento de posibilidades de sobrevivir. La camiseta molona aletea al viento. Y «Frankie dice»: Así es como vives.

Regla número tres: Conseguir ayuda.

—Joker —dice.

El familiar aparece en la lentilla del ojo derecho y habla por el implante del oído izquierdo. Los *traceurs* de verdad hacen *parkour* sin ayuda de IA: a un familiar le resulta muy fácil trazar la mejor ruta, localizar los asideros ocultos y asesorar sobre las condiciones microclimáticas; el *parkour* es un asunto de autenticidad en un mundo completamente artificial. Joker analiza la situación.

—*Estás en grave peligro. He avisado a los servicios médicos y de rescate.*

Regla número cuatro: El tiempo es tu aliado.

—¿Cuánto falta, Joker?

—*Cuatro minutos.*

El chico ya tiene todo lo necesario para sobrevivir.

Le duelen horriblemente los abdominales sobreestirados, y siente un desgarro en el hombro izquierdo cuando se quita la camiseta y abandona unos segundos la postura en aspa, acelerando alarmantemente. El viento intenta arrancarle la camiseta de las manos. Si la suelta, si la pierde, morirá. Tiene que hacerle tres nudos mientras cae a velocidad terminal. Los nudos son la vida. Y el puente que cruza el nivel 77 está ahí, ¡ahí! Vuelve a extenderse y pone en práctica lo aprendido: adelanta el torso y los brazos para desplazar el centro de gravedad respecto a la línea de caída. Posición de desplazamiento horizontal. Planea y esquiva el puente por unos metros. Las caras se giran para mirarlo. Vuelven a mirar; han visto voladores, pero este chico no está volando. Está cayendo.

Anuda el cuello y las mangas para formar una bolsa.

—Tiempo.

—*Dos minutos. Calculo que el impacto será en...*

—Calla, Joker.

Agarra la camiseta en los dos puños. Es cuestión de calcular el momento. Si está demasiado arriba, tendrá una maniobrabilidad limitada para esquivar las pasarelas y conductos que forman una maraña entre las torres; si está demasiado abajo, el paracaídas improvisado no reducirá la velocidad lo suficiente para que sobreviva. Y quiere aterrizar a una velocidad muy inferior a cincuenta kilómetros por hora.

—Avísame cuando falte un minuto, Joker.

—*De acuerdo.*

La deceleración será muy brusca; puede que le arranque la camiseta de las manos.

Entonces morirá.

No puede imaginarlo.

Puede imaginar resultar herido. Puede imaginar a todo el mundo contemplando su cadáver y llorando por la tragedia. Le gusta esa idea, pero eso no es la muerte. La muerte no es nada. Ni siquiera es nada.

Vuelve a retraer los brazos para pasar por debajo del teleférico del nivel 23.

—*Ahora.*

Echa los brazos hacia delante. El aire sacude y agita la camiseta. Mete la cabeza entre los codos y levanta los brazos. La camiseta anudada se hincha, y el frenazo es brutal. Suelta un grito cuando se le disloca el hombro dañado. No sueltes, no sueltes, no sueltes. Dioses, dioses, dioses, qué cerca está el suelo. El paracaídas tironea y se debate como si estuviera luchando con alguien que quisiera matarlo. El dolor en brazos y muñecas es insoportable. Si suelta ahora, caerá con fuerza y en mala postura, de pie, con lo que la pelvis y los fémures se harán añicos que se le incrustarán en los órganos. No sueltes, no sueltes. Grita y boquea por el esfuerzo y la frustración.

—Joker —dice a duras penas—. ¿A qué velocidad...?

—*Solo puedo hacer un cálculo aproximado, a...*

—¡Joker!

—*Cuarenta y ocho kilómetros por hora.*

Sigue siendo demasiado. Puede ver dónde va a caer en unos segundos. Un espacio despejado entre los árboles, un parque. La gente corre por los caminos radiales; algunos se alejan y otros se acercan al lugar donde prevén el impacto.

—*Los bots médicos están en camino* —anuncia Joker.

Eso que brilla, grande y abultado, ¿qué es? Superficies. Cosas que sobresalen. Un pabellón. Puede que para músicos, para tomar refrescos o algo así. Es de tela. Puede que eso reste los últimos kilómetros por hora necesarios. También tiene cosas puntiagudas; soportes y travesaños. Si golpea uno a esa velocidad, lo atravesará como una lanza. Si cae a esa velocidad, puede que muera de todas formas. Tiene que sincronizarlo bien. Tira de un lado de la camiseta paracaídas intentando elevarse, intentando navegar hacia el pabellón. Es difícil, difícil, muy difícil. Grita cuando se retuerce el hombro dolorido intentando ganar ese último movimiento lateral. El suelo se acerca.

En el último segundo suelta la camiseta e intenta adelantar el cuerpo para aumentar al máximo la superficie de impacto. Demasiado tarde, demasiado abajo. Golpea el techo del pabellón. Está duro, muy duro. Una fracción de segundo de dolor paralizante, pero consigue vencerlo. Su rumbo no se cruza con nada de lo que hay dentro del pabellón. Los brazos delante de la cara y choca contra el suelo.

Ningún golpe ha sido nunca tan fuerte. Un puño del tamaño de la Luna le arrebata la respiración, el sentido, el pensamiento. Negro. Entonces vuelve, intentando inspirar, incapaz de moverse. Círculos. Máquinas, caras, y a media distancia, los otros *traceurs* que se le acercan a toda prisa.

Inhala. Duele. Todas las costillas crujen; todos los músculos duelen. Se pone de lado. Los bots médicos se elevan y revolotean sobre los ventiladores tubulares. Intenta levantarse del suelo.

—No te muevas, chaval —dice una voz procedente del círculo de caras, pero no se acerca ninguna mano para detenerlo ni para incorporarlo.

Es una maravilla rota. Con un grito, se pone de rodillas y se obliga a enderezarse. Puede ponerse en pie. No tiene nada roto. Da un paso al frente, un despojo escuálido con una malla color mandarina.

—Joker —susurra—, ¿cuál ha sido mi velocidad final?

—*Treinta y ocho kilómetros por hora.*

Aprieta un puño, victorioso, y entonces le fallan las piernas y cae hacia delante. Manos y bots se apresuran a sujetarlo: Robson Mackenzie, el chico que cayó desde el nivel superior del mundo.

—Bueno, ¿qué se siente al ser famoso?

Hoang Lam Hung está apoyado en la puerta. Robson no ha advertido su llegada; estaba ocupado acariciando su celebridad repentina. El mundo había dado dos vueltas a la Luna mientras lo transferían al centro médico. El chico que cayó a tierra. No cayó a tierra; esto no es la Tierra. Cayó al suelo, pero eso no sonaba tan bien. Y no fue una caída; fue un resbalón. El resto fue un descenso coordinado, y salió andando. Solo un paso, pero lo anduvo. Aunque estuviera mal, toda la Luna hablaba de él, y había pedido a Joker que buscara en la red noticias e imágenes relacionadas. Tardó poco en darse cuenta de que casi todo el tráfico constaba de las mismas noticias e imágenes, compartidas una y otra vez. Algunas fotos eran muy antiguas, de cuando era un niño, de cuando era un Corta.

—Al cabo de media hora se hace aburrido —dice Robson.

—¿Te duele?

—Ni un poco. Me han puesto hasta arriba. Pero dolía de la hostia.

Hoang levanta una ceja en desaprobación por el lenguaje que le han contagiado los otros *traceurs*.

Cuando Robson tenía once años y Hoang veintinueve pasaron unos días casados. Su tía Ariel disolvió el matrimonio con sus superpoderes jurídicos, pero la noche que pasaron juntos había sido divertida: Hoang cocinó, lo que siempre era algo especial, y enseñó a Robson juegos de cartas. Ninguno de los dos tenía muchas ganas de estar casado. Había sido un matrimonio dinástico, para atar a un Corta en el corazón del clan Mackenzie. Un rehén de honor. Los Corta ya no existen; están dispersos, aniquilados, muertos. Ahora Robson tiene una condición familiar diferente, como uno de los adoptados de Bryce Mackenzie. Eso hace de Hoang un hermano, no un *oko*. Hermano, tío, guardián.

Robson sigue siendo un rehén.

—Bueno, pues vamos —dice Hoang. «¿Qué?», preguntan las facciones de Robson—. Vamos a Crucible, ¿o se te había olvidado?

Se le había olvidado. Los huevos y el perineo se le encogen

de miedo. Crucible. Hoang lo había llevado a Reina del Sur para alejarlo de los apetitos de Bryce y de los asuntos políticos de los Mackenzie, pero lo que más teme Robson es el tirón del hilo que los devuelva, a Hoang y a él, a la ciudadela de los Mackenzie.

—¿La fiesta? —insiste Hoang.

Robson se desmorona en la cama. El centésimo quinto cumpleaños de Robert Mackenzie. Una reunión de la casa Mackenzie. Hoang y Joker le enviaron diez, veinte, cincuenta recordatorios, pero Robson tenía la atención volcada en los asideros, las suelas antideslizantes, la moda *traceur* y qué emplear en la primera sesión de *parkour* para aprovechar al máximo la forma física y alcanzar el peso ideal de maniobra.

—Mierda.

—Te he impreso ropa.

Hoang deja un paquete en la cama. Robson lo abre; huele a tejido nuevo. Un traje de Marco Carlotta azul celeste y una camiseta negra con cuello de pico y mocasines. No hay calcetines.

—¡Los ochenta! —exclama encantado. Es la nueva tendencia después de las décadas de 2010, 1910 y 1950. Hung sonríe tímidamente.

—¿Necesitas ayuda para vestirte?

—No, estoy bien. —Robson aparta la sábana y se levanta de la cama. Los bots de diagnóstico se retiran; Robson cae al suelo, palidece y gime. Las rodillas no lo sostienen. Se agarra al borde de la cama. Hoang está a su lado, sujetándolo—. O puede que no.

—Estás morado de pies a cabeza.

—¿De verdad?

Joker se conecta a una cámara de la habitación y muestra a Robson su piel cobriza llena de manchas negras y amarillas, magulladuras que florecen superpuestas. Tuerce el gesto mientras Hoang le introduce los brazos en las mangas de la chaqueta; siente punzadas de dolor al ponerse los mocasines. Como remate, en el fondo del paquete está el último capricho, unas gafas de aviador Ray-Ban Tortuga.

—Me encantan —dice mientras se las pone y se sube el puente con un dedo para ajustárselas—. ¡Ay! Hasta eso duele.

Como toque final, Robson se sube hasta los codos las mangas de la chaqueta Marco Carlotta.

Un resplandor deslumbrante arde en el horizonte: los espejos de Crucible, que concentran el sol en los hornos del tren de diez kilómetros de longitud. Cuando era pequeño, a Robson le encantaba esa luz, porque significaba que Crucible estaba a unos minutos. Corría a la burbuja de observación del autorraíl y apretaba las manos contra el cristal, esperando el momento de entrar en la sombra de Crucible y ver los miles de toneladas de hábitats, hornos de fundición, palas cargadoras y procesadores por encima de la cabeza.

Ahora lo odia a muerte.

El aire estaba viciado, lleno de CO_2 y vapor de agua, cuando las luces del equipo de rescate de VTO surcaron la oscuridad congelada y vacía de Boa Vista. El refugio tenía capacidad para veinte personas, pero treinta y dos almas se apelotonaban en él, respirando superficialmente y ahorrando movimientos. La condensación goteaba de todas las esquinas y cubría todas las superficies. «¿Dónde está *paizinho*?», gritaba mientras la patrulla de VTO lo arrastraba a la cápsula de transferencia. «¿Dónde está *paizinho*?», le preguntó a Lucasinho en la nave lunar. Lucasinho miró, a través del transporte abarrotado, a Abena Asamoah, y después se llevó a Robson a la proa porque esa charla debía ser privada: «Wagner está escondido. Ariel ha desaparecido. Lucas se ha esfumado; lo dan por muerto. A Carlinhos lo han colgado de los talones de una pasarela de la *quadra* São Sebastião. Rafa ha muerto».

Su padre había muerto.

Las batallas jurídicas fueron encarnizadas y, para la Luna, cortas. Antes de que transcurriera una luna, Robson surcaba el océano de las Tormentas en un autorraíl de Mackenzie Metals, con Hoang Lam Hung sentado frente a él y un pelotón de *blades* desplegado a cierta distancia, con el único fin de personificar el poder de Mackenzie Metals. El Tribunal de Clavio había dictaminado: Robson Corta era ahora un Mackenzie. Con once años y pico, Robson no sabía identificar la expresión de Hoang. Con trece sabe que es la de un hombre que se ha visto obligado a traicionar aquello que ama. Entonces vio la estrella en el horizonte, la luz de Crucible que resplandecía en el mediodía eterno, y la estrella de la bienvenida se convirtió en la estrella del infierno. Robson recuerda los orixás de Boa Vista, sus inmensos rostros de piedra tallados en la roca, una presencia constante y una demostración de que la vida resistía la fría brutalidad de la Luna. Obatalá; Yemanja; Xangô; Oxum; Ogum; Oxóssi; Ibeji, los gemelos; Omolu, Iansã, Nanã. Aún puede mencionar los santos católicos correspondientes y enumerar sus características. En la religión privada de los Corta había poca divinidad, menos teología y ninguna promesa de cielo o infierno. El eterno retorno. Era lo natural; los espíritus se reciclaban, igual que los *zabbaleen* reciclaban el carbono, el agua y los minerales de los cadáveres. El infierno era inútil, cruel y extraño. Robson seguía sin entender por qué querría un dios castigar eternamente a alguien cuando no existía la posibilidad de que saliera algo bueno del castigo.

—Bienvenido —dijo Robert Mackenzie desde las profundidades del sistema de soporte que lo mantenía con vida. El tubo respirador de la garganta latía—. Ahora eres uno de los nuestros. —Sobre el hombro izquierdo, Red Dog, su familiar; a la derecha, Jade Sun, su mujer, con el acostumbrado hexagrama del *I Ching* por familiar: Shi-Ke. Robert Mackenzie abrió los brazos y los dedos engarfiados—. Nosotros cuidaremos de ti.

—Robson apartó la cabeza cuando los brazos lo rodearon. Unos labios secos le rozaron la mejilla.

Después, Jade Sun. Pelo perfecto, cutis perfecto, labios perfectos.

Después, Bryce Mackenzie.

—Bienvenido, hijo.

Hoang no ha hablado nunca de los acuerdos a los que llegó para llevarse a Robson de Crucible a la vieja mansión familiar de Kingscourt, en Reina del Sur, pero Robson está seguro de que el precio fue alto. En Reina podía hacer *parkour*; en Reina podía ser quien quisiera, tener los amigos que le vinieran en gana. En Reina podía olvidarse de que siempre sería un rehén.

Ahora se dirige de nuevo a Crucible. El resplandor de los espejos de los hornos del tren aumenta hasta hacerse cegador, a pesar del vidrio fotocrómico de la burbuja de observación. Levanta la mano para protegerse los ojos y llega la oscuridad. Parpadea para desechar las imágenes de la retina. A sus lados se alzan los bojes que transportan Crucible por encima de la línea Ecuador Uno; un millar de ellos se extiende ante él, hasta que se pierden en la curva del cercano horizonte. Motores de tracción, cables de alta tensión, plataformas y grúas de servicio, escaleras de acceso; un bot de mantenimiento sube rápidamente por una viga, y Robson lo sigue con los ojos. Las estrellas de su cielo son las luces de las fábricas y los módulos residenciales que tiene encima.

Robson, lunario de tercera generación, no entiende la claustrofobia; los espacios confinados ofrecen comodidad y seguridad. Pero hoy las ventanas, los faros y las balizas de Crucible lo oprimen como una mano y no puede quitarse de la cabeza que encima de esas luces menores está el foco al rojo blanco de los espejos y los crisoles de metal fundido. El autorraíl decelera, y unos garfios bajan del abdomen de Crucible. Se acoplan con un temblor mínimo y lo elevan para introducirlo en el muelle.

Un roce en el hombro. Hoang.

—Vamos, Robson.

—¡Ahí está! ¡Ahí está!

La escotilla del tren se abre y muestra caras, todas vueltas hacia él. Cinco pasos después, Robson está rodeado de jovencitas con vestidos de fiesta cortos y ajustados, con volantes y de farol; medias brillantes, tacones de vértigo, el pelo formando halos. Labios fucsia, ojos cargados de raya, pómulos resaltados con pinceladas rectas de colorete.

—¡Ay! —Le han dado un golpecito—. Sí, duele.

Riendo, las chicas escoltan a Robson hacia el final del vagón, donde están reunidos los más jóvenes. El invernadero, Fern Gully en el vocabulario de los Mackenzie, es grande y suficientemente complejo, con sus caminos y sus zonas verdes, para alojar una docena de subfiestas. Los camareros con bandejas de 1788, el cóctel identificativo de los Mackenzie, vagan entre los helechos arborescentes; de repente, Robson tiene una copa en la mano. Se traga su contenido, supera el amargor y disfruta del calor que lo recorre. Los helechos se agitan; el aire acondicionado mueve el aire húmedo. Pájaros vivos revolotean casi imperceptiblemente de bráctea en bráctea.

Robson es el centro de un círculo formado por veinte jóvenes Mackenzie.

—¿Me enseñas los cardenales? —pregunta una chica; lleva una falda elástica carmesí que no para de bajarse y unos peligrosos tacones con los que pone a prueba su equilibrio.

—Bueno, vale. —Robson se quita la americana y se levanta la camiseta—. Aquí y aquí. Traumatismo hístico interno.

—¿Hasta dónde llegan?

Robson se pasa la camiseta por encima de la cabeza y se le llena el cuerpo de manos, de chicos y chicas que miran con los ojos como platos la masa de magulladuras amarillas que le recorre la espalda y el abdomen, como un mapa de los oscuros mares de la Luna. Cada contacto le arranca una mueca de dolor. Un rastro fresco en la tripa: una chica le ha dibujado un *smiley* con pintalabios rosa en los abdominales. En un instante, chicos y chicas sacan los cosméticos y asaltan a Robson con rosa y fucsia, blanco y amarillo lima fluorescente. Risas. Todo el tiempo, risas.

—Qué flaco estás —comenta un Mackenzie pecoso y pelirrojo.

—¿Por qué no te rompiste en pedazos?

—¿Te duele esto? ¿Esto? ¿Y esto?

Robson se encoge, con la espalda vuelta contra las puñaladas de lápiz de labios y los brazos alrededor de la cabeza.

—Ahora no.

Unos golpecitos en el hombro con un váper de titanio.

—Dejadlo. —Las manos se apartan—. Vístete, cariño. Tenemos gente que atender.

Darius Mackenzie solo es un año mayor que Robson, pero los chavales se retiran. Es el último hijo superviviente de Jade

Sun-Mackenzie. Es bajo para ser de tercera generación, oscuro, con rasgos más Sun que Mackenzie. En Crucible, nadie cree que sea el fruto del esperma congelado de Robert Mackenzie, aunque ha heredado su tono autoritario.

Robson se pone la camiseta y rescata la americana.

Nunca ha entendido el aprecio que le tiene Darius; era de su sangre quien mató a Hadley, hermano de Darius, en el pozo de combate del Tribunal de Clavio. Pero si tiene un amigo en Crucible, es él. En las contadas ocasiones en que vuelve de Reina del Sur, por un cumpleaños o por asuntos de la pleitesía de Hoang para con Bryce, de los que nunca se habla, Darius siempre se entera de que ha llegado Robson y está a su lado en cuestión de minutos. Es una relación que solo existe en Crucible, pero Robson se alegra de contar con el favor de Darius, a quien, sospecha, teme hasta Bryce.

Eso es lo que Robson odia de Crucible: el miedo. El miedo descarnado y atroz que infesta todos los gestos y palabras, todos los pensamientos y alientos. Crucible es un motor de miedo. Líneas de miedo que recorren en ambos sentidos los diez kilómetros de columna vertebral, agitándose y murmurando, tirando de los garfios de secretos y deudas incrustados en la piel de todos los habitantes del inmenso tren.

—Se mueren de envidia —dice Darius; da una profunda calada del váper y pasa el brazo por la cintura de Robson—. Ahora, ven conmigo, que tenemos que hacer la ronda. Todo el mundo quiere verte. Eres una celebridad. ¿Es verdad que ningún *traceur* fue a verte al centro médico?

Darius conoce la respuesta, pero Robson dice que sí de todas formas. Sabe por qué se lo ha preguntado. Las líneas de miedo llegan desde Crucible a las antiguas *quadras* de Reina del Sur, y hasta los chavales aficionados al *parkour* conocen la leyenda de que los Mackenzie pagan por triplicado.

—¡Robbo!

Robson odia la contracción familiar, australianizada, de su nombre. No reconoce a esa camarilla de mujeres jóvenes que van a la última, con el pelo cardado, pero parecen dar por supuesto algún parentesco. Los peinados lo intimidan.

—Traje, Robbo. Marco Carlotta, elegante. Mangas bien puestas. Oí que tuviste un accidentillo.

La camarilla suelta risitas ululantes. Robson narra la historia entre exclamaciones de aprecio y expresiones de sorpresa, pero Darius ya ha localizado el siguiente grupo social y, aduciendo asuntos de protocolo, se lleva a Robson.

Bajo un dosel de helechos, sujetando desganadamente cócteles 1788, Mason Mackenzie y un grupo de hombres jóvenes hablan de balonmano. La costumbre de los Mackenzie es que hombres y mujeres formen círculos independientes. Mason es el nuevo propietario de los Jaguars de João de Deus. Ha fichado a Jojo Oquaye, de los All-Stars de Twe, y se jacta ante sus amigos de haber sacado los ojos a Diego Quartey en Twe. A Robson se le revuelven las tripas de oír hablar a Mason de su equipo. No es de Mason; no lo será nunca. No son los Jaguars; no lo serán nunca. Además, ¿qué es un jaguar? Son los Moços. Los chicos, las chicas. Se puede robar un equipo, pero no un nombre. El nombre está grabado en el corazón. Recuerda cuando su *pai* lo subió a la barandilla del reservado de la dirección y le entregó el balón. Encajaba bien en la mano, más pesado de lo que suponía. «¡Lánzalo al campo!» Todos los jugadores, todos los aficionados y visitantes del Estádio da Luz lo miraban. Durante un momento casi se puso a gimotear; quería que *paizinho* lo apartara de la barandilla, de los ojos. Entonces levantó el balón y lo lanzó con todas sus fuerzas, y salió despedido mucho más lejos de lo que esperaba que pudiera llegar, por encima de los rostros levantados de la gente de las gradas, hacia el rectángulo verde.

—Los Moços no ganarán nunca para ti —dice Robson. Los hombres dejan de hablar ante la interrupción. Un momento de enfado hasta que reconocen al chico que cayó desde el nivel superior del mundo.

Darius vuelve a enhebrarlo con el brazo.

—Vale, ya es bastante. —Darius ha localizado un grupo más influyente en la fronda—. El deporte es una zafiedad, de todas formas.

Primos y otros parientes pasan junto a ellos y felicitan a Robson por la ropa, la fama y la supervivencia. Nadie le pide que le enseñe los cardenales pringados de pintalabios. Una banda toca bossa nova en directo. Se ha difundido más que nunca desde la caída de Corta Hélio; se oye en toda la Luna. Guitarra, bajo acústico, tambores que susurran.

Robson se queda paralizado. Entre la banda y la barra están apiñados Duncan Mackenzie, con sus *okos* Anastasia y Apollonaire; Yuri Mackenzie, director ejecutivo de Mackenzie Fusion; Denny y Adrian, hermanos paternos de Yuri, y el *oko* de Adrian, Jonathon Kayode, el Águila de la Luna en persona. Darius da un tironcito del brazo de Robson.

—Mételos en el bolsillo.

Anastasia y Apollonaire se muestran efusivamente encantados con la aventura de Robson: abrazos, besos, insistencia en que se levante y se ponga de un lado y luego del otro para verle las heridas... «Tiene mejor piel que tú, Asya.» Yuri sonríe sin inmutarse y Duncan lo desaprueba: una caída desde el techo del mundo es una transgresión flagrante de la seguridad familiar, pero su desaprobación es irrelevante. Duncan Mackenzie carece de autoridad desde que Robert Mackenzie recuperó el control de Mackenzie Metals. Yuri es el consejero delegado de la empresa de helio-3 que Mackenzie Metals rapiñó del cadáver de Corta Hélio. Denny, con la mandíbula tensa, está lleno de energía, tan controlada como el helio en un campo de contención de fusión. Denny es un eslabón de la cadena de venganza. Carlinhos mató a su tío Hadley en el Tribunal de Clavio; Denny degolló a Carlinhos durante el saqueo de João de Deus. Si el enemigo suelta el arma, empléala contra él.

El Águila de la Luna quiere conocer el secreto de Robson:

—¿Caíste tres kilómetros y saliste andando?

Robson está impresionado. Nunca había visto al Águila en carne y hueso; es más alto de lo que esperaba, casi tanto como si fuera de la tercera generación, pero con la constitución de una montaña. El agbada formal solo magnifica su porte.

—¿El truco? —responde Darius por Robson, que se ha quedado sin palabras—. Intentar no chocar contra el suelo.

—Buen consejo.

La voz es tranquila y refinada, baja de tono y volumen, pero silencia incluso hasta al Águila de la Luna. Los hombres de los Mackenzie bajan la cabeza; el Águila acepta la mano extendida y la besa.

—Sun *nui shi*...

—Jonathon... Duncan, Adrian...

Hasta donde alcanza la memoria, Sun *nui shi* siempre ha sido la matrona de Taiyang. Nadie sabe cuántos años tiene Sun Cixi; nadie se atrevería a preguntar. Puede que rivalice hasta con Robert Mackenzie. La moda retro de los ochenta no va con ella; lleva un conjunto de 1935 con la falda por debajo de la rodilla y la chaqueta, de solapas anchas y un solo botón, a la altura de la cadera. Un fedora de cinta ancha. El estilo clásico nunca pasa de moda. Es menuda, incluso para la primera generación; la empequeñecen sus guardaespaldas, atractivos jóvenes Sun de ambos sexos, sonrientes y en forma, con sus trajes de Armani azules grisáceos, a la última, y sus impresionantes abrigos de Yohji Yamamoto. Atrae todas las miradas. Hasta el último de sus movimientos transmite voluntad e intención. Nada queda al azar. Es elegante, eléctrica, chispeante de energía. Sus ojos, oscuros y brillantes, lo ven todo sin reflejar nada.

Extiende la mano y un cóctel acude a ella. Un martini de ginebra con muy poco vermú.

—Traigo mi bebida —declara Sun *nui shi* tras beber un trago; no deja ni rastro de pintalabios en la copa—. Sí, es una grosería tremenda, pero no puedo con esa jerepiga que llaman 1788. —Clava los ojos en Robson—. Me dicen que eres el chaval que cayó desde lo alto de Reina del Sur. Supongo que todo el mundo te dice lo maravilloso que eres por haber sobrevivido; yo diría que, para empezar, eres un idiota por haberte caído. Si un hijo mío hubiera hecho algo así, lo habría desheredado. Durante un mes o dos. Eres un Corta, ¿verdad?

—Robson Mackenzie. *Qian sui* —dice Robson.

—*Qian sui*. Cómo se te notan los modales de Corta. Siempre habéis sido muy educados, los brasileños. Los australianos no tienen delicadeza. Cuídate, Robson Corta. Ya no quedáis muchos.

Robson junta los dedos de la mano derecha e inclina la cabeza, tal como le enseñó *madrinha* Elis. Sun *nui shi* sonríe ante sus ademanes de Corta. Un brazo alrededor de los hombros de Robson, que se encoge de dolor. Darius lo guía por la fiesta.

—Ahora van a hablar de política —dice Darius.

Robson huele a Robert Mackenzie antes de verlo. Los antisépticos y antibacterianos enmascaran a duras penas el pis y la mierda. Robson capta el perfume aceitoso y avainillado del equipo nuevo de electromedicina, la seborrea capilar, el sudor rancio, una docena de infecciones por hongos y otra docena de antimicóticos que los combaten.

Enchufado y conectado a su unidad ambiental, Robert Mackenzie habita la verde pérgola cuajada de helechos del centro de su jardín. Los pájaros pían y muestran atisbos de colores vivos al volar entre los helechos. Son colorido y belleza. Robert Mackenzie, un hombre cuya vejez supera la edad y los límites de la biología, está sentado en su trono de bombas y depuradoras, conductos y monitores, fuentes de alimentación y goteros: un saco de cuero humano en el corazón de una maraña palpitante de tuberías. Robson no soporta su visión.

Detrás de Robert Mackenzie, la sombra del trono, Jade Sun-Mackenzie.

—Darius...

—*Taipo*...

—Darius, ese váper. No.

La cosa de la silla croa y se convulsiona en una risa seca.

—Robson...

—Sun, *qian sui*...

—No soporto que me digas eso; ni que fuera mi tía abuela.

Unas palabras de la cosa del trono, tan bajas y crepitantes que, al principio, Robson no se da cuenta de que se dirigen a él.

—Buena jugada, Robbo.

—Gracias, *bisavô*. Feliz cumpleaños, *bisavô*.

—No tiene nada de feliz, chaval. Y eres un Mackenzie, así que habla el inglés de la puta Corona.

—Perdona, *pop*.

—Y buena jugada, la de caer tres mil metros y levantarte. Siempre supe que eras uno de los nuestros. ¿Has sacado algo de eso?

—¿Algo?

—Coños. Pollas. Ni lo uno ni lo otro. Lo que sea que te guste.

—Solo tengo...

—Nunca se es demasiado joven. Aprovecha todas las oportunidades; es lo que hacemos los Mackenzie.

—¿Puedo hacerte una pregunta, *pop*?

—Es mi cumpleaños y debería ser magnánimo. ¿Qué quieres?

—Los *traceurs*, los que hacen *parkour*... No vas a ir a por ellos, ¿verdad?

Robert Mackenzie lo mira con verdadera sorpresa.

—¿A santo de qué?

—Porque estaban ahí. Podría haber muerto un Mackenzie. Los Mackenzie pagan por triplicado.

—Así es, Robbo, pero no me interesan tus compañeros de deportes. Aunque, si quieres que lo haga oficial, no tocaré a ninguno de tus *traceurs*. Regístralo, Red Dog.

El familiar de Robert Mackenzie, que debe su nombre a la ciudad del oeste australiano en la que amasó su fortuna, tuvo en otros tiempos forma de perro, pero las iteraciones y las décadas le han cambiado la piel, como a su dueño, y lo han convertido en una serie de triángulos: orejas, una composición geométrica que recuerda un hocico y unos ojos rasgados. La abstracción de una cabeza de perro. Red Dog certifica las palabras de Robert Mackenzie y se las envía a Joker, el familiar de Robson.

—Gracias, *pop*.

—Intenta que no suene a arcada, Robbo. Y dale un beso de cumpleaños a tu *pop*.

Robson sabe que Robert Mackenzie le ve cerrar los ojos cuando le roza con los labios la mejilla escamosa y apergaminada.

—Ah, sí, Robbo, Bryce quiere verte.

A Robson se le encogen las tripas. Le duelen los músculos al tensarse, y se le abre el estómago como si fuera a recibir algo. Mira a Darius en busca de ayuda.

—Darius, dedícale cinco minutos a tu madre —dice Jade Sun—. Últimamente no te veo casi.

—*Iré en tu busca* —dice Darius a través de Joker. Robson considera brevemente la idea de esconderse en el laberinto de caminos y megafilos de Fern Gully, pero Bryce lo ha previsto: Joker traza en la lentilla de Robson una ruta que atraviesa los vestidos cortos, las hombreras voluminosas y el pelo más voluminoso aún.

Bryce está hablando con una mujer a la que Robson no reconoce, pero a juzgar por su estatura, su incomodidad en la gravedad lunar y el corte de su ropa, supone que es de la Tierra. De la República Popular China, decide, por su confianza y su aura de autoridad. La mujer se disculpa, y Bryce le hace una inclinación. Para ser tan grande, descomunal, se mueve con una soltura exquisita.

—¿Querías verme?

Bryce Mackenzie tiene ocho adoptados. El mayor es Byron, de treinta y tres años, protegido suyo en el departamento financiero. El más joven es Ilia, de diez años, que quedó huérfano en la ruptura de un hábitat de Schwarzchild. Sobrevivió ocho horas en un refugio del tamaño de un ataúd, mientras los cadáveres y las rocas se apilaban sobre el visor. Robson lo entiende. Los refugiados, los necesitados, los abandonados, los huérfanos, se ven absorbidos a la familia de Bryce Mackenzie. Tadeo Mackenzie se ha casado y todo, y además con una mujer, pero esas líneas de poder que Robson siente que recorren el esqueleto soleado de Crucible están cosidas a la piel de todos los hijos adoptivos; un tirón y acuden todos ellos.

—Robson... —El nombre completo. Le ofrece la mejilla para un beso filial—. Estoy muy enfadado contigo, ¿sabes? Puede que tarde mucho en perdonarte.

—Estoy bien, solo un poco magullado.

Bryce lo contempla detenidamente. Robson siente que los ojos le arrancan la ropa.

—Sí, los chicos sois criaturas extraordinariamente resistentes. Podéis absorber daños increíbles.

—No me sujeté bien. Cometí un error.

—Sí, y el ejercicio físico es muy importante, pero Robson, en serio. El responsable fue Hoang; te dejé bajo su custodia. No, simplemente no puedo volver a correr el riesgo. En Crucible estás más a salvo. —Robson piensa que se le ha parado el corazón—. Te he comprado un regalo.

Robson capta la emoción en la voz de Bryce. Podría vomitar de odio y aborrecimiento.

—Mi cumpleaños es en libra —dice Robson.

—No es por tu cumpleaños, Robson. Te presento a Michaela.

Una Jo Moonbeam blanca, de baja estatura y músculos apretados, se aparta de la conversación que estaba manteniendo. En el tiempo que lleva en la Luna ha aprendido la etiqueta de los Mackenzie: una breve inclinación de cabeza.

—Es tu entrenadora personal, Robson.

—No quiero ninguna entrenadora personal.

—Yo sí. Tienes que ponerte en forma. Me gusta que mis chicos tengan músculos. Empiezas mañana.

Bryce se interrumpe y mira hacia arriba. Robson también lo ve, un cambio en el ángulo de la luz.

La luz no se desplaza nunca. Eso es lo que impulsa Crucible: la luz constante del mediodía concentrada en los hornos de fundición que lo coronan.

La luz se ha desplazado. Se está desplazando.

—Robson, ven conmigo si quieres vivir.

Bryce, además de moverse con ligereza, es rápido. Coge a Robson del brazo y casi se echa a volar, con grandes saltos lunares, mientras las alarmas suenan y se apoderan de todas las lentillas. Evacuación general. Evacuación general.

La luz solar roza el rostro de Duncan Mackenzie, que mira hacia arriba. Todos los Mackenzie de Fern Gully miran hacia arriba, con la cara veteada por la repentina sombra de los helechos. Sun *nui shi* levanta una ceja.

—¿Duncan?

En ese momento, Esperance, el familiar de Duncan Mackenzie, le susurra al oído la palabra que ha temido toda su vida:

—*Ironfall.*

El mito apocalíptico de Mackenzie Metals: el día en que las toneladas de tierras raras de los hornos caigan sobre el tren. Nadie de Crucible le ha dado crédito jamás. Todo Crucible conoce el término.

—Tenemos que evacuar, Sun *nui shi* —dice Duncan Mackenzie, pero el séquito de la matriarca de Taiyang se ha apiñado a su alrededor y la empuja decididamente entre los desconcertados asistentes a la fiesta. Apartan a Jonathon Kayode de su camino; la guardia del Águila se arremolina y empieza a desenfundar.

—¡Dejad eso y sacadnos de aquí! —grita Adrian Mackenzie. La marcha hacia la compuerta del vagón contiguo se convierte en estampida, y los gritos, en alaridos—. ¡Por ahí no, idiotas! ¡A las cápsulas de salvamento!

—¿Qué pasa? —le pregunta el Águila de la Luna.

—No sé —contesta Adrian Mackenzie, acurrucado para cobijarse en el anillo de guardaespaldas. Con los cuchillos en ristre, los guardias del Águila apartan a empujones a los aturdidos invitados—. No es una despresurización. —Entonces abre mucho los ojos cuando el familiar le susurra la palabra:

—*Ironfall.*

—Señor Mackenzie. —El jefe de seguridad en Crucible de Duncan Mackenzie es un musculoso Joe Moonbeam tanzano—. Hemos perdido el control de los espejos.

—¿De cuántos?

—De todos.

—¿Qué?

—En poco más de un minuto, la temperatura alcanzará los dos mil grados kelvin.

La luz que atraviesa los helechos es tan intensa y caliente como la de los cuchillos recién forjados. Todos los pájaros, todos los insectos de la selva, han quedado en silencio. El aire abrasa las ventanas de la nariz de Duncan.

—Mi padre...

—Mi misión es protegerlo a usted.

—¿Dónde está mi padre? ¿Dónde está mi padre?

Bryce Mackenzie lo aferra con una mano de hierro. Hay músculos bajo su masa. Aparta a fiesteros y fiesteras, maquillaje corrido y tacones rotos, mientras arrastra a Robson hacia los círculos de luz verde intermitente que señalan las cápsulas de salvamento.

—¿Qué es? ¿Qué pasa? —pregunta Robson. A su alrededor, las voces hacen la misma pregunta, cada vez más altas a medida que la incertidumbre se vuelve miedo y luego pánico.

—*Ironfall*, chico.

—No puede ser. Quiero decir...

La luz se hace más fuerte; las sombras se acortan.

—Claro que no puede ser. Esto no es un accidente; es un ataque.

—*Hoang* —susurra Joker, y su cara aparece en la lentilla de Robson.

—*¿Dónde estás, Robson? ¿Estás bien?*

—Estoy con Bryce —grita Robson. Las voces son terribles. Tiran de él manos que intentan arrancarlo de Bryce y su sitio en la cápsula de salvamento. Bryce Mackenzie lo arrastra por la maraña de brazos extendidos—. ¿Y tú?

—*Estoy fuera. Estoy fuera. Te encontraré, Robson. Te lo prometo. Te encontraré.*

El rostro de Hoang se desvanece en un estallido de píxeles.

—*Fallo de red* —anuncia Joker. Un breve y terrible silencio se apodera de Fern Gully. Todos los familiares han desaparecido. Todo el mundo está desconectado. Todos están solos, contra todos los demás. Entonces empiezan de verdad los bramidos.

—¡Bryce! —grita Robson, colgado de su mano. Como intentar mover la Luna.

Una retaguardia de *blades*, en dos hileras, defiende la compuerta con los cuchillos desenfundados.

—¡Bryce! ¿Dónde está Darius?

Los *blades* se apartan para dejar pasar a Bryce y a Robson, y se deshacen a empujones de la oleada de huéspedes aterrorizados. La escotilla está abierta; el anillo de luces parpadea en verde.

—¡Bryce! —Robson intenta liberar los dedos. Bryce se vuelve, con los ojos hinchados de desconcierto.

—Niñato estúpido y desagradecido.

La bofetada deja atontado a Robson. Se le desencaja la mandíbula y la vista se le llena de estrellas. Siente que le sale sangre de la nariz, y todas las magulladuras se quejan. Se tambalea, y entonces unas manos lo agarran de la chaqueta y lo lanzan a la cápsula.

—¡Vamos, vamos! —grita Bryce. Con la cabeza a punto de estallar por el golpe, Robson cae al banco tapizado. Seis *blades* entran en la cápsula y se cierran las puertas.

—*Eyección en diez segundos* —dice la IA. Bryce se sienta junto a Robson, aplastándolo contra un corpulento *blade* ucraniano—. *Nueve.*

—Robbo. Robbie. Robson.

Robson sacude la cabeza para despejar la vista. Darius tiene puestas las sujeciones, en el asiento que le queda justo delante. Tiene los ojos muy abiertos y está blanco de terror. Sujeta el váper con el puño fuertemente cerrado.

—Darius.

—*Dos, uno. Eyección.*

El suelo cae del mundo.

La primera escotilla se cierra herméticamente y se abre la segunda. Jade Sun se sienta decorosamente en la cápsula de salvamento. La unidad de soporte vital de Robert Mackenzie maniobra en el reducido espacio. La escotilla interior retumba como un tambor: puños, puños, puños. La ingeniería de los Mackenzie está ideada para la luna; las manos humanas no le hacen nada, por numerosas que sean y desesperadas que estén. En unos segundos, los espejos se concentrarán en Fern Gully, en todos y cada uno de los mil vagones de Crucible. Doce mil espejos, doce mil soles. La ingeniería de los Mackenzie no puede soportar la luz de doce mil soles.

Entonces dejarán de oírse los golpes en la puerta.

—*Cincuenta segundos para el ironfall* —informa el familiar de Jade Sun. Aunque haya caído la red, Red Dog le habrá dicho lo mismo a Robert Mackenzie.

—Échame una mano, Jade. No consigo mover esta mierda.

Jade Sun-Mackenzie apoya la espalda en el banco acolchado, en el refugio de la cápsula de salvamento.

—Jade. —Es una orden, no una petición.

Jade Sun-Mackenzie se pone las sujeciones. En la escotilla, Robert Mackenzie tironea y se debate con todas sus escasas fuerzas, como si pudiera levantar el gigantesco trono de soporte vital con su peso de gorrión.

—¿Por qué coño no se mueve esto?

—Porque no quiero, Robert.

A Duncan Mackenzie le da un vuelco el estómago cuando se suelta el enganche y cae la cápsula. Jonathon Kayode lo mira a los ojos desde el otro lado del anillo de asientos. El Águila de la Luna está gris de miedo. Ni uno de sus guardaespaldas ha conseguido entrar en la cápsula con él. Durante unos segundos, esta cae libremente por los cables; después entran en acción los frenos, una deceleración repentina que le arranca un gemido de aprensión. La cápsula aluniza suave y establemente sobre las ruedas. Las tuercas explosivas sueltan los cables, cada uno con una pequeña sacudida. Los motores zumban, y la cápsula se aleja a toda velocidad del moribundo Crucible. El gran tren es una curva de luz cegadora en el horizonte: el amanecer de una nova.

—¿Mi padre está a salvo? —pregunta Duncan Mackenzie—. ¿Está a salvo?

La silla se resiste a moverse. El cuerpo en ruinas de Robert Mackenzie se sacude mientras conmina a la unidad de soporte vital a obedecerlo. Los ojos, los músculos de la mandíbula que conservan la última reserva de su voluntad férrea, las venas del cuello, las muñecas, se hinchan por el esfuerzo. Su trono se ha rebelado.

—Te hackeamos el soporte vital, Robert —dice Jade Sun—. Hace mucho. Más tarde o más temprano íbamos a tener que desconectarte. —La cápsula vibra cada vez que otra cápsula se desprende de la escotilla—. Lo de los espejos no ha sido cosa nuestra, pero ¿qué clase de Sun sería si no aprovechara la ocasión?

Gruesas cuerdas de baba caen de las comisuras de los labios de Robert Mackenzie cuando levanta las manos hacia los tubos que se le hunden en el cuello.

—No puedes quitártelo, Robert. Llevas demasiado tiempo formando parte de ello. Voy a cerrar la escotilla.

El aire quema los pulmones de Jade Sun.

—*La temperatura en el interior de Crucible es de cuatrocientos sesenta grados kelvin* —informa Shi Ke.

Ya no se oyen golpes en la puerta.

—No... estoy... intentando... quitármelo —dice Robert Mackenzie.

Los dedos engarfiados trastean con la camisa. Un borrón de movimiento; Jade Sun se echa atrás en su asiento acolchado cuando un pequeño objeto zumbante se lanza hacia ella. Levanta una mano hacia el repentino pinchazo y la deja caer. Su cara pierde la tensión, con los ojos y la boca abiertos. Las neurotoxinas de AKA son rápidas y certeras. Jade Sun se desploma en el asiento, atada por las sujeciones. La mosca asesina zumba junto a su cuello.

—Debiste esperar a que se cerrara la escotilla, zorra —sisea Robert Mackenzie—. No se puede confiar en un puto Sun.

Entonces, el ronco desafío se convierte en un alarido cuando los espejos terminan de volverse hacia él y hacen que el anciano, todas las personas y todos los objetos de Fern Gully estallen en llamas. Titanio, acero, aluminio y plásticos de construcción se derrumban, se derriten, se licúan bajo el intenso calor, y a continuación salen disparados hacia arriba y hacia los lados en una lluvia de metal fundido con la despresurización explosiva de Crucible.

Cuando cayó del techo de Reina del Sur, Robson Mackenzie pasó miedo. Más miedo del que había pasado en su vida. No podía imaginar un miedo mayor. Existe un miedo mayor. Está atado a él mientras Crucible se funde sobre su cabeza. Durante la caída, la vida y la muerte dependían de sus elecciones y su habilidad. Aquí está indefenso. Nada que pueda hacer aquí puede salvarlo.

Robson se ve impulsado hacia delante, clavándose las sujeciones. Un momento de caída libre y la cápsula golpea el suelo. Se mueve, intentando ponerse a una distancia prudencial, pero hacia dónde, a qué velocidad, cuándo, son cosas que Robson no sabe. Algo lo zarandea, primero hacia la izquierda y luego hacia la derecha. Traqueteo, baches. Chasquidos, crujidos y silbidos. Robson no tiene idea de dónde está, de qué está pasando. Ruidos, impactos. Quiere ver. Necesita ver. Solo ve las caras que lo rodean, mirándose entre sí sin sostener la mirada, porque entonces vomitarían de miedo.

La cápsula se detiene con un chirrido prolongado y vuelve a ponerse en marcha, muy despacio.

Robson está otra vez en Boa Vista, al final, cuando se fue la luz y no se veía nada más que las caras que se miraban entre sí en el resplandor verde de las bioluces de emergencia del refugio. Ruidos. Recuerda el ruido de los estallidos y que todos cerraban los ojos cada vez, temiendo que el siguiente destrozara el refugio como una taza de té caída. Una gran explosión y un terrible sonido de viento, como si el mundo se partiera por la mitad, mientras el refugio temblaba y se agitaba sobre los amortiguadores, todos demasiado aterrorizados para gritar, hasta que amainó el ruido, y así fue como Robson supo que Boa Vista estaba abierta al vacío. Así fue como Robson supo que su padre había muerto.

«Estamos a salvo —repetía una y otra vez *madrinha* Elis, con Luna firmemente sujeta entre los brazos—. Estás a salvo. Los refugios no pueden estallar.»

«Boa Vista ha estallado», pensó Robson, pero no lo dijo, porque sabía que una chispa podía quemar en un instante todo el oxígeno del apelotonado refugio.

Los refugios no pueden estallar. Las cápsulas de salvamento pueden sobrevivir a cualquier cosa.

Cuando la luz de las linternas horadó la oscuridad no sabía si iban a rescatarlos o a matarlos.

Robson pulsa el botón del centro del pecho para soltar las sujeciones y se acerca al ventanuco de observación.

No puede morir en una burbuja de acero. Tiene que ver. Tiene que ver.

Crucible agoniza en lentas erupciones; una línea de luz derretida. El extremo más alejado del tren está más allá del horizonte, pero Robson alcanza a ver lágrimas incandescentes de metal fundido, cada una del tamaño de una cápsula de salvamento, que trazan arcos de kilómetros de altura, girando hasta que alcanzan el suelo y se desparraman en salpicaduras. Se cubre los ojos para protegérselos de la luz. Los espejos siguen buscando, siguen moviéndose, orientando sus cuchillas de dos mil grados kelvin a los pilares y los bojes. Sin soporte, los crisoles caen. Los armazones se curvan; los conversores giran y se derraman. *Ironfall*. Las tierras raras licuadas corren por la superficie, resplandecientes arroyos de lantano, mareas de cerio y fermio, largas lenguas de robidio incandescente. Las burbujas de aire revientan; las complejas y bellas máquinas estallan. Llueve metal fundido en el océano de las Tormentas.

Ahora están cayendo los espejos, con los soportes minados sin remedio. Uno tras otro, se retuercen y se desmoronan, blandiendo sus espadas de luz contra el cielo, contra los mares, trazando arcos de vidrio en el polvo del suelo oceánico. Robson ve morir una cápsula, hendida por el letal e ineludible foco de un espejo, y luego otra. Uno tras otro, caen los doce mil espejos de Crucible. Espejo tras espejo, la oscuridad desciende. No queda más luz que el resplandor del metal fundido y las balizas de emergencia de las cápsulas que huyen.

Robson se encuentra con que está llorando de impotencia a lágrima viva. Se le agita el pecho; se le acelera la respiración. Es dolor. Odiaba Crucible; odiaba las tramas, los secretos y el miedo acechante, su política y la sensación de que todos aquellos a los que conocía tenían un plan en el que él era la presa. Pero era un hogar. No en el sentido en que lo había sido Boa Vista; nada podrá volver a parecerse a Boa Vista; no puede volver nunca.

Era un hogar y ya no está. Ha muerto, como Boa Vista. Muerto. Asesinado. Ha tenido dos hogares y han asesinado a los dos. ¿Qué factor tienen en común? Robson João Baptista Boa Vista Corta. Será que algo marcha mal en él. El chico que no puede tener un hogar, porque se lo arrebatan. Como a *paizinho*, como a su *mãe*, como a Hoang. Su *pai* lo mandó a Reina, a Crucible, donde Hadley intentó convertirlo en *zashitnik*. Cuando volvió a Boa Vista, *paizinho* se puso a lanzarle pelotas, con tanta fuerza que le hacía daño, con tanta fuerza que lo magullaba, que lo incitaba a odiar. Todo. Siempre. Se lo han quitado.

Ha cesado la lluvia de acero. La cápsula de salvamento surca los mares tachonados de metal, trazando las coordenadas de centros de rescate, bases mineras y hábitats de los alrededores del océano de las Tormentas. Los espejos miran fijamente, ojos ardientes en su lugar de reposo definitivo. La destrucción de Crucible desprende tanta luz que es visible desde la Tierra. El cielo está lleno de constelaciones móviles, luces que Robson identifica como motores de maniobra. VTO ha movilizado todas las naves de búsqueda y rescate de la Luna. No hace falta buscar; no hay nada que rescatar. O se vive o se muere a manos de la Luna.

Robson se encuentra con que tiene un objeto en la mano. Aristas rectas, esquinas redondeadas, con peso y grosor. Baja la vista. Sus cartas, la baraja que le dio Hoang cuando eran *okos* y que lleva encima desde entonces. Las mezcla lenta y deliberadamente. Encuentra solaz y certidumbre en la manipulación que obran sus dedos. Eso depende de él. Las cartas puede controlarlas.

2
Virgo – libra de 2105

Hay cadáveres en todas las estancias, túneles, pasillos y esclusas. Cadáveres sentados, en cuclillas, tumbados, cruzados de piernas y con la cabeza inclinada. Cadáveres apoyados los unos en los otros. Cadáveres con ropa de fiesta: Chanel, D&G, Fiorucci, Westwood. Cadáveres que dicen poco y se mueven menos, a la espera. Cadáveres que ahorran aliento. Las estancias, túneles, pasillos y esclusas de Lansberg zumban con las débiles respiraciones sincronizadas de los supervivientes. De tanto en tanto, una esclusa se abre y entran más evacuados de vestimenta festiva; se llenan los pulmones del aire húmedo, maloliente y reciclado, hasta que el chib da la voz de alarma y les reduce el reflejo de respiración. Sin aliento, boqueantes, buscan un sitio entre los supervivientes amontonados para sentarse a esperar.

Lansberg es el almacén de mantenimiento de VTO de la línea Ecuador Uno en el océano de las Tormentas; un baluarte alojado bajo el cráter de Lansberg para los bots, los vehículos de servicio y el personal, en turnos de dos lunas. Su unidad ambiental está diseñada para cincuenta personas en caso de emergencia; en sus cámaras chorreantes se apelotonan veinte veces esa cantidad. Ocho horas después del *ironfall* siguen llegando cápsulas de rescate a la esclusa, con la energía de reserva, para descargar supervivientes anóxicos, deshidratados y aterrorizados. Los ingenieros de Lansberg imprimen depuradoras de CO_2, pero ahora está fallando el sistema de reciclaje de agua. Los servicios dejaron de funcionar hace horas. No queda comida.

Darius Mackenzie resopla de frustración y lanza las cartas al otro lado del pasillo.

—*No lo entiendo* —dice a través de Adelaide, su familiar.

Robson reúne las cartas, las baraja y, lentamente, vuelve a enseñar a Darius el truco Tenkai. El pulgar sujeta la carta contra la palma. Le enseña la mano y mueve los dedos, ¿lo ves? El secreto del truco está en el ángulo relativo entre mano y carta, de modo que no se vea ni un trozo de carta. Es uno de los juegos de manos más difíciles. Practicó horas y horas delante de la cámara. La memoria mecánica es torpe y de aprendizaje lento; solo la repetición de ensayos transmitirá al músculo el movimiento, el flujo, la coordinación. Los juegos de manos son el arte más ensayado; un movimiento se puede practicar diez mil veces antes de atreverse a realizarlo con público.

Bryce ha comprobado rápidamente que Robson está bien antes de encargar a VTO una nave lunar que lo lleve a Reina del Sur. Crucible ha caído, pero Mackenzie Metals debe resistir. De eso hace cinco horas. Robson y Darius pasaron la primera abrazados, aturdidos por la enormidad de la destrucción. Después, Robson se aventuró en la red. Le saturaba el horror. Números, nombres. Nombres que conocía, nombres que le habían sonreído, habían hablado con él, le habían toqueteado inocentemente las magulladuras y se habían escrito con lápiz de labios en sus costillas; nombres de pelo cardado y ropa de fiesta. Ochenta muertos, cientos de desaparecidos. Estuvo sentado, midiendo cada breve inhalación, incapaz de asimilar lo que oía. Pasó tres horas escuchando las noticias. Después sacó las cartas.

—Voy a enseñarte a esconder una carta en la palma de la mano. Es el truco por antonomasia. La carta está ahí, pero está escondida, delante de todo el mundo, y en cuanto quiera puedo volver a sacarla.

Enseñó a Darius las variantes clásicas, Hungard y Tenkai, mientras los nuevos refugiados estiraban las piernas y los equipos médicos y de suministro de agua de VTO recorrían incansables los pasillos.

—Vuelve a intentarlo.

Darius coge la baraja, levanta la primera carta entre el índice y el corazón, hace como que coge la carta con la otra mano y gira un dedo para dar la vuelta a la carta y dejarla entre la palma y el pulgar. Algo capta su atención; no llega a realizar el truco. Suelta las cartas. Robson escudriña el corredor húmedo y oscuro. Sun *nui shi* y su séquito pasan cuidadosamente sobre los refugiados. Respira a fondo, libremente, de una mascarilla; un guardaespaldas le lleva el depósito de oxígeno. Se aparta la mascarilla de la boca.

—Darius. Arriba. Arriba.

Hace un gesto con la mano para que se levante. Darius se tambalea al ponerse en pie, y dos guardaespaldas se apresuran a sujetarlo, uno por cada lado. No parecen afectados por la escasez de oxígeno. Sun *nui shi* lo abraza. Robson aprieta la mandíbula al ver los brazos esqueléticos, los largos dedos huesudos alrededor de su amigo.

—Oh, mi querido niño. Mi querido, querido niño. Cuánto lo siento.

—Mi madre... —dice Darius. Sun *nui shi* le cierra los labios con un largo dedo.

—No hables. —Se aprieta la mascarilla contra el rostro y se la pasa a Darius—. Nos está esperando un autorraíl. En el Palacio de la Luz Eterna estarás a salvo.

Los agraciados chicos y chicas forman alrededor de Darius, que se vuelve para mirar a Robson. Por primera vez, Sun *nui shi* repara en él.

—*Senhor* Corta, me alegro de ver que está bien.

Robson junta los dedos y baja la cabeza en señal de respeto. Sun *nui shi* sonríe. Un rápido juego de manos y Robson ofrece la mitad de su baraja a Darius, que se guarda las cartas en la chaqueta. Los guardaespaldas ya lo arrastran por el pasillo, abriéndose paso entre los Mackenzie que se apelotonan, empujando, tras haber oído la palabra *autorraíl*. Darius vuelve la vista por última vez; después, los acompañantes de Sun *nui shi* lo introducen en la esclusa de salida.

—Nunca volveré a verte, ¿verdad? —susurra Robson.

Cuerpo tras cuerpo, Lansberg se vacía. Inspiración tras inspiración, los pulmones de Robson se expanden. Anuncios de trenes; gente que se levanta y se va. El personal de VTO le pregunta si va a montar. «No. Estoy esperando.» ¿A quién esperas?

Ahora solo queda Robson en el pasillo. Pero sigue ahí porque es el lugar por el que hay que pasar para entrar o salir de la estación. Él tiene que pasar por ahí. Y al final se queda dormido porque la espera es un dolor sordo y continuo, como un acúfeno del alma.

Una patada en la suela del zapato. Otra.

—Hola.

Hoang está acuclillado frente a él. Hoang en carne y hueso.

—Oh, tío, eres tú, oh... —Robson se lanza hacia él. Se abrazan en el pasillo vacío—. ¿Dónde estabas? ¿Dónde estabas?

—Había un tren, y me llevaron a Meridian. No sabes lo que he tardado en conseguir un tren que viniera a Lansberg. Tanto tiempo... —Abraza fuertemente a Robson, con un amor que descoyunta. Magulladuras nuevas sobre las antiguas.

—Tenía mucho miedo —susurra Robson al oído de Hoang—. Todo el mundo... —No bastan las palabras.

—Vamos —dice Hoang—. Tienes que lavarte. ¿Cuánto llevas sin comer? Traigo cosas.

Cuando no bastan las palabras, la comida es suficiente.

Las viejas gustan de sentarse al sol. Cada uno de los asientos que rodean la mesa está iluminado desde arriba por un rayo de luz solar en el que flotan motas de polvo. El juego es venerable, pero vale la pena: identificar el lugar de un espejo a otro y a otro, por los cien espejos iluminados por el sol de la penumbra perpetua de la cuenca de Shackleton hasta el alto y resplandeciente Pabellón de la Luz Eterna. De la oscuridad eterna a la luz eterna. Un pudin de espejos para entretenimiento de aquellos que saben cómo funciona el truco, pero la matriarca sigue sintiendo una punzada de maravilla cuando los espejos atraviesan la oscuridad, captan la luz y arden.

Cuando se mueven los espejos, empieza la sesión de la junta directiva de Taiyang.

—¿Sun *nui shi*?

Doce caras, cada una iluminada por su sol personal, se vuelven hacia ella.

—Vamos a acabar con ellos.

«Pensabas que no estaba escuchando; pensabas que era una vieja decrépita a la que solo se permite sentarse a la luz por respeto a las canas, una vieja chocha con el calor del sol en la cara.»

—¿Cómo dices, tía abuela? —pregunta Sun Liqiu.

—Los hermanos siempre se han detestado entre ellos. Lo único que los mantenía unidos era la empresa, y su padre. Robert ha muerto y Crucible es un charco de metal fundido en el océano de las Tormentas. Tenemos la oportunidad perfecta de hacernos con el negocio para el cinturón solar.

—Bryce ha emprendido las negociaciones para apropiarse de las reservas de L5 de Mackenzie Fusible —dice Sun Gian-Yin, *yingyun* de Taiyang. La intensa luz marca todos los rostros con sombras profundas e implacables.

—Podemos quedárnoslo —dice Sun *nui shi*—. Necesitamos algo que usar contra Bryce.

—Un hombre endeudado es un hombre bien educado —dice Tamsin Sun, directora del Departamento Jurídico de Taiyang. Sun *nui shi* la admira muchísimo y desconfía enormemente de su sagaz y ambicioso intelecto.

—Con cualquier arreglo estamos a salvo —dice Sun Liwei—. No hay nada que puedan relacionar con nosotros.

—Todo el mundo lo supondrá —dice Amanda Sun. La luz del amanecer es más dura con ella que con los otros miembros de la junta. Las sombras de sus ojos, bajo los pómulos, dicen: «Asesina».

«Qué bien te lo montas —piensa Sun *nui shi*—. No te creo. No tienes talento ni dotes para matar a Lucas Corta. No, no, pequeña asesina, lo que quieres realmente, la muerte que siempre has deseado, es la mía. Nunca me has perdonado por aquel *nikah* que te unía implacablemente a Lucas Corta.»

—Que lo supongan —dice Sun *nui shi*.

Las cabezas se vuelven ahora hacia Sun Zhiyuan, *shouxi* de Taiyang.

—Estoy de acuerdo con mi abuela: divide y vencerás. Como hicimos con los Mackenzie y los Corta.

Los Corta tenían estilo. Sun *nui shi* se arrepiente muchas veces de haber acabado con ellos por algo tan poco elegante como el beneficio económico.

Abena Maanu Asamoah no responde a sus llamadas de voz. No le envía mensajes ni interacciona en los foros sociales. No reconoce la existencia de Lucasinho Corta en el mismo universo. Él se pone en contacto con amigos, y con amigos de amigos. Pregunta a la familia. Le envía al apartamento cartas manuscritas en papel artesanal perfumado. Paga a su prima para que las escriba; Lucasinho Corta no sabe escribir a mano. Envía disculpas. Envía monerías, *kawai* y *emojis*. Envía flores y mariposas aromatizadas. Se pone sensiblero; se pone patético; se peina el flequillo por encima de los ojos y aprieta ligeramente los carnosos labios de esa forma que sabe irresistible; se enfada.

Al final se dirige al apartamento de Abena.

De todas las ciudades de la Luna, Twe es la más desconcertante, la menos estructurada, la más orgánica, la más caótica. Sus raíces fueron un grupo de tubos agrícolas que se hundían en el cráter de Maskelyne y, a lo largo de los años y los decenios, fueron enlazándose, conectándose con túnel, tendido eléctrico y conducciones que atravesaban la roca, haciendo estallar burbujas de hábitats y lanzando nuevos pozos y cilindros hacia arriba, hacia el sol. Es una ciudad de pasillos claustrofóbicos que se abren a altos silos resplandecientes de espejos que dirigen el sol hacia nivel de cultivos tras nivel de cultivos. Los espejos envían haces de luz vagabundos por el laberinto de Twe, contra las paredes, a las casas, sobre las escaleras en determinados momentos del día. En la larga noche lunar, la luz fucsia de los leds se desborda de las granjas tubo hacia la maraña de túneles y pasarelas. A Lucasinho le encanta ese rosa sucio y sexi que convierte todos los túneles, todos los conductos, en zonas erógenas.

Los espacios públicos son escasos y están atestados de quioscos, puestos de comida, tiendas de impresión y bares. En los túneles y las calles de Twe, demasiado estrechos para que circulen taxis, se aprecia el peligro de los monopatines eléctricos y los ciclomotores. Todo el mundo hace sonar el zumbador, toca el timbre, grita. Twe es una cacofonía, un arcoíris, un banquete. Pintadas, lemas, versículos bíblicos adornan todas las superficies. A Lucasinho le encanta el barullo de Twe, su decisión, la forma en que un error deliberado en la ruta puede presentarle nuevos lugares y caras. Sobre todo le encanta el olor. Humedad, moho, vegetación y podredumbre, acequias y aguas profundas. Pescado, plástico. El característico olor punzante del aire lavado por la luz intensa. Perfume y fruta.

Durante los dieciocho meses transcurridos desde que llegó a Twe, Lucasinho Corta ha sido un príncipe exiliado que goza de la protección y el favor de los Asamoah. A Lucasinho le encanta Twe, pero hoy, a Twe no le gusta Lucasinho Corta. Los amigos apartan la mirada, se resisten a establecer contacto visual; cuando se acerca a un grupo, este se dispersa y se pierde en la multitud; los integrantes ponen en marcha los monopatines, cambian de dirección y se alejan.

Así que todo el mundo sabe lo de Adelaja Oladele.

El apartamento del grupo de estudio de Abena está en el vigésimo nivel del hábitat Sekondi, un cilindro de medio kilómetro de profundidad de casas que rodean un campo de albaricoques, granadas e higos. Los espejos de debajo de la cubierta de vidrio envían largas esquirlas de luz hacia abajo, entre las hojas. Abena se mudó cuando se unió al grupo de estudio Kwame Nkrumah, el mejor de Twe para estudiar Ciencias Políticas, pero a Lucasinho le gustaba más su apartamento anterior. Era más íntimo. Menos gente, y aquellos con los que se topaba no se dedicaban a juzgarlo sistemáticamente por algún defecto ideológico, de privilegio o político.

En el otro sitio follaba mucho más.

—*La puerta no me contesta* —dice Jinji, su familiar. Lucasinho observa su imagen en la lentilla, se pasa un peine, se ajusta el nudo de la corbata blanca contra la camisa negra. Lleva todos los piercings en los agujeros correspondientes. Le gustan. Golpea la puerta con los nudillos.

Un movimiento en el interior. Sabrán quién está ahí fuera, en la galería.

Vuelve a llamar. Otra vez.

—¡Abena!

Otra vez.

—Abena, sé que estás ahí.

»Abena...

»Abena, habla conmigo.

»Abena, solo quiero hablar. Eso es todo. Solo hablar.

A estas alturas está apoyado en la puerta con la mejilla contra la madera, dando golpecitos con el dedo corazón de la mano derecha.

—Abena...

La puerta se abre lo suficiente para mostrar unos ojos. No son los de Abena.

—No quiere hablar contigo, Lucas. —Afi es la compañera de grupo de estudio que menos desprecia a Lucasinho. «Vamos progresando», piensa.

—Lo siento, de verdad. Solo quiero arreglar las cosas.

—Igual deberías haberlo pensado antes de follarte a Adelaja Oladele.

—Yo no me he follado a Adelaja Oladele.

—¿No? Te corriste cinco veces en tres horas. ¿Cómo llamas a eso?

—Control del orgasmo. Deberías saber que a ese tipo se le da de maravilla.

—Y eso no es follar.

¿Por qué tiene la impresión de que Abena dicta a Afi lo que dice?

—Eso no es follar; es control del orgasmo. Juegos de manos. No es tan íntimo como follar.

—¿Tener la mano de Ade en la polla durante tres horas no es íntimo?

Lucasinho debe reconocer que Adelaja Oladele tiene manos de ángel. Tres horas, cinco orgasmos.

—Solo es... un juego. Cosas de tíos.

—Cosas de tíos. Muy bien.

Lucasinho no puede salir victorioso. Retírate y minimiza los daños.

—No es como si yo...

—Como si tú, ¿qué?

—Como si lo quisiera o algo por el estilo.

—Y me quieres a mí. A Abena. A Abena.

—No quiero a Adelaja Oladele.

Se oye un sollozo procedente del apartamento. Afi mira a su alrededor.

—Lárgate, Lucas.

—Sí, ya me marcho.

—*Podría haberte dado instrucciones* —dice Jinji mientras Lucasinho mira la puerta cerrada.

—Eres una IA —dice Lucasinho—. ¿Qué sabes tú de chicas?

—*Evidentemente, más que tú* —responde el familiar.

Pero Lucasinho tiene un plan. Un plan genial, impecable y romántico. Cuando llega al túnel de acceso del nivel 12 ya está corriendo a plena carrera, con las solapas de la chaqueta de Armani aleteando. Jinji organiza el alquiler y el monopatín se reúne con él en el cruce del 8 con Down. Lucasinho se agazapa, con los brazos estirados para equilibrarse y las perneras del pantalón arrastradas por el rebufo. El patín baila por el flujo de peatones y máquinas. Lucasinho para frente al apartamento de tía Lousika, cruzado de brazos, la despreocupación vestida de Armani.

Ya está desnudo cuando termina de desplegarse la cocina.

—Luna, ve a por sorbete —dice *madrinha* Elis. A Lousika no le hace gracia la entusiasta desnudez de Lucasinho, pero últimamente para muy poco por casa: sus compromisos como nueva *omahene* del Trono Dorado la retienen en Meridian. Luna está acostumbrada a verle la piel a su primo; su *madrinha* y ella tienen que salir porque Lucasinho está en la cocina. Vaya diva.

Lucasinho se acerca desnudo a la encimera. Tiene la receta, tiene los ingredientes, tiene el talento. Aspira a fondo, se pasa las manos por los firmes abdominales, por las concavidades del culo increíblemente prieto, por los músculos tensos de la parte inferior de la columna. Esto te dejará patidifusa, Abena Maanu Asamoah. Flexiona los bíceps y chasquea los nudillos. Levanta la bolsa de plástico para que la harina caiga nevando lentamente en el cuenco. Un material milagroso; Lucasinho sabe lo caro y escaso que es. Es una obra de amor, arte más allá de la artesanía. Introduce las manos en el cuenco y se deleita con el fluir sedoso de la harina, casi líquida, que se le derrama entre los dedos. Coge un puñado y la mira mientras desciende, en gotas que caen más deprisa que la nube de polvo.

Lucasinho introduce el índice en la harina, que aún está asentándose, y se traza una línea en cada pómulo. Una línea vertical en el centro de la frente. Un poco de harina en cada pezón y, por último, un círculo blanco en la piel marrón del chakra svadhishthana. Creatividad, sexo, pasión, deseo. Interacción, relaciones, memoria sexual. Está listo.

—A cocinar.

La adorna con nata. Un pegote en la garganta, uno en cada pezón, en el abdomen, en el ombligo. Ella le detiene el dedo cargado de nata a medio camino entre las ruinas de la tarta y la vulva.

—¿Me estás poniendo nata en los chakras? —pregunta Abena Maanu Asamoah. Lucasinho se inclina y le coloca el pegote de nata en el capuchón del clítoris.

Abena da un respingo por el frío y la osadía; coge la mano de Lucasinho y le lame los restos de nata de los dedos.

—¿Y ahora qué como? —protesta Lucasinho; Abena ríe con lascivia y se acerca para ofrecerle los pechos. Gruñe imperceptiblemente cuando él le lame los pezones.

—Anahita, manipura, svadhishthana —dice Abena. Pone la mano con delicadeza pero firmemente en la nuca de Lucasinho y lo conduce entre los muslos abiertos—. Muladhara. Deja sitio para el segundo plato.

Él había esperado, envuelto en la llovizna del sistema de riego del campo vertical, durante quince minutos, en la puerta. El agua se condensaba en la tartera que tenía entre las manos y goteaba; el agua le perlaba y hundía el alto tupé. El agua le humedecía el traje de Issey Miyake y se infiltraba en los pliegues. Le caía agua de todos los piercings plateados que llevaba en la piel. Cuando se abrió la puerta, Abena estaba al otro lado.

—Más vale que entres antes de que te dé algo.

¿Estaba ocultando una sonrisa?

Abena intentó no prestar atención a la tarta que reposaba en el sofá, junto a él.

Lucasinho intentó no darse cuenta de que todos los demás miembros del grupo de estudio se habían marchado.

—Te he preparado una tarta.

—¿Crees que esa es la respuesta para cualquier cosa? ¿Te vas a preparar una tarta y eso lo arregla todo?

—Casi todo.

—¿Por qué te follaste a Adelaja Oladele?

—No me lo follé.

—Te hizo una paja...

—Control del orgasmo.

—Sí, se le da muy bien. Lo dice todo el mundo.

—Es legendario. Vale la pena no perdérselo, según dicen. Y es que como tú siempre...

—Yo, ¿qué?

—Bueno, siempre estás ocupada...

—No intentes largarme a mí el muerto. No te atrevas. A ver si eres capaz de decir que solo te acostaste con Adelaja Oladele porque yo estaba trabajando.

—Vale. Pero estábamos de acuerdo. Tú estabas de acuerdo. Esto no es exclusivo. Podemos salir con otros.

—Porque tú insististe.

—Soy así. Lo sabías de antes.

—Podías haber preguntado —dijo Abena—. Si me parecía bien que tuvieras esa sesión con Ade. A lo mejor me habría gustado mirar. Dos chicos juntos, ya sabes.

Lucasinho nunca dejaba de sorprenderse por las formas en que Abena podía sorprenderlo. En la fiesta de la carrera lunar, justo antes del intento de asesinato de Rafa, cuando le puso el piercing especial en el lóbulo y saboreó su sangre. El día de la boda, cuando él ejerció el poder oculto en ese piercing y se acogió a la protección de los Asamoah para no enfrentarse al matrimonio con Denny Mackenzie: Abena lo esperaba tras el cristal presurizado, en la estación de Twe. Cuando cayó Boa Vista lo acogió sin dudarlo, caminó con él hasta la nave de VTO que esperaba y le sostuvo la mano durante todo el vuelo. Bajó al infierno sin luz, desolado, que había sido el hogar de Lucasinho.

Ella era una heroína, una diosa, una estrella. Él era un idiota que hacía tartas.

—¿Puedo quitarme la ropa mojada?

—Aún no. Ni ahora ni en mucho tiempo, *senhor*. Te conozco. Luces abdominales y crees que todo está perdonado. Pero creo que voy a comer un poco de tarta.

Lucasinho abrió la caja.

—Es de bayas y nata montada.

—¿Qué bayas?

—Solo conozco el nombre en portugués.

—Dilo.

Lo dijo. Abena cerró los ojos de placer. Le encantaba la musicalidad del portugués de los Corta.

—Fresas. Me gustan las fresas. Sí, quiero un trozo de esa tarta de fresas.

—Con nata.

—No tientes a la suerte.

En la zona del comedor, mucho más grande incluso que la de tía Lousika, mucho peor equipada, Lucasinho cortó la tarta con precisión, en trozos pequeños porque albergaba esperanzas, y preparó una infusión de menta.

—¿Estás temblando?

Lucasinho asintió. La llovizna lo había calado hasta los huesos.

—Vamos a quitarte esa ropa mojada.

Fue entonces cuando a Lucasinho se le ocurrió lo de la nata.

Después de la tarta, los juegos y el sexo de reconciliación, Abena se tumbó abrazada a Lucasinho para ayudarlo a deshacerse de los últimos resquicios de aterimiento. Su fría ausencia lo despierta.

Abena se ha llevado la tarta.

Lucasinho la encuentra sentada, cruzada de piernas, en el suelo de la sala común, con la espalda encorvada, concentradísima. Se ha puesto una camiseta enorme y unos pantalones cortos minúsculos, y se ha atado el pelo con una cinta de tela verde. Lucasinho observa su concentración pura e intensa. Si permitiera a Jinji enlazarse con su familiar, vería la habitación llena de fantasmas y políticos; el foro de Abena. Ya se lo ha explicado: es un grupo de personas comprometidas con la exploración de nuevos futuros para todos. Lucasinho no puede pensar en el futuro. Desde donde está, el suyo tiene el mismo aspecto en todas direcciones, yermo como el mar de la Tranquilidad. Siempre que no está con el grupo de estudio, Abena habla entre dientes con sus amigos políticos. «Están pasando cosas —le dice—. Ahí abajo. En la Tierra.»

A los Corta no les va la política. Una vez lo intentaron. Eso acabó con ellos.

Pone una mano entre los omóplatos de Abena y otra en la parte inferior de la espalda, y le endereza la columna. Abena suelta un gritito de sorpresa.

—Tienes una postura deplorable.

—Luca...

Le encanta que lo llame por ese nombre familiar tan íntimo.

—Vuelve a la cama.

—Siguen llegando noticias.

—Crucible.

—Ciento ochenta y ocho muertos contabilizados. Robert Mackenzie y Jade Sun siguen desaparecidos.

—Se han quemado. Me alegro.

—Los foros están que echan humo. Las bolsas se han vuelto locas. Estoy siguiendo las compras apresuradas de helio. —Entonces, Abena se da cuenta de lo que ha dicho Lucasinho—. ¿Te alegras? Ha muerto gente, Luca.

—Despresurizaron a Rafa. Colgaron a Carlinhos de los pies. Le rompieron la columna a Ariel. Wagner se oculta y nadie sabe si mi padre está vivo o muerto. Mandaron *blades* a por mí. ¿Lo recuerdas? Se han quemado y no puedo sentirlo. Ya viste Boa Vista. Viste a Rafa, ahí fuera.

—Está a salvo.

Lucasinho sacude la cabeza por la falta de continuidad, tropezando contra una grieta emocional del mundo.

—¿Qué? ¿Quién?

—Tu sobrino Robson.

—Robson está en Reina del Sur.

—Robson estaba en la fiesta de Robert Mackenzie. Consiguió salir, Luca. Pero eso no lo sabías. —Lucasinho se desmorona en el sofá. Abena cierra el foro—. Es de tu familia.

Es una conversación antigua de senda profundamente marcada y giros emocionales bien señalizados.

—¿Crees que no lo sé? ¿Crees que no intenté impedir que se lo llevara Bryce Mackenzie? No lo conseguí. Tengo diecinueve años. Soy el heredero. El último Corta. Ni siquiera conseguí retener a Robson a mi lado. No pude mantenerlo a salvo.

—No eres abogado, Luca.

—Cierra el pico, Abi. Siempre tienes razón. Todos los Asamoah; siempre tenéis razón, habláis con sabiduría y tenéis una respuesta: bim, bam. Cierra el pico y escúchame. Tengo miedo. Cuando los Mackenzie se pongan a buscar a alguien a quien cargar el muerto, ¿por dónde empezarán? Por los Corta. Tengo miedo todo el rato, Abi. Aquella sesión con Adelaja no fue por el sexo. Fue por pasar tres horas sin tener miedo. ¿Sabes cómo es tener miedo en todo momento?

Abena reconoce que ella habita un mundo que puede tocar y moldear, donde sus palabras y sus pensamientos tienen poder e influencia. Lucasinho vive en un mundo del que es responsable pero que no puede cambiar, donde carga con la culpa de las cosas que no hizo. La distancia se agrandará y acabará por separarlos; Abena lo ve con claridad. También ve a un joven herido e indefenso que ha vivido experiencias inimaginables. Un joven al que no puede ayudar, al que entiende porque, en lo tocante a él, ella también se siente responsable e impotente.

Abena rodea a Lucasinho con los brazos.

Así los encuentra Afi cuando entra, después del cóctel, en busca de un té depurador. Mejor que té: tarta. Se corta un trozo. La habrá hecho el chaval. Están muy monos juntos en el sofá, dormidos el uno contra el otro. Es un chaval muy guapo, con ese estilo presumido brasileño, pero ella jamás invertiría en una mercancía tan dañada.

Su tarta, sin embargo, es espectacular.

El barman de Mackenzie Metals ha creado un cóctel conmemorativo. Vodka industrial a la vieja usanza, jarabe de hibisco, lima, ramitas de calicoma y una bola de gel con sabor a canela y eucalipto que libera lentamente zarcillos anaranjados en el líquido rosa. Conmemora la destacada vida de Robert Mackenzie en una copa. En las puertas acechan camareros cargados con bandejas de esa cosa, para endosársela a los asistentes.

—Y esto es...

—Un red dog.

Sun *nui shi* acepta la copa, la olisquea, prueba un traguito y se la entrega a un miembro de su séquito. Sin gusto, desde la copa hasta el cóctel, pasando por el nombre. Muy propio de los Mackenzie. Un guardaespaldas le sirve un chupito de su ginebra privada. Fortalecida, entra en el salón para unirse al funeral.

El mausoleo la ha sorprendido. Ningún Mackenzie ha mostrado jamás impulsos religiosos, pero el corazón de Kingscourt, el antiguo palacio de Reina del Sur, contiene un pequeño santuario: una habitación de un blanco inmaculado, un cubo perfecto de tres metros de lado. Duncan entró solo y después invitó a familiares y amigos a presentar sus respetos. La curiosidad impulsó a Sun *nui shi* a entrar. La cámara era pequeña, con capacidad para tres personas como mucho, toda blanca, con las paredes llenas de discos de colores de diez centímetros de diámetro. Sun *nui shi* estaba en una cámara de lunares. Cada disco era el familiar de un Mackenzie muerto, congelado en circuitos cerámicos. El cuerpo se reciclaba, pero el alma electrónica permanecía. Ahí estaba Robert Mackenzie, un disco carmesí en el centro de la pared opuesta. Su familiar se llamaba Red Dog, recordaba Sun *nui shi*. Tocó a Red Dog, casi esperando sentir el cosquilleo de los datos, un eco de la furia y la ambición que ardieron con tanta fuerza. Era un disco de vidrio con aditivos, de tacto aterciopelado; nada más.

Después de las exequias, el acto principal: la recepción. Sun *nui shi* había sacado la tarjeta de charlas en el tranvía que la llevaba desde el Palacio de la Luz Eterna. El orden es importante.

El primero del recorrido es Yevgueni Vorontsov, rodeado de sus hijas. De buena estructura ósea, pero estúpido y fruto de la endogamia. Demasiada radiación entretejida en el ADN.

—Yevgueni Grigórievich...

El consejero delegado de VTO Luna es un tiarrón de pelo largo y barba espesa, de ropa y peinado impecables. Sun *nui shi* admira especialmente el damasco de su camisa. Sujeta una copa de vodka puro con una mano temblorosa. Los informadores de Sun *nui shi* le cuentan que Yevgueni tiene un problema crónico con la bebida, y el mando de VTO ha pasado a una generación más joven y dura. Ha pasado o se ha arrebatado.

—Mi más sentido pésame, Sun *nui shi*.

—Gracias. Parece que esta tragedia ha afectado a todas las casas.

—Nosotros también hemos sufrido pérdidas.

Jade Sun era la obra de una vida, décadas de cuidadosas maniobras y manipulación destruidas por una gota de resplandor solar. Jade era el arma puesta a punto; Amanda nunca fue tan incisiva, sutil y paciente como su hermana mayor. Lucas Corta daba mil vueltas a Amanda Sun en todos los sentidos. Debería haberla casado con Rafa, aunque fuera de tercera *oko*, pero los Tres Augustos insistían en que Lucas Corta acabaría dirigiendo Corta Hélio.

—Corren tiempos aciagos, Yevgueni.

Yevgueni Grigórievich Vorontsov sabe cuándo quieren quitárselo de encima.

Sun *nui shi* se acerca a Lousika Asamoah, elegante y letal con su Claude Montana. Los tejemanejes políticos de AKA son inescrutables para Sun *nui shi*, pero tiene entendido que Lousika es la actual *omahene* del Kotoko, que es una especie de junta directiva cuyos miembros entran y salen continuamente, y que el cargo es rotativo. A Sun *nui shi* le parece espantosamente elaborado e ineficaz. Los Asamoah guardan secretos de todo el mundo; Sun *nui shi* no necesita saber nada más.

—*Ya Doku Nana.* —Su familiar le comunica que es la forma adecuada de dirigirse a la *omahene*.

—Sun *nui shi*...

Hablan de familias, de hijos y nietos, y de cómo la Luna hace que cada generación sea más extraña que la anterior.

—Su hija está en Twe —comenta Sun *nui shi*.

—Luna, sí. Con su *madrinha*.

—Nunca entendí esa tradición de los Corta, y mucho menos que la importaran a Twe al por mayor. Disculpe, pero soy una anciana y, como tal, muy directa.

—Está acostumbrada a eso.

—Supongo. Entiendo la utilidad de las tareas de cuidado infantil, sobre todo ahora que pasa tanto tiempo fuera de Twe desde que ocupó el Trono Dorado. Dígame, ¿cómo se siente? Concebir hijos para que otra mujer los geste, los dé a luz y los cuide...

Sun *nui shi* detecta un atisbo de irritación en el rostro perfectamente compuesto y maquillado de Lousika Asamoah, y saborea la gotita de sangre que le ha sacado. Los Asamoah guardan secretos y ella los descubre. Algún día, cuando surja la necesidad, y puede que no llegue a surgir, introducirá una cuña en esa pequeña herida y la usará para partir a Lousika Asamoah por la mitad.

Sun *nui shi* ha conducido a Lousika Asamoah a la frontera del espacio de Bryce Mackenzie y cambia fluidamene de órbita social. Lleva años sin tener delante a Bryce Mackenzie, y le cuesta disimular el disgusto. Es espeluznante. Obsceno. Para tolerar su proximidad se convence de que es algún tipo perverso de arte corporal. Hoy solo lleva dos acólitos. Chicos muy arreglados; el más alto ya debería ser demasiado mayor.

—Bryce... —Le tiende la mano, y se alegra de que él lleve guantes—. No tengo palabras. No sé qué decir. Una pérdida terrible, terrible.

—Para usted también.

—Gracias. Aún me cuesta creer que estaba allí. Los dos estábamos. Una tragedia; una atrocidad. Eso fue obra de alguien. No hubo ningún accidente.

—Nuestros ingenieros lo están investigando. Es difícil obtener pruebas físicas, y VTO quiere reabrir la Ecuador Uno cuanto antes.

—Pero Mackenzie Metals perdurará, como siempre. Fuimos los primeros, su padre y yo. Por fin tienen el negocio del helio. No seré yo quien diga a nadie cómo manejar sus asuntos, pero en ocasiones, una declaración rápida y autoritaria puede calmar los nervios de un mercado. Hasta que se dirima el testamento de su padre.

—Los asuntos de los Mackenzie son asuntos de los Mackenzie, Sun *nui shi*.

—Por supuesto. Pero, por el antiguo afecto que existe entre nuestras familias, déjese caer alguna vez por el Palacio de la Luz Eterna.

—El Palacio de la Luz Eterna —dice Bryce—. ¿Allí es adonde ha llevado a Darius?

—Así es, y ahí seguirá. No quiero que el chico acabe como otro de sus cachorros. —Los adoptados de Bryce se agitan, incómodos; la gente de alrededor sonríe forzadamente.

—Es un Mackenzie, Sun *nui shi*.

—Darius es, ante todo y sobre todo, un Sun. Sin embargo, quizás estemos dispuestos a ofrecer cierta compensación.

Bryce mueve la cabeza con una inclinación imperceptible, y Sun *nui shi* avanza hacia su objetivo final. Duncan Mackenzie está en la terraza, con su cóctel red dog apoyado en la barandilla. Las torres de Reina del Sur están adornadas con banderas, colores, estandartes, globos y criaturas mitológicas, preparativos para la celebración de Zhongqiu. En el caos del *ironfall* y sus secuelas, Sun *nui shi* se había olvidado. En el Palacio de la Luz Eterna competirán los láseres en el tradicional concurso de esculturas de hielo del día de los pasteles de luna.

—Siempre he envidiado su Kingscourt —dice Sun *nui shi*—. Dejamos que su padre se apropiara del centro. Debí pelear más.

—Con todos mis respetos, Sun *nui shi*, lo que tenía mi padre fue aquello de lo que se apropió.

Recuerda cuando Robert Mackenzie, de pie en aquel suelo de piedra, declaró que ahí construiría su cuartel general. Aún no se había sellado la cámara de lava para crear atmósfera cuando trasladó a los constructores para tallar los primeros niveles de Kingscourt. Reina del Sur era el lugar lógico para echar raíces en la Luna: una cámara de lava de cinco kilómetros de longitud por tres de altura, cerca del hielo del cráter Shackleton; pero los Mackenzie pasaron rápidamente a Hadley, donde construyeron su primer horno de fundición, y luego a la demencial ambición de Crucible, en movimiento constante bajo el martillo del sol. Kingscourt siguió siendo el centro neurálgico de los Mackenzie, donde los niños nacían y se criaban, donde se diseñaban las dinastías. A lo largo de los decenios, Sun *nui shi* lo ha visto crecer hasta alcanzar el techo, y ahora constituye la columna vertebral de un bosque, una catedral de columnas.

—Lo siento mucho, Duncan.

Duncan Mackenzie va de gris, como de costumbre, como gris es Esperance, su familiar, pero a ojos de Sun *nui shi* ha bajado de tono; es como si el alma hubiera perdido color, como si se hubiera endurecido el espíritu.

—Por Robert Mackenzie. —Duncan deja el cóctel—. No puedo levantar una copa de esta mierda por mi padre.

A través del familiar, Sun *nui shi* llama a una guardaespaldas, que aparece con dos vasos de chupito. Sun *nui shi* se saca la petaca del bolso.

—Creo que esto estará a la altura.

Hacen chocar los vasos escarchados y apuran la ginebra.

—Veo que, incluso en medio de la calamidad, Mackenzie Metals sigue con sus negocios. Su padre habría estado orgulloso. Bryce está estabilizando las fluctuaciones de precios de los mercados de helio-3 terrestres. Muy astuto. La división de tierras raras tardará algún tiempo en reanudar la producción; lo inteligente es financiarse con el helio.

—Bryce siempre ha sido un director financiero proactivo —dice Duncan. Sun *nui shi* rellena los vasos.

—Una mano firme al volante. Cualquier mano al volante. A los terráqueos les gusta eso. Nos consideran un hatajo de anarquistas, delincuentes y sociópatas. Los mercados detestan la incertidumbre, y la sucesión no está asegurada. Sabemos demasiado bien lo despacio que giran las ruedas del derecho lunar.

—Entrega a Duncan el segundo chupito de ginebra pura.

—Yo soy el heredero de Mackenzie Metals.

—Por supuesto; eso es incuestionable. —Sun *nui shi* alza el vaso—. La pregunta es: ¿quién está al mando? ¿Su hermano o usted?

Sun *nui shi* vuelve a la recepción y la recorre. Un saludo aquí, un cumplido allá, un desaire o un suspiro. Tras un intervalo respetable se acerca a Sun Zhiyuan.

—¿Satisfactorio, *nainai*?

—Claro que no. Este sitio apesta a *laowais*.

—Las bebidas son atroces.

—Abominables. —Sun *nui shi* se acerca a su *sunzi*—. He puesto la yesca. Ahora, prende la hoguera.

Los Mackenzie de Kingscourt van a celebrar un banquete en este salón. Del techo cuelgan piñatas con regalos, y la barra está bien pertrechada. Hay un estrado para los músicos. En unos días será Zhongqiu, y chicas con falda de globo, chicos con hombreras y neutres con vestidos elegantes beberán, bailarán, se drogarán y se lo montarán en esta habitación. A lo largo de los próximos días llegarán Mackenzie de toda la Luna, presentarán sus respetos y se dirigirán a la barra. La memoria es breve; los muertos entierran a los muertos.

Bryce Mackenzie está tramando. Ha convocado a cuatro ejecutivos de Mackenzie Metals con poder, experiencia y autoridad, todos hombres. Veinte niveles por debajo, el funeral de Robert Mackenzie recorre sus circunvoluciones de respeto e hipocresía.

—Estáis aquí porque confío en vosotros —anuncia Bryce Mackenzie—. Tengo ofertas sólidas para nuestra reserva de helio-3 de L5. —Bryce guarda un alijo en el limbo gravitatorio del punto de libración L5, para salvaguardarse de las oscilaciones de precios.

—¿Cuánto? —pregunta Alfonso Pereztrejo, director financiero de Mackenzie Fusible.

—Todo.

—Eso hará bajar el precio —advierte Alfonso Pereztrejo.

—Eso espero —dice Bryce Mackenzie—. No quiero que la extracción de helio-3 en la Tierra resulte rentable. No estamos en condiciones de acabar con la competencia. Nuestra producción está solo al treinta por ciento.

—Seguimos con la recolección parada en Fecundidad, Crisis y Serpiente —dice Jaime Hernández-Mackenzie, director de operaciones de Mackenzie Metals, un veterano con los pulmones medio petrificados por décadas de polvo. Tierras raras, helio, compuestos orgánicos, agua; puede coger la Luna entre las manos y exprimirla hasta sacar beneficio—. Los terrenos principales de Corta Hélio. Hay pruebas de sabotaje. Esos brasileños son unos rencorosos.

—Después quiero meter a João de Deus en vereda —dice Bryce Mackenzie—. Cueste lo que cueste. Quiero que MH esté en plena producción en dos lunas.

—¿MH? —pregunta Rowan Solveig-Mackenzie, analista jefe de Mackenzie Metals, joven, inteligente y ambicioso; el parangón de las virtudes capitalistas.

—Mi padre ha muerto —dice Bryce Mackenzie—. Mackenzie Metals, la Mackenzie Metals que construyó mi padre, la que conocíamos, ha muerto. Pasó la era de la corporación familiar. Se acabaron los metales. Ahora nos dedicamos al helio.

—Entonces, la sucesión se ha establecido —indica secamente Rowan Solveig-Mackenzie.

—Si esperamos a los abogados, la empresa está jodida —dice Bryce.

—Disculpa, pero mientras no se establezca la sucesión, no podemos refinanciarnos —replica Dembo Amaechi, director de seguridad corporativa; el callado, el que no ha hablado hasta ahora—. No tenemos autoridad para firmar contratos.

—Tengo fondos —explica Bryce—. Sun Zhiyuan ya ha hablado conmigo.

—Dinero de fuera —dice Jaime.

—Bryce, tu padre nunca... —dice Dembo.

—Y mucho menos de los Sun —añade Rowan.

—Que le den a mi padre —estalla Bryce, temblando de pasión frustrada—. MH. Mackenzie Helium. ¿Estáis dentro o fuera?

—Antes de empezar a cerrar contratos —dice Dembo Amaechi—, tengo información sobre el fallo de los espejos.

A nadie se le escapa el peso con que carga la palabra «fallo».

—Nos hackearon —afirma Dembo.

—Evidentemente —dice Bryce Mackenzie.

—Era un código muy bien escrito. Se integraba en nuestro sistema operativo, se ocultaba a nuestra seguridad y se actualizaba con nosotros.

—¿Y quieres meterte en la cama con los Sun? —grita Jaime a Bryce—. Esto apesta a Taiyang.

—Lo raro —dice Dembo— es que llevaba ahí mucho tiempo. Inactivo. A la espera.

—¿Cuánto? —pregunta Bryce Mackenzie.

—Treinta o treinta y cinco años.

—Tormentas Este —susurra Bryce Mackenzie.

Bryce tenía ocho años cuando los Corta atacaron Crucible. Duncan había crecido rodeado del calor y la fealdad de Hadley; Bryce, entre las intrigas y las artimañas políticas de Kingscourt. Robert Mackenzie dictaminó que los herederos estuvieran separados, para evitar que una sola catástrofe pudiera decapitar Mackenzie Metals. Un día, Alyssa, su madre, dijo: «Ya está todo listo. Nos mudamos a una casa nueva». El recorrido en tren desde Reina del Sur fue largo, y desde Meridian, más largo aún; pero cuando su madre lo llamó a la ventanilla, vio la estrella resplandeciente en el horizonte y experimentó emociones desconocidas hasta entonces. Maravilla y miedo. Su familia, su padre, podía arrancar una estrella del cielo y anclarla a la Luna. Era un poder que sobrepasaba la concepción de un niño de ocho años. Alzó la vista hacia las hileras de espejos, llenas de sol capturado.

Todo nuevo, recién impreso, con olor a plástico y compuestos orgánicos. Olor a róver nuevo en toda una ciudad. «Voy a vivir ahí, en la máquina más increíble del universo.»

Entonces atacaron los Corta; sabotearon los raíles por delante y por detrás. Bryce vio ponerse el sol en el crisol de la luz eterna y sintió dos emociones nuevas: afrenta y humillación. Los Corta habían mancillado una pureza y una belleza que los sobrepasaban. Como jamás podrían alcanzar un poder y una capacidad semejantes, atacaron por envidia y mezquindad. A diferencia de su hermano, Bryce no había conocido un mundo en el que no acechara la sombra de los Corta. A diferencia de su hermano, Bryce era un chico desgarbado, dispráxico y sin coordinación, inepto en los deportes que adoraban su padre y sus tíos, pero desde sus primeros días en la espiral creciente de Kingscourt se interesó por los negocios familiares. A los siete años ya entendía los fundamentos de la extracción, el refinado y la comercialización de tierras raras. Crucible era una extensión de sí mismo, una tercera mano. Sintió dolor físico cuando lo detuvieron.

Treinta y cinco años había pasado el código escondido en la IA de Crucible, creciendo, adaptándose, expandiéndose.

—Según nuestras pesquisas iniciales, se activó a distancia —explica Dembo.

—Un Corta —dice Bryce Mackenzie—. Deberíamos haberlos exterminado a todos, hasta el último vástago.

—Somos hombres de negocios, no *blades* —expone Rowan—. No quedan más Corta que tres niños, uno de esos tipos que se creen hombres lobo y una exabogada venida a menos. Así que los Corta han destruido nuestro hogar. Nosotros llegaremos más lejos: nos quedamos sus máquinas, sus mercados, su ciudad, su gente, todo lo que tenían y apreciaban, y de aquí a cinco años nadie recordará el apellido Corta. ¿Recuerdas lo que decía siempre tu padre, Bryce? «Los monopolios son algo terrible.»

—Hasta que se tiene uno —responde Bryce.

Robson se despierta gritando. La cara; tiene algo en la cara; no puede subir las manos para quitárselo. Está rodeado de superficies duras y rígidas. Y el *toc, toc, toc*, todo el rato *toc, toc, toc*. Está muerto, en un silo. Esperando el reprocesado. El *toc, toc, toc* es el ruido que hacen los *zabbaleen* cuando pasan su ataúd por las junturas del suelo del pasillo. Le cortarán con los cuchillos todo lo útil; después, los bots lo colgarán en el *kiln* para extraerle hasta la última gota de agua y absorberla con la boca tubular. Después cogerán el despojo coriáceo y lo molerán. Y no puede moverse, no puede hablar, no puede hacer nada para detenerlos.

—Robson.

Luz. Robson parpadea. Sabe dónde está: en una cápsula dormitorio de los alojamientos de VTO Lansberg.

—Robson. —Una cara en la luz. Hoang—. Está bien, Robson. Soy yo. ¿Puedes moverte? Tienes que moverte.

Robson se sujeta a las agarraderas y sale de la cápsula. Los alojamientos están llenos de cápsulas, escalerillas y cables. Camas intercambiables y cápsulas calientes que huelen a sudor.

—¿Qué hora es? —Robson se siente estúpido por tener pesadillas.

—Las cuatro de la mañana —dice Hoang—. Da igual. Tenemos que irnos.

—¿Qué?

—Tenemos que irnos. Bryce cree que los tuyos destruyeron Crucible.

—Los míos, ¿qué?

Hoang mete la mano en la cápsula y saca un amasijo de ropa arrugada de la redecilla. El traje Marco Carlotta de Robson.

—Vístete. Hackearon los hornos solares, y el código parece de Corta Hélio.

Robson se pone el traje, que huele casi tan mal como él. Se introduce en la cápsula y se guarda la media baraja en el bolsillo más cercano al corazón.

—¿Que el código era de los Corta?

—No tenemos tiempo. —Hoang se lleva el índice a la frente para indicar que tienen que desconectar los familiares—. Vamos.

La estación de Lansberg está atiborrada de gente y equipaje. De los trenes bajan los equipos de pista de Meridian, Reina y la gran playa de maniobras de Santa Olga, y suben los supervivientes del *ironfall*.

—Te he reservado pasaje a Meridian, pero no te bajes ahí —dice Hoang mientras conduce a Robson hacia las esclusas—. Bájate en Sömmering. Es de VTO, como esto. Irán a buscarte.

—¿Por qué no en Meridian?

—Porque Bryce tendrá *blades* a la salida de cada tren.

Robson se para en seco.

—No puede matarme. Soy un Mackenzie.

—Para Bryce eres lo más parecido a un Corta. Y no te matará hasta haber obtenido placer; para entonces hará mucho que desearás haber muerto. Ven conmigo. —Le tiende la mano. Los empleados de VTO se cruzan con ellos, con el trácsup en la pesada mochila y el casco bajo el brazo.

—La última vez que hui de Bryce... —dice Robson.

No vio morir a su madre. «No vuelvas la vista —le dijo—. Pase lo que pase, no vuelvas la vista.» Fue un buen hijo, así que no vio el bot, las cuchillas que cortaron los tendones de su madre, los taladros que le perforaron el visor del casco. «Lanza, Cameny. Sácalo de aquí.» Sus últimas palabras. Robson seguía sin volver la vista. La cápsula del BALTRAN se selló; Robson se agarró a las sujeciones y la aceleración le agitó hasta la última gota de sangre del cuerpo. Estaba a oscuras, en caída libre, conteniendo las náuseas: vomita en el casco durante la caída libre y estás muerto. Después, una deceleración tan brusca como el lanzamiento, y vuelta a empezar. Y otra vez. Y otra. Se alegraba de sentir la conmoción, el dolor, el estómago revuelto y la disciplina para controlarlo, porque velaban la certeza de que había muerto. Su madre había muerto.

—No te alejes, Robson. —Hoang se abre paso a empujones por la multitud que desembarca por las esclusas. Un anuncio, apenas audible sobre el rugido de la muchedumbre. Algo treinta y siete. Todas las paradas. Todas las paradas.

—¿Y tú? —pregunta Robson a Hoang.

—Cogeré otro tren después.

Envuelve a Robson en un abrazo grande como el cielo, mejilla contra mejilla.

—Estás llorando —dice Robson.

—Sí. Siempre te he querido, Robson Corta.

Entonces, Hoang introduce a Robson en la esclusa.

—¿Quién va a buscarme? —grita Robson mientras se cierra la esclusa.

—¡Tu tío! —grita Hoang—. ¡El lobo!

3
Aries de 2103 – géminis de 2105

El bot de limpieza lo encontró hecho un ovillo en el corredor del anillo externo, con gravedad terrestre, a tres metros de la puerta del ascensor.

—Cinco minutos más y el peso corporal lo habría asfixiado —dijo la doctora Volikova mientras acompañaba la camilla de Lucas Corta por el anillo de gravedad intermedia, hacia los niveles lunares.

—Tenía que ver cómo es.

—¿Y qué le ha parecido?

Como si se le estuvieran derritiendo todos los músculos; como si tuviera vidrio molido en todas las articulaciones y plomo fundido por médula ósea. Cada inspiración era hierro en unos pulmones de piedra; cada latido del corazón, una llamarada. El ascensor lo había bajado por un pozo de dolor. Apenas podía levantar las manos de los reposabrazos. Las puertas se abrieron y dieron paso a la suave rampa del anillo gravitatorio; un montículo de tortura. Tenía que probar. Al segundo paso sintió que le fallaban las caderas; al quinto se le doblaron las rodillas, incapaces de sostenerlo. La gravedad centrífuga lo mantenía contra la rueda, rompiéndolo respiración tras respiración. La gravedad era una tirana. La gravedad nunca se debilitaba, nunca se paraba, nunca cedía. Intentó levantarse. Sentía la sangre que se le acumulaba en las manos, en la cara, hinchándole la mejilla que tenía contra el suelo.

—Estuvimos hablando de hipótesis —dijo Lucas Corta mientras la camilla se enlazaba a la IA y se desplegaban los brazos de diagnóstico—. A mí me gusta lo práctico. Soy un hombre práctico. Dijo que tardaría catorce meses en estar preparado para las condiciones terrestres. En catorce meses bajaré a la Tierra. Tengo reservado el pasaje. En catorce meses estaré en esa nave, doctora, con usted o sin usted.

—No me extorsiones, Lucas.

Tuteo. Una pequeña victoria.

—Demasiado tarde. Eres la principal experta de VTO en medicina de microgravedad. Si dices que es hipotéticamente posible, es físicamente posible, Galina Ivánovna. —Lucas había memorizado el nombre y el patronímico de la médico en el momento en que se presentó ante él, al pie de su cama.

—Y no me hagas la pelota —dijo la doctora Volikova—. Tu fisiología es distinta de la terrestre en mil aspectos. A efectos prácticos, eres de otra especie.

—Necesito pasar tres meses en la Tierra. Cuatro estaría mejor. Ponme un programa de ejercicios y lo seguiré religiosamente. Tengo que ir, Galina Ivánovna. ¿Por qué iba nadie a querer ayudarme a recuperar la empresa si no estoy dispuesto a sacrificarme?

—Será más difícil que nada que hayas intentado jamás.

«¿Más difícil que ver a mis hermanos muertos, mi ciudad quemada, mi familia destrozada?», pensó Lucas Corta.

—No puedo prometerte el éxito —añadió la doctora Volikova.

—Tampoco lo pido. Esto es responsabilidad mía. ¿Vas a ayudarme, Galina Ivánovna?

—Sí.

Los brazos de diagnóstico se desplazaron hacia el cuello y el brazo de Lucas. Se levantó lentamente, con las manos demasiado pesadas para apartarlos, pero los dispositivos eran rápidos, y el dolor de las inyecciones, limpio y certero.

—¿Qué ha sido eso?

—Otro abuso de mi profesión —respondió la doctora Volikova mientras leía los datos fisiológicos de Lucas en la lentilla—. Algo para ayudarte a ponerte en marcha. Tienes una cita.

La luz ardió en las arterias de Lucas Corta y le llegó al cerebro. Se levantó de la camilla como si estuviera electrificada, y no sintió dolor cuando sus pies dieron con la cubierta. Ni una pizca de dolor.

—Tengo que imprimirme un traje —declaró Lucas Corta.

—Vas perfectamente.

—¿Con pantalón corto y camiseta? —dijo con desdén.

—Irás mejor vestido que tu anfitrión. Valeri Vorontsov tiene un sentido de la moda bastante peculiar.

«Necesitará esto —le dijo la tripulación en el ascensor—. Practique. No es tan fácil como parece.»

Lucas Corta se puso los escarpines y los guantes palmeados. Daba manotazos al aire; pisaba el aire. Los Vorontsov, siempre tan jocosos con la incompetencia y la ineptitud de la gente atrapada entre dos mundos. Lucas estaba harto de ser el incompetente. Se lanzó del ascensor al habitáculo. Hasta los músculos de las piernas lunares eran demasiado fuertes para la débil gravedad del núcleo. Extendió las manos, captó aire en las membranas y salió volando en dirección contraria. Flexionó los dedos de los pies y extendió las aletas para frenar. Eso fue fácil. Instintivo. Se detuvo en el centro del cilindro, el eje de rotación de la nave. Gravedad cero. Lucas daba vueltas lentamente, una estrella humana.

Pateó y empujó el aire. No se movía. Contorsionó todo el cuerpo, como si un espasmo pudiera liberarlo de la trampa gravitatoria. Oía las risas desde la puerta del ascensor. Volvió a contorsionarse. Nada. Unas ágiles figuras de ropa fluorescente se le acercaron fluidamente desde la escotilla más alejada: dos chicas con traje de vuelo ajustado, el pelo cuidadosamente recogido en redecillas, se le pusieron a los lados y se detuvieron en seco.

—¿Necesita ayuda, *senhor* Corta?

—Ya me apaño.

—Sujétese a esta cuerda, *senhor* Corta.

La mujer del traje rosa se enganchó la cuerda al cinturón de trabajo y salió disparada. Lucas estuvo a punto de soltarse por el tirón. Estaba en movimiento. Estaba volando. Sentía el aire en la cara, en el pelo. Era una gozada. La otra chica nadaba a su lado. Se fijó en que llevaba una aspiradora en el cinturón.

En la escotilla que llevaba a la cámara privada de Valeri Vorontsov dio las gracias a las dos chicas por el emocionante viaje.

—Cuidado con las ramas —fue su único consejo.

La sala de audiencias de Valeri Vorontsov, en el corazón de la *Santos Pedro y Pablo*, era un bosque cilíndrico. Lucas flotaba por un túnel de hojas y ramitas, tan frondosas que le impedían ver las paredes. Debajo tenía que haber troncos, raíces, el sistema aeropónico que sostenía ese bosque en caída libre. La humedad, el olor de fertilidad y podredumbre, no le resultaban desconocidos; eran el perfume íntimo de Twe. Pero había nuevos aromas que solo le sonaban de su ginebra personalizada: junípero, pino, esencias florales y botánicas... El bosque recibía iluminación desde algún lugar oculto entre las raíces, pero los árboles estaban adornados con millares de bioluces. Estrellas por encima, estrellas a los lados, estrellas por debajo. Lucas tardó unos segundos en acostumbrarse al resplandor, y entonces vio que la zona de la izquierda estaba esculpida con ondulaciones y espirales, montañas y ondas. Un paisaje en los árboles. Alguna que otra rama solitaria sobresalía de la escultura, encauzada y retorcida, tendiendo como una ofrenda un manojo de hojas cuidadosamente recortado. Cuando los ojos se le adaptaron plenamente a la luz, Lucas entrevió una figura en el centro del bosque antigravitatorio. Fue un atisbo, algo semioculto entre las hojas, de movimientos lentos y deliberados.

Una línea corría a lo largo del centro del cilindro. Lucas se impulsó hacia ella. Un hombre... No; al acercarse se dio cuenta: algo parecido a un hombre. Algo que había sido un hombre. De espaldas a Lucas, trabajaba diligentemente en el follaje con una podadora, recortando, tronchando, dando forma, rodeado de un halo de fragmentos de conífera. Lucas olió algo reciente entre la resina y las hojas: orina. Infecciones micóticas.

—Valeri Grigórievich...

El algo parecido a un hombre giró para enfrentarse a la interrupción. Una vida en gravedad mínima le había moldeado el cuerpo tan drástica e irrevocablemente como él había moldeado su bosque. Sus piernas eran palos retorcidos, jirones de músculo atrofiado. Tenía un pecho de anchura y contorno heroicos, pero por la forma en que llenaba la camisa compresora, Lucas podía ver que carecía de profundidad, de fuerza. Las costillas y el esternón, afilado como un cuchillo, se marcaban en el tejido ajustado. Tenía los brazos largos, con tendones que parecían cables, y la cabeza enorme, una cara humana pegada a un globo de piel. La banda de pelo plateado que rodeaba la base del cráneo solo servía para realzar su tamaño. Un conducto doble transcurría desde el hueso occipital hasta una bomba flotante, y otro par de tubos iba del costado izquierdo a un grupo de bolsas de colostomía llenas que giraban en gravedad cero.

Ese era el efecto en el cuerpo humano de medio siglo en microgravedad.

—Lucas Corta...

—Es un honor.

—¿Lo es? ¿Lo es? —Valeri Vorontsov desenfundó una aspiradora del cinturón de herramientas y, con la destreza adquirida durante décadas, recogió los recortes flotantes—. Nunca había conocido a otro Dragón, ¿lo sabías?

—Ya no soy un Dragón.

—Sí, me he enterado. Tonterías, por supuesto. Se lleva en los genes. Para mí es una novedad. Y para ti.

—Valeri Grigórievich, tengo que preguntarte...

—Ah, déjate de horribles preguntas. Sé qué quieres. Ya veremos si el universo te lo concede. Pero de eso se trata, ¿verdad? Siempre planteando preguntas al universo. ¿Alguna vez habías visto algo parecido, Lucas Corta? —Valeri Vorontsov señaló con la podadora el bosque estrellado.

—No creo que nadie lo haya visto.

—Desde luego. ¿Sabes qué es? Una pregunta que planteé al universo: ¿cómo crecería un bosque en el cielo? Eso sí que es una pregunta, y aquí está la respuesta. Nunca deja de crecer; nunca deja de cambiar. Trabajo en él y lo moldeo a mi voluntad.

Es una escultura muy lenta, que me sobrevivirá. Eso me gusta. Somos tan egocéntricos que nos creemos la medida de todas las cosas, pero el tiempo nos arrebatará todo lo que somos, todo lo que tenemos, todo lo que llegaremos a construir. Es bueno pensar más allá de la propia vida. Puede que mi bosque dure un millón de años, o mil millones. Puede que acabe ardiendo cuando se consuma el sol. Cuando yo muera, mis elementos pasarán a las raíces, las ramas y las hojas. El bosque y yo nos convertiremos en uno. Eso me reconforta enormemente.

Valeri Vorontsov desenganchó la bolsa de la aspiradora y la mandó volando por el cilindro. Un bot de los *zabbaleen* salió disparado de entre las hojas para recoger los desechos y conducirlos a la escotilla.

—Mi madre simpatizaba con la Hermandad de los Señores del Ahora —dijo Lucas—. Tienen planeada su misión con vistas a varios decenios, quizá varios siglos.

—Estoy familiarizado con el trabajo de la Hermandad. No compartes sus creencias, ¿verdad, Lucas Corta?

—Incluye elementos sobrenaturales en los que me resulta imposible creer.

—Hmmm... Tengo entendido que quieres ir a la Tierra. Eso es un deseo, no una pregunta. El universo no nos concede los deseos, pero puede responder a una buena pregunta. ¿Cuál es tu pregunta?

—¿Cómo puedo recuperar lo que robaron a mi familia?

—Hmmm... —Valeri Vorontsov tronchó la punta de una ramita, la olisqueó y se la tendió a Lucas—. ¿Qué te parece? Es junípero de verdad. Hasta ahora solo habías olido el sintético. Sé de qué son capaces esos Asamoah. Juegan con el ADN y trastean con los genes. Es infantil. Yo creo un entorno y dejo que la vida reaccione a él. Cultivo junípero real en el entorno más artificial que haya creado la humanidad. No, no, no, Lucas Corta, esa pregunta no sirve. La pregunta correcta es: ¿cómo puede un lunario ir a la Tierra y sobrevivir?

—La doctora Volikova me está trazando un plan de ejercicios.

—Si no te mata la reentrada. Si no tienes un paro cardiaco en la suite de aclimatación. Si no mueres de insolación. Si un millón de alergias no te hincha como una bolsa de colostomía. Si las bacterias intestinales terrestres no te vuelven del revés. Si la polución no te desgarra esos pulmones pequeños y suaves. Si puedes dormir en ese pozo de gravedad sin que la apnea te despierte cada cinco minutos, entre pesadilla y pesadilla.

—Si tuviéramos tan en cuenta todo lo que puede salir mal, no seríamos Dragones —dijo Lucas. Los dos hombres habían cambiado de orientación, sutil e inconscientemente, para flotar cara a cara.

—Como dices, ya no eres un Dragón. En la Tierra serás menos que eso. La Luna no es un estado, sino un puesto avanzado industrial. No tendrás papeles, nacionalidad ni identidad. No tendrás existencia jurídica. No conocerás las reglas, las costumbres, las leyes. Tienen leyes, y se te aplicarán aunque no tengas ni idea de cómo funcionan. Estás sujeto a ellas, como a la gravedad. No puedes negociar con ellas; no tienes capacidad de negociación.

»Nadie sabrá quién eres. A nadie le importará que seas el hombre de la Luna. Eres un bicho raro, una curiosidad pasajera. Nadie te respetará. Nadie te tomará en serio. Nadie necesita nada de ti. Nadie quiere lo que tienes. Eres inteligente y tramaste esto mientras aún estabas en la cápsula. Pero aquí estás, con tu plan, los favores que necesitas de mí y lo que sea que crees que tienes para persuadirme y que te los conceda.

Cada una de las refutaciones de Valeri Vorontsov era un clavo que le atravesaba un dedo, un pie, una mano, una rodilla, un hombro... Mortificaciones. Lucas Corta no había entendido jamás la culpa ni el arrepentimiento. El orgullo era su virtud. El orgullo tiró de esos clavos y se los arrancó. El dolor no fue nada en comparación con lo que había perdido.

—No puedo discutirte eso, Valeri Grigórievich. No tengo nada que ofrecer ni nada con que negociar. Necesitaré tu apoyo, tus naves y tu catapulta electromagnética, y lo único que puedo hacer es hablar.

—El universo está lleno de palabras. Palabras e hidrógeno.

—Los Asamoah os consideran monstruosidades endogámicas. Los Mackenzie se casan con vosotros por vuestros derechos de transporte, pero eliminan vuestro ADN de sus hijos. Mi propia familia os tenía por payasos alcohólicos. Los Sun ni siquiera os consideran humanos.

—No necesitamos respeto.

—Con respeto no se compra aire. Lo que ofrezco es más tangible.

—¿Tienes algo que ofrecer? ¿Lucas Corta, que ha perdido el negocio, la familia, la salud y el nombre?

—Un imperio.

—A ver qué tienes que decir, Lucas Corta.

—¿Hasta el final? —preguntó la doctora Volikova.

—Hasta el final —respondió Lucas Corta. El pasillo que tenía ante sí trazaba una pronunciada curva cuesta arriba—. Acompáñame.

La doctora Volikova le ofreció el brazo. Lucas lo apartó.

—Ni siquiera deberías estar de pie, Lucas.

—Acompáñame.

—Hasta el final.

—Soy sistemático —dijo Lucas Corta. Incluso en la gravedad lunar del anillo interior, cada paso era un latigazo insoportable, de la nuca a los tobillos—. Tengo muy poca imaginación. Necesito un plan. Los niños caminan antes de correr. Camino por el anillo lunar, corro por el anillo lunar. Camino por el anillo intermedio, corro por el anillo intermedio. Camino por el anillo terrestre, corro por el anillo terrestre.

Lucas andaba con paso firme y decidido. La doctora Volikova iba casi al lado. Lucas captó un parpadeo delator: estaba leyendo datos de la lentilla.

—¿Me estás haciendo un chequeo, Galina Ivánovna?

—Siempre, Lucas.

—¿Y?

—Sigue andando.

Lucas se tragó la sonrisa por la pequeña victoria.

—¿Has escuchado esa lista? —le preguntó.

—Sí.

—¿Qué te pareció?

—Tiene más matices de los que esperaba.

—No has dicho que suena a música de centro comercial. Aún hay esperanza.

—Oigo la nostalgia, pero no acabo de entender la *saudade*.

—La *saudade* es más que nostalgia. Es una clase de amor. Es pérdida y alegría, una melancolía intensa y pletórica.

—Supongo que eso lo entenderás bien, Lucas.

—También se puede sentir *saudade* por el futuro.

—Nunca te das por vencido, ¿eh?

—No, Galina Ivánovna.

Se le iban soltando las articulaciones, aliviando el dolor y relajando la tensión.

—Tienes el pulso y la tensión altos, Lucas.

Miró hacia el pasillo con su curva ascendente.

—Voy a terminar.

—Vale.

Otra pequeña victoria.

Lucas se detuvo.

Una vez más, a subir la curva del mundo. Lucas tenía los pulmones apretados, comprimidos, y le dolía el corazón como si se lo atenazaran en un puño. Veinte metros, diez metros, cinco metros, hasta la puerta del centro médico. Termina. Termina.

—La costumbre —jadeó Lucas con sílabas breves, apoyado en el dintel, mirando hacia atrás el pasillo ascendente— cuando se recibe... una lista de reproducción... —Casi no podía hablar. Cien metros en su propia gravedad lunar nativa y estaba dolorido, sin aliento, sin fuerzas. El daño era más profundo de lo que había imaginado; catorce lunas de entrenamiento intensivo parecían una odisea—. Es corresponder... con otra lista.

—¿De Bill Evans? —preguntó la doctora Volikova.

—Y más cosas de ese estilo. Creo que se llama jazz modal. Móntamela. Llévame de viaje por Jazzlandia. Necesitaré algo que me ayude a soportar el entrenamiento.

Se despertó en su cápsula y encendió la luz. Chirridos y traqueteo. La cápsula de dormir se agitaba. La nave se agitaba. La cápsula dio un bandazo. Lucas se agarró a los sujetamanos con fuerza, hasta clavarse las uñas en la palma. Otro bandazo. Lucas soltó un grito al sentir que el mundo se desvanecía bajo él. No había nada a lo que sujetarse, y no estaba en ningún mundo. Estaba en una nave, una peonza de aluminio y carbono estructural. Era un hombre en una cápsula en una rueda en una nave minúscula, muy alejada de la superficie, en la cara oculta de la Luna.

—Toquinho —susurró—. ¿Qué pasa?

La nave volvió a desmoronarse bajo él. Lucas se aferró a los sólidos e inútiles sujetamanos. La voz del implante era desconocida, con un acento extraño. La *Santos Pedro y Pablo* era demasiado pequeña para tener en marcha una red completa.

—*Estoy usando los motores para realizar una serie de correcciones de rumbo* —dijo Toquinho—. *Mi órbita es estable y tiene una previsibilidad de once años. Cada diez órbitas aproximadamente hay que efectuar ligeras correcciones para adelantar ese margen de previsión. El proceso está completamente controlado y es rutinario. Si lo deseas, puedo facilitarte los detalles técnicos.*

—No es necesario —dijo Lucas, y las sacudidas, los bandazos, la terrible sensación de caer al vacío interminablemente, terminaron. La *Santos Pedro y Pablo* dio la vuelta a la Luna y esta la lanzó hacia la gema azul de la Tierra.

Toquinho soltó un campanilleo. Archivos de la doctora Volikova. Lucas los abrió: música para varias lunas. Un viaje.

Durante las tres primeras lunas, Lucas exploró el bop duro, su lenguaje e instrumentalidad, su identidad y tono, sus armonías en tríada y sus cadencias plagales. Se aprendió el nombre de sus héroes. Mingus, Davis, Monk y Blakey: esos eran sus apóstoles. Estudió las principales grabaciones, sus evangelios y sus grupos. Aprendió a escuchar, qué escuchar, cuándo buscarlo. Examinó sus raíces en el bebop, un movimiento contra el que se rebelaba y que a la vez intentaba reformar. Se aventuró en reinos heterodoxos donde las distinciones entre funk jazz y soul jazz, entre el cool jazz de la Costa Oeste y el bop duro de la Costa Este, se convertían en abismos en el cosmos musical. Era la peor música posible para hacer ejercicio. A Lucas le encantaba. Odiaba el ejercicio; era difícil y tedioso. Carlinhos pregonaba las bondades de las calorías que quema el músculo, el subidón de dopamina y los tranquilizantes hormonales. Lo que a Carlinhos le parecía sublime ponía a Lucas paranoico y furioso.

Salió del gimnasio echando chispas, dedicando groserías a cualquiera que se atreviese a mirarlo siquiera, y se fue a la cama dolorido y malhumorado, temiendo el día siguiente. Cinco horas. Seis verdades lo mandaron de vuelta al gimnasio, escuchando a Art Blakey. Carlinhos y sus endorfinas habían muerto. Rafa había muerto. Ariel se escondía. Lucasinho estaba bajo la protección de AKA. Boa Vista era una ruina sin aire. Y aquella nave, la *Santos Pedro y Pablo*, transportaba contenedores de helio-3 robado a los Corta a los reactores de fusión de la Tierra. Así que se entrenó. El bop duro era el lugar que esperaba al final de la interminable cinta andadora, las fastidiosas repeticiones con pesas, la indignidad de la tonificación. El bop duro era una época ajena a los días que se transformaban en lunas. Un año de esa rutina no se acababa nunca; había que dividirlo en una sucesión, no de sesiones, periodos de sueño, días y órbitas, sino de actos. Concebir, emprender, trabajar y completar una cosa. Luego otra. Luego otra. Cuantificar. El año y pico no se mediría por el gradiente de mancuernas cada vez más pesadas, por los récords personales superados, por el aumento de la fortaleza y la resistencia de su cuerpo, sino por cuantos de música nueva. Después del bop duro aprendería jazz modal, y después pasaría por el jazz libre en dirección al jazz afrocubano y al brasileño, que lo devolvería a su adorada bossa nova. Cuando volviera a escuchar bossa nova tendría los pies en la Tierra, bajo el cielo abierto. Pero en esas órbitas iniciales el bop duro era un horizonte elevado y nítido, más amplio y lejano que ninguno de la Luna.

Al cabo de media luna corrió por el anillo interior. Completo. Al cabo de una luna caminó por el anillo intermedio, a la mitad de la gravedad terrestre, tres veces la gravedad lunar. Caminó sin ayuda, sin apoyo ni pausa, y tardó una hora en recorrerlo. Al cabo de dos lunas corrió por el anillo intermedio. Al cabo de tres lunas dormía ahí. La primera noche sintió que un demonio de bronce le apretaba el torso y le cagaba plomo fundido en el corazón y los pulmones. La segunda noche, la tercera, la cuarta. Al cabo de quince noches durmió de un tirón, solo con pesadillas en las que estaba atrapado bajo el hielo férreo de un mar de acero. Después de aquello pasaba todas las noches al triple de la gravedad lunar.

Las tres segundas lunas, Lucas Corta exploró el jazz modal, la pasión de la doctora Volikova. Se adentró en esta música con paso más certero; ya había atisbado su terreno desde otro país y sabía dónde se alzaban sus cordilleras, por dónde fluían sus ríos. Ahora tenían sentido para él las metáforas geográficas, ya que la progresión al jazz modal coincidió con el tiempo en que Lucas volvió su atención hacia la Tierra. Era un estudio para toda una vida. Geografía, geología, geofísica. Oceanografía, climatología y su hija la meteorología. Encontraba fascinantes las interrelaciones del agua, el calor, la rotación y la termodinámica, y los preciosos y caóticos sistemas que surgían de elementos tan básicos. Complejos, imprevisibles, peligrosos. Le encantaba leer los informes meteorológicos y ver las predicciones dibujadas en blanco y gris en el ojo azul del planeta que tenía ante sí. Lucas Corta era un ávido espectador de la Tierra. Observaba las tormentas y huracanes que cruzaban los océanos dando vueltas, las planicies áridas que se volvían verdes cuando las azotaban las lluvias, los desiertos oscurecidos por la vegetación, las zonas pantanosas y *sundarbans* barridos por inundaciones. Observaba las estaciones que salían de los polos cuando daba vueltas al planeta, luna tras luna. Observaba la nieve que llegaba y se retiraba cuando se extendía la densa oscuridad del monzón.

Había una cosa que no miraba: el encuentro con la Tierra, cuando el ciclador intercambiaba cápsulas de personal con el cable orbital y lanzaba las cápsulas de mercancía para el amerizaje controlado. En su camarote, sentía el estremecimiento de las sujeciones que se soltaban, la sacudida de las cápsulas que se anclaban, pero nunca se unía a los espectadores en la burbuja de observación: no iba a dignificar el saqueo con su atención. Ni una vez volvió la vista hacia la Luna.

En una etapa anterior del año orbital, la doctora Volikova se desplazó a San Petersburgo, de permiso. La sustituyó Yevgueni Chesnokov, un treintañero sabelotodo que no entendía el desdén de Lucas. Se tomaba demasiadas familiaridades; tenía unos modales por los que lo habrían apuñalado en cualquier cafetería de João de Deus y un gusto deplorable para la música. Los pulsos no eran música. Los pulsos eran fáciles. Hasta Toquinho, en su estado limitado, podía inventar un pulso. Lucas se había acostumbrado al nuevo carácter plano de su familiar. Una nave, una voz, una interfaz. Aunque ahora Toquinho hablaba de sí mismo como si fuera la encarnación de la *Santos Pedro y Pablo*, sus dudas y pausas hacían que sonara menos omnisciente. La resaca de la velocidad de la luz dificultaba el acceso en tiempo real a las bibliotecas terrestres, pero el sistema del ciclador tenía suficiente información para que Lucas estructurase sus investigaciones. Los conocimientos geofísicos y climatológicos del planeta condujeron a los geopolíticos. La Tierra estaba atravesando un cambio climático que afectaba a todos los aspectos de su política, desde la sequía que asolaba desde hacía décadas el Sahel y el oeste de los Estados Unidos hasta las tormentas que azotaban perennemente el noroeste de Europa, inundación tras inundación tras inundación. Lucas no concebía la locura de vivir en un planeta que escapaba al control humano.

Se instruyó sobre el poder del helio con el que su familia había amasado una fortuna. Electricidad limpia sin radiación ni emisiones de carbono, perfectamente controlada. Los reactores de fusión eran escasos y caros, y todas las naciones guardaban celosamente sus centrales eléctricas contra otras naciones, contra las fuerzas no convencionales de los paraestados, los ejércitos de liberación y los señores de la guerra desplazados por la sequía, las malas cosechas, las hambrunas o las guerras civiles. Los Cinco Dragones, o Cuatro Dragones, se corrigió con la punzada de dolor que castigaba el sentimentalismo, eran empresas familiares. La Lunar Development Corporation era una junta directiva inútil de un *holding* internacional, concebida para andar siempre a la gresca consigo misma.

Los Estados, con identidades, con series de privilegios y obligaciones, con límites geográficos en los que terminaban estos, eran arbitrarios e ineficaces en opinión de Lucas Corta. La idea de ser leal a una orilla de un río y odiar a muerte la otra era ridícula. Los ríos, según había aprendido, discurrían entre orillas, sin que nadie lo hubiera decidido. Lucas no entendía cómo toleraba la gente semejante impotencia. La ley afirmaba defender y oprimir a todos por igual, pero lo desmentía un repaso rápido de las noticias, ya que Lucas se había convertido en un consumidor ávido de asuntos terrestres, desde las guerras religiosas hasta los cotilleos sobre famosos. La riqueza y el poder permitían comprar una ley más favorable. En eso no difería tanto de la Luna. Lucas no era abogado, pero entendía que el derecho lunar se sustentaba sobre tres pilares: el exceso de leyes es malo; todo, incluida la ley, es negociable, y en el Tribunal de Clavio todo, incluido el Tribunal de Clavio, está en tela de juicio. La legislación terrestre protegía a la gente, pero ¿qué defendía a la gente de la legislación? Todo estaba impuesto. Nada era negociable. Los Gobiernos imponían normativas generales basadas en ideologías, no en pruebas. ¿Cómo pretendían esos Gobiernos compensar a los ciudadanos afectados negativamente por esas normativas? Acertijos envueltos en misterios dentro de enigmas.

Lucas estuvo planteando estas preguntas al doctor Chesnokov en los chequeos programados, en los que revisaba los datos de los numerosos monitores médicos. Quieres al CSKA de Moscú y quieres a Rusia; ¿cuál de esos amores es mayor? Pagas impuestos, pero la legislación no te permite decidir cómo se gastan, y mucho menos retenerlos cuando quieres influir en la normativa gubernamental; ¿qué tiene de ventajoso ese contrato? La educación, el sistema jurídico, el Ejército y la Policía están controlados por el Estado; la sanidad y los transportes, no. ¿Qué tiene eso de coherente en una sociedad capitalista? El doctor Chesnokov guardaba silencio cuando Lucas lo interrogaba sobre su Gobierno y sus normativas, casi como si temiera ser oído.

Con el tiempo, el doctor Chesnokov bajó a la Tierra en el

ciclador y la doctora Volikova volvió para trabajar otra temporada. Se sobresaltó ante la visión de Lucas Corta en su consulta.

—Estás cuadrado —le dijo—. Hecho un oso.

Lucas había olvidado cuánto había cambiado durante las dos lunas que ella pasó en la Tierra. Había ensanchado diez centímetros, y tenía los trapecios de un toro. El pecho eran dos losas de músculo, y las piernas, curvas y bultos. No juntaba los muslos adecuadamente. De los bíceps y las pantorrillas le sobresalían venas como rimas lunares. Hasta se le había ensanchado la cara y se le marcaba más la mandíbula. Le daba aspecto de tragapolvos. Lo hacía parecer estúpido.

—El odio y Bill Evans me han traído hasta aquí —dijo Lucas—. Quiero caminar por el tercer anillo.

—Te acompaño.

—No, gracias, Galina.

—Entonces supervisaré tu estado.

Una gravedad nueva, música nueva. En el ascensor pidió a Toquinho que elaborase una lista de reproducción representativa del jazz libre. Los instrumentos sonaban a su alrededor, chaparrones y lloviznas de notas, trompetas y saxos afilados y corrosivos. Le daba vueltas la cabeza. Ahí había retos. Ornette Coleman invocó tormentas de tresillos y Lucas sintió que la gravedad aferraba, estiraba, ponía a prueba y desgarraba su inmenso y brutal cuerpo.

Se abrió la puerta del ascensor y Lucas salió. Le dolían intensamente los tobillos, y sentía que le habían atravesado la rodilla con una barra de titanio candente. Los ligamentos se agitaron, se retorcieron y amenazaron con ceder. Lucas apretó los dientes. La música era caótica, surgida de la mano y la voz de un gurú loco. Muévete. Dos pasos, tres, cuatro pasos, cinco. Había un ritmo para caminar con gravedad terrestre, distinto del swing de caderas ágiles del desplazamiento lunar; consistía en elevar, empujar y bajar peso. En la Luna habría salido volando; en el anillo exterior de la *Santos Pedro y Pablo* se mantenía en pie por los pelos. Diez pasos, veinte pasos. Ya había llegado más allá que en su primer y estúpido intento en gravedad terrestre. Ya podía girar la cabeza y ver desvanecerse ese punto tras el horizonte del anillo. El ciclador estaba en la curva externa de su órbita, y ese anillo estaba plagado de Moonbeams e investigadores de Farside, además de un puñado de viajeros de negocios, agentes corporativos, políticos y turistas. En unos días emigrarían al anillo intermedio y después al interior, donde la rotación, la reducida gravedad lunar y el efecto en el oído interno de un nuevo medio de transporte dejaría al ochenta por ciento tumbado de mareo. Lo saludaban con la cabeza cuando se cruzaba con ellos, balanceando los brazos y con el rostro rígido de determinación. Unas bandas de acero le comprimían el corazón dilatado; la sangre le hacía ver rojo con cada latido; tenía la impresión de que se le iban a salir los ojos de las órbitas.

Podía conseguirlo. Estaba consiguiéndolo. Iba a conseguirlo.

Veía las puertas del ascensor al final de la curva del anillo. Calculó el número de pasos, y el corazón le dio un vuelco por la pequeña alegría. La alegría lo hizo descuidado; perdió el minucioso ritmo de los pasos y se desequilibró. La gravedad se hizo con él. Lucas cayó a la cubierta con un golpe que le arrebató la respiración y todos los pensamientos, excepto el de que no se había llevado un golpe tan fuerte en su vida. Se quedó tendido, paralizado por el terror, de lado, incapaz de moverse. La gravedad lo mantenía pegado a la cubierta. Los terráqueos se arremolinaron a su alrededor. ¿Cómo estaba? ¿Qué había pasado? Apartó las manos que se tendían para ayudarlo.

—Déjenme en paz.

Un bot médico se acercó por el pasillo. No estaba dispuesto a soportar esa humillación. Elevó el torso sobre unos brazos temblorosos y colocó las piernas debajo. Enderezar el cuerpo le parecía imposible. Los músculos del muslo derecho flaqueaban, y no estaba seguro de que la rodilla fuera a sostenerlo. El ojo rojo del bot lo miraba acusador.

—Que te den —dijo, y con un dolor atroz que le arrancó un grito, Lucas Corta se puso en pie. El bot lo seguía dando vueltas como un hurón ávido de atención. Le habría encantado apartarlo de una patada. Algún día, aún no. Dio un paso. Un dolor ácido lo recorrió desde el pie derecho hasta el hombro derecho. Contuvo la respiración.

El paso era firme. Solo dolía.

El bot siguió a Lucas Corta mientras recorría las últimas decenas de metros hasta el ascensor.

—Has tenido suerte de no romperte nada —dijo la doctora Volikova—. Esto podría haber sido el final.

—Los huesos se curan.

—Los huesos terrestres. Los huesos de Moonbeam. No existe literatura sobre los huesos lunares de densidad similar a la terrestre.

—Podrías escribir un *paper* sobre mí.

—Lo estoy escribiendo.

—Pero tengo la densidad ósea de un terrestre.

—De setenta años y con osteoporosis. Voy a tener que volver a subirte el calcio.

Lucas ya estaba concibiendo un plan basado en las palabras *de un terrestre*. Caminar hasta que los pies se hagan a ello, hasta que las caderas pillen el ritmo. Caminar más. Después caminar tres minutos, correr un minuto. Repetir hasta que el dolor fuera soportable. Caminar dos minutos, correr dos minutos. Caminar un minuto, correr tres minutos. Correr.

—¿Qué te está pareciendo el jazz libre? —preguntó la doctora Volikova.

—Exige que se llegue a él —dijo Lucas—. No acepta compromisos.

—Yo no puedo acercarme. Demasiado jazz para mí.

—Hay que esforzarse para encontrar la belleza.

A Lucas no le gustaba esa música, pero la admiraba. Era la banda sonora idónea para lo que tenía que hacer: lo difícil. Lo que mejor se le daba, lo que siempre se le había dado mejor, su único talento, su don: maquinar.

Los Gobiernos serían lo más espinoso, así que empezó por ellos. China, por supuesto, porque era China y por su prolongada guerra contra los Sun. Los Estados Unidos de América, por su riqueza, por su histórica animosidad hacia China y porque no hay imperio más proclive a defender su honor que aquel en decadencia. Ghana. No era un país importante, pero había visto la obra de un puñado de avezados ciudadanos en la Luna y quería un trozo del pastel, aparte de que Acra siempre había querido superar a su vecina Lagos, mayor y más poderosa. La India, que se había perdido la fiebre lunar y seguía resentida por el fallo. Rusia, por el acuerdo al que había llegado Lucas con VTO y porque quizás algún día tuviera que traicionar a los Vorontsov. Para los Gobiernos de estas naciones, la caída de Corta Hélio era un incidente local que solo revestía importancia en la medida en que pudiera afectar al precio del helio-3. Tendría que enseñarlos a escucharlo. Había canales, nombres que le darían acceso a otros nombres. Cadenas de nombres, el largo ascenso por la jerarquía política. Sería arduo y entretenido. Ornette Coleman ponía la mejor banda sonora a esta tarea.

Mientras exploraba el legado musical de John Coltrane, Lucas estudiaba las corporaciones terrestres. Robótica, sí, pero estaban por todas partes y él buscaba una que entendiera su oferta, tanto a corto plazo como a la larga. Banca e inversores de capital riesgo: aquí se adentró con precaución, ya que, aunque sabía de dinero y de sus mecanismos, nunca había entendido los complejos instrumentos financieros ni sus intersecciones en los mercados mundiales. Estas reuniones eran más fáciles de concertar; la gente con la que hablaba estaba verdaderamente interesada, incluso encantada, por lo osado de su plan. Lo habrían investigado y sabrían de su caída. La destrucción de Corta Hélio los habría afectado. Estaban dispuestos a escuchar a un hombre de la Luna que se proponía invertir un año de vida y salud en bajar del cielo para hablar con ellos.

Todos los días, mientras las ruedas de la *Santos Pedro y Pablo* daban la vuelta a la Luna, hablaba con el poder. Nombre tras nombre, iba avanzando a través de reuniones de grupo e individuales. Desde su camarote enfrentaba a inversores con especuladores, a gobiernos con gobiernos. En quién confiar, cuánto y hasta cuándo. A quién traicionar, en qué momento y cómo. A quiénes podía sobornar y a quiénes chantajear. Qué vanidades podía halagar, qué paranoias podía azuzar. Reunión tras reunión, todo iba encajando. Tendría que pasar al menos tres lunas en la Tierra.

—Preferiría que fueran cuatro —volvió a decir a la doctora

Volikova. Ya corría todos los días por el tercer anillo. Era un hombre que se aproximaba a la edad madura y se sometía a un esfuerzo físico que para alguien con la mitad de años resultaría durísimo. Aún era posible que acabara con él o lo dejara lisiado hasta el punto de que ni la medicina lunar pudiera curarlo.

—Te hace falta otro mes —dijo la doctora Volikova—. Mejor dos.

—No puedo permitirme dos meses. Recuerda que te dije que bajaría a la Tierra en catorce meses. Hay un margen muy estrecho.

—Un mes.

—De aquí a un mes terrestre bajaré en el orbitador. Y nunca entenderé a Ornette Coleman.

Durante el último mes, tal como había planeado, se relajó con jazz afrocubano. Tenía sonidos y ritmos que le resultaban cálidos, que le arrancaban una sonrisa. Desde ahí podía estirar el brazo y coger de la mano a la bossa nova. Le gustaba la despreocupación de los temas de la lista de reproducción, pero no tardó en encontrar esa música demasiado prescriptiva y directa. Cuando hacía ejercicio en el gimnasio del anillo exterior lo obligaba a seguir su ritmo, cosa que odiaba. Le parecía demasiado frívola para la tarea a la que se consagró durante los últimos días: su identidad y seguridad. Valeri Vorontsov lo había contratado en VTO Espacio: los estudiados sobornos de VTO Tierra le habían proporcionado un pasaporte kazajo. Transfirió la escasa fortuna que le quedaba a formas que le permitieran un acceso rápido y sencillo. En la Tierra, el dinero en movimiento resultaba sospechoso. En cada etapa había comprobaciones, preguntas, investigaciones sobre lavado de dinero. Lucas estaba indignado; no era un narco de mierda ni un déspota de tres al cuarto sin estilo. Lo único que quería era recuperar su empresa. Un trabajo fastidioso e irritante que no terminaba nunca, que siempre parecía requerir más identificaciones o aclaraciones.

—Mi madre subió en esta nave —comentó Lucas a la doctora Volikova en su último chequeo previo al vuelo.

—Hace cincuenta años. Ha cambiado mucho desde entonces.

—Solo son añadidos. Reingeniería. No se han deshecho de nada.

—¿Qué quieres, Lucas?

—Me gustaría dormir en la cama que usó ella.

—No quiero ni plantearme las connotaciones psiquiátricas.

—Hazme el favor.

—No será igual.

—Lo sé. Hazme el favor.

—Tiene que haber un registro en algún sitio. Los Vorontsov nunca olvidan.

Tercer anillo, cuadrante azul, 34 derecha. La doctora Volikova abrió el camarote privado. Era un poco más grande que la cápsula que había transportado a Lucas al ciclador. Subió y se tumbó con la ropa puesta, ya que el esfuerzo de quitársela era excesivo de momento. La cama era firme y blanda; el camarote estaba bien equipado, y en todo momento, lo único de lo que era consciente Lucas era de la gravedad. Tenía meses por delante. En la nave podía huir al anillo central, incluso al interior, ajustado a la gravedad lunar, cuando hasta la intermedia se le hacía insoportable. En la Tierra no tendría escapatoria. Eso le daba miedo. La cápsula era cómoda y acogedora. Lucas era una criatura de espacios reducidos, nidos y cámaras; había vivido toda su vida a cubierto. Ese mundo de ahí abajo tenía cielo. Abierto al espacio. La agorafobia le daba miedo. Todo le daba miedo. No estaba preparado ni lo estaría nunca; nadie podía estarlo. Lo único que podía hacer era confiar en las dotes que lo habían llevado hasta allí, que lo habían salvado de la caída de Corta Hélio.

Con eso bastaría.

Antes de quedarse profundamente dormido recordó los rostros. Lucasinho. Tan guapo, tan perdido. Ariel en la camilla del centro médico, después de que un *blade* estuviera a un tris de matarla. Carlinhos en la fiesta de la carrera lunar de Lucasinho, grande y amplio como el cielo, sonriendo mientras cruzaba las praderas con el casco del trácsup bajo el brazo. Rafa. Radiante, siempre radiante, riendo, rodeado de sus hijos y con sus *okos* al lado; riendo. Adriana. Lucas solo podía visualizarla de lejos, en el umbral de la guardería, en su pabellón favorito entre los rostros de piedra de los orixás de Boa Vista, al otro lado de una mesa de reuniones.

Esa noche y las cuatro siguientes durmió en el viejo camarote. Tuvo sueños pesados, sudorosos, con gritos. No dejaría de tenerlos con aquella gravedad ajena.

A la quinta mañana bajó a la Tierra.

La tripulación de la escotilla protestó por la corbata. Flotaría, lo ahogaría, sería peligrosa para los demás... Lucas se apretó el nudo hasta convertirlo en una punta de cuchillo contra la garganta, como se llevaban a finales de la década de 2010. Un traje de tres piezas sin cruzar, de Thom Sweeney, en gris plomo. Corte estrecho, vueltas de tres centímetros.

—No voy a presentarme en la Tierra como un advenedizo del Bairro Alto —declaró, y se desabrochó el botón inferior del chaleco.

—A no ser que se vomite encima.

Se cerró la escotilla. La presión pareció tardar una eternidad en adaptarse a la de la cápsula de transferencia. El temor le latía contra la caja torácica. El traje había sido una distracción, una forma de plantar cara al miedo. Una forma de volver a ser Lucas Corta. Trece lunas entre mundos, una menos de lo previsto; trece lunas de geopolítica y economía mundial, de gestión de acuerdos y sobornos calculados con precisión, de descubrimiento y explotación de antagonismos, de entrenamiento incansable, se concentraban ahí. La punta del cuchillo. De la nave a la cápsula. De la cápsula al cable orbital. Del cable orbital al SSTO. Del SSTO a la Tierra. En menos de cuatro horas habría acabado. Eso no le proporcionaba el menor consuelo.

Se abrió la escotilla. Lucas se sujetó para impulsarse con las piernas hacia la cápsula. Despedidas indignas, ropa funcional y jazz de mediados del siglo XX.

La cápsula de transferencia era un cilindro sin ventanas de veinte metros, completamente automatizado, con diez hileras de asientos. La doctora Volikova se agarró y se situó flotando junto a él.

—Necesitarás a tu médico.

—Gracias.

Cinco pasajeros más y se selló la esclusa. Siempre bajaban menos de los que subían. Anuncios de seguridad, superfluos o inútiles. Toquinho, enlazado a la IA de la cápsula, ofreció a Lucas vistas del exterior, a través de las cámaras. Echó un vistazo al mundo azul, enorme bajo ellos, y las desconectó. Puso una meditada lista de bossa clásica. Melodías que conocía, que adoraba, que había pedido a Jorge que le tocara en la mejor sala acústica de dos mundos.

Una serie de sacudidas y golpes. Silencio. La cápsula se había soltado de la *Santos Pedro y Pablo*; era un comprimido lleno de vidas que caía hacia la cara del mundo azul. Lo había estudiado y sabía cómo funcionaba. Era una caída controlada. Pidió a Toquinho que le enseñara un esquema del cable orbital de transición que daba vueltas alrededor del limbo del planeta. Estudiar el diagrama lo reconfortó.

Lucas se había adormilado cuando lo despertó un *clonc* que oyó a través del casco. El cable se había conectado. El suelo le tiró del estómago, y la fuerza gravitatoria se hizo patente cuando el cable aceleró la cápsula hacia la órbita del SSTO. Lucas ya había realizado una transferencia con el cable cuando escapó de la Luna, cuando el cable orbital lo atrapó de la parte superior de la torre y lo lanzó a la órbita de transferencia del ciclador. La aceleración había subido a tres o cuatro veces la gravedad lunar. Esto llegaba mucho más allá. Sintió que los labios se le separaban de los dientes, los ojos se le aplanaban en las cuencas y la sangre se le apelotonaba al fondo del cráneo. No podía respirar.

Entonces volvió a sentirse en caída libre. El cable orbital había soltado la cápsula y Lucas se precipitaba hacia el encuentro con el SSTO. Toquinho le enseñó el orbitador; una belleza improbable de alas y contornos que parecía viva, opuesta a la estética de las máquinas diseñadas para funcionar exclusivamente en el vacío. El transbordador abrió las compuertas de carga y los impulsores empujaron la cápsula. Lucas observó el brazo manipulador que se desplegaba del orbitador y se acoplaba al anillo de anclaje, y sintió una pequeña aceleración, tan suave como la de un ascensor, cuando el brazo tiró de él. El viaje espacial era táctil, *clics* y *cloncs*, tirones suaves y sacudidas breves. Vibraciones en los reposabrazos.

Lucas contaba mentalmente. Ciento cincuenta. La altura en kilómetros de la órbita del SSTO. Treinta y siete. El número de minutos hasta encender los motores para abandonar la órbita. Veintitrés. El número de minutos que tardaría la nave en atravesar la atmósfera. Mil quinientos. Los grados centígrados que alcanzaría el casco del orbitador en la reentrada. Trescientos cincuenta. La velocidad en kilómetros por hora al llegar a la superficie. Cero. El número de tripulantes que podía manejar los mandos si algo salía mal.

La cabina se sacudió, volvió a sacudirse, se sacudió durante largo rato: el impulso para dejar la órbita. Un puño de gravedad agarró a Lucas por la cabeza e intentó arrastrarlo hacia el techo. La deceleración era bestial. La nave daba saltos. Los dedos de Lucas Corta se aferraron a los reposabrazos, pero no había nada a lo que agarrarse, nada verdadero e inamovible. Se le quería morir el corazón. No podía soportarlo. Se había equivocado desde el principio. Había sido un necio presuntuoso. Un hombre de la Luna no podía viajar a la Tierra. La Tierra mata. Los gritos de terror revoloteaban en su garganta, incapaces de escapar de la gravedad aplastante.

Los temblores se intensificaron, con zarandeos y saltos que lanzaron momentáneamente a Lucas en caída libre y a continuación lo incrustaron contra las sujeciones con suficiente fuerza para dejar marca; después, una vibración de alta frecuencia, como si estuvieran pulverizando nave y almas.

Encontró una mano y la apretó tanto que sintió desplazarse los huesos. Siguió apretándola, lo único sólido y seguro en un mundo que temblaba y rugía.

Luego se detuvo el temblor y sintió la gravedad, gravedad real debajo de él.

—*Estamos en vuelo atmosférico* —le comunicó Toquinho.

—Enséñamelo —dijo Lucas con voz entrecortada, y una ventana se superpuso a los respaldos de los asientos y las señales de advertencia de la cápsula. Estaba a bastante altura para ver la curva del planeta, interminable, sutil y amplia como la vida. Por encima, el cielo adoptaba un tono añil, y por debajo se acumulaban las nubes, fundidas en un resplandor amarillo. Atisbó algo azul. «Eso es un océano», pensó. Era mucho más grande, mucho más inconmensurable y distante de lo que había imaginado. El SSTO atravesó como una flecha la capa superior de nubes, y Lucas contuvo la respiración. Tierra. Entre las nubes se adivinaba una línea marrón.

Lucas sabía por sus investigaciones que entraban por la costa peruana, a dos mil trescientos kilómetros del lugar de aterrizaje. Más allá del marrón del desierto costero aparecería repentinamente el color oscuro de las montañas, la columna vertebral que recorría longitudinalmente el continente. Los Andes. Le dio un vuelco el corazón cuando vio el sol reflejado en la nieve. Más allá de las montañas estaban los restos de la gran selva, parches de verde oscuro entre los verdes más claros y los dorados de los campos de cultivo, y las bandas beige y pardas de la tierra muerta. Esas columnas que se alzaban del suelo, a distancia extrañamente corta y truncadas a sus ojos, eran de humo, no de polvo. Las nubes ascendían de la tierra quemada. Más abajo estaba la última capa de nubes. Lucas contuvo la respiración cuando el orbitador se lanzó hacia ellas y las atravesó. Gris, ciego. La nave dio una sacudida. Agujeros en el aire. Después salió, y Lucas Corta se quedó anonadado. Plateado y después dorado: el gran río, amarillo por el cieno. El SSTO siguió su línea hacia el este, a lo largo de un entramado de afluentes y subafluentes. Lucas, impresionado, buscaba una pauta en los giros y meandros de los acuíferos menores cuando oyó una alerta de Toquinho. ¿Qué había dicho? No estaba prestando atención. ¿Cuántos minutos faltaban para el aterrizaje?

Otro gran río, negro que se fundía con el oro, y en la confluencia, un borrón de actividad humana. Miles de reflejos al paso de la lanzadera; Lucas se dio cuenta de que habían sobrevolado una ciudad, y dejó de respirar. Una ciudad situada entre los ríos gemelos, sin techumbre, abierta al universo, desparramándose por la Tierra. De un tamaño inimaginable. Las redes de luz, donde las nubes no cubrían la tierra, no permitían hacerse una idea de la extensión y la magnificencia de las ciudades del planeta.

La aeronave dio un bandazo, y Lucas apretó los dientes cuando la gravedad jugó con él. El SSTO estaba volando en círculos, decelerando para aterrizar. Podía oír el aire en el exterior, como manos en el casco. Atisbó la larga franja en la que tomaría tierra, la ciudad inclinada en un ángulo alarmante, la confluencia de los ríos. Aguas negras y doradas en paralelo, sin mezclarse durante muchos kilómetros. Le gustaba el efecto. No entendía bastante de hidrodinámica terrestre para saber si era algo normal o espectacular. ¿Qué eran esos objetos que se desplazaban por el agua?

—*Diez minutos para el aterrizaje* —dijo Toquinho.

—Lucas —dijo la doctora Volikova.

—¿Qué?

—Ya puedes soltarme la mano.

Pasaron otra vez sobre la ciudad y los ríos, a menos distancia. El vehículo se enderezó. Estaban en rumbo de aproximación, con la pista de aterrizaje, recta, ante ellos. Lucas notó que salía el tren de aterrizaje. La lanzadera levantó el morro y tocó tierra firmemente con las ruedas traseras; la sacudida fue menor cuando posó las delanteras.

Tierra. Estaba en la Tierra.

La doctora Volikova sujetó la mano de Lucas cuando fue a quitarse la sujeción.

—Aún no hemos llegado.

Durante lo que a Lucas Corta le pareció un eón, el SSTO estuvo rodando. Notó que se detenía. Oía movimiento a través del casco, y sentía inexplicables golpes y vibraciones.

—¿Cómo te encuentras? —preguntó la doctora Volikova.

—Vivo —dijo Lucas Corta.

—He pedido un equipo médico y una silla de ruedas.

—Pienso salir andando.

La doctora Volikova sonrió, y Lucas sintió el inconfundible tirón que significaba que una grúa había liberado la cápsula del orbitador.

—Sigo dispuesto a andar —dijo Lucas.

Se acoplaron los enganches y giraron las compuertas. Se abrió la escotilla. Lucas parpadeó ante la luz terrestre. Se llenó los pulmones de aire terrestre. Olía a productos de limpieza, plásticos, cuerpos humanos, tierra en suspensión y electricidad.

—¿Te ayudo? —dijo la doctora Volikova desde la puerta. Los otros pasajeros habían salido, con la despreocupación de obreros que se apean del expreso Peary-Aitken.

—Te aviso si hace falta.

—No te sobra el tiempo, Lucas.

Cuando se quedó solo, Lucas apoyó firmemente las manos en los reposabrazos y aspiró a fondo el aire respirado y depurado. Concentró el peso en los antebrazos, se inclinó hacia delante y empujó. Los músculos de los muslos entraron en acción: una locura. En la Luna eso lo habría impulsado hacia arriba y se habría golpeado con el techo; en la Tierra se puso en pie. Primero la mano derecha y luego la izquierda. Lucas Corta soltó los reposabrazos y se enderezó sin sujeción. Solo un momento; había poco espacio y necesitaba las manos para recorrer el pasillo. El peso era terrible, irresistible, implacable; esperaba a que perdiera el equilibrio para estamparlo contra la tierra. «Una caída puede matarte», había dicho la doctora Volikova.

Y estuvo a punto de caer con el primer paso que dio. La gravedad no se parecía a la que se creaba por rotación en la *Santos Pedro y Pablo*. Había aprendido a caminar con gravedad terrestre bajo el efecto Coriolis de los anillos de hábitat giratorios, que lo desplazaba todo ligeramente. Lucas apoyó el peso en el pie y no estaba donde debería. Se tambaleó, se sujetó al reposabrazos y recuperó el equilibrio.

Llegó a la escotilla. La luz lo cegaba. Más allá había un *finger*, y al final, la doctora Volikova con personal médico y una silla de ruedas.

No estaba dispuesto a entrar rodando en este nuevo mundo. Inhaló una buena cantidad de aire terrestre. Podía respirar. Respirar libremente.

—¿Lucas? —dijo la doctora Volikova.

Lucas Corta siguió andando, un paso vacilante tras otro, por el *finger*.

—Bastón —dijo Lucas Corta—. Imprímeme un bastón. Con mango de plata.

—Nuestras impresoras no son tan avanzadas como las lunares —dijo un solemne joven que llevaba un traje malo. Lucas entrecerró los ojos para distinguir su nombre en la identificación que llevaba sujeta al bolsillo. Echaba a perder la línea de la chaqueta, pero era cutre y barata. Abi Oliveira-Unemura. VTO Manaos—. Puede que lo consigamos de aquí a mañana.

—¿Mañana?

Lucas se detuvo frente a una ventana. El calor subía del hormigón estriado de las pistas de estacionamiento y aterrizaje. El SSTO era un dardo negro, bello y letal; un arma, no una nave espacial. Al fondo del campo, más lejos que ningún horizonte lunar, se veía una línea oscura irregular sobre otra de líquido. Toquinho se las habría ampliado, pero era una lentilla muerta en el ojo, aire muerto en los oídos. Árboles, supuso Lucas, que sobresalían del espejismo creado por el calor. ¿A qué temperatura estarían? La luz hacía daño a los ojos. Y el cielo interminable, tan alto. Tan azul. El cielo era terrorífico, apabullante. Le costaría mucho acostumbrarse a la agorafobia del cielo terrestre.

Se enderezó.

—Bueno —dijo Lucas Corta—. Brasil.

Desde la única ventana de la suite de cuarentena, Brasil era depósitos de agua, antenas parabólicas, paneles solares, un trozo de cemento parduzco, unos pocos árboles y una esquirla de cielo. En ocasiones, las nubes interrumpían la abstracción de azul, verde, beige. Era la Amazonia, la selva. Parecía más seca que el océano de las Tormentas.

VTO se negó a permitir que Toquinho se conectara a su red, por lo que Lucas dependía del antiguo acceso remoto a la información. Sus contactos le enviaban mensajes diariamente: llamadas, reuniones electrónicas y físicas. «Estoy a salvo», «Estoy bien», respondía Lucas. «Muy pronto me pondré en contacto.»

Las sesiones de ejercicio diarias eran tan aburridas y desalentadoras como siempre. Le habían asignado un entrenador personal, Felipe. Su conversación se limitaba a movimientos, músculos, repeticiones. Quizás inhibiera sus dotes comunicativas la mascarilla quirúrgica que llevaba, a instancias de la doctora Volikova. El sistema inmunitario de Lucas bullía con una docena de vacunas y fagos, pero seguía expuesto a un centenar de infecciones y pandemias. Las sesiones tenían lugar en la piscina del centro. «El agua es tu amiga —decía Felipe—. Sostiene el peso corporal y es un buen ejercicio para los principales grupos de músculos.»

Lucas dormía oprimido por el olor del cloro. La gravedad era dura, la gravedad era despiadada, pero era un enemigo conocido. Las aflicciones menores libraban una guerra de desgaste. La tos profunda y productiva derivada del catarro y el polvo. La diarrea debida al cambio de agua y dieta. La rinitis y la conjuntivitis ocasionadas por una alergia tras otra. Tener que levantarse lentamente para evitar que la sangre abandonara la cabeza. La hinchazón de los pies dentro de los zapatos. La silla de ruedas. El tedio de tener que inclinarse hacia delante. No poder entender ni una palabra de lo que decía la gente. No era el portugués que hablaba, contaminado de castellano y con cientos de préstamos y expresiones de treinta idiomas. El acento era extraño, y cuando intentaba comunicarse en globo, las cejas se levantaban y las cabezas negaban.

La carne de las comidas, que le provocaba terribles retortijones.

El azúcar de las salsas, las bebidas, el pan.

Pan. Se le rebelaba el estómago contra él.

La certidumbre de que su entrenador, su ayuda de cámara, sus jóvenes y encantadores ayudantes del personal de VTO lo espiaban.

—Tengo que trabajar —se quejó a la doctora Volikova.

—Paciencia.

A la mañana siguiente, el ayuda de cámara le dijo que se duchara y se afeitara, lo ayudó a ponerse un traje decente y lo dejó acomodado en la silla de ruedas. En la puerta, Lucas cogió el bastón con mango de plata que había pedido. Después de tragarse el honor y aceptar la silla cuando la necesitaba, el bastón adoptaba un carácter teatral. El ayuda de cámara lo empujó por pasillos sin ventanas y bajó por un túnel de embarque hasta un cilindro lleno de asientos.

—¿Qué es esto? —preguntó Lucas Corta.

—Un avión —dijo el ayuda de cámara—. Va a viajar a Río.

Las nubes lo dejaron atónito. Cubrían el limbo oceánico del mundo; rayas y capas que se convertían en barras y se dispersaban, sombreadas, desplazándose al límite de la percepción de los cambios. Apartó la mirada y observó las luces que se veían bloque tras bloque, calle tras calle, y cuando volvió la vista, las nubes habían cambiado de forma. Madejas lila de contorno morado; morado que se oscurecía hasta adoptar el color de un cardenal cuando el cielo sangraba luz, índigos y azules para los que no tenía nombre ni experiencia. ¿Por qué iba a hacer nadie nada que no fuera mirar las nubes?

El personal del hotel le dijo que el calor sería tolerable a última hora de la tarde. La suite era cómoda y estaba bien equipada. Toquinho se conectó sin problemas a la red local, aunque a Lucas no le cabía duda de que una decena de sistemas de supervisión informaba de sus palabras y acciones a un centenar de espectadores. Trabajó de forma continua y productiva, concertando reuniones por videoconferencia y cara a cara, pero seguía con la atención fija en la ventana. En la calle y el calor que la convertía, junto con los vehículos que la recorrían, en mercurio. En el mar, las islas y las olas que rompían en la playa. Nunca había tenido claustrofobia en la Luna, pero aquella suite en esquina del legendario Hotel Copacabana Palace era una opresión dorada.

Cuando caía la tarde y amainaba el calor bajaba a la piscina del spa. «Busca el agua», le había dicho Felipe. Lucas sintió que la gravedad se le desprendía de los hombros cuando se quitó una ropa que nunca le había parecido pesada y se introdujo en la piscina infinita. Estaba fuera, al aire, en el mundo. Las vistas eran magníficas. Si se desplazaba a la derecha podía ver las favelas de las colinas que tenía detrás. En la creciente oscuridad, las luces de sus ventanas, calles y escaleras eran un entramado de colores mareante, un contraste caótico con la homogeneidad de Copa, pulcra y apretada entre Tabajaras y el mar. Interrumpían la red luminosa zonas de oscuridad en las que la cuesta derrotaba incluso al ingenio de los constructores del informal asentamiento. O se había ido la luz. Un millón de personas vivía en unos pocos kilómetros cuadrados. Su cercanía le resultaba alentadora. Las favelas, que se hacinaban más día tras día con una casa, una planta, una extensión, le recordaban las *quadras* por niveles de João de Deus y los amplios cañones de kilómetros de profundidad de Meridian.

El camarero le llevó un martini. Tomó un trago, que, por descontado, obró obedientemente el efecto de un martini. Era la ginebra más exclusiva del hotel, pero seguía siendo estándar, producida en cadena; un vermú de producción limitada, pero aun así, comercial. Bebidas en masa para mercados de masas. No podía disfrutarlas con la certeza de que en ningún otro lugar de los dos mundos había nadie bebiendo lo que él bebía.

El lila había dejado paso casi por completo al añil. A Lucas se le congeló la copa en los labios: una luz procedente del extremo oriental del mundo se extendía desde debajo del horizonte. Un labio plateado besó el mar. Lucas vio a la luna salir de él. Todos los mitos, todas las supersticiones y diosas, le parecieron verosímiles. Ahí había una verdadera divinidad. Una línea de luz cruzó el océano, desde la luna hasta el hombre de la Luna. La luna se desprendió del mar. Estaba en cuarto creciente: Ole Ku Kahi. Lucas, como todos los lunarios, tenía los días de cada luna grabados en la memoria, pero nunca los había entendido como entonces, con los nombres que les habían puesto desde la Tierra mirando las fases cambiantes.

—Qué pequeña eres —susurró Lucas cuando la luna se desembarazó de la distracción del horizonte y se quedó flotando en el cielo. Podía tapar con el pulgar su mundo creciente, a todas las personas que había conocido y querido. Lucasinho, fuera; los mares, las montañas, los grandes cráteres, las ciudades y vías férreas, fuera; los miles de millones de pisadas de decenios de asentamiento humano en la Luna, fuera.

Lucas estaba viendo a Dama Luna como la había visto su madre tantos años atrás: Yemanja, su orixá personal, que lanzaba un sendero plateado a través del cielo y el espacio. Y eso era todo lo que había visto Adriana, esa cara de Dona Luna, que siempre cambiaba pero nunca se giraba. Sus concepciones dieron un vuelco. La Tierra era un infierno despiadado y aplastante; la Luna era esperanza. Una esperanza mínima, tenue, oculta por un pulgar levantado, pero la única esperanza.

Una mecha de nubes, bordeada de plata, cruzó el cuarto creciente. El cielo se expandió alrededor de Lucas Corta. La luna no era un adorno en el borde del mundo. Era lejana e intocable. La cruzaban nubes bellas y desalentadoras.

Había caído la noche; la luna estaba en lo alto, y los ojos de Lucas, adaptados a la oscuridad, podían distinguir sus accidentes. El pulgar y los dedos de los mares de la Fecundidad y el Néctar, la palma de Tranquilidad, parte de la muñeca en Serenidad. El guante de trácsup, según la tradición lunar. La pupila oscura del mar de la Crisis, y los terrenos escarpados del sudeste, tan brillantes... Podía distinguir un rayo de luz que salía del cráter de Tycho. Esos lugares, esos nombres que observaba desapasionadamente a una distancia astronómica. Ahora veía las lucecitas que salpicaban la parte oscura. Chispas acumuladas a lo largo del ecuador; los asentamientos y hábitats que seguían la línea Ecuador Uno. La maraña luminosa de Meridian en el centro de la cara visible, el punto más cercano a la Tierra. Sus ojos se desplazaron al sur: un puñado de resplandores en la oscuridad del polo. Reina del Sur. Luces dispersas que acompañaban la Línea Polar. Si ampliaba podía distinguir cada tren. Ahí, al borde de la zona solar, esas luces más intensas que resaltaban en la oscuridad serían los espejos de las granjas de Twe. Crucible, lo más luminoso de la superficie lunar, no sería visible en esa fase; estaría bajo el sol directo, al otro lado del horizonte.

Hasta el cuello en el agua sustentadora, Lucas Corta se bebió su martini mediocre a la luz de las ciudades lunares.

4
Libra de 2105

Nació en esa pirámide negra asentada en el pantano de la Podredumbre, hace cincuenta y tres años. Duncan Mackenzie pasa el dedo por el polvo que cubre la mesa. Son sus escamas de piel; con cada inspiración cargada de polvo inhala su niñez. Adrian lleva una mascarilla; Corbyn Vorontsov-Mackenzie estornuda ostentosamente; pero no había ningún lugar, aparte de Hadley, donde Duncan pudiera congregar a su junta. Era la cuna de los Mackenzie.

Duncan Mackenzie planta la mano en la mesa. Esperance envía la orden silenciosa por el sistema nervioso de la antigua ciudad. Duncan sonríe al sentir la vibración en los pies; sistemas que se despiertan, que hacen un chequeo y se ponen en marcha. Luces que se encienden, pasillo sin aire tras pasillo sin aire. Escotillas que se cierran, atmósfera que llena el vacío. Elementos estructurales y dispositivos que elevan la temperatura del frío lunar. Cámara por cámara, sistema por sistema, Duncan Mackenzie construye su capital. Cuando la familia esté a salvo, cuando la empresa esté asegurada y asentada, asumirá todo el peso del destino de Crucible. Hasta entonces, alguien tiene que sostener las vigas del techo. Alguien tiene que compartir el aire hasta que todos hayan escapado del róver.

—Bryce se está instalando en João de Deus —dice Yuri Mackenzie—. Los jefes de operaciones de Tranquilidad han recibido instrucciones de entregar los códigos de control.

—Ese cabrón no tiene derecho —dice Denny Mackenzie.

—Mi hermano está organizando un golpe de Estado —dice Duncan—. Tiene que ir a por el helio. Tenemos el único horno de metales raros de la cara visible. Si nos damos prisa, podemos matar esto antes de que respire. ¿A quién tenemos en Tranquilidad y en Fecundidad Este?

Denny Mackenzie enumera equipos, tragapolvos, recursos. Sus nuevos dientes de oro distraen a Duncan. Perdió dos al huir de Crucible. Duncan espera que el filo del cuchillo diera una muerte rápida y limpia al pobre diablo cuyo asiento se quedó Denny.

—¿En cuántos podemos confiar? —pregunta Duncan.

La lista se queda en la mitad.

—Coged a veinte tragapolvos curtidos y conseguidme esos extractores. Que no se los quede Bryce. Usad los medios que consideréis adecuados.

—Usad sus armas contra ellos —dice Denny. Duncan recuerda esa máxima: Hadley Mackenzie, su hermano paterno, enseñaba a luchar a Robson Corta bajo los haces de luz cegadora de la Sala de los Cuchillos de Crucible, y en tres movimientos desarmó al chaval, lo inmovilizó y le puso la punta de su propio cuchillo a un milímetro del cuello. A un chaval de once años. Dama Luna es voluble. Adoraba a los Corta, a los afortunados y llamativos Corta. Nunca fue amable con los Mackenzie. Hadley Mackenzie murió degollado por Carlinhos Corta. Carlinhos murió a manos de Denny, en la caída de João de Deus. Dama Luna pone a prueba a sus seres queridos.

—Y enviad equipos al mar de la Crisis —dice Duncan—. Yuri, tú te encargas de eso. No pienso volver a perder el mar de la Serpiente.

Denny ya está en el ascensor. Va a cerrar contratos, a reunir escuadrones y material para golpear con dureza y rapidez. El punto débil de Bryce es que nunca ha entendido la parte física. Lo suyo son los códigos, las órdenes, las instrucciones, los análisis. Los tragapolvos en la superficie, las botas en el regolito, ganan siempre. Duncan introducirá el cuchillo en ese punto débil y lo retorcerá hasta que la sangre mane profusamente.

—Adrian.

—Papá.

El Águila de la Luna ha vuelto a su Nido de Águilas, en Meridian, pero Adrian ha ido a Hadley. La familia es el soporte cuando cae el hierro.

—Necesito que nos proporciones la LDC.

Adrian Mackenzie duda. Duncan lee una decena de emociones en los músculos que le rodean la boca.

—La influencia del Águila sobre la Lunar Development Corporation no es la que era. Difieren en ciertos aspectos.

Una respuesta demagógica, de *oko* diplomático.

—¿Qué significa eso? —pregunta Duncan, pero lo interrumpe la voz de Vassos Palaelogos, antiguo mayordomo de Crucible y ahora mayordomo de Hadley.

—Señor Mackenzie...

Vassos, el empleado perfecto, solo interrumpiría por algo muy importante.

—¿Sí?

Vassos es diminuto, calvo y de piel cetrina. Su familiar son los anillos concéntricos azules del *matiasma*, el ojo que ahuyenta el mal.

—Un comunicado de la estación de Meridian. Wan John-Jian ha muerto.

John-Jian era el mejor ingeniero de producción de la Luna. Duncan se había asegurado su lealtad en el acto conmemorativo de Kingscourt. Es una herida profunda.

—¿Cómo? ¿Qué ha pasado?

—En el andén. Un insecto programado.

Los insectos cibernéticos, armados con toxinas fulminantes, son el arma característica de los Asamoah, pero no hay nadie en la pequeña sala de control de Hadley que conciba, ni siquiera un instante, que AKA haya concertado ese asesinato. Se empleó ese método porque es algo pequeño, preciso y certero, y no causa daños colaterales por los que se pueda exigir una indemnización. Un asesinato muy propio de Bryce Mackenzie.

Golpea con dureza y rapidez. Bryce ha pasado, con un manotazo, de la rivalidad a la guerra. Esperance llama al familiar de

Denny. Este está en marcha, acelerando desde debajo de la pirámide negra de medio kilómetro de altura de Hadley, por la línea polar Aitken-Peary.

—Tengo cinco pelotones. Tragapolvos fieles.

—Buen trabajo, Denny. Quiero acabar con esto cuanto antes. Destripad a ese cabrón. —Un murmullo de aprobaciones y vítores susurrados llena la sala de control. Duncan tiende la mano—. ¿Alguien niega que soy el consejero delegado de Mackenzie Metals?

Yuri es el primero en estrechar la mano. Corbyn, Vassos. Adrian es el último.

—Soy leal, papá. —Pero no mira a su padre; no mantiene el contacto visual cuando Duncan lo busca.

«¿Estás conmigo, hijo? No estás con Bryce, pero ¿con quién estás? Me estrechas la mano, pero ¿declaras tu lealtad?» Puede que Bryce tenga la empresa, pero Duncan tiene la familia.

Una última obra de teatro. A Duncan Mackenzie le gusta explorar el teatro de lo cotidiano, convertir las presentaciones en producciones, dar con el melodrama de las reuniones. Su característico gris de los pies a la cabeza, la esfera gris reluciente de Esperanza, son efectos calculados. Una orden silenciosa y a su espalda se abren las ventanas de Control de Hadley, tanto tiempo cerradas. Las ranuras con gruesos cristales de las paredes de sinterizado de Hadley muestran vistas inconmensurables del pantano de la Podredumbre y los millares de objetos oscuros que esperan ahí.

Los espejos despiertan.

Hadley está rodeado por cinco mil espejos. Obedeciendo una orden de Duncan Mackenzie, los mecanismos tanto tiempo inmóviles chirrían y crujen; sus motores y actuadores desmenuzan el polvo. A trompicones, los espejos se orientan hacia el sol, provocando tal resplandor que los hombres de la sala de control se tapan los ojos con los brazos hasta que el cristal fotocromático reacciona y reduce los haces de luz cegadora y polvorienta a un nivel aceptable. El poder de los Mackenzie siempre ha radicado en el sol. El campo de espejos de Hadley era la envidia de dos mundos, la cumbre de la tecnología de fusión solar, pero no era suficiente para Robert Mackenzie. Durante los catorce días de noche lunar, los espejos quedaban a oscuras y los hornos se enfriaban. Había concebido un sistema de hornos que no quedaría nunca a oscuras, que siempre tendría el sol de mediodía alumbrando sus espejos. Construyó Crucible. Los Sun presumen de su palacio con chapitel de vidrio, el Palacio de la Luz Eterna. Exhibicionismo barato, una fortuna en situación y selenografía. Los Mackenzie crearon su mediodía eterno. Modificaron la mismísima Luna para crearlo.

Los espejos se fijan en su posición; cinco mil haces de luz concentrados en los hornos de la cima de la pirámide oscura. Incluso con la luz de la luna llena será visible desde la Tierra; una estrella que aparece repentinamente en la mancha gris del pantano de la Podredumbre.

Duncan Mackenzie cierra los párpados, pero la luz se los tiñe de rojo. Los aprieta para concentrarse. Sutil, pero inconfundible tras aislar el zumbido de fondo de la ciudad que despierta. Un recuerdo de la niñez, el temblor continuo de Hadley durante la producción, la vibración de los metales líquidos que se vertían desde los hornos por el esófago refractario del centro de la pirámide.

Se vuelve hacia su consejo.

—Mackenzie Metals reanuda la actividad.

El equipo de cristaleros Lucky Eight Ball recibe la llamada de emergencia a cinco mil kilómetros de Meridian. Los cristaleros llegaron hace una luna a las escarpaduras del este de Tranquilidad y están trabajando en el extremo norte del campo de paneles solares, comprobando el rendimiento de los sinterizadores, manteniendo y analizando, informando y analizando. El trabajo con vidrio está bien pagado y es aburrido, aburrido, aburrido. Durante los tres últimos días, el equipo ha estado reparando los daños causados por una lluvia de micrometeoritos en la zona de Dionysius. Mil agujeritos, diez mil grietas, todo un sector del cinturón solar a oscuras. Un trabajo penoso y minucioso en el que no es posible apresurarse, que no se puede realizar más rápida ni eficientemente. El equipo de cristaleros Lucky Eight Ball está impaciente por volver a Meridian. Ninguno tanto como Wagner Corta, *laoda* del equipo de cristaleros Lucky Eight Ball. La tierra se va redondeando, y siente los cambios. A su equipo no le importa trabajar con un lobo; en la superficie, tanto la energía desatada y la capacidad para pensar en tres cosas a la vez del aspecto luminoso como la intensa concentración del aspecto oscuro son dotes valiosas. Las etapas intermedias, cuando la tierra crece y mengua, son las difíciles, en las que está inquieto, malhumorado, imprevisible, irritable e intratable.

«Equipo Lucky Eight Ball. —Wagner suelta el mismo discurso siempre que salen al campo; hay veteranos que ya lo han oído siete veces—. Así nos llamamos. —Los nuevos se miran entre ellos. Dama Luna es una reina celosa. Considerar algo afortunado, favorecido, que llama a la suerte, es invocar su ira—. Y aquí estamos. —Los que llevan más tiempo se levantan cruzados de brazos. Les consta que es cierto—. ¿Sabéis por qué tenemos suerte? Porque somos aburridos. Porque somos diligentes y atentos. Porque nos centramos y nos concentramos. Porque no tenemos suerte; somos inteligentes. Porque en la superficie nos planteamos mil preguntas, pero solo importa una de ellas: "¿He muerto hoy?". Y mi respuesta es que no.»

No ha muerto nadie en el escuadrón del lobito.

En el campo de cristal, cuarenta kilómetros al sur de Dionysius, aparece un asterisco rojo giratorio en la lentilla de Wagner Corta: SUTRA 2, el penúltimo de los cinco niveles de amenaza en la superficie. El último es el blanco. En la Luna, el blanco es el color de la muerte. Algo ha salido muy mal en las tierras de los sinterizadores. Wagner comprueba los niveles de atmósfera, agua y batería; pasa el mando del róver a Zehra Aslan, su *junshi*, mientras acusa recibo de la señal e informa al equipo de cristaleros Lucky Eight Ball. Su familiar del aspecto luminoso, Doctor Luz, muestra el contrato de rescate. Mackenzie Metals. Lo asaltan los recuerdos: hecho un ovillo, solo y asustado en la estación de Hipatia mientras caía su familia, mudándose con la manada y viendo un cuchillo en cada sombra, escondiéndose entre los cuerpos de los lobos, odiándose por haber sobrevivido.

Wagner firma el contrato y lo envía al Palacio de la Luz Eterna para solicitar aprobación ejecutiva. Está el recuerdo y está la supervivencia. Ahora trabaja para los Sun. Intentaron matarlo cuando sus intrigas desembocaron en el enfrentamiento entre Mackenzie y Corta. Aquella vez lo salvaron los lobos del clan Magdalena de Reina del Sur. Cuando cayó la casa Corta, el clan de Meridian lo acogió y le pagó los Cuatro Elementos hasta que se dio cuenta de que, con Corta Hélio destruida, los Sun no tenían nada contra él. Solicitó un puesto en el equipo de cristaleros y al día siguiente estaba contratado. Lleva más de un año trabajando en Taiyang. Es un lobito bueno.

Encuentran el primer cadáver veinte kilómetros al oeste del cráter Schmidt. El equipo de cristaleros Lucky Eight Ball sube las barras de seguridad y salta al regolito. La IA médica del róver busca señales de vida, pero los cristaleros saben que no la hay dentro del traje. El tejido está rajado de la garganta a los huevos.

—Un corte limpio —dice Zehra Aslan.

Wagner se pone de cuclillas para examinarlo. Dama Luna conoce mil formas de matar, ninguna de ellas limpia. Eso es obra de un cuchillo. El equipo Lucky Eight Ball deja una baliza para el equipo de reciclaje de los *zabbaleen*: el carbono es precioso, aunque esté abandonado entre las rocas de Tranquilidad Este. Las señales de emergencia guían el róver a lo largo de una cadena de cadáveres. Al llegar al décimo, la tripulación ya no sale del róver. Wagner y Zehra fotografían, dejan una baliza y continúan. Apuñalados, rajados, amputados. Decapitados. Muertos por el filo de un cuchillo.

Zehra se inclina para examinar un grupo de cuatro cadáveres.

—No me suenan estos trajes.

—Mackenzie Helium —dice Wagner. Se pone en pie para inspeccionar el cercano horizonte—. Huellas de ruedas.

—Tres róvers y algo mucho más grande.

—Un extractor de helio.

En la sombra de la pared occidental del cráter Schmidt, Wagner encuentra un róver. Está inutilizado, con el palier y los ejes rotos. Las ruedas han adoptado ángulos imposibles; las antenas rectas y parabólicas están torcidas y aplastadas. Las barras de seguridad de todos los asientos están levantadas. La tripulación intentó escapar de su vehículo alcanzado, pero no lo consiguió. El suelo del cráter está sembrado de cadáveres en trácsup. El equipo de cristaleros Lucky Eight Ball los investiga; Wagner conecta a Doctor Luz a la IA del róver y accede a su cuaderno de bitácora, así como a los registros de voz y datos. Tiene que enlazar los sucesos que condujeron a ese resultado, a la fría sombra del Schmidt.

Zehra Aslan se incorpora y hace señas.

—¡Aquí tenemos uno vivo!

Por los pelos. Un solo superviviente rodeado de cadáveres. Un trácsup dorado. Wagner ha oído hablar de ese traje. La mitad del equipo de cristaleros Lucky Eight Ball ha oído hablar de ese traje. La IA médica de Wagner identifica un montón de traumatismos y lesiones. Aplastamiento, heridas por impacto de cuerpos pesados, múltiples heridas y abrasiones, una perforación profunda entre la séptima costilla y la octava. El orificio del traje dorado se ha curado; la tensión del tejido mantendrá cerrada la herida.

—*¿Qué opinas?* —pregunta Zehra por el canal privado de Wagner—. *¿Pedimos una nave lunar?*

—Estamos a cuarenta minutos de Hipatia —contesta Wagner—. Llegaremos antes que ninguna nave lunar, y tienen instalaciones médicas completas.

Al trácsup del superviviente le faltan energía y oxígeno. ¿Cuánto tiempo habrá pasado ahí fuera, esperando? ¿Con esperanza? Wagner se ha preguntado muchas veces, en el tedio del inmaculado vidrio negro, qué haría si Dama Luna lo abandonara y lo dejara herido en la superficie, perdiendo aire y sin suficiente energía para pedir ayuda. La prolongada visión de la muerte que, con cada respiración, se acerca un paso cruzando el regolito yermo. No hay nada más seguro ni más cierto. Abrir el casco. Mirar a Dama Luna a la cara. Aceptar el beso oscuro. ¿Tendría valor?

Wagner introduce un conector en el traje dorado.

—Vamos a moverte. —El hombre está inconsciente, casi comatoso, pero Wagner necesita hablar—. Puede que esto te duela.

El equipo de Wagner levanta al superviviente y lo ata a la bandeja de carga. Zehra acopla al traje conductos de los procesadores de aire y agua.

—Está hipotérmico —dice Zehra, examinando las lecturas del casco. Encaja un conector en el paquete de soporte vital—. Voy a introducir agua caliente en el traje. Me acojona la posibilidad de ahogarlo, pero de lo contrario lo matará el frío.

—Adelante. Willard, llama a Hipatia para avisar de que llevamos un herido.

El hombre se mueve. Un gemido en los auriculares del casco de Wagner. Le pone una mano en el pecho.

—No se mueva.

Wagner cierra los ojos ante el repentino gemido de dolor que transmiten los auriculares.

—Joder... —Acento australiano—. Joder —repite, dichoso de sentir el calor.

—Te llevamos a Hipatia —dice Wagner.

—Mi equipo...

—No hables.

—Nos han asaltado. Lo tenían todo planeado. El puto Bryce sabía que veníamos. Nos metimos de lleno entre sus *blades*.

—Que no hables.

—Me llamo Denny Mackenzie —dice el superviviente.

—Lo sé —dice Wagner. Conoce la leyenda del hombre del trácsup dorado. En la etapa oscura, cuando la luz de la tierra es tenue, Wagner ha intentado imaginar la última visión de Carlinhos: la cara de Denny Mackenzie mientras le agarra el pelo para subirle la cabeza, mientras le despeja el cuello, mientras levanta el cuchillo para que Carlinhos vea el instrumento que va a matarlo. Siempre ha sido tan anónimo como ahora, tras el visor reflectante. «Y yo soy tan anónimo como tú»—. Mataste a mi hermano.

La cháchara del equipo de cristaleros Lucky Eight Ball por

el canal común se interrumpe como cortada por un cuchillo. Wagner siente todos los visores clavados en él.

—¿Quién eres? —Apuñalado y aplastado, hipotérmico, agotado y abotargado por los analgésicos industriales, a merced del hombre con más motivos para matarlo de la Luna. Aún desafiante. Al estilo de los Mackenzie.

—Me llamo Wagner Corta.

—Déjame verte —dice Denny Mackenzie.

Wagner se retira el protector solar del visor. Denny Mackenzie hace lo propio.

—Mataste a mi hermano con su propio cuchillo. Lo arrodillaste y lo degollaste. Lo miraste mientras se desangraba, y después lo desnudaste, le pasaste un cable por los tendones de Aquiles y lo colgaste de la pasarela del 7 Oeste.

Denny Mackenzie no se inmuta ni aparta la vista.

—¿Y qué vas a hacer, Wagner Corta?

—No somos como vosotros, Denny Mackenzie. —Wagner ordena en silencio al equipo de cristaleros Lucky Eight Ball que se ponga las sujeciones y arranque. Las barras bajan; los trácsups se enlazan al sistema de soporte vital del róver.

—Los míos están en deuda contigo —croa Denny Mackenzie mientras las barras de seguridad descienden alrededor de Wagner Corta.

—No quiero nada de tu familia —dice Wagner Corta, y pasa a Zehra el control del róver.

—Da igual, Wagner Corta. —Denny Mackenzie gime cuando el róver pasa sobre los restos de la batalla—. Los Mackenzie pagan por triplicado.

—¡Marina!

No hay respuesta.

—¡Marina!

No hay respuesta. Ariel Corta maldice entre dientes y alcanza la cuerda de sujeción. Se levanta de la nevera vacía.

—¡No nos queda ginebra!

Ariel agarra la red del techo y se desplaza del hueco de la

cocina al rincón de trabajo, pasando por su vergonzosa hamaca. Tres impulsos cortos y se suelta, con la ligereza de la práctica, en lo que llama su sillón de juez. El apartamento es demasiado pequeño para dos mujeres y una silla de ruedas. Hace una luna que desimprimió la silla y solo quedaron dos mujeres. Necesitaba el carbono. Desde entonces se ha bebido el noventa por ciento.

—Quiero verme, Beijaflor.

El familiar se enlaza a la cámara, y Ariel examina su rostro profesional. Pómulos resaltados con una gradación de polvos. Raya de ojos naranja, rímel negro. Abre mucho los ojos y Beijaflor acerca la imagen. ¿De dónde ha salido esa nueva arruga? Resopla exasperada. Beijaflor puede borrarla para que no la vean los clientes; el verdadero rostro es el del familiar. Junta los labios. Fucsia, un arco de Cupido pronunciado. Si Ariel puede permitirse algo a la última son los cosméticos. Y la blusa: de Norma Kamali, con manga de murciélago y cuello ancho, color carmín. Sigue en el juego.

La mitad superior de Ariel Corta es profesional. La inferior, fuera del alcance de la cámara, es un desastre; va por ahí con los leggings de impresión básica que Marina no lleve en ese momento. Siempre se los pone, sin pedírselos prestados; eso sería rendirse. Podría gestionar los casos con la misma facilidad desde la hamaca que desde su sillón de juez, pero eso también sería rendirse.

—Beijaflor, encárgale ginebra a Marina. Hay una impresora bastante buena en el nivel 87, y acepta efectivo.

—*Solo te quedan diez bitsies de datos.*

Ariel maldice. Necesitará todo el ancho de banda para sus clientes. Ahora que no puede tenerla, la ginebra del desayuno es el alfa y el omega, el sol y la tierra, el zumbido de fondo del universo. Da una calada del largo váper de titanio; no le proporciona nada más que altivez y satisfacción oral. Se examina el pelo; lo lleva tan cardado como impone la moda.

—Vamos con el primero.

El *nikah* de Fuentes. Beijaflor le muestra a Aston Fuentes en la lentilla, y Ariel lo informa rápidamente sobre las treinta y siete cláusulas del contrato a las que se podría dar la vuelta para sacarle el corazón del pecho. Con cada estipulación, Aston Fuentes se queda un poco más perplejo.

—Estás boqueando, Aston.

Segundo cliente. El divorcio de Wong. La única forma en que podría obtener la custodia consistiría en que su hija cursara una solicitud de divorcio de su otro padre; no prosperar o no proporcionar el entorno doméstico óptimo serían los dos motivos más fáciles que podría aducir Lily para argüir que le desagradaría seguir siendo hija de Marco. Ariel recomienda ir más allá y sacar los trapos sucios; tiene que haber algo; todo el mundo tiene algo. Incluso si lo consigue, la chica sería quien tendría que decidir firmar un contrato de paternidad con Brett, y eso daría al traste con el buen nombre de Marco, por lo que podría exigir una reparación. Por tanto, lo que Brett tiene que preguntarse es si vale la pena pagar el precio.

El amórium Red Lion. A estas alturas, la imagen de la ginebra es tan atractiva como las infrecuentes lluvias que limpian de polvo el aire de la *quadra* Orión. No, no, no, no, no, cariño. Ariel siempre desaconseja entrar en un amórium que tenga un contrato demasiado vinculante.

—Los amóriums son desenfadados, abiertos, pasajeros y volátiles, cariño. No se pueden aplastar bajo *nikahs* pesados. Envíame el contrato; lo desmenuzaré y pondré...

Se acabó.

—*No quedan datos* —dice Beijaflor.

—¡Mierda! —maldice Ariel Corta, y da un puñetazo a la pared—. Odio esta mierda. ¿Cómo coño se puede trabajar así? No puedo ni hablar con mis clientes. ¡Marina! ¡Marina! Necesito ancho de banda. Me he convertido en una puta proletaria. —Oye algo al otro lado de la puerta—. ¿Marina?

Marina le ha advertido una y otra vez que no debe dejar la puerta abierta; no está a salvo. Podría entrar cualquiera. «De eso se trata, querida; la ley no cierra nunca.» A lo que Marina contesta: «¿Quién te subió a hombros hasta aquí? Puede que nunca estés a salvo».

Movimiento en la zona del vestíbulo.

—¿Marina?

Ariel se levanta de su sillón de juez y agarra la red que recorre el techo del minúsculo apartamento. Se balancea hasta el espacio principal.

Una figura da media vuelta.

Siente primero un puñetazo y después una patada.

Está en un tubo transversal, uno de los túneles de acceso olvidados que atraviesan la roca desnuda de una *quadra* a otra. Son viejos, polvorientos y temibles por la radiación. Detrás tiene la medianoche de la *quadra* Antares, y delante, la mañana de la Orión. Lleva en el cinturón viejo papel moneda de clientes, tallarines con curry y pasteles de luna para el festival, y está volviendo a casa con Ariel.

Los tubos transversales son largos y están llenos de sombra. La Luna ha abandonado su obsoleta infraestructura. Los niños, los rebeldes y los malhechores les han encontrado nuevos usos.

Estaban esperando. Lo tenían ensayado; conocían sus costumbres y sabían qué transportaba. No llegó a verlos. Claro que no llegó a verlos; si los hubiera visto, no habrían logrado golpearla. El puñetazo, salido de la oscuridad, la alcanzó en la espalda, en los riñones; la dejó sin aliento y la derrumbó contra la rejilla.

Después, la patada. La ve a través del dolor rojo y se aparta. En el hombro, no en la cabeza.

—Hetty —susurra. Pero está sola. Ha apagado el familiar para ceder los datos a Ariel, que los necesita para el trabajo.

La bota vuelve a levantarse, sobre su sien. Intenta agarrarla y empujarla hacia atrás antes de que le aplaste el cráneo contra la rejilla de titanio. Se descarga contra su mano. Marina grita.

—Lo tengo, lo tengo —dice una voz. Un cuchillo le raja el monedero del cinturón.

—Quiero matarla.

—Déjala.

Marina jadea, sangrando. Pisadas de botas en la pasarela. No distingue si son hombres o mujeres. No puede detenerlos. No puede tocarlos. Le quitan el dinero, los tallarines con curry y los pasteles de luna.

No ha conseguido tocarlos. Eso la atemoriza más que la sangre, el intenso dolor en el riñón, las costillas magulladas, los dedos morados. Una vez estuvo lanzando a los tragapolvos de Mackenzie Metals por la esclusa del hábitat Beikou como si fueran juguetes. Dos atracadores en un tubo transversal, a medianoche, y no ha podido tocarlos.

—Te ofrecería una ginebra, pero no nos queda. Te ofrecería un té, pero no me gusta hacer cosas y estoy en la única silla —dice Ariel Corta—. Hay hamacas, o puedes apoyarte en algo.

—Me apoyaré —dice Vidhya Rao, y se sitúa en el borde de la mesa de Ariel. Ha ganado peso desde la última vez que Ariel la vio, entre los vetustos muebles de la Sociedad Lunaria. Es un globo humano, patoso y desgarbado, envuelto en varias capas de tejido. Le cuelgan las mejillas y tiene bolsas bajo los ojos—. Siento encontrarte en circunstancias tan reducidas —dice Vidhya Rao.

—Me contento con poder respirar —dice Ariel—. ¿Sigues trabajando en Whitacre Goddard?

—De asesore —responde Vidhya Rao—. Tengo una cartera de clientes. Y sigo metiendo mano en los mercados, a ver qué se puede cocinar. He estado siguiendo tus últimos casos y entiendo por qué te dedicas al derecho de familia. Diversión sin fin.

—Esa diversión son las esperanzas, el corazón y la felicidad de personas —dice Ariel. Ginebra. Quiere una puta ginebra. ¿Dónde está su ginebra?, ¿dónde está Marina? Introduce una cápsula en el váper y pasa una uña por la punta. Se enciende, y Ariel inhala una nube de tranquilidad personalizada. La calma le invade los pulmones. Casi como la ginebra.

—Tu fama sigue precediéndote —dice Vidhya Rao—. Tengo el mejor software de reconocimiento de pautas, pero sinceramente, no lo he necesitado para encontrarte. Para ocultarte, eres muy llamativa. De lo más teatral.

—Nunca he conocido a un abogado que no fuera un actor frustrado —dice Ariel—. Tribunales o escenarios; todo es teatro. Recuerdo que cuando pertenecía a tu corrillo político me dijiste que tu software me había identificado como una figura significativa. —Hace un gesto con el váper, y una voluta de humo se apodera de los tres espacios y medio de su imperio—. La Luna sigue sin inmutarse. Siento haber decepcionado a tus Tres Augustos.

—Pero se sacudió —dice Vidhya Rao—. Estamos viviendo las consecuencias.

—No creo que se me pueda relacionar con lo que pasó en Crucible.

—Pero hay pautas —dice Vidhya Rao—. Las más difíciles de identificar son aquellas tan grandes que forman un paisaje.

—No puedo decir que sintiera mucho que Bob Mackenzie se diera una ducha de mil grados —dice Ariel, soltando una voluta de vapor—. Vivir bajo un millón de toneladas de metal fundido es tentar, si no a la providencia, a algo con sentido de la ironía. Oh, no me mires así.

—Tu sobrino estaba ahí —dice Vidhya Rao.

—Evidentemente no le pasó nada, o no lo habrías mencionado. Pautas. ¿Cuál de ellos?

—Robson.

—Robson. Dioses. —No había pensado en él desde que corrió la voz entre sus antiguos contactos jurídicos de que se había convertido en discípulo de los Mackenzie. Lucasinho, Luna, cualquiera de los niños, los supervivientes. No había pensado en Wagner, el lobo, ni se había preguntado si Lucas estaba vivo o muerto. No había pensado en nadie más que en sí misma, en su vida, en su supervivencia.

Aspira a fondo para ocultar la punzada de pérdida y culpa.

—¿Los Mackenzie siguen siendo titulares de su contrato de paternidad?

—Es hijo adoptivo de Bryce Mackenzie.

—Debería hacer algo para liberarlo. Los contratos de los Mackenzie son fáciles de reconocer. Chapuceros.

—Más importante, desde el *ironfall*, las bolsas terrestres están patas arriba —dice Vidhya Rao—. El helio-3 y las tierras raras alcanzaron ayer los precios más altos de la historia, y hoy establecerán un nuevo récord. Los grupos G10 y G27 están llamando a la acción para estabilizar la producción y los precios.

—En el vacío nadie puede oír los gritos —dice Ariel.

—La Luna y la Tierra están unidas por algo más que la gravedad —dice Vidhya Rao. Ariel exhala una larga bocanada de vapor.

—¿A qué has venido?

—A traerte una invitación.

—Si es para el festival, prefiero clavarme agujas en los ojos. Si está relacionada con la política, a los Corta no nos va la política.

—Es una invitación a cócteles. En el Crystaline de Mohalu, a la una de la tarde, hora de la *quadra* Orión.

—El Crystaline. Necesitaré un vestido. Un vestido de cóctel en condiciones. Y accesorios.

—Por supuesto.

—*Transferencia de crédito* —susurra Beijaflor. Es suficiente para el vestido, los accesorios, una silla de ruedas y un taxi. Ginebra. Preciosa, preciosa ginebra. Pero lo primero son los datos. Beijaflor vuelve a conectarse a la red. La sensación del mundo, la avalancha de información, mensajes, charlas, cotilleos y noticias le despierta la curiosidad como a un niño que sale a la luz de la mañana; tiene una sensualidad apabullante.

—Beijaflor, ponme con Marina —ordena Ariel. Beijaflor ya está abriendo catálogos y muestrarios—. Necesito que me recoja un pedido de la impresora.

—Puedes permitirte el servicio a domicilio —dice Vidhya Rao desde la puerta—. ¿No sientes curiosidad por saber con quién vas a reunirte?

—Me da igual. Lo bordaré.

—Con el Águila de la Luna.

Marina recorre a trompicones un kilómetro de tubo transversal, hasta la *quadra* Orión. Pulsa el botón de llamada del ascensor de servicio y suelta un grito al sentir el dolor en los dedos, magullados y ennegrecidos. Mientras baja en la jaula del ascensor, del techo al suelo de la ciudad, recuerda a todos aquellos a los que ha visto morir en la Luna, de qué formas tan repentinas y arbitrarias. La cabeza aplastada por una viga de aluminio en la zona de entrenamiento. La punta de un cuchillo que raja un cuello de lado a lado. El cráneo atravesado por la lanza plateada de un váper. Nunca deja de ver esa muerte. Nunca deja de ver los ojos de ese hombre pasar de vivos a muertos. Nunca deja de ver el momento en que él se da cuenta de que esa fracción de segundo es todo lo que le queda de vida. Edouard Barosso. Dejó paralítica a Ariel y de no ser porque Marina cogió la única arma que tenía a mano y la hundió en la carne blanda de la barbilla para sacarla por la blanda coronilla de lunario la hubiera matado.

Con qué facilidad podría haberse unido a las filas de los muertos ahí arriba, en el túnel. La han herido. Querían matarla. No deberían haber sido capaces de hacerle nada. Una piltrafa de tercera generación no debería haber podido tocarla siquiera.

Maldice mientras abre la puerta con los dedos rígidos y negros, y se desmorona contra la reja de seguridad. Cada respiración es un cuchillo lento y profundo. Sale en el 17 Oeste; atraviesa el tráfico tambaleándose para agarrarse a la barandilla. El abismo de la *quadra* Orión se abre ante ella. Se impulsa por el borde del precipicio, travesaño por travesaño. La clínica está un kilómetro al norte del gran cilindro donde se reúnen las cinco alas de la *quadra* Orión. Travesaño por travesaño, avanza en busca de ayuda. Tarda diez minutos en recorrer cien metros.

Está a punto de susurrar el comando que reinicia a Hetty. Pide ayuda. Llama a Ariel. Ariel puede ayudar. Es lo que dice todo el mundo en el Bairro Alto. No puede. Ha fracasado. Se ha dejado quitar el dinero de Ariel. ¿Cómo puede intentar protegerla cuando no puede proteger ni su dinero? Desde el día que Corta Hélio cayó a sangre y fuego, cuando trepó hasta el techo del mundo mano tras mano, peldaño tras peldaño, con Ariel Corta a hombros, la ha mantenido a salvo de incontables enemigos, con dureza y paciencia.

Mano tras mano, Marina se impulsa con la barandilla.

Llámala. No añadas orgullo a la idiotez.

Hetty se enciende. Tiene tres mensajes. Dos que le piden ginebra y uno que le comunica que ha sobrepasado el límite de crédito de datos. Marina Calzaghe descarga el puño herido contra la barandilla. El dolor es intenso, justificado y depurador.

Lo que la asusta no es que le hayan pegado, sino que hayan sido capaces de pegarle.

El taxi para y se abre.

—Trabajas con Ariel, ¿no? —El pasajero es un hombre maduro, canoso y de piel grisácea por años de radiación lenta. Marina acierta a asentir—. Entra. Dioses, estás hecha una mierda.

La ayuda a llegar a la puerta de la clínica.

—Yo trabajaba en Corta Hélio —dice el hombre—. Por aquel entonces era tragapolvos. —Después añade en portugués—: A la mierda los contratos de Bryce Mackenzie.

—Por supuesto que Ariel tiene crédito. —La clínica de la doctora Macaraeg, en el 17 del intercambiador de Orión, está reluciente y bien equipada. Robots flamantes, clientes radiantes. Flores auténticas en el mostrador de recepción, donde Marina mancha de sangre el plástico blanco. La doctora Macaraeg era la médico de Boa Vista y trataba a Adriana Corta. Había atendido a Ariel en el centro médico de João de Deus, después de que Edouard Barosso le atravesara la médula espinal con un cuchillo cultivado con sus propios huesos. Estuvo acurrucada con la familia, en el abarrotado y fétido refugio, cuando destruyeron Boa Vista; lo último que pudo hacer por los Corta fue atender a los supervivientes. Se instaló en Meridian y abrió una clínica de lujo en el intercambiador de Orión, cerca de los centros de la alta sociedad y el poder. La doctora Macaraeg recuerda el honor y la lealtad, la familia y el deber—. Pero no suficiente para un diagnóstico y una cura.

La doctora Macaraeg no dirige una institución benéfica.

—Me quedo con el diagnóstico —dice Marina.

—Le aconsejaría... —empieza la doctora Macaraeg, pero Marina interrumpe.

—El diagnóstico.

El escáner es barato y básico, dos sensores que se acoplan a brazos universales, pero es suficiente para este cometido. Marina se queda de pie en las marcas mientras el bot mueve los brazos a su alrededor, examinando íntimamente hasta el último centímetro de su cuerpo. Ni siquiera tiene que desnudarse.

—¿Cuánto tiempo?

—Una luna, puede que una y media.

Mano tras mano, peldaño tras peldaño, Marina había subido a Ariel al techo del mundo, al Bairro Alto, donde vivía el lumpen: los pobres, los desempleados, los refugiados, los enfermos y aquellos cuyos pulmones se estaban petrificando tras miles de inspiraciones cargadas de polvo. Los perseguidos. Subió por escaleras y escalerillas a los cubículos, celdas y cuevas que se amontonaban en las rendijas, entre las antiguas plantas ambientales y unidades eléctricas, entre las rejillas de iluminación y los depósitos de agua. Marina conocía ese mundo. Cuando llevaba seis semanas en la Luna, apenas capaz de caminar erguida, la cancelación de un contrato la había enviado al Bairro Alto. A vender la orina. A respirar poco para que algún comprador de aire, ahí abajo, pudiera respirar mucho. No esperaba tener que volver. Pero lo conocía y sabía sobrevivir. Y sabía que Ariel Corta no lo conocía, que su ignorancia la mataría más deprisa que ningún *blade* de los Mackenzie. Encontró la guarida, recicló hamacas y la red del techo y, a medida que conseguía bitsies, se hizo con lo necesario para vivir con cierta comodidad. Datos fiables. Un buen local de impresión con sentido de la moda. Cosméticos. Una nevera y ginebra para llenarla. Mientras Marina tejía una vida para Ariel, olvidó la suya. Olvidó su propio cuerpo y lo que le estaba haciendo la Luna: extraerle el calcio de los huesos, la solidez de los músculos, arrebatarle la fuerza de Jo Moonbeam que le había permitido sacudir a esos tragapolvos de los Mackenzie como si fueran alfombras, hasta el punto de que un par de niñatos escuálidos podían tirarla al suelo, desvalijarla y darle una paliza de muerte.

Marina gira el monitor para verlo.

—No va a llevarme la contraria —dice la doctora Macaraeg. No se la lleva, pero Marina tiene que ver los números que le indican que su Día de la Luna va a llegar muy pronto. El día en que tendrá que decidir si vuelve a la Tierra o se queda en la Luna para siempre. Una luna, puede que una y media. De veintiocho a cuarenta y dos días. Días.

—No se lo diga a Ariel.

—De acuerdo.

Eso tiene que decírselo ella cara a cara. Decirle que se acerca su Día de la Luna. Decirle que odia la Luna, que siempre ha odiado la Luna, que odia su forma de cambiar a la gente, que odia el miedo, el peligro y el olor de polvo que lo impregna tódo, todos los parpadeos e inhalaciones, el olor de la muerte. Que echa de menos los cielos abiertos, los horizontes, llenarse los pulmones libremente, sentir la lluvia en las mejillas. Decirle que el único motivo por el que se ha quedado era servir a Ariel, proteger a Ariel, cuidar de Ariel, porque no puede abandonarla.

O no decirle nada.

—Gracias, doctora.

La doctora Macaraeg le palpa las costillas magulladas, y el dolor la obliga a tumbarse en la camilla de examen.

—Quédese ahí y no se mueva. Vamos a arreglarla.

En Meridian es la noche de Zhongqiu. La *quadra* Acuario está adornada de rojo y oro; estandartes, banderillas votivas y cataratas de lamparillas cuelgan de niveles, galerías y puentes, y todas las escaleras y rampas están inundadas de luz. Enormes lámparas festivas suben hacia la línea solar oscurecida. Bandadas de conejos de jade surcan el aire, esquivando flotillas de globos rojos huidos de las manos de los niños. Un dron con forma de dragón ondea entre los puentes y los conductos de cables. Entre los árboles, en los restaurantes, en los puestos de té y en los quioscos de pastel de luna que recorren el *prospekt* Tereshkova brillan las bioluces. Mira, ¡tenderetes con cócteles! Escucha: una docena de músicas que compiten con malabaristas, magos callejeros y sopladores de pompas de jabón. En la Luna, las pompas alcanzan dimensiones titánicas. Los padres dicen a sus hijos que pueden atrapar a los niños malos y llevarlos al Bairro

Alto: una mentira venerable. Hay pintura facial. Siempre hay pintura facial. «Voy a convertiros en tigres», dice el maquillador, levantando el pincel. «¿Qué es un tigre?», preguntan los niños.

En la *quadra* Acuario todo el mundo lleva ropa de fiesta recién impresa. Calles, niveles y pasarelas están abarrotados. Los niños corren de puesto en puesto, incapaces de decidirse entre las maravillas que ofrecen. Los quinceañeros y los adultos jóvenes se mueven en grupos, desdeñando el populismo del despliegue, aunque todos adoran en secreto el festival del pastel de luna. Algunos han asistido en cada una de las tres *quadras* de Meridian. Zhongqiu es el festival en el que se liga con alguien por quien se ha suspirado todo el año, pero no se ha tenido valor para hacer nada. ¡Ahí! ¿Ves eso? Esas chicas, esos chicos..., ¿eran chicos?, ¿eran chicas?, corriendo y riendo entre la muchedumbre sin nada más que pintura corporal. Diez Damas Luna. La mitad del cuerpo negro y vivo; la otra, un esqueleto blanco. Zhongqiu es un día para la piel y el descaro.

Estrictamente, Zhongqiu pertenece a Chang'e, diosa de la Luna, pero Dama Luna, usurpadora, farsante y ladrona, se lo ha quedado. Esta noche, Nuestra Señora del Amor y la Muerte permite que otros santos menores, orixás, dioses y héroes compartan sus honores. Un centenar de perfumes e inciensos asciende hacia ella. Yemanja y Ogum aceptan flores, pasteles y ginebra. Los altares callejeros de Nuestra Señora de Kazán resplandecen con cien ofrendas luminescentes. Esta noche, un trillón de bitsies en papel moneda acabará en las trituradoras.

¡Y pastel de luna! Pastel de luna. Redondo y acanalado, con lemas o *adinkra* estampados, con forma de conejo, liebre, unicornio, poni, vaca o cohete. Todo el mundo lo compra; nadie se lo come. «Es demasiado pesado.» «Demasiado denso.» «Demasiado dulce.» «Solo de mirarlo me entra dolor de muelas.»

El casco lleva una cimera, justo encima del visor: una cara, mitad viva, mitad hueso. No es una cara de mujer; no es la cara de Dama Luna; es una cara de animal, una máscara de lobo. Mitad lobo, mitad calavera de lobo. El casco está atado a la parte superior de un paquete de soporte vital, colgado del hombro de Wagner Corta. Atravesando pasteles de luna y música, santos y sexo, vuelve a casa. Agotado pero eufórico, atraído en todas direcciones por las vistas, los sonidos, los olores, los espíritus, como anzuelos que le tiran de la piel.

Avanza por el festival como el lobo que lleva en el corazón, subiendo por rampas y escaleras fijas o mecánicas. Se siente ligero, iluminado, luminoso. Sus sentidos exacerbados captan una docena de conversaciones, tocan un centenar de momentos. «Me encanta esta canción.» «Prueba esto, solo un bocadito.» Un beso sorprendido. Un vómito repentino con los ojos desorbitados: demasiados pasteles de luna. «Tócame mientras bailo.» «¿Me compras un globo?» «¿Dónde estás?» Su visión periférica localiza un familiar, uno en el ejército de asistentes digitales, después cinco, diez, una docena más, que se abren paso hacia él por la multitud. Wagner echa a correr. Su manada ha acudido a recibirlo.

Amal, líder del clan de Meridian, se lanza hacia Wagner, finge luchar con él, le revuelve el pelo y le muerde el labio inferior en una demostración ritual de autoridad.

—Tú, tú, tú.

Lo levanta por los aires con trácsup, casco y todo lo demás, y da vueltas con él, y para entonces el resto de la manada se ha unido en besos, abrazos y mordisquitos afectuosos. Varias manos le revuelven el pelo y hacen como que le dan puñetazos en el estómago.

La fría muerte de Tranquilidad Oeste, la planicie sembrada de trácsups, el horror que lo dejó atontado; la intensidad del beso de la manada borra todo.

Amal mira a Wagner de arriba abajo.

—Estás hecho un asco, Lobinho.

—Invítame a una copa, por Dios —dice Wagner.

—Aún no. Te necesitan en Sömmering.

—¿Qué pasa en Sömmering?

—Una entrega especial para ti, lobito, de Hoang Lam Hung-Mackenzie. Y como es de los Mackenzie, te acompañamos.

Temprano, antes de que se despierten los otros lobos, Wagner se desenreda de la manada durmiente y se sacude los sueños de la cabeza. Los sueños compartidos son pesados, pegajosos, insistentes. Le ha costado desenlazarse del sueño de la manada. Ropa. Recuerda la ropa.

La pila de mantas del sofá donde ha puesto a dormir al chaval está vacía. El lugar donde ha dormido Robson tiene un olor distinto, extraño. Miel y ozono; sudor y baba. Pelo grasiento y puntos negros. Ropa muy usada, piel poco lavada. Hongos en los pies y las axilas. Bacterias detrás de las orejas. Los jóvenes apestan.

—¿Robson?

«¿Dormís todos juntos?» Zhongqiu había dado paso a las lamparillas aplastadas, al vodka derramado y al pastel de luna pisoteado cuando la manada volvió a Meridian. «Lobos», susurraba la gente, y se apartaba del camino de la apretada guardia de rostro sombrío que custodiaba al joven de traje claro y mangas subidas que iba en el centro. Robson estaba agotado, pero exploró obstinada y minuciosamente la casa del clan. Wagner entendía qué hacía: personificar el territorio. Aprender el mundo de los lobos.

—Voy a hacerte una cama —había dicho Wagner—. En el sofá. No tenemos camas independientes.

—¿Cómo es eso de dormir con tanta gente?

—Compartimos los sueños —dijo Wagner.

Encuentra a Robson en el comedor, subido a un taburete frente a la barra, envuelto en las sábanas. Corta una baraja, o media baraja, como advierte rápidamente la aguda vista de Wagner, con una mano, diestramente; levanta la parte superior, coge la inferior y la coloca encima; una y otra vez.

—¿Te pasa algo, Robson?

—No he dormido muy bien. —No levanta la vista; sigue cortando compulsivamente.

—Lo siento. Intentaremos imprimirte una cama. —Wagner habla en portugués. Espera que el antiguo idioma resulte agradable y tranquilizador para Robson.

—El sofá estaba bien —contesta Robson en globo.

—¿Quieres algo? ¿Un zumo?

Robson señala el vaso de té que tiene delante.

—Avísame si necesitas algo —añade Wagner.

—Sí, claro. —Otra vez en globo.

—Muy pronto habrá gente por aquí.

—No voy a molestar.

—Igual prefieres ponerte algo.

—¿Y ellos? —Divide la baraja y cambia de sitio las mitades.

—Bueno, si quieres cualquier cosa...

Robson levanta la mirada mientras Wagner da media vuelta. Capta por la visión periférica el resplandor de unos ojos.

—¿Puedo imprimirme ropa?

—Sí, claro.

—¿Wagner?

—¿Sí?

—¿Lo hacéis todo juntos?

—Nos gusta estar juntos. ¿Por qué?

—¿Podrías llevarme a desayunar? ¿Tú y yo solos?

Veinte días en los campos de cristal nunca habían agotado tanto a Wagner Corta como tres días con Robson Mackenzie. ¿Cómo podía exigir tanto tiempo y esfuerzo un chaval de trece años? Nutrición: nunca deja de comer. Es una máquina perfecta de convertir masa en energía. Las cosas que quiere y no quiere comer, y dónde quiere o no quiere comerlas. Wagner no ha ido dos veces al mismo chiringuito.

Aire. El contrato de adopción con los Mackenzie garantiza al chaval los Cuatro Elementos. Bryce Mackenzie no está más allá de algo tan rastrero como romper el contrato. Al clan le lleva una hora, trabajando a tope, enlazar discretamente el chib de Robson a una cuenta secundaria a través de una red de empresas anidadas. Respira tranquilo, Robson.

Educación: los contratos son cualquier cosa menos sencillos. ¿Tendrá profesores particulares o entrará en un grupo de estudio? ¿Formación general o especializada?

Masturbación: encontrar un sitio privado en la casa llena de lobos. Eso, si le da por masturbarse; Wagner está seguro de que él no se la cascaba a esa edad. Luego está el asunto del lugar de la gama que ocupa el chico: qué le gusta, quiénes le gustan, quiénes le gustan más que otros que le gustan, si es que le gusta alguien.

Finanzas: dioses, qué caro sale el chaval. Todo lo relacionado con un chico de trece años pica en el bolsillo.

Aislamiento: el chico es un encanto, muy serio, muy divertido, y a Wagner le llega al corazón una docena de veces al día, pero cada momento que pasa con él lo pasa apartado de la manada. Para los lobos es distinto; la necesidad de estar juntos es física; la luz azul de la tierra se le mete en los huesos. Wagner siente el dolor de la separación siempre que está con Robson, y sabe que sus compañeros de manada notan la disrupción. Ha visto las miradas, ha sentido el cambio del clima emocional. Robson también.

—Creo que no le caigo bien a Amal.

Están comiendo en el Eleventh Gate. Robson lleva unos pantalones cortos blancos, con la raya impecable, una camiseta blanca sin mangas con «WHAM!» impreso en letras grandes y unas Wayfarer de montura blanca. Wagner lleva pantalones y camisa de tela vaquera. Hay clanes que solo se ponen ropa de su propio estilo, invariablemente gótico, pero el de Meridian siempre va a la moda.

El Eleventh Gate es un bar de fideos de cristal muy ruidoso. No tiene demasiada concurrencia después de Zhongqiu, pero Wagner está mosca. Concentra los sentidos de lobo en los comensales y los bebedores de té. De todos los problemas que han acompañado a Robson desde Sömmering, la seguridad es el mayor.

—Le haces sentir incomodoa. —«Nos haces sentir incómodos a muchos.»

—¿Qué hago?

—No es lo que haces, sino lo que no puedes hacer. *Ekata.*

—Me suena esa palabra. —Están hablando en portugués. *Ekata* es un término procedente del panyabí que los lobos han hecho propio.

—No tiene traducción. Es el hecho de estar juntos. Los cristianos lo llamarían comunión; los musulmanes, creo que *umá*, pero es mucho más intenso. La unidad, todos en uno. Más que eso. Abro los ojos y veo por ellos. Entendemos sin entender. Soy un lobo; no estoy seguro de poder explicárselo a alguien que no lo sea.

—Me encanta tu forma de decir eso: «Soy un lobo».

—Lo soy. Tardé mucho en hacerme a ello. Tenía tu edad cuando me di cuenta de lo que significaban todos esos cambios de humor, las personalidades distintas y las rabietas. No podía dormir; estaba violento e hiperactivo. Y el resto del tiempo, en el aspecto oscuro, no hablaba con nadie durante días. Creía que estaba enfermo. Creía que estaba muriéndome. Me recetaron medicamentos, pero mi *madrinha* sabía qué era.

—Trastorno bipolar.

—No es ningún trastorno —dice Wagner, y se da cuenta de que ha hablado demasiado deprisa, con demasiada vehemencia—. No tiene por qué ser un trastorno. Se puede aplacar con medicamentos o se puede encauzar en una dirección completamente distinta. Se puede convertir en algo más. Lo que han hecho los lobos es darle un marco social, una cultura que lo acepta y lo apoya. Lo fomenta.

—Lobos.

—No somos lobos de verdad. No cambiamos físicamente con la tierra. Bueno, la química cerebral sí cambia. Tomamos medicamentos que nos modifican la química cerebral. La narrativa de los hombres lobo resulta muy adecuada y emocionalmente satisfactoria, ya que nos transformamos, de un estado psicológico a otro. Hombres lobo inversos. Lobos hombre que aúllan a la luz de la tierra. Entre los bipolares es frecuente una fotosensibilidad muy pronunciada, así que puede que la luz tenga algo que ver. Escúchame; probablemente estoy hablando muy deprisa, atropelladamente.

—Sí.

—Es el aspecto luminoso. Me medico mucho, Robson. Todos nosotros. *Madrinha* Flávia sabía qué era y me puso en contacto con los clanes, cuando aún estaba en Boa Vista. Me ayudaron y me enseñaron lo que podía hacer, sin presionarme en ningún momento. Tenía que ser decisión mía. Es una vida muy compleja y dura, convertirse en una persona distinta cada quince días.

Robson se endereza, sobresaltado; los fideos y las gambas caen de los palillos.

—Cada quince días. No sabía...

—Se cobra su precio. En Boa Vista solo veíais uno de mis aspectos, el oscuro, y todos pensabais que ese era Wagner Corta. No existe Wagner Corta; existen el lobo y su sombra.

—No te veía mucho en Boa Vista.

—Había otros motivos —dice Wagner, y Robson entiende que no es el momento de ahondar en eso.

—Cuando dejes de ser el lobo, cuando vuelvas a la sombra, ¿qué pasará conmigo?

—La manada se disuelve. Volvemos a nuestras vidas y *amores* oscuros. Pero siempre formamos parte del clan. Nos cuidamos mutuamente. Soy un lobo, pero sigo siendo un Corta. Eres un Corta. Estaré a tu lado.

Robson revuelve el bol con los palillos.

—¿Crees que podría ver a mis amigos de Reina?

—Aún no.

—Vale. —Otra mirada a través de las Wayfarer—. Tengo que decirte que intenté ponerme en contacto con mi equipo de *parkour*.

—Lo sé. Robson...

—... ten cuidado en la red. No conseguí localizarlos. Tengo miedo por ellos. Bob Mackenzie dijo que no les haría nada.

—Pero Bob Mackenzie ha muerto.

—Sí. Bob Mackenzie ha muerto. —Robson mira a su alrededor—. Me gusta este sitio. Me gustaría venir más. —Es un rito de la edad adulta, elegir un restaurante favorito—. ¿Te parece bien?

—Sí.

—Sé que te quito mucho tiempo. Te aparto de ellos. ¿Es un problema?

—Crea cierta tensión.

—Wagner, ¿crees que podría aprender el *ekata*?

El taxi deja a las dos mujeres en la puerta del Crystaline. Marina pulsa un botón y se despliega la silla de ruedas; Ariel toma asiento. El personal gira y se queda mirando sin saber muy bien qué hacer, cómo atenderla. Son jóvenes y nunca han visto una silla de ruedas.

—Puedo empujarte —dice Marina.

—Me apaño sola —dice Ariel.

Ariel rueda por el suelo de sinterizado pulido, frente a la barra; en las mesas se giran las cabezas. «Ha vuelto, mírala, creía que estaba muerta.» Marina camina con paso firme y digno un poco por delante, apartando a la gente, pero Ariel se fija en su cojera y en sus expresiones de dolor disimulado. La doctora Macaraeg ha cubierto, cosido, curado y anestesiado las heridas más grandes; Ariel ha cubierto lo demás con tejido y maquillaje.

—Menos mal que no te hicieron nada en la cara —dijo Ariel. Marina apretó los dientes por el dolor cuando Ariel le cubrió con un guante de encaje los dedos hinchados—. Vas a perder un par de uñas. Te las imprimiré.

—Ya crecerán.

—Con el tiempo que llevamos juntas y sigues siendo tan terrestre... —Ariel sintió en la mano que sujetaba una reacción que no se debía al daño físico—. Ya está. —Por último, una mezcla de rayas de ojos y un cardado final para subir el pelo. Lista para el cóctel.

El Águila de la Luna espera en la sala íntima que hay más allá de la sala privada. La mesa está dispuesta entre las estalagmitas y estalactitas de un parque acuático salpicante y borboteante. Ariel lo encuentra bastante hortera. El agua tiene un olor fresco y puro. Inhala a fondo.

—Cariño, si la discreción es importante, no me hagas desfilar por todo el Crystaline.

El Águila de la Luna estalla en carcajadas. Las bebidas esperan: agua para él, un martini escarchado para ella.

—Ariel. —Se pone en pie y le coge las dos manos—. Estás maravillosa.

—Estoy hecha una mierda, Jonathon. Pero tengo una fuerza increíble en el torso. —Apoya el codo en la mesa con el antebrazo hacia arriba, en ademán de retarlo a un pulso—. Podría contigo y probablemente con todos los de este bar, menos con ella. —Apunta a Marina con el enorme pelo—. ¿Hoy no estás con Adrian?

—No le he dicho adónde iba.

—¿Conspiraciones, Jonathon? Delicioso. No servirá de nada; los rumores ya habrán llegado a Farside. Y Adrian siempre ha sido un buen Mackenzie.

—Ahora tiene problemas más acuciantes —dice el Águila.

—¿De parte de quién está? ¿De su padre o de su tío?

—De la suya, como siempre.

—Es lo más razonable. ¿Y qué postura ha adoptado el Águila de la Luna en la guerra civil de los Mackenzie?

—El Águila de la Luna apoya los contratos libres, el crecimiento económico, la ciudadanía responsable y el flujo ininterrumpido de beneficios —dice Jonathon Kayode, y se lleva el dedo al entrecejo para indicar que la conversación proseguirá sin familiares. En las lentillas, los píxeles revolotean y desaparecen. Desnudos. El Águila de la Luna inclina imperceptiblemente la cabeza hacia Marina.

Cuando Marina ha cerrado la puerta de la sala borboteante y poco iluminada decorada con estalactitas, Ariel habla.

—¿Sabes qué me gusta más de mi trabajo? Los cotilleos. Tengo entendido que la junta directiva de la LDC no está muy contenta contigo.

—La junta directiva quiere deshacerse de mí —dice el Águila de la Luna—. Tengo la suerte de que todos desconfían demasiado de los candidatos que no propongan ellos como para presentar una moción de censura. La Tierra está flexionando los músculos desde el colapso de Corta Hélio.

—El colapso —repite Ariel—. Es mi familia, Jonathon.

—Una vez me dijiste que los Corta mantenían las luces encendidas ahí arriba. La Tierra teme la escasez de electricidad, los apagones. El precio de la luz se ha triplicado. Yo estaba en Crucible, Ariel. Lo vi arder. Duncan y Bryce se han enfrentado. Están contratando mercenarios hasta de la Tierra. En los *prospekts* de Meridian hay luchas de *blades*. Los precios están por las nubes. Están cerrando industrias. La vieja Tierra levanta la vista a la Luna y ve un mundo que se desmorona. Ve a un Águila que no puede cumplir su contrato.

Ariel bebe un traguito de martini. El Águila la conoce demasiado bien. Está perfecto: frío, fuerte, fabuloso.

—Jonathon, si la LDC quisiera deshacerse de ti realmente, habría sobornado a tus guardaespaldas para que te destriparan mientras duermes.

—Igual que tú disfrutas de mi protección, yo disfruto de la de los Dragones. Ninguno de ellos quiere ver en mi puesto a un títere de la LDC. Los Sun temen que la República Popular vuelva a intentar hacerse con el control. Moscú no está dispuesto a reconocer nada, pero los Vorontsov se dedican a identificar a sus agentes y lanzarlos por la escotilla. Los Asamoah no me tienen mucho cariño, pero les gustan menos Moscú y Pekín. Los Mackenzie andan enzarzados en su reyerta, pero el vencedor se alineará con quien ofrezca a Mackenzie Metals más libertad para maquinar y negociar.

—¿Y los Corta?

—No tienen poder ni riqueza. Ni posición social que defender ni familia que proteger. Nada a lo que aferrarse, nada que temer. Y por eso quiero contratarte de asesora jurídica.

¿Llega el Águila a detectar el ligero estremecimiento de sorpresa que recorre la superficie de la ginebra aromatizada con trece hierbas?

—Elaboro contratos matrimoniales. Cojo la pasión humana, el deseo humano y la estupidez humana, y les proporciono todas las rutas de escape posibles.

—Puedes recuperarlo todo, Ariel. Todo lo que perdiste, todo lo que te arrebataron. —Inclina la cabeza hacia la silla de ruedas.

—No todo, Jonathon. Hay cosas que no están en tu mano. —Pero Ariel deja la copa antes de que la delate el temblor de la ginebra. Nunca creyó en el umbanda personal de su madre. Nunca creyó en las creencias. Tenía trece años cuando Adriana la llevó al recién construido palacio de Boa Vista. Al salir de la estación de tranvía se sintió impresionada con el tamaño, la luz, las perspectivas. Olía a roca, a humus reciente, a plantas en crecimiento, a agua fresca. Levantó la mano para protegerse los ojos del resplandor del cielo, entrecerró los párpados, intentó enfocar objetos situados a más de unas decenas de metros de distancia. João de Deus estaba atiborrado. Aquello era interminable. Entonces vio las caras de los orixás, de cien metros de altura cada una, labradas en las paredes de Boa Vista, y supo que nunca podría creer. Nadie debería conocer a los dioses cara a cara. Tenían un aspecto estúpido y petrificado. Muertos e indignos de fe. Vergonzoso: ¿esas cosas querían que confiara en ellas?

Pero *madrinha* Amália siempre le había dicho que los santos son sutiles, y Ariel extrajo de los orixás verdades que conservó toda su vida. No hay cielo ni infierno, pecado ni culpa, juicio ni castigo. Lo único que ofrecen es una oportunidad, una vez. Esa es la gracia de los santos. Merece los vestidos de Marc Jacobs y los zapatos de Maud Frizon, el apartamento en un nivel bajo del intercambiador de Acuario, el puesto en el circuito de fiestas, la cohorte de admiradores. Merece ser famosa; merece que la celebren. Merece volver a andar.

—¿Qué quieres de mí, Jonathon?

—Que seas mi abogada de último recurso. Quiero que me asesores cuando todos los demás me hayan abandonado. Para eso me hace falta alguien que no tenga intereses encubiertos, lealtades familiares ni ambiciones políticas.

Ariel siente los orixás a su alrededor como una capa, insustancial pero presente, impaciente por ver si acepta el regalo. Aún no, santos. Cualquier buen abogado, esta abogada, lo pone todo en tela de juicio. Hasta a los santos. El movimiento inesperado, el truco barato, es un pilar del derecho lunar. *Malandragem.*

—Una asesora para casos desesperados —dice Ariel.

—Tengo otros asesores. Mis enemigos no esperan menos. No me fío de ellos.

—Los tienes contratados.

—Dama Luna no ha firmado nunca un contrato que no rompiera.

—No quiero esconderme, Jonathon. No quiero hablar en

susurros en habitaciones pequeñas. Toda la Luna tiene que saber que te asesora Ariel Corta.

—Hecho.

Ariel se termina el cóctel. «Quiéreme», dice la espiral de piel de limón de la copa vacía. «Vuelve a quererme. Tómame.» Lleva la mano al pie de la copa, dispuesta a darle un cuarto de vuelta para indicar que quiere otra. La mesa lo captará y un camarero se la servirá, pura, escarchada y limpiadora. Casi. Y la liberación.

—¿Qué papel desempeña Vidhya Rao?

—Si alguien afirma ser capaz de predecir el futuro, es mejor tenerla a favor que en contra.

—Si alguien puede predecir el futuro, no importa gran cosa de qué lado esté.

—Nuestra relación ha cambiado. Antes era mi asesore y ahora somos aliados.

—Una vez me dijo que sus máquinas me habían identificado como una de las personas con más influencia en los asuntos de la Luna. ¿Qué dijeron de ti, Jonathon?

—Que el Águila volará.

—¿No te encantan las profecías? De acuerdo, con una condición: quiero ir a todas las reuniones, y que Beijaflor reciba todos los informes. Quiero verles la cara.

—Gracias, Ariel.

—Esa era la condición; estos son los requisitos. Marina es mi encargada de seguridad. Quiero dietas para vestuario. Quiero un apartamento precioso, de cien metros cuadrados como mínimo, en un intercambiador. Del nivel 25 para abajo. Quiero recuperar las piernas. Pronto. Pero antes...

Estira el váper al máximo y lo conecta. Después gira el pie de la copa de martini.

Los lobos están bailando, pero Robson Corta no baila. Los movimientos le parecen sencillos; casi todos los lobos son torpes y bailan mal, y podría ganar un duelo de baile a cualquiera de ellos. Y la música, o las músicas, porque pueden seguir dos ritmos distintos a la vez, podría ser peor, pero a Robson tampoco le va. Wagner levanta la cara para indicarle que se acerque; Amal le tiende las manos para invitarlo, pero Robson niega con la cabeza y sale a la terraza, alejándose del ritmo y los cuerpos. Esa mañana, Amal, cabecilla de la manada, ha intentado morder a Robson. Él se ha pasado el resto del día esquivándoloa, pero ahora piensa que igual era un cumplido. Lobos; no hay quien los entienda.

La discoteca está en el nivel 87 de Krikalev Este, al final del *prospekt*; lejos del intercambiador, por lo que no está de moda; muy arriba, por lo que se puede considerar un antro. Robson no quería ir, pero es difícil llevar la contraria a una manada. A los lobos les gusta congregarse cuando hay tierra llena. El clan de Meridian se reúne con el de Twe; los miembros de uno y otro se entremezclan. Va a haber un montón de sexo.

Robson se asoma a la barandilla. El *prospekt* Krikalev es un cañón de luces; desde allí, el intercambiador de Antares es una lejana galaxia resplandeciente. Los teleféricos forman cadenas de lamparillas oscilantes; los motoristas que bajan por el 75 son ristras luminosas que descienden por niveles y escaleras a una velocidad de vértigo. Robson contiene el aliento. Él también hacía esas cosas, cuando era el chico que cayó desde el techo.

Robson sujeta el cóctel por fuera de la barandilla. Lleva algo más que alcohol. Hoang era muy estricto con los psicotrópicos, pero Wagner no tiene ni idea de qué es apropiado para su edad. Hoang ponía límites firmes, aunque siempre era posible negociar. Wagner no tiene límites, al menos en su aspecto lobuno. Robson echa de menos a Hoang. Piensa muchas veces en su última mentira, frente a la compuerta de la estación de Lansberg. Wagner aún no le deja ponerse en contacto con Hoang, ni con Darius, ni con los *traceurs*.

Robson deja la copa sin tocar. Otra noche, en otra fiesta, podría haberse puesto a hacer el lobo y podría haberle encantado el subidón, pero para lo que va a hacer ahora tiene que estar completamente sereno. Se saca una pintura de cara del calentador. Sospecha que su atuendo ochentero no se ideó en origen para hombres; tendría más bolsillos. Pero le queda bien y se siente mejor. Se cubre los labios con una gruesa raya blanca. Un trazo a la izquierda y otro a la derecha: una línea blanca que cruza cada mejilla.

Nadie ve a Robson Corta saltar a la barandilla, dos kilómetros de vacío resplandeciente a la izquierda, y correr con seguridad hasta el final de la terraza. La compañía de lobos sigue en marcha. Las dos músicas se sincronizan y se separan.

Este sitio es fácil. Este sitio es como unas barras de mono. Subir a la terraza de arriba es pan comido. Robson coge un poco de carrerilla, planta un pie en la pared, y se impulsa hacia arriba y hacia atrás. Asciende volando. Gira. Agarra la barandilla de la terraza superior y aprovecha el impulso para salvarla con un salto de gato, pasando las piernas entre los brazos. Corre, rebota, hace un salto del león que solo puede ver él, pero nadie más tiene por qué verlo, y está en la armadura que sujeta el nivel de encima, corriendo en equilibrio de viga maestra en viga maestra hasta que encuentra un lugar, un hueco entre una viga y un pilar metálico desde el que puede ver toda la discoteca. Se pone de cuclillas, con los brazos alrededor de las piernas.

Él tuvo una manada. Baptiste, que le enseñaba la forma y el nombre de los movimientos. Netsanet, que estuvo ejercitando con él una y otra y otra vez hasta que esos movimientos se le hicieron tan naturales como la respiración y los latidos del corazón. Rashmi, que le enseñó las posibilidades de su cuerpo. Lifen, que le abrió los sentidos para que viera con algo más que los ojos y sintiera con algo más que la piel. Zaky, que lo convirtió en *traceur*. Su manada. Su *ekata*.

Amal sale a la terraza inferior; se dirige a la barandilla y otea. Es como si pudiera olerlo, y Robson sabe que solo ha visto una parte mínima de lo que pueden hacer los lobos cuando adoptan la conciencia de grupo. Amal sube la vista. Sus ojos se conectan. Hace una seña con la cabeza a Robson, que, colgado de los puntales del mundo, le devuelve el saludo.

Ahora Wagner se une a Amal en la terraza. Robson observa sin ser visto desde arriba. Los cócteles les caen de la mano trazando arcos azules; los dedos del uno arrancan la ropa del otro. Amal ha desgarrado la guayabera de Wagner hasta el ombligo, y le mordisquea un pezón. Robson ve sangre. Robson ve la extraña euforia en el rostro de Wagner. Amal le deja marcas de mordiscos por todo el recorrido, hasta el firme vientre. Wagner le muerde con fuerza el lóbulo, y Amal murmura de dolor y placer.

Robson mira. La sangre, la pasión, el secreto de su atalaya, lo excitan, pero si sigue mirando es para entenderlo. Brota sangre de una docena de mordiscos, corre por la piel oscura de Wagner, y Robson comprende que ser un lobo no es algo que se entienda. No se puede aprender a ser un lobo; se nace lobo. Robson puede estar con la manada, protegido, resguardado, querido, pero nunca podrá pertenecer a la manada. Nunca podrá ser un lobo. Está, siempre estará, absolutamente solo.

La mesa de Robson está en la parte trasera del Eleventh Gate, contra la pared vítrea de la esclusa antigases. Da vueltas a un vaso de té a la menta intacto: un cuarto de vuelta hacia la derecha, un cuarto de vuelta hacia la izquierda, una y otra vez.

—No deberías estar aquí solo —dice Wagner mientras ocupa la silla.

—Decías que elegir un garito es un rito de socialización importante —dice Robson—. Me gusta este sitio. Y ya no estoy solo.

—Tienes que pensar en la seguridad.

—Sé dónde están las salidas. Estoy de cara a la puerta. Tú eres el que está de espaldas.

—No me hace gracia que te apartes de la manada.

—No es mi manada. —El chico cruza la mesa con el brazo para rozar con la punta de la uña un mordisco que tiene Wagner a un lado del cuello—. ¿Te duele?

—Sí, un poco. —Wagner no se encoge ni aparta la mano de Robson.

—¿Te duele cuando te muerde?

—Sí.

—¿Y por qué te dejas?

—Porque me gusta. —Wagner lee en la cara de Robson una

docena de desagrados mínimos que serían imperceptibles para quien no sea un lobo. El chico oculta bien sus emociones. Creciendo en Crucible, viviendo en Reina del Sur temeroso de la llamada a casa, el autodominio debía de ser necesario.

—¿Estás enamorado de ela?

—No.

De nuevo, una mandíbula que se aprieta, unas comisuras de los labios que se tensan, unos ojos que se apartan brevemente.

—Tengo que irme, Robson.

—Ya lo sé. Es esa época de la luna. Vas a pasar al aspecto oscuro.

—Sí, pero no me voy por eso. Tengo trabajo. Nada me gustaría más que quedarme, pero tengo que trabajar. Voy a salir con el equipo de cristaleros. Estaré fuera unos siete días, diez como mucho.

Robson se apoya en la fría pared de cristal. Wagner no puede mirarlo.

—Amal cuidará de ti —dice Wagner—. Alguien tiene que quedarse en la casa de la manada. Pero habrá cambiado, como estoy cambiando yo. —Wagner lee desconfianza, aprensión, miedo, en los ligeros movimientos musculares, bajo la piel cobriza de Robson—. Sé que no te cae bien, pero puedes confiar en ela.

—Pero no será ela mismoa Amal. Amal no estará. No estaréis ninguno de vosotros. Todos os convertiréis en personas distintas. Todo el mundo se marcha.

—Solo son siete días, Robson. Diez como mucho. Volveré. Siempre vuelvo. Te lo prometo.

«La delegación llegará en tren —corría la voz—. A las catorce veinticinco en la estación de João de Deus, directamente, en el tranvía privado de Reina del Sur.»

La noticia era breve; las expectativas, altas. No era otro sino Bryce Mackenzie quien iba a inspeccionar el nuevo cuartel general de Mackenzie Helium, por lo que João de Deus debía rendirle honores. Escuadrones de bots limpian las calles y *prospekts*, y borran de muros y fachadas las pintadas contra los

Mackenzie. Varios equipos de bots imprimen estandartes y pendones para colgarlos de aleros y pasarelas. Las dos letras combinadas del emblema de Mackenzie Helium se agitan con la brisa de las plantas aéreas. Vallas publicitarias y carteles cubren las cicatrices, las cáscaras ahumadas, que siguen en ruinas dieciocho meses después de la batalla de João de Deus. Escuadrones de *blades* y seguratas baratos patrullan los *prospekts*, con vestimenta inmaculada y armamento más inmaculado aún.

El tren llega en el segundo exacto. Bryce Mackenzie, su séquito y sus guardaespaldas salen de la estación evacuada al *prospekt* Kondakova. Jaime Hernández-Mackenzie y sus *blades* acuden al encuentro del célebre consejero delegado. Bryce da orden de retirarse a la flota de taxis que iba a llevarlos a la sede de João de Deus.

—Voy andando.

—Como desee, señor Mackenzie. —Jaime Hernández-Mackenzie inclina la cabeza y ordena a sus guardias privados que se unan a la escolta de Bryce.

—Números, Jaime. Convénceme de que gestionas bien este sitio, al estilo de los Mackenzie.

Jaime Hernández-Mackenzie habla de despliegue de extractores, reservas calculadas, cifras de procesado y producción, stock y datos de entrega, cargamentos puestos en órbita y recibidos de la Tierra. Información que se transmitiría mejor y más deprisa de familiar a familiar. Información que Bryce podría leer en su despacho, ahí arriba en Kingscourt, sin acercarse a menos de mil kilómetros de João de Deus. El conquistador ostenta ante los vencidos su poder y su potestad. «Camino entre vosotros y no podéis tocarme.»

—¿Has resuelto los problemas de personal iniciales? —pregunta Bryce. Los ojos estrechos, rodeados de grasa, se dirigen a izquierda y derecha. A Bryce Mackenzie no se le escapa un detalle.

—Así es —dice Jaime—. Y sin sangre.

—Me alegra oír eso. Qué desperdicio de recursos humanos. Este sitio tiene muy buen aspecto. Está más limpio que cuando lo llevaban los Corta.

Jaime sabe que Bryce no había estado nunca en João de Deus.

—En la superficie, señor Mackenzie. Hay que cambiar gran parte de la infraestructura para modernizarla. —Aventura—: Como jefe de producción, me tranquilizaría saber que podemos volver a llevar los extractores al mar de las Crisis. Sin que mis tragapolvos corran peligro.

—Tus tragapolvos pueden trabajar tranquilos —dice Dembo Amaechi, director de Seguridad Corporativa—. He despejado la Serpiente, las Crisis y Tranquilidad Este. Y también sin sangre. —Sonríe—. Sin mucha sangre.

—Y la cabeza de Denny Mackenzie —dice Alfonso Pereztrejo—. El tiro de gracia.

—Pues no —dice Rowan Solveig-Mackenzie, con placer palpable—. Un equipo de cristaleros de Taiyang lo sacó del cráter Schmidt cuando le quedaban diez minutos de oxígeno.

—Siempre fue una ratita resistente, mi sobrino —dice Bryce—. Pero mientras mi hermano siga fundiendo metal, me doy por satisfecho. Por ahora.

Bryce se para en seco, y su séquito, a escasa distancia por detrás.

—Jaime, ¿tienes controlada esta ciudad?

De la pasarela central del 7 Oeste cuelga una cuerda, con el extremo suelto teñido de rojo.

—Ahora mismo lo quitan. —Los *blades* ya están en marcha.

—Venga.

Bryce Mackenzie reanuda la marcha. Sus guardas examinan soportales y callejones. El pequeño y sangriento recordatorio de lo que hicieron los Mackenzie a João de Deus ha sido un acto rápido, furtivo. El culpable no puede andar lejos. Algún familiar tiene que haber captado la hazaña. Puede que Bryce quiera interrogarlo personalmente y todo.

La delegación de Mackenzie Helium en João de Deus huele a muebles y suelos recién impresos. El escaso personal humano tiene pinta de necesitar parecer competente, pero no conocerse aún el terreno. Hay flores frescas, un detalle que Bryce olfatea al instante. Sin perfume. Los Asamoah buscan la belleza visual, no la olfativa.

Bryce asienta su mole tras la mesa de despacho, hecha a su medida. Está seguro de que la desimprimirán en cuanto arranque su tranvía en la estación de João de Deus. Examina la mesa, las paredes, las cómodas y elegantes sillas que tiene enfrente. Su personal tarda un momento en reparar en el error. Un aprendiz de aprendiz corre a la cocina. Una impresora chirría, y el agua cae a la obligatoria tetera.

—Estoy irritado —declara Bryce Mackenzie haciendo un puchero. La silla cruje cuando cambia de postura, y patalea inconscientemente. Todo el mundo se fija en lo pequeños que tiene los pies. Son toda una leyenda, los minúsculos pies de Bryce Mackenzie—. El chaval. Me tomo como una afrenta personal no poder mantener a salvo a los míos.

—Lo ha acogido el clan de Meridian —dice Dembo Amaechi.

—¡El clan de Meridian! —ruge Bryce. Las espaldas se enderezan; de la cocina llega ruido de cristales rotos—. Putos niños que juegan a putos juegos. Tráeme mi propiedad, Dembo.

—Ya me encargo, señor Mackenzie —dice Dembo Amaechi.

—Y date prisa. Ariel Corta ha vuelto. Dale un poco de tiempo y me atravesará el contrato de adopción con un extractor de helio.

Rowan Solveig-Mackenzie y Alfonso Pereztrejo cruzan una mirada. Es una novedad para ellos, y no les gusta. Es una laguna de información empresarial.

—Señor Mackenzie —aventura Dembo Amaechi—, puedo contratar asesinos.

—No vas a tocarle un pelo del coño. Medio Meridian la vio tomando cócteles con el Águila de la Luna. La ha contratado.

—¿El Águila necesita una abogada de familia de baja estofa? —dice Rowan.

—Los hombres importantes no tienen por qué ser idiotas —afirma Bryce, y todos los presentes oyen el acero de su voz.

—¿Señor Mackenzie? —El aprendiz está en la puerta con la bandeja de vasos de té en las manos, mirando con aprensión a los hombres que abarrotan la estancia. Bryce lo llama con un gesto.

—Traedme a Robson Mackenzie —ordena Bryce—. Si os da miedo el lobo feroz lunar, esperad a que se disuelva la manada.

Dembo Amaechi oculta el destello de cólera de los ojos con una breve inclinación obediente.

—Me encargaré personalmente.

—Bien. La consideración no es necesaria. —Bryce se sube el vaso de té recién impreso a los carnosos labios. Da un traguito y pone cara de asco—. Insípido. Una mierda insípida. Y demasiado caliente. —Deja el vaso en la mesa blanca. Su séquito devuelve los vasos sin tocar a la bandeja. El aprendiz está gris de miedo—. Toda la gente de este puto agujero que tenía que verme me ha visto ya, ¿no? Pues ya puedo volver a Reina.

5
Libra – escorpión de 2105

A Wagner Corta siempre le pareció cutre el oro. El color es hortera, el brillo es falso, y la masa es una ficción que equipara peso y valor. Arriba, en el cielo, hay todo un planeta hipnotizado por el resplandor del oro. El no va más de la riqueza, el espíritu de la avaricia, la medida de valor definitiva.

La Luna está cuajada de oro. Los extractores de helio de Corta Hélio tiran toneladas a diario por los conductos de desechos. El oro no vale siquiera el precio de la extracción. Adriana Corta no tenía oro, no llevaba joyas. Su anillo de bodas era de acero, forjado con hierro lunar. El anillo de acero de la Mano de Hierro.

La iglesia de la Theotokos de Konstantín es un útero de oro. De oro es la puerta baja que obliga a todos a agacharse para llegar a la presencia del santo icono; de oro, las paredes y la cúpula de la pequeña capilla; de oro, los pasamanos, las lámparas y los incensarios; de oro, el marco del diminuto icono. El fondo del icono es de oro lunar batido. De oro es la ropa de madre e hijo; solo se ven las manos y las caras. De oro es la sagrada corona. La madre tiene la piel oscura y la mirada baja, apartada del exigente bebé que tiene en brazos. Wagner no ha visto nunca unos ojos tan tristes. El niño es un monstruo, demasiado mayor, un anciano minúsculo; avaricioso, pasa una mano por la garganta de la madre, apoya la cara contra la mejilla de la madre. Marrones y dorados. Cuenta la leyenda que Konstantin Vorontsov pintó su icono en órbita, con una madera y pinturas subidas desde Kazajistán en los innumerables lanzamientos que transportaban el material de construcción del primer ciclador. Lo terminó en la Luna con un telón de fondo de polvo de oro del mar de la Tranquilidad.

La iglesia de la Theotokos es el lugar perfecto para reunirse con Denny Mackenzie.

Y aquí está el chico de oro, inclinándose bajo el dintel, entrecerrando los ojos mientras los acostumbra a la bioluminiscencia. A Wagner le parece decepcionante que se haya puesto un traje negro de Helmut Lang. Denny Mackenzie sonríe al ver la decoración. Los dientes de oro resplandecen.

—Qué bonito.

En la iglesia de la Theotokos de Konstantín hay sitio para dos hombres, sin séquito.

—¿Dónde tienes escondidos a tus lobos, Wagner Corta?

—En el mismo sitio que tú a tus guardaespaldas.

—No creo. —Denny Mackenzie se abre la chaqueta para mostrar las empuñaduras de oro de los cuchillos, cada uno en su funda.

—Yo tampoco —dice Wagner.

—Claro que no. ¿Crees que vendría sin *blades*? No vas a verlos, Wagner.

Meridian es un territorio libre y en disputa en la guerra civil de los Mackenzie. Las facciones tienen escaramuzas, se desenfundan cuchillos, las peleas se extienden por los *prospekts*, los *zabbaleen* limpian la sangre de las calles. Denny Mackenzie se abrocha la chaqueta y se inclina para examinar el icono.

—Qué monada.

—En teoría, la imagen existió siempre y el artista se limitó a encontrarla —dice Wagner—. ¿Ves ese trozo que ha perdido el dorado? Está desgastado por los labios. Miles de labios. Puede que millones de labios. Cuando se besa el icono, el amor se transfiere a la Virgen.

—Esos Vorontsov creen en cosas muy raras. Tres favores, Wagner Corta. Has gastado el primero en traerme aquí.

—Mantenlo a salvo.

—¿Al chico?

—¿De quién voy a hablar si no? Mantenlo a salvo de Bryce. Durante la etapa oscura, cuando se disuelva el clan. Cuando esté lejos. Cuida de él.

—Es factible, Wagner Corta —dice Denny Mackenzie—. Te doy mi palabra. Ya van dos favores. Te queda uno más.

—No —dice Wagner—. Aún no. Te avisaré cuando lo necesite.

—Como quieras. Ya hemos terminado, Wagner Corta.

—Sí.

Wagner se queda en la pequeña capilla. El icono de la Theotokos de Konstantín está a baja altura, para que tengan que arrodillarse todos aquellos que quieran rendirle culto, maravillarse ante él, desconcertarse ante él o simplemente buscar solaz en él.

—He llegado a un acuerdo con el hombre que mató a mi hermano —le dice Wagner al minúsculo icono—. He puesto en manos de mi enemigo al chico al que juré proteger. ¿Lo condenas o lo perdonas?

El icono no dice nada. Wagner Corta no siente nada.

Sun *nui shi* suspira al ver los castillos y los dragones. Banales. Alza la vista ante las princesas *manhua* y los grandes momentos del balonmano. Técnico pero tedioso. Atraviesa el bosquecillo de troncos y ramas entretejidos sin mirar a los lados.

—Esto —dice—. Esto sí.

El cubo hueco cuelga de la cúpula con hilos invisibles. Parece flotar en el aire. Tiene las caras horadadas con dibujos geométricos inspirados por la arquitectura nazarí de la Alhambra. En el centro hay una fuente de luz que cubre con una intrincada red de sombras a los dos visitantes que la contemplan. El vaho de Sun *nui shi* flota en el aire, y las sombras del cubo ornamentado juegan en la superficie.

—Láseres de precisión —dice Sun Zhiyuan—. Congelan y descongelan.

—¡No quiero saber dónde está el truco! —espeta Sun *nui shi*, pero coge del brazo a su nieto y se lo acerca. La condensación ya le forma carámbanos en la piel de la capucha de la capa. Se estremece, aunque el frío no es ni mucho menos tan intenso como cuando se descubrió el campo de hielo. Agua conservada en forma de hielo durante dos trillones de años en la sombra perpetua del cráter Shackleton, mientras la cumbre del monte Malapert arde bajo la luz eterna. Hielo y fuego, oscuridad y luz, los elementos opuestos con que los Sun construyeron la Luna, uno junto a otro. Tres cuartas partes del antiguo hielo han desaparecido, pero lo que queda es más que suficiente para celebrar el festival anual de esculturas de hielo durante cien Zhongqius. Castillos y dragones. Espantoso.

Este cubo, con su sencillez y su elegancia geométrica, la complace.

—¿Quién lo ha hecho? —pregunta Sun *nui shi*.

Su nieto menciona a tres niños que Sun *nui shi* no identifica, hijos de la mujer que le cose a mano los zapatos. Sun *nui shi* rodea el cubo de la Alhambra, observa los paisajes cambiantes que dibujan las sombras, y piensa en su apartamento cálido y de luz suave.

—Creo que Lucas Corta está vivo —anuncia.

—Eso sería una noticia muy importante —dice Zhiyuan.

—Por muchos motivos —dice Sun *nui shi*, y sigue orbitando alrededor del cubo de hielo—. He hecho averiguaciones con discreción. Dice Amanda que nunca apareció el róver en el que murió Lucas Corta. Sin cadáver, es normal que se despierten las sospechas. Pedí a mis agentes que examinaran por satélite el campo de acción posible del róver, y lo encontraron junto a la torre del cable orbital de Fecundidad Centro. Los Vorontsov son una fuente constante de frustraciones y ofuscaciones, pero mis agentes encontraron registros del lanzamiento de una cápsula a una hora que cuadraría con la huida en róver desde João de Deus.

Sun *nui shi* vuelve a coger a su nieto del brazo y se encamina a la tercera cara de la lámpara de hielo.

—Debes entender que la discreción es fundamental —continúa—. Las pruebas no son concluyentes, pero no dejan de ser pruebas de que Lucas Corta escapó por el cable orbital. Solo había un lugar al que podía ir. Si los Vorontsov han estado resguardándolo, se toman muy en serio el secreto. Si revolvemos las cosas, podríamos ponerlos sobre aviso.

—De todas formas...

Sun *nui shi* aprieta el brazo de Zhiyuan.

—Soy una vieja entrometida. Era irresistible. Sin duda, los Vorontsov guardan un secreto, en el espacio y en la Tierra. Hay movimientos de dinero. Cuando el dinero camina, deja huellas profundas. Las corporaciones terrestres están formando grupos de capital riesgo. VTO Tierra ha firmado un acuerdo con el Gobierno ruso.

Zhiyuan suelta el brazo de Sun *nui shi*.

—Eso es imposible.

—Y hay más. Mis informantes del Partido Comunista Chino se han callado. Eso me preocupa. Tienen miedo. Huele a conspiración. ¿Hay intrigas en la Tierra y el Águila de la Luna se encuentra con su junta directiva en contra? Dama Luna no deja margen para las coincidencias.

—¿Qué sospechas, *nainai*?

—Lucas Corta va a volver para recuperar lo que le robaron. Quiere vengarse de los que destruyeron su familia.

—¿Los Tres Augustos pueden darnos alguna previsión?

—Prefiero no involucrarlos. —Sun *nui shi* tira de la manga de su nieto para arrastrarlo a la cuarta cara del cubo, y cierra los ojos para protegérselos de la luz que emana del hielo—. No podemos actuar abiertamente. Amanda sospechará que sabemos que nos mentía cuando dijo que había matado a Lucas Corta, y se quedará sin puesto en la junta. Lucas Corta ya la humilló una vez, con ese divorcio. No permitirá que vuelva a ocurrir. Si empleo los Tres Augustos para esto, se enterará toda la junta.

—Tenemos que saber en quién confiar. Actuaré con discreción y de la forma correcta, sin errores.

—Gracias, Zhiyuan. —Sun *nui shi* vuelve a enhebrársele al brazo. Tiene la piel de la capucha escarchada—. Ya estoy harta de este infierno congelado. Vamos a volver; quiero un vaso de té caliente.

«Es una oportunidad fantástica.»

Es cierto. No hay nada más cierto. Entonces, ¿cómo es que la mayor verdad suena a mentira descarada?

«Tengo una oportunidad, solo una, Luca, de estudiar en el Cabochon.»

Y él dirá: «¿El Cabochon?» Y ella tendrá que volver a explicarle que es el grupo de estudio de Políticas más activo, que trabaja con modelos alternativos de gobierno lunar. Y él dirá: «¿Qué?», y eso lo mellará todo, lo difuminará. Los cortes deben ser rápidos, afilados, limpios.

«Es un año. Suena eterno, pero no es así. Y solo es Meridian; está a una hora en tren. Es un año, no es el final.»

Pero es el final. Todos sus amigos dicen que las relaciones desde un grupo de estudio no funcionan. Nunca funcionaron y nunca funcionarán. Rompe. «Podría venir conmigo.» Se levantan manos en gesto de horror. ¿Estás loca? Eso es peor aún. Te seguirá a todos los congresos políticos y a todas las fiestas, y en algún momento lo verás por el rabillo del ojo y no verás a Lucasinho Corta; verás a un animal doméstico, y más adelante te avergonzarás de él, y más adelante dejarás de invitarlo, y más adelante dejará de importarle que ya no lo invites.

Así que tiene que terminar y ha terminado. Está decidido. Ahora viene la siguiente pregunta: ¿cómo le dice que se acabó?

Con el familiar, aconsejan sus amigos. Es lo que se lleva. «No puedo hacer eso. Merece algo mejor.» ¿Merece algo mejor? Es temperamental, es exigente, no tiene ambición ni amor propio, y se folla y seguirá follándose cualquier cosa con pulso; el buen sexo y las mejores tartas no son compensación. Y ella dice: «Sí, y además es irritante, presumido, superficial, aburrido, quejica, insensible y un analfabeto emocional.» Y está dañado, dañado, dañado. Más dañado que nadie a quien ella haya conocido, más profundamente. Con cicatrices que llegan al hueso. La necesita. Ella no quiere que la necesiten. No quiere que dependan de ella. No puede permitir que otra persona dicte su vida.

Cuando le entregaron el pequeño paquete, transportado en el BALTRAN desde Meridian, cuando encontró dentro las dos mitades del piercing de la oreja, convocó el consejo de sus *abu-*

sua. No dudaron ni un momento. El metal era un contrato. Se lo devolvió a Lucasinho, y él, sin pensárselo dos veces, se lo puso en la oreja, aunque ya le había gastado la magia. Sigue llevándolo. Cuando la saca de quicio, cuando lo odia, ella piensa que lo lleva puesto para recordarle que está en deuda con él por su hermano Kojo. Que siempre estará en deuda. Que es él quien decide si la libera. Es un anzuelo de titanio que le retiene la libertad. Quiere gritar: «La deuda es nuestra, no mía».

Ahora lo odia. Entonces le ve los ojos, esos pómulos de Sun, esos arrebatadores labios carnosos. Los andares, la sonrisa aviesa que oculta y muestra tantos miedos.

—¿Sabe leer? —le pregunta a su familiar. Una tarjeta, algo escrito, sería personal y le permitiría mantener las distancias.

—*Con el nivel de un niño de seis años* —responde el familiar.

¿Qué enseñaban a los niños esas *madrinhas* de los Corta?

Ni una carta ni un «Vete a la mierda» de familiar a familiar. Tendrá que ser cara a cara. Le da miedo; ya está repasando el guion mentalmente. Lucasinho es infiel y exigente, y la saca de quicio más de lo que nadie pueda sacarla de quicio, pero al menos le debe eso.

—Resérvame una mesa en el Saint Joseph —ordena. Es elegante y neutral, y está suficientemente lejos de su órbita social para que no se encuentre a ningún amigo.

Echará de menos las tartas.

El bar del tren se niega a servirle. Al principio no está dispuesto a aceptarlo. El bar es amable pero firme. Entonces grita: «¿Sabes quién soy?». El bar lo sabe, pero los bares de los trenes no se impresionan por la posición social. Por último le da un puñetazo, tan fuerte que le agrieta la cubierta. El bar informa de los daños y cursa una pequeña reclamación.

—*Creo que deberías volver a tu asiento* —dice Jinji—. *Los pasajeros te están mirando.*

—Quiero otra copa.

—*Te lo desaconsejo. Tienes doscientos miligramos de alcohol por cien mililitros de sangre.*

Se niega por cabezonería, pero es inútil rebelarse contra un familiar. De vuelta a su asiento, fulmina con la mirada a cualquiera que se atreva a establecer contacto visual.

Es el tercer día de farra de Lucasinho. Dedicó el primero a los productos químicos. Una docena de casas de impresión, el doble de narco-DJ. Su mente, sus emociones, sus sentidos, giraban de arriba abajo, de fuera adentro; colores y sonidos que se expandían y contraían. Drogas y sexo: armado con una bolsa de potenciadores eróticos se presentó en la Serpent House, donde vivía Adelaja Oladele, maestro del control del orgasmo, y en una casa de chicos monos que acogieron su bolsa como si fuera el festival de Yam.

Su tía Lousika lo llamó, le envió mensajes, le imploró que volviera a casa, hasta que apagó a Jinji y se encerró en una burbuja de cuerpos, sudor y semen. La desconexión era lo único que le impedía acosar a Abena por la red social. El segundo día, aún experimentando diez bajones distintos de diez subidones distintos, llevó lo que le quedaba en la bolsa a casa de Kojo Asamoah. Kojo le preparó un té, lo metió en la cama y se abrazó a él mientras compartían las últimas golosinas farmacéuticas y esquivaban todas las preguntas sobre por qué se había ido su hermana a Meridian, por qué no había pensado en él lo suficiente para quedarse, por qué nadie se quedaba, nunca. Por la mañana, Lucasinho se había marchado. Kojo sintió alivio; temía tener que chupársela toda la noche.

El tercer día, Lucasinho salió a beber. Twe era un ecosistema de garitos, desde cabañas de paja hasta bares de piscinas pasando por puestos excavados en la roca, tan pequeños que los clientes se disponían en ellos como los gajos de una mandarina. Lucasinho no era bebedor. No sabía que existía una estrategia, de modo que bebió rápida, libre y católicamente. Bebió licores y cosas que no habían salido de la impresora; bebidas hechas a mano, cerveza de plátano, batata y calabaza. Cócteles de Twe que no se parecían a nada que hubiera en la Luna. Era un bebedor terrible, inexperto. Daba la murga. Se le olvidaban las frases. Se acercaba demasiado. Se quitaba la ropa en público. Vomitó dos veces; no sabía que el alcohol pudiera tener ese efecto.

Se quedó dormido encima de un amante potencial y se despertó con un dolor de cabeza que estaba seguro, completamente seguro, de que lo mataría, hasta que Jinji, fuera de línea, le dijo que se debía a la deshidratación y lo aliviaría bebiendo agua.

Después se despertó y se encontró acurrucado en un asiento de un tren de alta velocidad. Quería otra copa. Que el bar le denegó.

—¿Adónde voy? —pregunta Lucasinho, pero antes de que Jinji pueda contestar oye la voz de un hombre que habla con un niño y la del niño que contesta, los dos en portugués, y al oír el sonido de las nasales zumbantes y las sibilantes bruñidas, Lucasinho se aprieta las rodillas contra el pecho y solloza en silencio, convulsivamente.

João de Deus. Está volviendo.

Es el último en apearse del tren, el último en atravesar la compuerta de los pasajeros, el último que se queda, tambaleándose, en el andén de la estación de João de Deus. Cuántas veces ha cruzado ese suelo brillante. Para ir a ver a amigos, *amores* y las grandes ciudades de la Luna. A su boda. A Meridian, cuando huyó del aburrimiento y la claustrofobia de Boa Vista y descubrió que en un mundo tan pequeño como la Luna cualquier huida acaba en encasillamiento, que solo era cambiar una cueva pequeña por otra más grande.

—¿Cómo llevo el maquillaje? —pregunta Lucasinho. Ahora recuerda haberse pintado en el servicio de Kojo. No del todo; algo con lo que sentirse fiero e indómito, algo con lo que afirmar que Lucasinho Corta vuelve a João de Deus.

—*No estoy en línea y no puedo verte, pero te lo aplicaste por última vez hace tres horas, así que te recomiendo unos retoques.*

El aseo tiene espejos, a la antigua. Lucasinho trabaja con toda la destreza que le permite el alcohol. Se admira un perfil y luego el otro. Esta moda retro de la década de 1980 le queda de maravilla.

El olor. Se le había olvidado, pero los olores son la llave de la memoria y la primera bocanada de aire le evoca los diecinueve años que pasó siendo un Corta. Piedra descarnada y un toque de electricidad. Un alcantarillado sobreexplotado y los perfumes que se usan para enmascararlo, orina, aceite de cocinar. La vainilla grasienta del plástico de imprimir. Cuerpos. El sudor es distinto en João de Deus. El dulzor fresco de los bots. Polvo. Polvo por todas partes.

Lucasinho estornuda.

Qué pequeño. Los *prospekts* son estrechos; el techo, tan bajo que se le viene encima. La arquitectura de Twe no se parece a la de los demás asentamientos lunares. Es una ciudad caótica: grupos de silos estrechos de un kilómetro de altura, llenos de verde y luz verdadera encauzada mediante cataratas de espejos, no procedente del falso cielo. Twe es una ciudad de escondites y descubrimientos; João de Deus es abierta. El *prospekt* Kondakova, cruzado por puentes y pasarelas, discurre ante él hasta desembocar en el intercambiador.

Llegaron por aquí, la noche de los cuchillos. Se bajaron del tren, cruzaron las esclusas y salieron a la amplia plaza de la estación. Fantasmas de soldados marchan frente a Lucasinho, todos con la mano en la empuñadura del cuchillo. Paredes y fachadas renegridas; las antiguas delegaciones de Corta Hélio, huecos como dientes arrancados. El apartamento de su padre, la mejor sala acústica de dos mundos, es una masa de equipo de audio fundido y madera carbonizada.

Los *santinhos* lo adelantan rápidamente a pie, en ciclomotor, en taxi. Hace dieciocho meses, toda la Luna conocía su cara. ¡La boda del año! El estiloso y monísimo Lucasinho Corta. Se vuelven algunas caras; hay gente que tarda en apartar la vista, pero casi nadie le dedica siquiera una mirada. ¿Es que no lo reconocen, o que es más seguro no reconocerlo?

La pasarela del 7 Oeste. Lucasinho se detiene y mira hacia arriba. Desde esa barandilla, los Mackenzie colgaron de los talones el cadáver desnudo de Carlinhos. Los brazos, el pelo largo y la polla pendían hacia abajo. Lo habían degollado. Le hicieron arrodillarse con los tásers y lo rodearon. Tantos *blades*... No tenía escapatoria. Mientras tanto, Lucasinho se ocultaba en Twe, protegido por los cuchillos y las armas vivas de los Asamoah.

Logotipos de Mackenzie Helium en la fachada de las delegaciones, en los bots, en los estandartes que cuelgan cincuenta metros desde los niveles superiores. Pasa un tragapolvos en trácsup, sujetando por el visor un casco que lleva las letras «MH» justo encima. Hay más caras blancas de lo que recuerda. Los restaurantes, las casas de té y los bares anuncian con tiza las especialidades del día, en portugués y en globo. Por las calles se oye inglés con acento australiano.

—*No puedo protegerte si no estoy en línea* —dice Jinji, como si le leyera el pensamiento. Tal vez. Tal vez sus circuitos se le hayan abierto paso por el cráneo hasta los pliegues del cerebro y lean el chisporroteo de las neuronas. Puede que simplemente conozca tan bien a Lucasinho que se ha convertido en su eco.

Lucasinho se detiene en la plaza de acceso del Estádio da Luz. Nuevo rótulo, nuevo nombre, nueva identidad corporativa. Ballart Arena. La sede de los Jaguars.

—Jaguars —dice Lucasinho.

—*Felinos terrestres de...* —empieza Jinji.

Suena una voz desde un nivel superior, una llamada. Lucasinho sabe que está dirigida a él. Una segunda llamada, más dubitativa. Lucasinho sigue caminando. Ya sabe adónde va.

La estación de tranvía de Boa Vista está cubierta con paneles, cinta de «No pasar» y señales con el traje y el casco que indican peligro de despresurización. Aunque no estuviera tapada, Lucasinho no podría haber ido: Boa Vista está muerta, despresurizada, abierta al vacío, aislada con innumerables diques estancos. El pie de la pared es una laguna de luces de colores. Cientos de bioluces, algunas frescas y nuevas, otras que parpadean lastimosamente al borde de la muerte. Las minúsculas lamparillas rojas, doradas, verdes, alumbran un montón de objetos pequeños acurrucados entre ellas. Cuando se acerca, Lucasinho ve que son impresiones de plástico barato de los orixás y sus atributos, tanto del aspecto umbanda como del cristiano. La espada de Ogum, el relámpago de Xangô, la corona de Yemanja.

Los cuatro iconos están dispuestos en triángulo, con Adriana en el centro. Rafa está en el ápice, y las aristas inferiores están ocupadas por Carlinhos y Lucas. Las imágenes son pequeñas, del tamaño de una mano, votivas; los marcos son gruesos y están decorados con pintura, joyas y más ofrendas votivas de plástico. Las bioluces iluminan con un resplandor inestable el triángulo de caras, y la de Lucasinho cuando se agacha a examinar el resto de las ofrendas del altar.

Una camiseta de los Moços, de la liga de 2103. Otra camiseta, de la misma época a juzgar por el corte, con la imagen de una moto de polvo: Carrera de Resistencia de Tranquilidad. Muchos cuchillos con la punta tronchada. Cubos de música que, cuando Lucasinho los levanta, reproducen la vieja bossa nova que adoraban su padre y su abuela. Fotos, decenas de fotos: tragapolvos, aficionados al balonmano y maravillosas fotos de los viejos tiempos en la Luna, cuando Adriana construyó un mundo. Lucasinho las levanta: las imágenes son antiguas, pero las fotos huelen a recién impresas. Este hombre sonriente con barba es el abuelo al que no llegó a conocer, que murió incluso antes de que naciera su padre. Aquí salen *madrinhas* con niños en brazos y a los lados. Aquí están las caras de Boa Vista a medio tallar. Son dioses que apelan a Lucasinho, cosas que están en la piedra, que salen de la roca desnuda. Aquí, dos mujeres; una es su abuela y la otra le resulta desconocida. Tienen las cabezas juntas y sonríen al objetivo. Su abuela lleva una camisa de compresión con la doble eme del logotipo de Mackenzie Metals. La camisa de la otra mujer lleva un *adinkra* ghanés.

Ya no están. Él sigue ahí, borracho, arrodillado entre las ofrendas. Es asqueroso. Se desprecia. Los iconos lo miran con reproche.

—Tú no. —Lucasinho intenta arrancar de la pared el retrato de su padre, pero está bien pegado. Araña en busca de una esquina de la que tirar. Una mano en el brazo, una voz.

—Deja eso.

Gira con el puño apretado dispuesto a descargarlo contra una cara, un rictus en el rostro.

La anciana da un paso atrás con las manos levantadas, no a la defensiva, no por miedo, sino por la sorpresa. Es enjuta, de piel oscura, cubierta de túnicas blancas y con un turbante blanco en la cabeza. Lleva una estola verde y azul, muchos anillos y más collares. Lucasinho la conoce, pero no recuerda de qué. Ella sí.

—Oh, eres tú, pequeño *mestre*.

Lanza las manos hacia delante, a velocidad de puñalada, y coge entre ellas la de Lucasinho.

—No soy... —No puede apartar la mano. La mujer tiene unos ojos oscuros y profundos que lo dejan paralizado de terror. Reconoce esos ojos. Los había visto dos veces: una en Boa Vista, con su *vó* Adriana, y otra en la fiesta del octogésimo cumpleaños de su abuela—. Usted es una hermana...

—*Irmã* Loa, de la Hermandad de los Señores del Ahora. —Se arrodilla ante Lucasinho—. Fui la confesora de tu abuela; era muy generosa con mi orden. —Recoloca las ofrendas que Lucasinho ha desparramado con los pies—. Mantengo alejados a los bots; no saben de respeto, pero los *zabbaleen* recuerdan a los Corta. Siempre supe que vendría alguien. Esperaba que fueras tú. —Lucasinho aparta la mano de su agarre seco y caliente. Se pone de pie y es peor aún. Esa vieja arrodillada delante de él lo horroriza. Lo mira a los ojos y parece que está suplicando—. Tienes amigos aquí. Esta es tu ciudad. No es de los Mackenzie; no podría ser suya. Aquí queda gente que aún respeta el apellido Corta.

—¡Lárgate! ¡Déjame en paz! —grita Lucasinho, apartándose de la religiosa.

—Bienvenido a casa, Lucasinho Corta.

—¿A casa? Vi mi casa. Estuve allí. Tú no has visto nada. Pones luces, ahuyentas a los bots y desempolvas los retratos. Yo estaba allí. Bajé y vi las plantas muertas, el agua congelada y las habitaciones abiertas al vacío. Saqué a la gente del refugio. Saqué a mi prima. Tú no has estado allí. No has visto nada.

Pero había jurado que volvería. Mientras aplastaba con las botas del trácsup los restos congelados de un hogar inigualable, se propuso recuperarlo. Eso era suyo.

No puede. No está a la altura. Es débil, vanidoso, acostumbrado a los lujos y estúpido. Da media vuelta y corre, despejado por la conmoción y la adrenalina.

—¡Eres el verdadero heredero! —grita *irmã* Loa a su espalda—. Esta es tu ciudad.

Cuando va por el segundo, Lucasinho ya sabe que el blue moon es un cóctel espantoso. Se lo termina y pide el tercero, y el camarero, que sabe prepararlos, hace el truco de la cucharilla invertida para que los zarcillos de curaçao se disuelvan en la ginebra como la culpa. Lucasinho coge la copa e intenta atrapar las luces del bar en el cono azul. Está borracho otra vez, donde quería. Su tío Rafa creó el blue moon, pero no tenía ni idea de cócteles.

El bar es pequeño, apestoso, lúgubre, estruendoso por la música comercial alta y las conversaciones más altas, y el camarero reconoce a Lucasinho, pero hace gala de discreción profesional. La chica no. Han llegado mientras se tomaba el primero, dos chicas, dos chicos y une neutre. Han estado mirándolo desde su cubículo excavado en la roca, apartando la vista cuando se cruzaba con la suya. Cabizbajos, furtivos. La chica espera al cuarto blue moon para abordarlo.

—*Olá*. Eres..., eh...

No tiene sentido negarlo. Solo conseguiría que surgieran rumores, y los rumores son leyendas que están aprendiendo a reptar.

—Sí.

La chica se llama Geni. Le señala a Mo, Jamal, Thor y Calyx. Sonríen y hacen gestos con la cabeza desde la mesa, en espera de una señal para unirse.

—¿Te importa si...? —Geni señala el taburete, el espacio vacío en la barra.

—Sí, la verdad.

O no lo oye o le da igual.

—Somos urbaneristas.

Lucasinho ha oído hablar de ellos. Practican un deporte de riesgo consistente en ponerse un trácsup y explorar viejos hábitats y plantas industriales abandonadas. Bajan en rápel por pozos agrarios y se arrastran por túneles viendo bajar el medidor de oxígeno por el rabillo del ojo. No tiene interés. Historia, deporte y peligro innecesario. Odia todas esas cosas; se parecen demasiado al esfuerzo. Se echa hacia atrás en el taburete y apoya la barbilla en las manos para contemplar el quinto blue moon, a medio beber. El camarero lo mira, un destello de comunicación sin palabras: «Asiente y te la quito de encima».

—Hemos estado allí. Tres veces.

—Boa Vista.

—Podemos llevarte.

—¿Fuisteis a Boa Vista?

La chica parece menos segura; mira hacia sus amigos. El abismo entre la mesa y la barra es insondable.

—¿Fuisteis a Boa Vista? ¿A mi casa? Qué hicisteis, ¿ir andando por la línea de tranvía, o bajar por el conducto de la esclusa de superficie? ¿Os sentisteis orgullosísimos al tocar el suelo, como si verdaderamente hubierais hecho algo? ¿Todos chocasteis los cinco?

—Lo siento, solo pensaba...

—Mi casa, mi puta casa. —Lucasinho vuelca la furia contra la joven, y es ardiente y pura, avivada por la vergüenza, el autodesprecio y los blue moons—. Fuisteis a mi casa, anduvisteis por todas partes y sacasteis vuestras fotos y vuestros vídeos. Mira, aquí estoy yo, en el pabellón São Sebastião. En esta estoy delante de Obatalá. ¿A tus amigos les encantaron, y te alabaron la osadía y el valor? Es mi casa. Mi puta casa. ¿Quién os dio permiso para ir a mi casa? ¿Lo pedisteis? ¿Se os ocurrió que a lo mejor teníais que pedirlo? ¿Que queda un Corta al que pedírselo?

—Lo siento —dice la chica—. Lo siento—. Ahora está asustada; el alcohol hace cruel a Lucasinho y el miedo de la chica se añade a la vergüenza para alimentar la combustión. Lucasinho estampa la copa contra la barra, rompiendo la base y derramando licor azul por la superficie luminiscente. Se pone en pie, tambaleándose.

—¡No es vuestro!

El camarero se acerca, pero los amigos de la chica ya se marchan.

—No pretendía... —dice ella desde la puerta, entre lágrimas.

—¡No estuviste allí! —grita Lucasinho—. No estuviste allí.

El camarero ha recogido el naufragio y ha puesto un vaso de té en la barra.

—No estuvo allí —le dice Lucasinho al camarero—. Lo siento. Lo siento.

—Así que has venido. —Lucasinho no se había parado a mirar a la tragapolvos del extremo de la barra hasta que esta ha levantado la vista de la caipiroshka y ha hablado. La barra le marca sombras fuertes en los rasgos. Tiene el rostro oscuro, con manchas de vitiligo debidas a la radiación—. Mão de Ferro.

—¿Qué? —dice Lucasinho.

—La Mano de Hierro. El apodo de los Corta. Di veinticinco años de mi vida a tu familia. Estáis en deuda.

«¿En deuda?» Lucasinho lo tiene en la punta de la lengua, pero antes de que pueda decirlo, el bar se ha llenado de mujeres y hombres corpulentos con ropa elegante y bultos en la ropa que revelan armas ocultas. Tres rodean a Lucasinho y dos cubren el bar, uno a cada lado de la tragapolvos. Familiares con forma de *adinkra*. Seguridad de AKA.

El líder de la cuadrilla coloca un piercing puntiagudo de titanio en la barra blanca luminosa.

—Se ha dejado esto —dice. La tragapolvos mira a Lucasinho y se encoge de hombros—. Acompáñenos, por favor, *senhor* Corta.

—Me quedo aquí —dice Lucasinho, pero los guardias lo ponen en pie. Una mano firme en el antebrazo derecho y otra en las lumbares.

—Perdona —dice la tragapolvos mientras los guardias de los Asamoah arrastran a Lucasinho hacia el *prospekt* Kondakova—. Te había tomado por la Mano de Hierro.

—Pensé que te gustaría la habitación con ventana.

Ariel rueda del salón al dormitorio y da la vuelta a la cama. Una cama, no una hamaca. Una cama independiente. Una cama suficientemente ancha para extender los brazos y las piernas. Una cama con espacio alrededor. Bastante espacio para moverse como quiera, libremente. En comparación con la casa de madera llena de musgo, en la que la lluvia goteaba entre las tejas, en la que creció Marina, el apartamento de la *quadra* Orión es un enjambre de rincones, íntimo como un nido de avispa. Es el no va más según los parámetros de Meridian, el culmen de lo deseable: suficientemente bajo para quedar en buena zona, suficientemente alto para escapar de la mayor parte de los olores y los sonidos del *prospekt*. En comparación con los agujeros del Bairro Alto es el paraíso.

—Claro, para mí el ruido del tráfico —dice Marina. Ariel hace un mohín y Marina se arrepiente de la pulla. El piso es increíble—. Sigue enseñándomelo —dice con lo que espera que suene a entusiasmo. Los sentidos de Ariel, afilados en los tribunales, están abotargados por la emoción; cualquier otro día habría oído la falta de sinceridad como la campana de un templo.

Hay dos dormitorios, una sala de estar y un espacio auxiliar que puede cerrarse. Un despacho, declara Ariel. También hay una habitación pequeña independiente, para los fines que se puedan dar a una habitación pequeña independiente.

—Podrías usarla de sala de sexo —declara Marina, y asoma la cabeza para ver el tamaño—. Un suelo blando, las paredes distintas...

El sexo era problemático en el Bairro Alto. La discapacidad de Ariel y las reducidas dimensiones no le alentaban la autosexualidad. Se negociaban las horas y los espacios. Marina donaba su ridícula tasa de carbono para imprimir los juguetes sexuales de Ariel. El sexo se convirtió en una broma casera, en un tercer miembro de la familia, con sus propios motes, vocabulario y códigos: *Senhora* Siririca y Sexy con Ballenas. La Hermana Conejo, aunque Marina tuvo que explicar qué era un conejo, era la deidad bromista de la casa, y el *Senhor* Circunferencia mantenía una rivalidad constante con el *Senhor* Profundidad. La conversación se hizo cómoda, pero ni una vez cruzó al lado del apartamento ocupado por Marina. Con quién lo hacía, con quién podría hacerlo, ¿lo hacía con alguien? Con el tiempo, Marina aceptó el celibato como consecuencia del cuidado de Ariel Corta. Casi todo el tiempo estaba demasiado cansada para recordar siquiera el sexo, mucho menos idear una fantasía. Ahora, cuando cierra la puerta de la habitación pequeña del gran piso nuevo, se abre la posibilidad. Puede pensar en sí misma.

Un *banya* privado. Un spa independiente en el que siga cayendo el agua hasta que cierre el grifo. Marina no puede creer aún que los Cuatro Elementos le salgan dorados en la lentilla y vayan a seguir así. Hay una impresora doméstica. Hay un espacio para guardar comida y una nevera. La nevera está llena de ginebras y vodkas de marca; el espacio para la comida, de cocteleras y otros utensilios e ingredientes de cóctel, y las superficies de trabajo, de la cristalería adecuada.

—Marina, *coração*, me encantaría tomar un martini.

—Acaban de dar las diez.

—¿Es que no sabes celebrar las cosas?

En el Bairro Alto escaseaban los placeres. Ariel celebraba cualquier cosa que oliera a victoria: un caso, un acuerdo, algo nuevo para la casa. Marina reconocía el momento en que la celebración daba paso a la bebida sin control. Tendría que abordarlo algún día, en algún lugar. No en el Bairro Alto. Este es el lugar, pero Marina no puede hacer que este sea el día. Esto es digno de celebración. Mezcla dos martinis implacablemente secos con una ginebra de Cyrillus, aromatizada con veintidós hierbas. Ariel se levanta de la silla de ruedas y se lanza al amplio sofá. La silla corre a una esquina y se dobla hasta convertirse en una caja plana.

—¿Qué te parece? —Ariel se sube las piernas al sofá, primero una y luego otra, y se repantinga con la copa de martini en la mano.

—¿Quién viviría aquí antes? —dice Marina.

—Los *norte* sois unos puritanos. —Levanta la copa—. *Saúde!*

Marina hace chocar la copa con la de Ariel. Suena a cristal bueno, *clin, clin*.

—Ya que preguntas, era de Yulia Shcherban, una asesora económica de Rostam Baranghani.

—¿El miembro de la junta de la LDC?

—Ese mismo. La enviaron de vuelta a la Tierra, como a mucho personal auxiliar de la LDC.

—¿Crees que...?

—Se lo he comentado al Águila.

—¿Y?

—Me ha dado las gracias por la diligencia debida.

—Bueno, sé que hay un mercado de seguridad personal muy activo —dice Marina—. Por encima y más allá de los Mackenzie. Cualquiera que tenga algún asunto pendiente con los Dragones puede poner un precio.

Ariel se incorpora.

—¿Dónde has oído eso?

—Mientras tú escuchas, hablamos.

—¿Por qué no me he enterado?

—Porque estás sentada en el hombro de Jonathon Kayode, intentando averiguar si sus abogados se apuñalarán entre ellos antes de apuñalarlo a él.

—Debería estar al tanto —insiste Ariel—. Habría estado al tanto. Si alguien eructaba en Meridian, me enteraba.

—Has estado fuera...

—Lo tiene jodido —interrumpe Ariel—. Su junta está en contra suya. Sus asesores jurídicos intentan salvar el culo. Solo confía en mí. —Bebe un largo trago de martini—. Todo es muy cortés, formal y discreto, pero leo las caras. La LDC se constituyó de tal forma que ningún gobierno terrestre pudiera hacerse con el control total. Ahora están unificados. Algo ha cambiado. Pronto, la junta tomará medidas para relegarlo.

—¿Y si salta antes de que lo empujen?

—Aun así, la junta colocará a su testaferro.

—Está jodido si hace algo y si no hace nada. ¿Cómo se las ha arreglado para cabrear tanto a su junta?

—El Águila de la Luna es un romanticón estúpido. Cree que su puesto debería consistir en algo más que poner el sello a los edictos de la LDC y alternar en las recepciones. Cree en este mundo.

—Cuando dices que cree en este mundo...

—Autogobierno. Convertirnos en un Estado, no una colonia industrial. Se nos ha hecho político el pobrecillo.

—Eso los cabrearía —dice Marina.

—Sí —dice Ariel—. Le susurro al oído y le acepto el dinero y el piso, pero no puedo hacer nada. —Vuelve a recostarse en el sofá y extiende los brazos; Marina caza la copa de martini antes de que Ariel la suelte—. Y es una pena, porque el muy gilipollas me cae bastante bien. Basta de política. Ahora lo quiero de vodka.

—Ariel, ¿crees que...?

—Ponme un puto martini de vodka, Marina.

La copa, el hielo, el líquido denso por la baja temperatura. La dosis homeopática de vermú. La arrogancia despreocupada de Ariel siempre consigue herirla. Nunca termina, nunca se para a pensar en lo que puede querer Marina. No se paró a pensar que Marina podría no querer la habitación con ventana. No se paró a pensar que Marina podría no querer mudarse a ese piso. Nunca se interesa por la vida de Marina. La mano de Marina tiembla de rabia contenida mientras remueve el martini. No derrama ni una gota. Nunca, ni una gota.

—Lo siento —dice Ariel—. He sido muy poco elegante.

—Bebe un trago de martini—. Esto es una obra de arte. Pero dime, ¿qué piensas de verdad?

—Que si el Águila va a caer deberías intentar no estar debajo.

—No, no del Águila, basta ya de la puta Águila —espeta Ariel—. Y de la puta LDC y los abogados y los asesores y todas las camarillas políticas, sociedades de debate y grupos activistas de tres al cuarto. Ahora, esta noche, te necesito. Quiero asistir a una reunión de la Sociedad Lunaria.

—¿Quieres ir a la Sociedad Lunaria?

—Sí. El grupo de estudio de Ciencias Políticas Cabochon va a presentar ponencias sobre modelos de democracia lunar.

—Pues lo siento, pero tengo una entrada para ver a un grupo.

—Que tienes, ¿qué? No me lo habías dicho.

—¿Necesito permiso para ir a un concierto? —Marina echa chispas.

—¿Para qué tienes que ir a un concierto? ¿Todavía existen los grupos?

—Existen, me gustan y quiero ver uno.

—¿Es ese rollo del rock?

—¿Tengo que justificar mi gusto musical? —Marina tardó

poco en aprender que Ariel, a diferencia de su hermano, no sabe apreciar la música y disfraza la ignorancia de desdén.

—Ya está. Llévame, vete a tomar un té y que Hetty te retransmita ese... grupo. Será como estar en el concierto. Mejor. No tendrás que aguantar a esos roqueros sudorosos.

—Aguantar a esos roqueros sudorosos es lo que hace que sea rock —dice Marina, pero la incomprensión de Ariel es tan completa, tan manifiesta, que cualquier otra defensa de la música de guitarra solo conseguirá confundirla—. Me debes una.

—Te debo tanto que no puedo aspirar a pagártelo. Pero tengo que ir a la Sociedad Lunaria. No es que me interese ese estúpido y ferviente idealismo estudiantil; quiero ir porque Abena Maanu Asamoah presenta un trabajo, y lo último que supe de ella fue que se estaba follando a mi sobrino Lucasinho. Y estoy preocupada por ese mamoncete. Entonces, ¿me llevas?

Marina asiente. Gana la familia.

—Gracias, cariño. Bueno, vuelvo a preguntártelo: ¿qué te parece? —Ariel abarca con un gesto la amplia habitación blanca y salpica el sofá de vodka.

—Estoy pensando en cómo adaptarlo.

—¿Con cuerdas y redes? ¿Asas por todas partes?

—Yo las considero ayudas a la movilidad.

—No pienso seguir necesitándolas.

Solo hay una situación posible en la que Ariel no necesitaría las redes y cuerdas dispuestas por Marina para desplazarse por el apartamento.

—No me lo habías dicho.

—¿Tendría que haberte explicado hasta el último detalle de mi acuerdo con el Águila?

—Poder andar es un poco más importante que querer ir a ver a un grupo de rock.

—¿Crees que habría aceptado si andar no estuviera incluido en el trato? —dice Ariel.

—Recuerdo que la doctora Macaraeg dijo que podría llevar meses —dice Marina—. Que reparar la médula espinal es un trabajo lento y doloroso.

—Llevará el tiempo que lleve, pero volveré a andar, Marina.

No necesitaré eso. —Lanza un chorro de vodka contra la silla de ruedas en recarga—. No te necesitaré. No, sí, claro que sí. Ya me entiendes. A ti te necesitaré siempre.

Las manos que le tapan los ojos le dan repelús. Calientes, secas, apergaminadas, rasposas. Cierra los párpados con fuerza. Le da arcadas la idea de que esas manos, esa piel, le toquen el globo ocular.

Se detiene el movimiento, y se abren las puertas. Las manos lo empujan unos pasos adelante y se retiran de su cara.

—Abre los ojos, chaval.

Su primer impulso es resistirse, irritado por el tono imperativo de la anciana, el contacto de la mano controladora en el hombro, aunque él le saca una cabeza. Bullía por rebelarse cuando le ordenó que cerrara los ojos y no los abriera durante todo el viaje en ascensor, igual que cuando le quitó el váper de un manotazo calificándolo de afectación ridícula. Pero la rebeldía tiene un precio, y lo peor, sabe que la anciana esperará hasta que la obedezca.

Darius Mackenzie abre los ojos. Luz. Una luz cegadora. Los cierra. Contempló la luz del *ironfall*, la luz de la destrucción. Esta luz es tan intensa que Darius se ve los capilares de los párpados.

El pabellón es una linterna de cristal, en lo alto de la estrecha torre del ascensor de la cima del monte Malapert. Darius está en el centro de la planta hexagonal. Teselas, pilares, bóvedas y nervaduras; el vidrio tiene un aspecto gastado; un fotón tras otro le arrebatan integridad estructural. Los ideogramas del panel del ascensor están tan iluminados que son casi ilegibles. El aire tiene un sabor achicharrado, tenso, ionizado.

—Todos los Sun suben aquí a los diez años —dice Sun *nui shi*—. Tú has subido con retraso, pero no eres ninguna excepción. —Darius sube la mano para protegerse los ojos y la deja caer. Ningún hijo del Palacio de la Luz Eterna haría algo semejante.

No es como una linterna, rectifica Darius. La luz de una linterna sale del interior. Esta luz procede de fuera, de un sol cegador que cuelga junto al borde del cráter Shackleton. El sol bajo de medianoche arroja grandes sombras que parecen alas detrás de Darius. Todas las motas de polvo bailan. El Pabellón de la Luz Eterna no es un lugar donde se observa el sol; es un lugar donde el sol observa a la gente.

—Sí, en Crucible también lo teníamos —dice Darius.

—No te hagas el listo —dice Sun *nui shi*—. La diferencia es abismal. Crucible tenía que seguir al sol todo el rato, pero el sol viene a nosotros. Adelante, adelante, mira tanto como te atrevas.

Darius no va a dejarse amilanar por una anciana. Camina sin vacilar hasta el cristal y apoya las manos en él. El panel de vidrio endurecido parece frágil al tacto. Huele a polvo y a tiempo. Contempla el sol que se alza sobre el borde del mundo. El pabellón recibe iluminación constante; es uno de esos lugares legendarios de todos los mundos, de todos los polos, donde nunca se pone el sol.

—Una noche, hace cincuenta años, llegó un mensaje. Fue en otro mundo, en otra ciudad de otro país. Yo llevaba años esperando ese mensaje. Estaba lista para recibirlo. Me levanté, lo dejé todo y bajé al coche que sabía que estaría esperando. El coche me llevó a un avión privado. A bordo estaban mis tías, mis tíos, mis hermanas y mis primos. El avión nos llevó a VTO Kazajistán, y de ahí, a la Luna. ¿Sabes qué decía el mensaje, chaval?

Darius tiene unas ganas tremendas de lamer la ventana, de probar el cristal.

—Decía que una facción del Gobierno se disponía a detener a mi familia —prosigue Sun *nui shi*—. Querían rehenes para presionar a mi marido. Hasta un Mackenzie debería haber oído el nombre de Sun Aiguo. Sun Aiguo, Sun Xiaoqing, Sun Honghui. Construyeron Taiyang. Construyeron la Luna. Aprende historia, chico: el Tratado del Espacio Exterior impide a los Gobiernos de la Tierra apropiarse de la Luna y controlarla; por eso nos administra una corporación y no un partido político. Los Estados terrestres siempre han envidiado nuestra libertad, nuestra riqueza, nuestros logros. Lo que temen es que otros se hagan con la Luna, así que se vigilan entre sí. La envidia es una emoción sincera, fácil de manipular. La envidia nos ha mantenido a salvo cincuenta años.

»Cada familia tiene un temor; cada uno de los Cinco Dragones. Los Corta temían que los vástagos destruyeran su herencia. Los Mackenzie...

—El *ironfall* —dice Darius Mackenzie sin pensárselo.

—¿Sabes qué temen los Sun? —pregunta Sun *nui shi*—. Que se apague el sol. Que un día desaparezca tras ese horizonte y no vuelva a salir, y que el frío y la oscuridad se apoderen de nosotros. El aire se congelaría. El cristal se haría añicos.

—Eso no puede pasar —dice Darius—. Es astronomía, física, ciencia.

—Siempre una respuesta simplista a mano. El día en que se apague el sol será el día en que se rompan las reglas. La regla que nos ha protegido durante cincuenta años; el día en que los Estados terrestres se den cuenta de que tienen más que ganar si se unen que si se acechan entre ellos cuchillo en mano. Ese es el miedo de mi familia, Darius: la caída de la noche. Cuando llegue, todo lo que hemos construido, todo lo que hemos conseguido, nos será arrebatado, porque no tenemos escapatoria.

—¿Es lo que les dices a todos cuando los subes aquí?

—Sí, les digo eso, a los que creo que necesitan oírlo.

—¿Y crees que yo necesitaba oírlo?

—No. Lo que tienes que oír, Darius, es que el *ironfall* no fue un accidente. —Darius se aparta del cristal. El semblante de Sun *nui shi* está impasible. Su semblante siempre es perfecto, discreto, pero Darius sabe que la evidente impresión la ha complacido—. Crucible sufrió un sabotaje. Había un código incrustado en el sistema operativo de los espejos de los hornos. Una rutina sencilla pero eficaz; ya viste lo que hizo.

—Vosotros sois los programadores —dice Darius. El polvo baila en la luz ardiente que rodea a Sun *nui shi*.

—Lo somos, principalmente. Nuestro negocio es la información. Pero ese código no era nuestro.

—¿De quién era?

—No eres el príncipe, Darius. No eres el último heredero de Robert y Jade. Duncan y Bryce andan a la gresca; ¿de verdad crees que tienen sitio para ti en sus mesas? ¿Crees que estás a salvo?

—Errr...

—Aquí estás a salvo, Darius. Este es el único lugar en el que puedes estar a salvo. Con tu familia. —Sun *nui shi* ha estado moviéndose paso a paso, de forma imperceptible, orientando sutilmente a Darius hasta quedar entre el sol que despunta lentamente y él. Darius entrecierra los ojos heridos por la luz. Sun *nui shi* es una silueta con volumen—. ¿Crees que vamos a dejar a esos bárbaros australianos decidir la sucesión? No eres un Mackenzie, Darius. Nunca lo fuiste, y lo saben. No habrías durado ni seis lunas. El código del *ironfall*, Darius, era muy viejo. Tenía más años que tú. Muchos más.

—No lo entiendo.

—Claro que no. Los que mataron a tu madre fueron los Corta.

Abena Maanu Asamoah recibe los aplausos con una sonrisa tímida. El salón Erasmus Darwin de la Sociedad Lunaria está lleno; las caras, cerca. El público era fácil de interpretar: el que se apoyaba en el respaldo con los brazos cruzados, en la primera fila; el que se inclinaba hacia delante con un ceño constante, en la segunda; el que sacudía la cabeza también en la segunda fila, a la derecha; los que murmuraban en el centro de la segunda fila; el que contenía los bostezos en la cuarta fila. La Sociedad Lunaria imprimió sillas extras, pero aún quedan oyentes apoyados en los reposabrazos de los grandes sillones pasados de moda o contra la pared del fondo. Cuesta ver a través del enjambre de familiares flotantes.

La ponencia de Abena es la última y la sala se ha dividido en camarillas cuando baja del estrado. Sus compañeros del grupo de estudio se apresuran a felicitarla y adularla. Los camareros ofrecen bebidas: chupitos de vodka, jenever, preparados de té. Abena coge un vaso de té helado. Mientras recibe cumplidos, acepta ofertas para hablar y sortea las preguntas de un persistente joven, observa una distorsión en la sala, como si la gente se apartara para dejar paso a un objeto. Una mujer en silla de ruedas. La silla es increíble, y la mujer, inconcebible. Ariel Corta. Los compañeros de Abena se separan para cederle un puesto en el círculo.

—Bien hecho —dice Ariel, y mira a los compañeros de Abena—. ¿Os importa?

Abena asiente: «Esperadme para ir a la discoteca».

—Vamos a la terraza. Esta decoración es nauseabunda. —Ariel rueda hacia el pabellón que se cierne sobre el 65 Oeste—. Unos pocos apuntes: ten siempre algo que hacer con las manos. Los abogados y los actores lo saben. No se trata de decir la verdad, sino de ser persuasivo. La gente da más crédito al lenguaje corporal que al hablado. —Coge una copita de jenever de la bandeja y da las gracias al camarero—. Lo segundo: gánate al público. Elige tus objetivos antes de abrir la boca. Quién parece asustado, quién parece demasiado confiado, quién te sostiene la mirada cuando examinas la habitación, a quién te gustaría más seducir. Dirígete a ellos con lo que tengas que decir que puedan querer oír. Haz que sientan que estás hablando personalmente con ellos. Si asienten, si ajustan la postura para reflejar la tuya, los tienes en el bolsillo.

Ariel da unas palmaditas a un banco tapizado, junto a la barandilla, y Abena acepta la invitación a sentarse. Llegan voces de las habitaciones de más allá, risas e interjecciones que añaden dramatismo a los susurros de la socialización. La línea solar se atenúa y adopta un azul oscuro. La *quadra* Orión es un cañón de luces, la nave resplandeciente de una magnífica catedral sin dioses.

—Me apartas de mis amigos para decirme todo lo que hago mal —dice Abena.

—Lo sé, soy un monstruo arrogante. —Ariel bebe un traguito de jenever y pone cara de asco—. Qué guarrería.

—¿Qué te ha parecido mi ponencia?

—Corres un riesgo tremendo al hacerme esa pregunta. Podría decir que me ha parecido banal, ingenua e inane.

—Aun así, mantendría lo que he expuesto.

—Me alegra mucho oír eso.

—Bueno, ¿qué te ha parecido?

—Soy abogada. Para mí, la sociedad es una serie de grupos de individuos con contratos entrelazados. Redes de compromisos y obligaciones. La sociedad es esto —levanta el chupito de jenever hacia las luces de la ciudad— con un vestido de Nicole Farhi. Mi problema con la democracia es que creo que ya tenemos el sistema más eficaz. Tu argumento sobre los microestados terrestres es fascinante, pero la Luna es distinta. No somos un estado, sino una colonia económica. Si tuviera que hacer una analogía con la Tierra, nos compararía con algo cerrado, limitado por su entorno. Un barco pesquero de alta mar, o quizás una base de investigación de la Antártida. Somos contratistas, no ciudadanos. Somos una cultura de alquiler. No tenemos nada; no tenemos derechos de propiedad; tenemos una sociedad de apuestas bajas. ¿Qué podría impulsarme a participar?

»El problema de la democracia, aunque tenga una estructura tan elegante como la democracia directa que defiendes, son los gorrones. Siempre habrá gente que no estará dispuesta a participar, pero querrá compartir los beneficios de los que hacen algo. Si pudiera vivir del gorroneo, te aseguro que no me cortaría. Si accedí a ingresar en el Pabellón de la Liebre Blanca fue porque pensé que podría ayudarme a ascender en el Tribunal de Clavio. Juez Ariel Corta; suena bien. No se puede obligar a la gente a que se involucre en política; eso es tiranía. En una sociedad que ofrece pocas ventajas por la participación se acaba con una mayoría de gorrones y un pequeño estamento político. Si se deja la democracia en manos de los que quieren practicarla, siempre se acaba con una clase dedicada a la política. O peor, con una democracia representativa. Ahora mismo tenemos un sistema de responsabilidad que afecta a todas las personas de la Luna. En nuestro sistema jurídico, cada humano es responsable de su vida, su seguridad y su patrimonio. Es individualista, es atomizador y es duro, pero se entiende y tiene límites claros. Nadie toma decisiones ni asume responsabilidades por nadie. No se reconocen los grupos, las religiones, las facciones ni los partidos políticos. Existen los individuos, existen las familias, existen las corporaciones. Los académicos suben de la Tierra, van a Farside y nos reprochan que seamos unos individualistas despiadados sin sentido de la solidaridad. Pero tenemos lo que llamarían una sociedad civil. Simplemente, creemos que es mejor negociar que legislar. Somos unos bárbaros poco avanzados y rencorosos. Me gusta bastante.

—Así que banal, ingenua e inane —dice Abena—. No has venido a escuchar a los estudiantes de Ciencias Políticas presentar sus banalidades ingenuas.

—Claro que no. ¿El chico está bien?

—Lo mantendremos a salvo.

—Eso no es lo que he preguntado.

—Está con *madrinha* Elis. Luna también está con ella. A veces con Lousika, cuando no está en Meridian.

—Tampoco he preguntado eso.

—Vale. —Abena se muerde el labio: una muestra de incomodidad emocional—. Creo que le he roto el corazón. —Ariel levanta una ceja—. Tenía que venir. ¿La oportunidad de estudiar en Cabochon? —Ariel levanta más la ceja—. A ti no te interesa, pero es el mejor grupo de estudio de Políticas de la Luna. Y se ha hecho muy pegajoso. Y exigente. E injusto. Estaba bien que se acostara con otra persona si así se sentía mejor, pero cuando me necesitaba, pensaba que lo arreglaba todo quitándose la ropa y haciendo una tarta.

—Es un principito consentido —dice Ariel—, pero ha salido guapo.

Cambia el tono de las voces de la sala, el ruido del tráfico de abajo: la gente se despide y se marcha, concierta reuniones, arranca favores y promesas; los taxis llegan y abren la puerta para recibir a sus clientes; la gente se dirige en grupos a los ascensores.

—Ya te he retenido bastante —dice Ariel—. Tus amigos parecen impacientes. —Aparta la silla de ruedas de la balaustrada y se dirige hacia los invitados. La copita de jenever se queda a medias en la barandilla, en equilibrio inestable sobre la caída luminosa hasta los árboles del *prospekt* Gagarin.

—¿Te empujo? —ofrece Abena.

—Puedo yo sola. —Ariel se detiene y gira un poco—. Me vendría bien un becario jurídico. ¿Te interesa?

—¿Es un puesto remunerado? —pregunta Abena.

—Claro que no. Dietas. Consejos. Acceso. Política. Momentos interesantes. Visibilidad. —Ariel sigue avanzando y vuelve la cabeza sin esperar la respuesta de Abena—. Le diré a Marina que lo organice.

—Va a doler —dice Preeda, la asesora—. Dolerá más que nada que hayáis hecho en la vida.

Al ver a las dieciséis personas sentadas en círculo, Marina está a punto de girar en redondo en el umbral y largarse. Parece un grupo de rehabilitación. Lo es.

Marina ha llegado tarde, ha estado remoloneando, pero la asesora tiene experiencia y nada escapa a su campo visual.

—¿Marina?

La han pillado.

—Sí. Hola.

—Únete al grupo.

Dieciséis personas la miran mientras ocupa la decimoséptima silla.

La asesora se apoya las manos en los muslos y observa el círculo de caras. Marina rehúye el contacto visual.

—Bueno, bienvenidos. En primer lugar, debo daros las gracias a todos por haber tomado la decisión. No es fácil. Solo hay una decisión más difícil: la de venir aquí. Y esto será difícil. Está el elemento físico que todo el mundo conoce. Va a doler. Dolerá más de lo que creéis. Pero también hay elementos mentales y emocionales, y esos son los que duelen de verdad. Os cuestionaréis todo lo que pensáis de vosotros mismos. Recorreréis el valle largo y oscuro de la duda. Solo puedo decir esto: estamos aquí. Vamos a hacer un trato: cuando cualquiera de nosotros lo necesite, nos apoyaremos mutuamente. ¿De acuerdo?

Marina murmura la respuesta a la vez que los demás, sin apartar la vista de las rodillas.

—Bueno, no perdamos el tiempo. El último en llegar es el primero en hablar. Cuéntanos algo de ti.

Marina se traga los nervios y alza la vista. Todos la están mirando.

—Me llamo Marina Calzaghe y voy a volver a la Tierra.

Lo primero que piensa Marina es que han desvalijado el apartamento. Los muebles están volcados. Todas las copas, los recipientes de comida rápida, los utensilios, están hechos trizas en el suelo. Las sábanas están desperdigadas, igual que las cosas del baño. Todo está hecho un desastre. Lo segundo que piensa Marina es que en la Luna no hay ladrones. Nadie tiene nada que valga la pena robar.

Entonces ve la silla de ruedas volcada, en el umbral de la habitación de Ariel.

—¡Ariel!

La encuentra en el suelo, tirada en un montón de mantas.

—¿Qué coño ha pasado aquí? —pregunta Marina.

—¿Qué coño has hecho con mi ginebra? —grita Ariel.

—Tirarla por la ducha.

—¿Y la impresora?

—La he hackeado.

Ariel se incorpora y se apoya en los codos.

—No hay ginebra en la casa. —Es una acusación.

—Ni ginebra ni vodka ni ninguna bebida alcohólica.

—Voy a comprar.

—¿A que te hackeo la silla?

—No te atreverás.

—Ah, ¿no?

—La deshackearé.

—No tienes ni idea de programación.

Ariel vuelve a desmoronarse sobre las mantas.

—Tráeme una copa. Solo una, nada más.

—No.

—Ya lo sé, ya lo sé. Pero siempre es la hora del martini en algún sitio.

—No supliques; es muy poco elegante. Estas son las reglas: no hay alcohol en casa. No puedo impedir que bebas cuando salgas, y no lo intentaría porque sería una falta de respeto.

—Oh, muchas gracias. A todas estas, ¿dónde andabas? ¿En otro de tus conciertos?

—Estaba haciendo ejercicio. —No es del todo mentira—. Jiu-jitsu brasileño. Nunca se sabe cuándo tendré que volver a salvarte.

—Eso, siempre eso.

—Déjame en paz, Ariel.

—¡Dame mi puta ginebra! ¡Dame mis putas piernas! ¡Dame mi puta familia! —Después de un silencio durante el que ninguna de las dos puede mirar a la otra, Ariel dice—: Lo siento.

—Me has dado un buen susto. He visto cómo estaba la casa, he visto la silla tumbada, ¿qué crees que he pensado? Tenía miedo de encontrarte muerta.

Ahora, Ariel no puede mirar a Marina.

—¿Podrías hacerme un favor, Marina?

—No voy a comprarte alcohol.

—No quiero que me compres alcohol.

—¿Y eres abogada? Me ha sonado a mentira hasta a mí.

—Quiero que te pongas en contacto con Abena Asamoah.

—¿Presentó su ponencia en la Sociedad Lunaria?

—Chorradas democráticas simplistas, pero es inteligente y ambiciosa.

—Y se está tirando a tu sobrino.

—Y su tía, mi antigua cuñada, es la *omahene* del Trono Dorado. Y aunque gracias al Águila puedo asistir a las reuniones de la LDC, el favor de los Dragones proporciona unas garras más afiladas.

—¿Qué quieres que haga?

—Le he ofrecido un puesto de becaria. Será idiota si lo acepta, pero pienso seducirla. Hay una reunión de la LDC programada para Ku Kolu. Invítala como mi acompañante. Dile que es una oportunidad de ver cómo funciona realmente la política. Gestiona los permisos, ¿de acuerdo?

—¿Por qué voy a hacer eso?

—Porque ahora tengo gente —dice Ariel—. Dile que se vista mejor. Y échame una mano para arreglar este desastre.

Todas las caras de la esclusa se levantan. De treinta a cincuenta, calcula Wagner mientras baja por la rampa con el casco bajo el brazo y Zehra Aslan, su *junshi*, unos pasos por detrás. Algunos de los rostros son conocidos, y otros, conocidísimos. Casi todos son nuevos. Más caras nuevas de las que ha visto nunca. Sombra repasa sus currículos. Un par de personas afirman haber trabajado para Corta Hélio. Buen intento.

La multitud se separa. Wagner y Zehra se acercan al róver de Lucky Eight Ball.

—Puedo llevarme a cuatro —anuncia Wagner.

Nadie se mueve.

Wagner se vuelve hacia el alto igbo que lleva el trácsup cubierto de parches del Manchester United.

—Tú, Joe Moonbeam, lárgate.

Con los ojos desorbitados por la cólera, el hombretón se pone en pie. Le saca una cabeza a Wagner, que es de segunda generación.

—Tengo el certificado de trabajador de superficie.

—Mentiroso. Por la postura, por la forma en que pones los hombros, por la forma en que repartes el peso, por el olor, por cómo llevas el traje y sujetas el casco con los dedos, por cómo has sellado los cierres. No. Eres un peligro para ti mismo y, lo que es peor, para mi equipo. Lárgate, consigue horas de superficie y puede que no te eche la próxima vez que te vea. Y no vuelvas a mentir en el currículo.

El Joe Moonbeam fija la mirada a la de Wagner e intenta ganar el combate, pero Wagner tiene ojos de lobo. El gigante ve la furia que arde en ellos, da media vuelta y se abre paso por la multitud.

—*Buen toque teatral, lobito* —dice Zehra a través del familiar. Pero Wagner ya no es un lobo, ahora que la Tierra se ha oscurecido. Es por la concentración del aspecto oscuro por lo que se ha dado cuenta de que el Joe Moonbeam mentía.

—Ola, Mairead, Neile. Jeff Lemkin. —Wagner ha trabajado en el cristal con los tres primeros; el cuarto es desconocido, pero llega con excelentes recomendaciones de los equipos de vías férreas de VTO que repararon los daños ocasionados por la destrucción de Crucible—. Los demás, muchas gracias.

Cuando solo quedan en la esclusa los flamantes miembros del equipo de cristaleros Lucky Eight Ball, Wagner explica en qué consiste el encargo: ampliar el campo al este de Meridian, en el mar de la Tranquilidad.

—¿*Laoda*? —La voz de Zehra—. ¿El discurso?

—Lo siento. —Lemkin es el único que no lo había oído aún, pero hasta él se da cuenta de que Wagner lo recita de memoria. El discurso, los datos técnicos, la orden de ponerse el casco y colocarse las sujeciones. Los nombres del equipo se muestran en su lentilla; las barras del róver bajan y se acoplan; los números descienden hasta que la presión llega a cero. Luz roja, luz verde.

—¿Zehra?

—¿Wagner?

—Sácalo tú. —Le entrega el mando del róver.

—Vale.

Zehra Aslan ha sido la *junshi* de Wagner en diez expediciones, y su relación es tan cercana, familiar y eficaz como la de un matrimonio avenido a un buen contrato. Comprueba los sistemas y cursa los planes de ruta mientras el equipo Lucky Eight Ball se acopla al soporte vital de a bordo. Wagner pide a Sombra que abra un canal privado.

—¿Wagner?

Está en el Eleventh Gate tomando un té, con unos pantalones cortos color albaricoque con costuras azules, una camiseta enorme y el pelo recogido.

—Quería comprobar que no te falta nada.

—No me falta nada.

—¿Van bien las cosas?

—Perfectamente.

—Bueno, si necesitas algo...

—No.

—Pero si lo necesitas...

—Amal se encarga.

Wagner recuerda la última vez que vio a Robson, bajo el alero de la casa de la manada, con Amal al lado. Con el brazo de Amal por los hombros. Vuelve a experimentar la punzada de una emoción, una mezcla a partes iguales de pérdida, celos y añoranza.

—Me alegro.

—¿Por qué has llamado, Wagner? —pregunta Robson.

—Para asegurarme. Por nada, en realidad. Bueno; vuelvo en diez días.

—Vale. Cuídate, Lobinho.

Robson y su té desaparecen de la lentilla de Wagner cuando el róver pasa de la rampa a la superficie levantando nubes de polvo con las anchas ruedas. Wagner se fustiga. ¿Por qué no lo ha dicho, no lo ha dicho, no lo ha dicho?

«Te quiero, lobezno.»

Apaga la bioluz y se queda sentado entre las sombras, en la mesa más alejada. Hombros caídos, ojos bajos que disuaden a todo el mundo, hasta al dueño del local, de dirigirle la palabra. La horchata lleva un rato caliente.

Sus pensamientos vagan por un circuito lúgubre. Una conmoción que revuelve el estómago. Una humillación escarlata. Una indignación que da ganas de gritar. Una injusticia helada. Su mente vaga de una emoción a otra, en círculos, como las paradas de una peregrinación.

«Mataste a mis padres.»

Darius ha rechazado una llamada tras otra. Quince. Veinte. Robson debería haber pillado la indirecta, pero persiste. El ingenuo de Robson, el estúpido de Robson, que llama y llama, preguntándose por qué su viejo amigo, su mejor amigo, no contesta, imaginando todo tipo de negocios, enfermedades y compromisos familiares que le impiden contestar, cuando la verdad es que su amigo, su mejor amigo, le ha dado la espalda.

«Solo contesto para decirte que te odio.»

Cuando Darius dio señales de vida, a la vigesimoquinta llamada, el ingenuo de Robson, el estúpido de Robson, sonrió y dijo: «Hola, Darius, ¿qué tal andas?».

Lo que más odia es la estupidez. Siente la humillación como algo que se abre paso a patadas hasta el estómago para arañar y morder.

«Traidores y asesinos.»

Sigue temblando por la impresión. Oye dos cosas: las palabras de Darius y la voz de Darius. No coinciden. Las palabras le rebotan en el cráneo; la voz no para nunca. Darius ha hablado durante menos de treinta segundos y la mente de Robson ha reproducido infinitas veces la conversación.

«Voy a arrancarte los ojos y esa lengua de mentiroso, Robson Corta.»

Joker cortó la comunicación y Robson salió corriendo de la casa de la manada.

Su amigo le ha dado la espalda.

—Supuse que te encontraría aquí.

Robson se tensa. Levanta la vista. Ela.

—No quiero hablar contigo.

—Robson...

—Me caes como el culo, ¿sabes?

Amal coloca una silla en ángulo hacia la de Robson, sin contacto visual, sin enfrentamiento. Robson loa fulminaría con la mirada si pudiera.

—Voy a sentarme a esperar.

—Pues siéntate.

No se sienta. Coge el vaso de horchata y lo lanza; coge la silla en la que iba a sentarse y golpea con ella a las figuras que han entrado detrás de ela y se han acercado rápidamente sin que Robson las viera. Vuelca la mesa, tira a Robson de la silla y lo arrastra detrás.

El vaso alcanza a un hombre con chándal de Reebok y lo derriba. La silla tira al suelo a otros dos hombres, vestidos de Adidas. Amal embiste a la cuarta atacante, que trastabilla, se repone, sujeta a Amal por un puñado de ropa y loa levanta con una sola mano. Los sentidos oscuros de Amal loa han alertado del ataque, pero esta mujer tiene fuerza de Jo Moonbeam. Cierra en un puño la mano enguantada y lo descarga. El vidrio sellador de gases se agrieta. Un puño de hierro. Robson ha oído hablar de ellos: un tejido que se polariza con el impacto y se convierte en carbono duro como el acero. La mujer vuelve a levantar el puño y golpea a Amal en el estómago. Algo revienta. Robson ya está huyendo.

El pelotón se ha repuesto y lo sigue de cerca, a toda velocidad. Robson atraviesa la cocina como una exhalación, derribando woks, sartenes y líquidos calientes. Oye el pitido de un táser que se carga; se agacha para pasar por el respiradero y al instante está subiendo por la escalerilla de acceso de la parte trasera del quiosco. Los dardos del táser golpean el metal. Robson está en el tejado, y ahora se balancea con las manos por la tubería hasta el primer nivel. Solo un chaval, solo un *traceur*, podría seguirlo. Había concebido la ruta de escape, había calculado los tiempos, pero no la había probado personalmente hasta ahora. Salta, sube, se agarra a una viga y se impulsa hasta la barandilla del Uno Este de Acuario. No habrá conseguido huir hasta que haya subido tres niveles, pero se toma un momento, en equilibrio en la barandilla, para mirar a sus perseguidores, furiosos e impotentes en el tejado del restaurante.

El dron se detiene a la altura de sus ojos.

—No es justo —dice Robson, y los dardos del táser lo alcanzan en la tripa y lo envían volando al centro del Uno Este. No puede respirar. Tiene todos los músculos de plomo fundido, tan tensos que los tendones amenazan con saltar de las articulaciones. Se ha meado en el pantalón corto. El dron está en vuelo estacionario por encima de su cabeza, a la distancia de un brazo. Podría derribarlo, pero no es capaz de mover ni un párpado.

Llegan unas figuras en monopatín eléctrico y se detienen.

—Qué ágil está el hijoputa —dice el tiarrón al que Robson reconoce como el jefe de seguridad de Bryce. El dron suelta los cables de los dardos y alza el vuelo. Robson no puede moverse, no puede respirar. Dembo Amaechi se le acerca. Robson está rígido, bloqueado.

Entonces saltan cuerpos del tejado, por encima de la barandilla; salen de los callejones. En un destello de acero, dos de los *blades* de Bryce han caído. El tercero suelta el cuchillo, grita: «¡No me contrataron para esto!», da media vuelta y sale a la carrera.

—¿Cómo estás, Dembo?

Robson no puede volver la cabeza para mirar, pero reconoce la voz. Denny Mackenzie.

—Rowan dijo que no habías muerto.

—Ya ves que no me ha dado por ahí.

—Un descuido que pienso subsanar ahora mismo.

—Bonita réplica, Dembo —dice Denny Mackenzie. Robson sigue intentando moverse. Puede apartarse a rastras, arañándose la piel con el asfalto—. Siempre has tenido mucha labia. Yo soy un tragapolvos inculto, pero manejo bien el cuchillo.

Más lejos, más lejos. Los dos filos se cruzan. Más lejos. Robson se pone en pie a duras penas, pero las piernas no lo sostienen; adelanta las manos para amortiguar el golpe. Arriba. Más lejos. Todos los ojos están clavados en el combate. Mackenzie contra Mackenzie. Esta vez, Robson logra tenerse en pie. Avanza cojeando hacia la siguiente etapa de su ruta de escape. Los soportes de la *quadra* Acuario son exteriores; como unas barras de mono gigantes. Robson rodea una cañería con los dedos. Los tiene atontados, pero suficientemente fuertes para sujetarlo. Se impulsa hacia arriba. Otra vez. Y otra. Es lo más difícil que ha hecho en su vida. Se para un momento en la intersección del muelle del segundo nivel y se sacude el hormigueo de manos y pies.

Un grito desgarrador. Robson mira hacia abajo. Una figura en el suelo; otra que camina hacia su escondite.

Denny Mackenzie le sonríe y abre los brazos.

—Baja, Robson, colega. Ya estás a salvo.

Robson se sujeta a la intersección y escudriña por la ranura por la que el haz de cables horada el segundo nivel.

—No me hagas subir a buscarte.

«No puedes —piensa Robson—. Aquí no cabe un adulto.»

La voz llega de abajo. Denny sube la vista por el haz de cables.

—Wagner me lo pidió, Robbo. Me dijo que cuidara de ti en su ausencia.

Robson trepa. Tal vez si Denny no hubiera usado el mote

que tanto odia. Tal vez si no hubiera oído romperse en el cuerpo de Amal cosas que no pueden pegarse. Tal vez si no hubiera sentido el odio y la bilis de Darius. Tal vez entonces habría bajado. Pero no puede ser un Mackenzie, no puede ser un Sun y no puede ser un lobo. Dos niveles más; la ruta de escape lo llevará al ascensor del 4 Este. Puede dejarse caer al techo de la cabina y subir más allá de los jardines de los ricos, hasta el tejado del mundo. Ahí arriba habrá gente esperándolo.

—Te encontraré —grita Denny Mackenzie—. Eres mi deuda, Robbo. Y yo pago mis deudas.

Siempre se ha afeitado el vello corporal, desde la pubertad; los primeros pelillos que le salieron en torno al pene le parecieron repugnantes. Completamente depilado, desde la coronilla hasta los dedos de los pies. Por detrás del escroto. Vuelve a pasarse la cuchilla por todo el cuerpo hasta quedar perfectamente liso. Se seca y pide al familiar que le enseñe su imagen. Se da una palmada en el estómago. Aún está firme, con los abdominales marcados y la fosa ilíaca pronunciada. Sigue estando bueno. Por último, el aceite. Es su propia mezcla personal, de caros productos orgánicos, no sintetizados. Se lo extiende lenta y minuciosamente por todos los músculos, pliegues y salientes. Por la nuca, por la cabeza, por las corvas y por el montículo del perineo. Entre los dedos. Está brillante, dorado. Está listo.

Hoang Lam Hung se llena los pulmones con una inspiración entrecortada y corre sin moverse del sitio, para relajar los músculos.

Se abre la puerta de la ducha. Esperan tres *blades* de Mackenzie Helium.

—¡Venís a llevarme a casa, a Reina del Sur! —dice Hoang—. ¿Tenéis idea de lo aburrido que estoy de Lansberg? —Exhibe su cuerpo desnudo—. Me he depilado para Bryce. —Los *blades* parecen desconcertados—. Era una broma. —Humor negro.

—Bryce está disgustado —dice la primera *blade*. Es una Jo Moonbeam, de baja estatura y bien formada, y lleva una porra eléctrica—. Quería hacerse con el chaval.

—No permitiré que Bryce le ponga un dedo encima —dice Hoang Lam Hung.

—Sería mejor que no hablaras —aconseja el segundo *blade*.

—Rompe todo lo que toca. No puedo dejar que el chico acabe como yo.

—Por favor —dice el tercer *blade*, cargado con utensilios de limpieza.

—Lo siento, colega —dice la mujer, y descarga la porra eléctrica contra el abdomen de Hoang, que cae al suelo con la mandíbula, los puños, la columna y los ligamentos bloqueados. Todos los músculos y todos los nervios duelen como si estuvieran empapados en ácido. Se ha meado encima. Se ha cagado encima. La mujer pone cara de asco y, junto con el segundo *blade*, pone de rodillas a Hoang y lo arrastra por el pasillo. El *blade* limpiador se adelanta a arreglar el desaguisado. Los Vorontsov son meticulosos en la limpieza. El suyo es un mundo en el que un pelo caído, una escama de piel, puede derribar una nave espacial.

Hoang está fragante y resbaladizo por el aceite corporal. A los *blades* se les escurre mientras lo arrastran a la esclusa. Los pies y las pantorrillas dejan marcas grasientas en el suelo de impacto reducido. No puede moverse. No puede hablar, no puede respirar.

Robson está en Meridian, con la manada, con Wagner. Lo protegen. Hoang siente haber mentido, pero si le hubiera dicho la verdad, que tenía que quedarse, que tenía que ofrecerse en pago, el chico no habría subido al tren.

El segundo *blade* pulsa un código. La esclusa se abre y varios cuerpos corren hacia la escotilla: quinceañeros, cinco chicos y tres chicas, todos desnudos, con los labios y las mejillas decorados con rayas blancas. A través del dolor, Hoang reconoce esas pinturas de guerra. *Traceurs*. Aficionados al *parkour*. Los amigos de Robson. Gritan, empujan, intentan agarrarse. Los *blades* los empujan con tásers y cuchillos, y lanzan a Hoang entre ellos. Unos cuantos toques con la porra eléctrica, unas cuantas patadas, dedos y caras aplastados, y el segundo *blade* cierra la compuerta. Luz verde. Martilleo amortiguado, distante, de puños contra el metal. Cuenta hasta diez. Acciona el conmutador. Se enciende la luz roja.

En la antecámara, el tercer *blade* se pone el trácsup. Dentro de un rato saldrá a limpiar el estropicio. Los Vorontsov y su entorno inmaculado.

La guarda de seguridad examina el ojo derecho de Abena, que casi suelta una risita por el escalofrío de emoción que la recorre cuando le indica que pase. Entrada vip. Esto no se deslustrará nunca. Ha atravesado la penúltima Puerta de la Ansiedad. La primera Puerta de la Ansiedad fue comprobar si la oferta que le había hecho Ariel en la terraza de la Sociedad Lunaria iba en serio. Su familiar, Tumi, llamó a Marina Calzaghe. Iba en serio. A Abena le pareció que Marina respondía de forma muy escueta. Quizá debería haber llamado en persona, pero era tan anticuado... La segunda Puerta de la Ansiedad fue averiguar si la LDC la tenía registrada como miembro del séquito de Ariel. Tumi se puso en contacto con la Lunar Development Corporation. Abena Maanu Asamoah, ayudante de Ariel Corta. Sí, realmente perteneces al equipo.

La tercera Puerta de la Ansiedad fue el vestido. ¿Un Christian Lacroix sería adecuadamente profesional para una reunión de la Lunar Development Corporation y suficientemente chic para impresionar a Ariel Corta? Por «vestido» entiéndanse el vestido, los zapatos, el maquillaje, el peinado... Por la mañana, sus compañeros del grupo de estudio se habían pasado dos horas arreglándole el pelo.

La cuarta puerta es la que acaba de atravesar, al entrar en el vestíbulo de la sede central de la Lunar Development Corporation. Todo es de madera y cromo; Abena no puede ni hacerse una idea del presupuesto de carbono. Por él pululan los grandes de la Luna, de voces tan estridentes como los perfumes personalizados. Zapatos grandes y pelo más grande, hombreras y sombra de ojos. El aire bulle de familiares: los *adinkra* de los Asamoah, los hexagramas del *I Ching* de los Sun. Esta temporada, los Vorontsov parecen haberse decantado por la parafernalia del heavy metal: diéresis y óxido. Los familiares de los miembros de la Junta han adoptado la sencilla forma del punto con la órbita de un satélite, el logotipo de la LDC. Abena atisba un sello de la triple diosa del Movimiento Independentista Lunar, antes de que se pierda en el mar de iconos. Camareros de carne y hueso sirven vasos de té y tentempiés que Abena rechaza, temerosa de mancharse de grasa el Christian Lacroix. Ha elegido bien: no lleva los hombros más anchos ni la cintura más estrecha de la congregación. Ahora: Ariel. Abena inspecciona la multitud en busca de un hueco en el horizonte social correspondiente a una mujer en silla de ruedas. No. Vuelve a examinar la habitación, y otra vez, y entonces encuentra a Ariel rodeada de abogados y jueces, con el váper en una mano enguantada. Ariel la saluda con un movimiento de váper.

Abena reconoce a todos los miembros de la cohorte; se le encoge el estómago de miedo. Ahí están los mejores abogados de la Luna, los jueces más respetados, los teóricos políticos más astutos. Abena vacila, y Ariel vuelve a llamarla. Abena sabe que no la llamará por tercera vez, pero lo que Ariel no puede ver es que entre Abena y ella se alza la quinta Puerta de la Ansiedad, la que no ha cruzado jamás. La Puerta que le pregunta: «¿Quién eres exactamente? ¿Qué crees que haces aquí?». La Puerta del Impostor.

Traga saliva y da un paso al frente. Una mano le roza la manga. Está a punto de soltar el vaso de té; gira y se encuentra al Águila de la Luna. Jonathon Kayode es uno de los pocos terrestres que pueden mirar cara a cara a una lunaria de tercera generación.

—¡Es un verdadero placer! —Estrecha la mano de Abena, sin darse cuenta de la fuerza con que aprieta, y no la suelta hasta que dice—: Los nuevos talentos son importantísimos, ¿verdad? —Se dirige a Adrian Mackenzie, una sombra pálida a su lado. Adrian no le da la mano.

—Encantado, señora Asamoah.

—Debo agradecer a la *senhora* Corta... —empieza Abena, pero el Águila de la Luna ya ha avanzado hacia otros saludos.

—Cariño. —Ariel le da tres besos y anuncia a sus acompañantes—: Les presento a Abena Maanu Asamoah, del grupo de estudio Cabochon. Una joven promesa política. Espero inculcarle un poco de sentido común. —La cohorte ríe y Ariel menciona a sus componentes uno por uno. Abena conoce los nombres, pero oír cada uno en voz alta es como sufrir un golpe físico—. Todos tenéis ayudantes, ¿por qué yo iba a ser menos? Y la mía viste mejor que los vuestros. Y es mucho más lista.

La marea social arrastra a la multitud hacia las puertas abiertas de la cámara del consejo.

—Aceptable —Ariel examina detenidamente la ropa y el maquillaje de Abena Maanu Asamoah—. Siéntate a mi izquierda, pon cara de interés y no digas nada. De vez en cuando puedes inclinarte hacia mí y hacer como si me susurrases algo. Y esto. —Ariel se pone el índice entre los ojos, pero Abena puede ver que los familiares desaparecen a medida que los miembros del consejo entran en la cámara. No recuerda cuándo estuvo sin ayuda de una IA por última vez. Se siente como si no llevara ropa interior.

La cámara del consejo de la Lunar Development Corporation es una serie de anillos ascendentes. El Águila de la Luna y los miembros de la junta directiva ocupan el círculo interior, situado a menor altura. Los asesores, representantes jurídicos, expertos y analistas ocupan anillos más altos o bajos según su posición en la escala social y su importancia. Ariel conduce a Abena al segundo nivel. Importantemente bajo. El nombre de Abena aparece en la superficie de la mesa contigua a la de Ariel. El asiento es de respaldo alto, carísimo y muy cómodo. Ariel ocupa su silla de ruedas. Abena frunce el ceño al ver la libreta de papel y la barrita de madera que tiene en la mesa. Los otros representantes del Águila se sitúan a los lados de Ariel y Abena, pero el Águila, en el asiento que queda justo debajo de las dos mujeres, solo se gira para saludarlas a ellas. La cámara del consejo se llena rápidamente. La sala bulle de susurros; los abogados asesoran a sus clientes; se inclinan sobre la mesa o dan media vuelta en la silla para saludar a compañeros y rivales. A Abena le resulta acogedor y arcaico. Sin duda, todo eso se podría realizar a través de la red, como las reuniones del Kotoko.

—Empezaremos en un par de minutos —explica Ariel—. Jonathon pronunciará las formalidades iniciales, y después se repasarán las actas de la última reunión y el orden del día. Es bastante tedioso. Observa a los asesores: ahí es donde se ve realmente qué está pasando.

—¿De qué humor están?

—Un poco demasiado amistosos.

—¿Qué significa eso?

—No tengo ni idea.

Jonathon Kayode vuelve a mirar hacia atrás.

—¿Preparados? —pregunta a sus asesores. Murmullos afirmativos.

—¿Alguna última pregunta? —dice Ariel a Abena.

—Sí. —Abena levanta el papel y el lápiz—. ¿Cómo funciona esto?

Con un vestido de Caron con sobrefalda, Marina está sentada en el extremo de la barra de la tetería donde esperan los guardaespaldas, dando vueltas a su vaso de té a la menta. Es el peor sitio de la barra, pero es la barra. Las mesas son la muerte social. Los guardas consideran excelente la tetería de la LDC, aunque Marina sigue sin coger el gusto al té lunar. Levanta el vaso para examinar las hojas que giran en el interior. La economía y la sociología lunares en un vaso. No es posible cultivar té ni café de forma rentable en las granjas tubo lunares. La menta campa a sus anchas; hay que mantenerla a raya con motosierras. Es imposible preparar un té a la menta decente sin té de verdad, por lo que AKA introdujo unos cuantos genes de *Camellia sinensis* en la menta. A estas alturas, la ingeniería genética de AKA ha avanzado lo suficiente para diseñar una planta de té real que crezca desorbitadamente en la Luna, incluso de café, pero en la Luna ya se han acostumbrado al té a la menta.

Marina siempre ha detestado y siempre detestará el té a la menta.

Sentada entre los guardaespaldas, sueña con el café. Un *arabica* fuerte, torrefacto, muy caliente, rebosante de cafeína; un buen café del noroeste hecho despacio y con cariño: vierto el agua desde arriba para airearla de forma óptima, remuevo con un tenedor, no con una cuchara, y dejo reposar. Ya avisaré cuando esté listo. Presiono lentamente. Dos manos alrededor de una taza de artesanía, el vaho de la respiración mezclándose con el vapor del café una mañana fría, en el porche, mientras la lluvia gris tamborilea contra los canalones y cae por las cadenas que hacen de vierteaguas. Las montañas llevan días ocultas por la espesa niebla, que arrebata perspectivas y acerca el árbol a la casa. La manga de viento flácida y chorreante; el agua que corre desde los extremos de las cuerdas del tendedero para juntarse en el centro y caer. El alboroto de un perro. Música que llega de tres habitaciones más allá.

El crujido de los maderos bajo las ruedas de la silla de mamá. Sus preguntas, preguntas, preguntas con todos los programas de televisión: «¿Qué está pasando?», «¿Quién es esa?», «¿Qué hace ahí?», «¿Quién decías que era?». El atlas de huellas de neumáticos: su sonido inconfundible en la tierra de delante; aquellos que reconocía y a los que abría la puerta; aquellos que no y de los que se ocultaba. La voz pentatónica de un móvil solitario colgado para atrapar el viento del este, el mismo viento que transportó un copo de tuberculosis multirresistente por encima del estrecho de Puget hasta los pulmones de Ellen-May Calzaghe. El viento del este, el viento de la peste. Tos blanca productiva, constante, incontrolable.

Marina vuelve de golpe a la tetería de la LDC y suelta el vaso de té a la menta. Caen todos los vasos. Se levantan todos los guardaespaldas. Marina corre hacia la puerta.

—*Ve con Ariel* —le grita Hetty al oído—. *Ariel te necesita.*

Mercenarios armados entran por las puertas y bajan por las escaleras de la cámara del consejo. Rodean a la junta directiva de la LDC, con los cuchillos desenvainados y apuntando con los tásers. Entra una segunda oleada y se sitúa amenazando a los consejeros, con la mano en la empuñadura de cuchillos y tásers. Un tercer pelotón de *blades* a sueldo custodia las puertas. En la cámara del consejo reina el estruendo: miembros de la junta, asesores jurídicos, invasores armados.

—¿Qué pasa? —grita Abena.

—Voy a averiguarlo. —Ariel se aparta de la mesa. Una mercenaria le acerca a la cara la punta azul de una porra eléctrica. Ariel la mira a los ojos, desafiante.

—No puedo entrar en la red —grita Abena. Los invasores gritan, los delegados gritan, los miembros de la LDC se debaten contra los fuertes brazos que los sujetan. Hay un punto central en calma, el ojo del huracán. Jonathon Kayode está sentado en su silla, con las manos en el regazo y la cabeza baja. La levanta para mirar a Ariel.

«Lo siento», vocaliza. Entonces, una detonación silencia la cámara del consejo como si se hubiera hecho el vacío. Caen virutas de sinterizado del techo; todo el mundo se agacha. Una pistola. Alguien ha disparado una pistola, una pistola de verdad. La pistolera está en el centro de la sala con el arma en alto, apuntando al techo. El arma es negra, compacta e incongruente. En la cámara del consejo no hay nadie que haya visto antes una pistola de verdad.

Ahora, Jonathon Kayode se pone en pie fatigosamente.

—Conciudadanos. Mis queridos amigos. Por el poder que se me confirió como consejero delegado de la LDC, disuelvo la junta directiva de la Lunar Development Corporation y dictamino que se someta a sus miembros a arresto domiciliario por constituir un peligro patente y directo para la estabilidad, la seguridad y la rentabilidad de la Luna.

Varias voces gritan objeciones desde el foso y los niveles superiores, pero los mercenarios han esposado a los miembros de la junta y los conducen hacia las salidas de emergencia. Caras deformadas por los gritos, tendones tensos como barras de torsión, bocas espumeantes de cólera.

—¿Puede hacer eso? —susurra Abena a Ariel.

—Acaba de hacerlo —dice Ariel. Rueda hasta el centro de la sala. En un instante tiene dos mercenarios a los lados, con un cuchillo y un táser—. Exijo acceso a mi cliente.

Los mercenarios son de piedra, pero el Águila de la Luna se

detiene a dos pasos de la salida de emergencia. Tiene el semblante grisáceo.

—¿Puedo confiar en ti, Ariel? —pregunta Jonathon Kayode.

—¿Qué has hecho, Jonathon?

—¿Puedo confiar en ti?

—Soy tu abogado.

—¿Puedo confiar en ti?

—¡Jonathon!

Cuatro mercenarios cubren la retirada de Jonathon Kayode por la salida de emergencia cuando se desata el segundo tumulto que se gestaba en el vestíbulo. Guardaespaldas, *escoltas*, *blades* y guerreros vencen la resistencia de los mercenarios de la puerta y entran en bandada en la cámara del consejo. Duelos y escaramuzas de porras eléctricas; puñaladas y descargas. Cuerpos que caen entre espasmos y fluidos corporales. Guardas y mercenarios resbalan con el vómito, la sangre y la orina. Es un combate sucio, caótico, el choque de una docena de contratos e intereses, donde nadie sabe cuál es su bando. Los delegados se ocultan bajo las mesas, pasan por encima de las sillas y se apelotonan en el centro de la sala. Ariel coge a Abena de la mano.

—No me sueltes.

Ariel localiza a Marina al fondo de la batalla. Lleva una porra eléctrica en cada mano y tiene suficiente sentido común para no entablar peleas que pueda perder. Otro disparo; después, un tercero. La cámara se queda congelada.

—Esta no es su batalla —grita la mujer de la pistola—. Dejen de pelear y liberaremos a los asistentes.

Abena aprieta con más fuerza la mano de Ariel.

—No van a hacernos daño —susurra Ariel. Los mercenarios y los guardaespaldas se separan, y los primeros se retiran hacia la salida de emergencia. La mujer de la pistola es la última en salir. En un centenar de segundos ha concluido el episodio.

Marina apaga las porras eléctricas y las oculta en las estratégicas fundas de la chaqueta del traje de Caron.

—¿Qué demonios ha sido esto?

—Mi cliente acaba de dar un golpe de Estado.

6
Géminis de 2105

El hato de tuberías de plástico no pesaba mucho, pero después de cuarenta tramos de escaleras parecía de hierro macizo. Las tuberías se resistían a doblar esquinas; soltaban estruendos y lamentos de instrumento musical desconsolado al chocar contra los escalones. Añádanse un cinturón de herramientas y una máscara de soldar, además de una bolsa de luces de trabajo a la espalda; cuando abrió la puerta de una patada y soltó las tuberías en la parte superior de la Ocean Tower le ardían los muslos y los antebrazos. Un momento en el crepúsculo violáceo para saborear el reflejo en el mar, para escuchar el batir de las olas en la playa de Barra por encima del ruido del tráfico de la avenida Lucio Costa y el zumbido del aire acondicionado. Una docena de músicas y voces de las ventanas de una docena de apartamentos. El calor del ocaso resultaba tolerable. Situó las luces. El resplandor del sodio alumbró cosas que no se veían a la luz del sol. Jeringuillas y parches; colillas. Bragas abandonadas detrás de las antenas parabólicas. El aleteo de pájaros en sus huecos. El huerto de marihuana, perfumando la noche con una fragancia tentadora.

Más tarde. Ventajas de ser reparadora.

Se puso la máscara de soldar, abrió con la llave la tapa de la depuradora de agua y comprobó la batería de ultravioletas. Todo correcto. Duran eternamente, estas pistolas de ultravioletas modernas. Los UVC no perdonan. Cada vez que realizaba una instalación convocaba a la comunidad, explicaba por qué los ultravioletas potabilizaban el agua, contaba historias de terror sobre la conjuntivitis inducida por ultravioletas, que era como tener arena en los ojos continuamente, y enseñaba fotografías de ojos rojos y ulcerados por la fotoqueratitis; todo el mundo soltaba exclamaciones. Nadie se acercaba a sus plantas de esterilización.

Desconectó la batería de ultravioletas y se quitó la máscara. Ya había caído la noche. Inspeccionó los conductos. Menos mal que había apagado la corriente; atravesó con el dedo el primer empalme y el plástico cayó en migas traslúcidas. Los ultravioletas se comían el polietileno.

Tendría que cambiar todas las tuberías. Había subido de sobra.

Las antiguas se desmenuzaban cuando las retiraba. La depuradora estaba a unas horas, quizás a unos minutos, de fallar. Voces desde abajo, quejándose de que no había agua. No todo el mundo recibió el mensaje de que la Reina de las Cañerías iba a realizar reparaciones en el suministro de la Ocean Tower. «¿Para qué le pagamos?»

Para que instale empalmes al suministro principal de Barra y pague asiduamente a los agentes del FIAM, para que no os descubran. Por tender y mantener cañerías colina abajo y por las fachadas de las torres, y por conectarlas a la difunta fontanería de todos los apartamentos. Por las bombas, por los paneles solares que los alimentan, por los depósitos de las azoteas, las unidades de filtrado y la unidad de esterilización, para que podáis dar a vuestros hijos agua limpia, clara y fresca. Para eso me pagáis. Y si me gasto lo que me pagáis en una camioneta abierta Hawtai de segunda mano, en unas botas de fútbol para el chaval, en un nuevo sistema de comunicaciones para el piso o en una manicura intensiva con reconstrucción de las uñas, ¿me lo vais a echar en cara? Porque la ingeniería de canalizaciones destroza las uñas.

Puso en marcha una lista de reproducción en el pinganillo y emprendió el trabajo. La noche se hacía más cerrada, y cuando iba por la tercera conducción, Norton la llamó para ver si conseguía algo.

—Estoy trabajando.

—¿Y después del trabajo?

—Estarás trabajando tú.

Mientras apretaba los empalmes acariciaba la idea, como tantas veces, de buscarse un novio mejor. Norton estaba musculado, se cuidaba y hacía gala de una despreocupación suavizada por la timidez que a ella le parecía encantadora. Estaba orgulloso de ser novio de la Reina de las Cañerías, aunque no acababa de entender por qué hacía lo que hacía. Le resultaba molesto que ganara más que él; le resultaba molesto incluso que trabajara. Debería dejar que la mantuviera, que la apoyara, que la consintiera, como debería hacer un hombre. Norton trabajaba en seguridad; la seguridad era la clave; la seguridad era importante. En seguridad se conocía a ricos y a famosos, pero podía llevar a la tumba.

Ella no dijo nunca lo que sabía todo el mundo: que la mejor seguridad, la seguridad más cara, era robótica. A los humanos los contrataban pelagatos. Pero él tenía planes, aspiraciones para los dos. Un apartamento en primera línea de playa y un coche en condiciones. No esa camioneta Hawtai; lo dejaba en mal lugar que ella fuera por ahí con eso. Un Audi; eso era un coche como Dios manda. «¿Mis herramientas caben en el maletero de un Audi?», preguntaba ella, y él contestaba: «Cuando estés conmigo no necesitarás herramientas».

Ella no quería un futuro con Norton. Llegaría un momento en que tendría que deshacerse de él. Pero era un encanto, y el sexo, cuando coincidían sus agendas, estaba muy bien.

Conectó la última tubería, abrió el agua, comprobó los empalmes y vació las burbujas de aire. Escuchó el fluir del agua. Después se puso la máscara de soldar, reactivó la batería de ultravioletas y cerró la puerta con llave.

Aquí tienes tu agua limpia, Ocean Tower.

Volvió a pitarle el pinganillo. Esta vez no era Norton. Una alerta. Dio un golpecito a la lentilla y la app superpuso una cuadrícula al punto de llegada. Sursudoeste, a veinte kilómetros. Cogió un puñado de cogollos de la plantación y se sentó en el borde del parapeto, con las piernas colgando sobre la caída de ochenta metros, dando golpecitos al hormigón con el talón de las botas y contemplando el mar. Se había vuelto a ir la luz; las calles estaban a oscuras. Bueno para mirar los aterrizajes; no tanto para la seguridad comunitaria. Los generadores de las azoteas de los bloques contiguos se pusieron en marcha. Los puestos y las tiendas se iluminaron con energía solar acumulada. A trescientos kilómetros, le decía la cuadrícula. Ciento cincuenta. Se dejó guiar por los números y contempló la suave y cálida noche. Y el cielo se iluminó. Arcos de fuego; tres estelas doradas y carmesí que bajaban de la termosfera. Contuvo el aliento. Llevaba veinte años conteniéndolo, desde la noche en que, con siete años, subió a mirar la luna con el tío Matteo.

¿Ves la luna? ¿Ves esas luces? Son tus primos. Tu familia. Corta como tú. Tu tía abuela Adriana subió ahí, y se hizo muy rica y poderosa. Es la Reina de la Luna, ahí arriba.

Entonces vio caer las estrellas, trazos de fuego que surcaban el cielo, y no le importó nada más. Ahora sabe que son cargamentos: tierras raras, medicamentos, helio-3. Corta Hélio mantiene las luces encendidas. Se suponía que la fusión acabaría con los apagones. La fusión era barata e ilimitada, el salvador siempre luminoso y zumbante. Todos los salvadores fracasan. Lo importante de la fusión no fue nunca la energía que pudiera proporcionar, sino la riqueza que se pudiera obtener comprando y vendiendo en los mercados de electricidad. Los tres paquetes caen, rodeados del plasma de la reentrada, lentamente y con una belleza increíble. Prefería los tiempos de la inocencia y la maravilla, cuando su tía abuela le lanzaba estrellas como si fueran caramelos.

Adriana Corta enviaba dinero a los hermanos que había dejado en la Tierra. Los Corta de Brasil vivían con todas las comodidades hasta que, un buen día, dejaron de llegar fondos. Adriana Corta había cerrado el cielo, pero su sobrina nieta seguía contemplando las líneas de fuego que caían de la Luna y sentía que se le resquebrajaba el corazón.

Volvió a caer la oscuridad. El espectáculo había terminado. Ahí fuera, en el océano oscuro, los barcos de recuperación sacaban las cápsulas del agua. Alexia Corta recogió el cinturón de herramientas y la máscara de soldar. Que otro recogiera las cañerías gastadas. Llevaba un porro de sinsemilla en el bolsillo del pantalón corto. Lo saborearía para difuminar su mundo cutre y vapuleado. Siempre que veía caer los paquetes como estrellas fugaces notaba una punzada de resentimiento, de oportunidad desperdiciada. Era la Reina de las Cañerías de Barra, pero ¿qué más habría sido en ese mundo de ahí arriba?

En la puerta del edificio, el chaval de seguridad le entregó un sobre de efectivo.

—Gracias, *senhora* Corta.

Lo contó en la camioneta. Otra mensualidad del colegio de Marisa. Medicamentos para la abuela Pia, una noche de juerga con Norton. Manicura y algo para la cuenta de ahorros. La Reina de las Cañerías se incorporó al flujo de faros de la avenida Lucio Costa, y la luna traicionera era un cuchillo lanzado al cielo.

Alexia usó la sirena de policía dos veces, como casi todas las apps: una cuando se la compró y otra para enseñársela a sus amigos, y después la olvidó. Había pensado varias veces en borrarla cuando hacía limpieza, pero el icono del coche policía sonriente soltaba una risita y decía: «Cuando me necesites, me necesitarás».

Esa mañana, en la avenida Armando Lombardi, con el piloto automático apagado, con Caio, de once años, Marisa, de catorce, y la hermana Maria Aparaceida de Abrigo Cristo Redentor en la zona de carga trasera, la necesitó.

Sonaron las bocinas de emergencia. Se encendieron las luces azules; otro hack de la camioneta, como la identificación de tráfico policial que hacía pensar a todos los coches de Leblon que era un vehículo de emergencia. Lo que fuera para despejar la carretera. Cruzó a toda velocidad la intersección de la avenida das Américas con Ayrton Senna.

Desde detrás, la hermana Maria Aparaceida golpeó el techo y se inclinó sobre la cabina para gritar por el asiento del conductor.

—¿Adónde vas? La Santa Madre está a la izquierda.

—No voy a la Santa Madre —gritó Alexia por encima del aullido de las sirenas—. Lo llevo al Hospital Barra D'Or.

—No puedes permitirte el Barra D'Or.

—Sí puedo —respondió Alexia a gritos—, prescindiendo de todo lo demás. —Descargó la mano contra el claxon y aceleró en el cruce. Los vehículos automatizados huyeron como gacelas.

Lo mandó a clase arreglado y con comida. Todos los días iba limpio, con la ropa planchada y los zapatos lustrosos. Arreglado y con comida, una comida en condiciones, con unas cosas que se comería y otras que cambiaría. Dinero para los guardas de seguridad, dinero para el plan de ahorros; Alexia en llamada de emergencia, por si acaso. Nunca sería un alumno brillante; su inteligencia no funcionaba así, pero siempre iba aseado y dejaba en buen lugar el nombre de la casa Corta.

La seguridad del colegio llamó a Alexia cuando Caio llegaba con media hora de retraso. Soltó las herramientas. El barrio ya lo había encontrado, en un desagüe de cemento atestado de botellas de agua de almidón de maíz y bolsas de plástico atadas llenas de excrementos humanos. Una monja de la comunidad de las Santas Madres estaba con él. Alexia bajó por la cuesta de cemento. Caio tenía la cabeza destrozada. Destrozada. Su preciosa cabeza. Nada estaba en su sitio. No sabía qué hacer.

—¡Baja los escalones con la camioneta! —gritó la hermana Maria Aparaceida. Los vecinos ayudaron a Alexia a subir al canalón, y dio marcha atrás hasta la curva baja por donde la calle cruzaba el desagüe. Varias manos lo transportaron hasta la caja de la camioneta, donde Maria Aparaceida había dispuesto espuma de embalar. Maria Aparaceida colocó a Caio en la postura lateral de seguridad y cogió una botella de agua que le tendían para lavar la herida. Había mucha sangre.

—Bueno, ¡en marcha! —gritó la hermana Maria Aparaceida.

—¿Y la mochila? —preguntó Alexia. Caio había insistido e insistido en que quería la mochila del Capitán Brasil, y cuando cedió y se la compró, estaba tan ufano y emocionado que casi dormía dentro. Había desaparecido.

—¡Alexia! —gritó la hermana Maria Aparaceida. Alexia montó en la camioneta. Sirenas.

Entró en la zona de ambulancias del Barra D'Or y varios guardas de seguridad armados rodearon la camioneta.

—¡Una camilla! —gritó Alexia a las caras cuadradas y bien alimentadas de los guardas. Unas manos sujetaron otras que se dirigían a las armas. Conocían a la Reina de las Cañerías. Alexia irrumpió en la recepción de Urgencias y se cernió sobre el mostrador—. Tengo en la camioneta a un niño de once años con la cabeza destrozada. Necesita atención médica inmediata.

—Deme los datos del seguro —dijo la recepcionista. Tenía flores en el mostrador blanco.

—No tengo seguro.

—El Hospital Barra Day ofrece asistencia gratuita —dijo la recepcionista. Alexia giró la terminal de pagos para colocársela delante, plantó el pulgar y se la devolvió a la recepcionista.

—¿Basta con esto?

—Sí.

—Vayan a buscarlo.

Las enfermeras llamaron a seguridad para que apartaran a Alexia de Caio mientras los celadores lo introducían en el hospital.

—Déjales hacer su trabajo, Lê —decían los guardas—. En cuanto esté fuera de peligro podrás pasar a verlo.

Se sentó intranquila. Se acurrucó hacia un lado en el incómodo asiento de la sala de espera, después hacia otro, después hacia otro, y todos le machacaban los huesos. Iba y venía de las máquinas de *vending*. Lanzaba una mirada asesina a cualquiera que se atreviera a volver la cara hacia ella. Al cabo de dos horas y media, una médico fue a buscarla.

—¿Cómo está?

—Lo hemos estabilizado. ¿Podemos hablar?

La médico la llevó a una consulta privada y dejó un papel manchado en la camilla.

—Lo tenía en el bolsillo. ¿Es su letra?

—Tiene mejor caligrafía.

—Está dirigido a usted.

Una dirección y una firma. Alexia no reconoció la firma, pero sí el nombre. Letra de niño, implicaciones de adulto.

—¿Puedo llevármelo?

—Depende de que quiera notificárselo a la policía.

—La policía no trabaja para la gente como Caio y yo.

—Entonces lléveselo.

—Gracias, doctora. Luego vuelvo, pero ahora tengo un asunto que atender.

Solo los nuevos se quedaron mirando cuando Alexia entró en el gimnasio. Los veteranos, que sabían quién era, dejaron de levantar pesas y dar puñetazos a las bolsas para expresar su respeto con inclinaciones de cabeza. Pasó de largo el mostrador y el cartel de «Solo hombres», y cruzó la sauna, el jacuzzi y el cuarto oscuro en dirección al despacho de la parte trasera. Dos *escoltas* con camisetas del gimnasio le cortaron el paso.

—Quiero ver a Seu Osvaldo.

El más joven estaba a punto de abrir esa boca de estúpido y decirle que no; el mayor lo sujetó por el hombro.

—Por supuesto. —Murmuró algo en un micrófono oculto y asintió—. Adelante, *senhora* Corta.

El despacho de Seu Osvaldo era acogedor y compacto como un camarote de yate. Bronce y madera encerada. Las paredes estaban cubiertas de fotografías enmarcadas de luchadores de MMA, y bajo la ventana, cerrada a cal y canto, había un bar bien provisto. En el aire colgaba electropop chino, audible pero no tan alto como para romper la concentración de Seu Osvaldo. Era un hombre gigantesco, alto y corpulento, que se desparramaba de la silla desde la que estudiaba combates de MMA en una serie de viejos monitores de sobremesa. El aire acondicionado era fresco y tenía un ligero olor mentolado, pero sudaba profusamente. Seu Osvaldo no toleraba el calor ni la luz del sol. Llevaba unos pantalones cortos blancos bien planchados y la camiseta de su gimnasio.

Dio unos golpecitos a una pantalla.

—Este chico, creo que voy a comprarlo. Cómo se ensaña el cabrón. —La voz de Seu Osvaldo era nítida y grave, aderezada con el eco de una tuberculosis infantil. En Barra se decía que había estudiado para cura católico. Alexia lo creía—. ¿Qué te parece? —Giró la pantalla para enseñarle a los luchadores en la jaula.

—¿A cuál tengo que mirar, Seu Osvaldo?

El hombre rio y, con un movimiento fluido, plegó todas las pantallas contra la mesa.

—Habrías sido una buena luchadora. Tienes la disciplina y la concentración. Y la rabia. ¿Qué puedo hacer por ti, Reina de las Cañerías?

—He sufrido una afrenta, Seu Osvaldo.

—Ya me he enterado. ¿Cómo está tu hermano?

—Tiene el cráneo fracturado por tres sitios. Conmoción cerebral grave, y una hemorragia cerebral significativa. Los médicos dicen que es inevitable que haya secuelas; la cuestión es cuántas.

Seu Osvaldo se santiguó.

—¿Qué expectativas tiene?

—Puede que necesite cuidados el resto de su vida. Los médicos dicen que es posible que no llegue a recuperarse del todo.

—Mierda —murmuró Seu Osvaldo con su voz nítida y grave—. Si necesitas dinero...

—No vengo a pedirte dinero.

—Me alegro. No me gustaría tener que cobrarte intereses.

—Los Gularte me han enviado un mensaje. Me gustaría responder.

—Será un honor, Alexia. —Seu Osvaldo se inclinó—. ¿Cómo quieres que sea de convincente?

—Quiero que no vuelvan a amenazar a mi familia ni a nadie. Quiero ver barrido su imperio de agua.

Seu Osvaldo volvió a apoyarse en el respaldo. La silla crujió. Un sudor grasiento le perlaba la calva, aunque a Alexia le parecía que hacía frío.

—Eres la Mano de Hierro.

—¿Cómo dices? —preguntó Alexia.

—¿No lo habías oído nunca? Es un mote de los Corta. Nuestras familias son viejas amigas. Mi abuelo le compraba Mercedes a tu bisabuelo.

—Ya sé que teníamos dinero.

—Es un mote de Minas Gerais, de las minas. Los Corta tenían capacidad, voluntad y ambición para conseguir lo que quisieran. La Mano de Hierro. Tu tía abuela, la que fue a la Luna, era una minera de los pies a la cabeza. *La Mão de Ferro*.

—Adriana Corta. Cortó los fondos a mi familia. Todo el dinero de la Luna y nos corta los fondos.

—Y se os olvidó que os apodaban Mano de Hierro. Puede que solo esté esperando. Haré esto por ti, Alexia Corta. No me ha gustado nada lo de Caio. Un niño... Han roto las reglas. Me aseguraré de que los hermanos Gularte tengan una muerte muy dolorosa.

—Gracias, Seu Osvaldo.

—Lo hago por el respeto que guardo a la Reina de las Cañerías. Todos estamos en deuda contigo. Pero trata de entender que no pueden verme proporcionar un servicio sin cobrarlo. Ni siquiera a ti.

—Por supuesto.

—Mi madre, que Jesús y María la guarden muchos años, está disfrutando una vejez muy cómoda. Tiene un apartamento elegante, tiene vistas al mar, tiene electricidad casi siempre... Tiene una terraza y un chófer que la lleva a misa, o a los cócteles, o a jugar al bridge con sus amigas. Le falta una cosa, y creo que tú puedes proporcionársela.

—Dime de qué se trata, Seu Osvaldo.

—Siempre ha querido adornos acuáticos. Fuentes, querubines y esos bichos que tocan el cuerno. Conchas, baños para pájaros... El sonido del agua al caer. Sería la guinda del pastel. ¿Puedes arreglarlo, *Rainha dos Tubos*?

—Será un honor aportar un poco de agua a la vida de una anciana, Seu Osvaldo. ¿Puedo pedirte otro favor?

—Si puedes empezar en menos de una semana.

—Quiero la mochila del Capitán Brasil de Caio.

Norton se presentó en el apartamento.

—No puedes entrar —dijo Alexia, con la barra echada y el ojo izquierdo en la rendija. Soltó el táser que ocultaba tras la puerta y lo apartó con el pie. Durante el tiempo que transcurriera entre la petición del favor a Seu Osvaldo y su ejecución, los golpes inesperados en la puerta eran acreedores de un recibimiento armado. En las cámaras del pasillo solo aparecía Norton. Eso no significaba nada; los Gularte podrían haber secuestrado a su familia. Marisa, pegada a la pared, recogió el táser. Siempre hay que contar con refuerzos.

—Tengo que hablar contigo.

—No puedes entrar.

—Bueno, ¿dónde podemos hablar?

El cenador. Marisa envió un mensaje a la red del bloque y el habitáculo de la azotea estaba vacío cuando Alexia y Norton llegaron al final de la escalera. La brisa que soplaba desde las colinas hacía tolerable el aire de última hora de la tarde. Alexia se acurrucó en el diván. Había metido seis Antarcticas en una bolsa frigorífica; abrió una en la barandilla de madera y se la ofreció a Norton, que apartó la vista con los tendones del cuello, la garganta, las venas de la frente, tensos de cólera. Alexia bebió un trago. Querida cerveza fría sacramental.

—¿Por qué te has presentado en el apartamento?

—¿Por qué fuiste a ver a Seu Osvaldo?

—Asuntos de negocios. No te metas en mis negocios.

Norton paseaba. Siempre estaba dando vueltas. «¿Sabes cuánto mueves las manos cuando te enfadas?», pensó Alexia.

—Y tampoco puedo ir a tu apartamento —dijo Norton—. ¿Debería haber firmado algún contrato?

—Déjate de chorradas. —Alexia nunca había sido capaz de soportar las risas ajenas. Norton lo sabía: no te rías nunca de Alexia Corta.

—Sé por qué acude la gente a Seu Osvaldo. ¿Por qué no acudiste a mí?

Alexia dejó escapar una carcajada franca, espontánea.

—¿A ti?

—Me dedico a la seguridad.

—No juegas en la misma liga que Seu Osvaldo.

—Seu Osvaldo tiene un precio. No quiero que estés en deuda con él.

—La *mamãe* de Seu Osvaldo, que tiene ochenta años, disfrutará de la mejor composición acuática de Barra en su terraza. Con querubines y todo.

—No me tomes el pelo —espetó Norton, y el relámpago oscuro de su ira, el giro de cuchillo de su pasión, dejaron a Alexia sin aliento. Estaba muy guapo cuando se enfadaba—. ¿Cómo crees que me hace sentir que siempre que necesitas ayuda corras a ver a Seu Osvaldo? ¿Quién va a contratar a un hombre que no puede cuidar de su mujer?

—Mide tus palabras, Norton. —Alexia dejó la botella a medio beber—. Tú no cuidas de mí. No soy tu mujer. Si los idiotas de tus amigos seguratas te faltan al respeto por eso, búscate otros amigos u otra yo.

Nada más decirlo, Alexia deseó no haberlo dicho.

—Si es lo que quieres... —dijo Norton.

—Si es lo que quieres... —repitió Alexia, consciente de que estaba pronunciando las peores palabras posibles, incapaz de dejar de pronunciarlas. Junior, cuando vivía, le decía que podría pelear con su propia sombra—. ¿Por qué no tomas tu propia decisión, por variar?

—Pues lo que quiero es largarme —gritó Norton, y se marchó echando chispas.

—¡Muy bien! —le gritó Alexia a la espalda. La puerta de la azotea se cerró de un portazo. No pensaba seguirlo abajo. Ni siquiera pensaba soltarle una respuesta demoledora por la escalera. Que subiera él—. ¡Muy bien!

Esperó tres minutos, cuatro. Cinco. Entonces oyó arrancar la moto en el aparcamiento de abajo. No necesitó mirar por el parapeto para saber que era la de Norton; el infantil sonido sobrerrevolucionado que había acoplado al motor eléctrico era inconfundible.

—Gilipollas —dijo Alexia, y lanzó la botella a medio beber al otro lado de la azotea. Se estrelló contra el pretil de cemento—. Gilipollas.

Se abrió la puerta de la azotea.

—¿Lê?

Marisa se sentó con Alexia en el cenador y contemplaron la

salida de la media luna sobre el Atlántico. Las farolas de la avenida parpadearon y se apagaron.

—Ojalá se la pegue —dijo Alexia.

—No es lo que quieres.

—Ah, ¿no?

—No dejas que nadie se ría de él, pero tú te lo tomas a mofa.

—Cierra el pico, *irmazinha*.

Marisa dejó colgar las piernas. Alexia sacó una cerveza helada de la bolsa.

—Ábremela. —Marisa llevaba desde los diez años bebiendo cerveza.

El tapón de la botella giró a la luz de la luna.

Le encantaba el tacto de los huevos de Norton recién depilados. Le encantaba la suavidad de la piel, realzada por el aceite; que parecieran algo independiente de su cuerpo, como un animalillo achuchable. El peso en la palma de la mano; la forma en que podía juntar el índice y el pulgar alrededor del escroto; la rendición y la tensión sorprendida de todo el cuerpo cuando tiraba ligeramente. Le encantaba lo firmes y frágiles que eran; cómo, con un cordón de zapato, una goma o un coletero, podía convertirlos en dos gloriosas manzanas hinchadas de deseo. Le gustaba dar golpecitos con la uña a los huevos bien atados. La primera vez que lo hizo, Norton estuvo a punto de abrirse el cráneo contra el cabecero.

Alexia agarró con la mano el poste sin vello. Norton estaba bien dotado; lisa y afeitada, su polla era un monstruo presuntuoso, un gigante de la selva que se alzaba ufano en una zona despejada de maleza. Grande y elegantemente curvado. Tenía muy practicada la manera de mantenerlo en el límite, llevarlo al borde del orgasmo y recular, a base de sujetarle esa polla gloriosa. Se puso el capullo contra la palma de la mano y pasó el pulgar por la línea de la parte inferior. Norton gimió y se recostó contra las almohadas.

Por eso sabía Alexia que no era un polvo de despedida: se había depilado por ella.

Apretó con el pulgar el triangulillo sobre el que las dos curvas del glande formaban un corazón al unirse a la uretra. Lo llamaba *coraçãozinho*. No sabía si tenía un nombre científico, pero sabía que cuando lo tocaba ahí, cuando frotaba esa zona, cuando la hacía vibrar, ese centímetro cuadrado de terminaciones nerviosas le confería un poder absoluto sobre él.

El resto de los tipos del equipo de seguridad debían de haber visto que se depilaba por ella.

Igual aprendían un par de cosas.

Fantaseaba con enjabonarlo, afeitarlo y aceitarlo. Usaría una navaja de afeitar antigua, afiladísima, y lo dejaría tan suave que podría meterse los huevos en la boca, primero uno y después otro. Imaginaba el miedo, la confianza y la excitación en su cara.

Se inclinó y le rozó el *coraçãozinho* con la punta de la lengua.

Norton se convulsionó como si hubiera recibido una descarga en la uretra. Tensó los abdominales y los glúteos. Ahora que tenía toda su atención, Alexia lo guio hacia el lugar al que realmente quería llevar al corazoncito.

Después se levantó de la cama de Norton para ir al baño y a continuación abrió la nevera.

—¿Tienes guaraná?

—Detrás de la Bohemia.

La luz de la nevera oscilaba mientras Alexia, de cuclillas frente al resplandor azul, movía las latas de cerveza. Una nevera de hombre. Cerveza, café, refrescos. El sexo siempre le daba sed: perder líquidos, reponer líquidos. Abrió la lata y volvió a meterse entre las sábanas negras.

Ropa de cama negra. No la conocía. Sábanas nuevas para el sexo de reconciliación. Madre de Dios, pequeños archipiélagos plateados.

Norton estaba de lado, con una pierna doblada y la otra recta, apretándose la sábana contra el cuerpo. Sabía que así estaba muy mono. Tenía la piel del color de las castañas, bastante más oscura que la canela de Alexia. A ella le gustaba mirarlo.

Se apagó la luz.

—Mierda. Espera un momento. —Norton, desnudo, recorrió la habitación para encender las velas aromáticas que le había llevado Alexia. Mantenían a raya el olor estancado de hombre. Alexia prefería aquella casa a la luz de las velas. No le gustaba verla en alta resolución.

En serio, tenía que buscarse un novio mejor.

—Ya le han dado el alta a Caio —comentó. El guaraná estaba haciendo efecto. Azúcar y cafeína.

—¿Cómo está?

—Va a perderse dos meses de colegio. Estoy buscando profesores particulares. Tiene afectado el lado derecho. Tendrá que aprender a usar la mano izquierda.

—Mierda. Me gustaría verlo.

Una cosa que le gustaba de Norton: que tratara a Caio como a un hermano pequeño. Una cosa que no le gustaba de Norton: que intentara enseñar a Caio a ser como él. Un *malandro*.

—Puedes ir a visitarlo.

—Muchas gracias, Lê. —Conseguía derretirla cuando dejaba el teatro de machito y hablaba como sentía—. ¿Qué fue de los Gularte?

—No quieres saberlo. —Cadáveres en los cimientos de hormigón del nuevo viaducto del cercanías—. Nadie volverá a amenazar a Caio.

—Lê...

Alexia se tumbó de lado. Norton rehuía su mirada. Era otra herramienta que tenía para controlarlo.

—Antes, mi familia tenía un mote, ¿sabes? *Mão de Ferro*. Es como llaman en Minas Gerais a la gente que se toma las cosas en serio. A los que hacen lo que hay que hacer. Fui la Mano de Hierro. Así que cállate y no vuelvas a preguntarme.

Norton se incorporó tan bruscamente que le movió el brazo y le llenó el pecho de guaraná pegajoso.

—¡Mierda, tío!

—No, escucha, escucha, escucha. Estoy trabajando para un Corta. Un contrato nuevo; empecé ayer. Gracias por interesarte. Siempre dijisteis que no sois muchos, que nadie sabe de dónde sale el apellido; nadie sabe de dónde salisteis. Bueno, pues este Corta viene de la Luna.

—Nadie viene de la Luna. —Alexia buscaba a tientas un pañuelo de papel que no estuviera lleno de semen. «Alguien tendría que enseñarle que existen las toallitas húmedas.»

—Claro que sí, Lê. Milton vino de la Luna.

—De acuerdo; los trabajadores vuelven de la Luna. —Barra estalló en vítores cuando uno de los suyos viajó a la Luna para extraer helio-3. Volvió a la Tierra antes de que la falta de gravedad le debilitara los huesos, con suficiente capital para comprarse una casa fuera de Barra. Se estableció en Zona Sul y lo mataron un año después. Toda su fortuna era electrónica; los asesinos no se llevaron ni un centavo.

—No fue a trabajar. Nació allí.

Alexia dio un respingo. La lata de guaraná se desparramó por las sábanas negras de Norton. Se le subió encima a horcajadas y le apretó la *vaj* contra la polla.

—¿Quién es? Dime.

—Algo Corta. Lucas Corta.

—Lucas Corta murió. Lo mataron cuando los Mackenzie se hicieron con Corta Hélio.

—Puede que sea otro...

—Solo hay un Lucas Corta. ¿Sabes algo sobre la Luna?

—Sé que juegan al balonmano y que son legales las peleas a muerte, pero por lo demás no me importa una mierda lo que pase ahí arriba.

Alexia volvió a presionar. Norton gimió.

—Ahí arriba está mi familia. ¿Seguro que es Lucas Corta?

—Lucas Corta, de la Luna.

—¿Cómo ha...? Déjalo.

—Está muy enfermo. Hecho una piltrafa. Anda rodeado de médicos.

—Lucas Corta en la Tierra. —Alexia se apartó de la polla de Norton y se exhibió abiertamente—. Norton Adilio Daronch de Barra de Freitas, si quieres volver a entrar aquí, tendrás que conseguirme una cita con Lucas Corta.

El uniforme de camarera le quedaba pequeño. Se le abrían huecos entre los botones de la camisa, y la falda era demasiado corta y ajustada. No dejaba de bajársela. La cinturilla de los pantis no apretaba. No dejaba de subírselos. Era ridículo que hicieran trabajar a la gente con esa mierda de zapatos. Había dado un buen soborno al director del hotel; al menos podría haberle dado un uniforme de su talla.

La mitad de Barra trabajaba en servicios, pero Alexia nunca había visto por dentro un hotel de cinco estrellas. La zona pública era de mármol y cromo, tremendamente lustrosos y hartos de llamar la atención. La cocina y la zona de servicio eran de cemento y acero inoxidable. Sospechaba que eso era universal. Los pasillos olían a aire demasiado respirado y alfombras cansadas.

La suite Jobim.

La asaltó el miedo cuando iba a llamar.

¿Y si había más seguridad, aparte de la que Norton había organizado?

Ya se le ocurriría algo. Tocó el timbre y sonó el zumbido de apertura.

—Vengo a arreglar la habitación.

—Adelante.

La voz la sorprendió. Al oírla, Alexia se dio cuenta de que no tenía ni idea de cómo debía sonar un hombre de la Luna, pero no se esperaba eso. Lucas Corta hablaba con la voz de un hombre muy, muy enfermo. Cansado, debilitado, luchando por respirar. Hablaba portugués con un acento muy extraño. Estaba sentado en una silla de ruedas, junto a la ventana panorámica. Contra la luminosidad de la playa, el mar y el cielo, era una silueta; Alexia no sabía si estaba de frente o de espaldas.

Se acercó a la cama. Nunca había visto una tan ancha ni olido una tan limpia. La rodeaban cinco bots médicos distintos, y en la mesilla había una docena de medicamentos. Tocó las sábanas; la cama se agitó. Una cama de agua. Claro.

Notó algo en un lateral del cuello. Subió la mano.

—Si toca ese insecto, morirá —dijo Lucas Corta con su voz de viejo enfermo—. ¿Quién la envía?

—Nadie; soy...

—Poco convincente.

Alexia se estremeció por el contacto de las patas del insecto, que recorrían la zona lisa de detrás de la oreja. El impulso de apartárselo era casi incontrolable. No dudaba de Lucas Corta. Había leído sobre los sistemas de inyección de toxinas mediante insectos cíborg. En la Luna eran el arma preferida de los Asamoah. Y estaba pensando eso, apreciándolo, con una muerte neurotóxica entre orina y vómito a un milímetro de la piel.

—Volvamos a intentarlo. ¿Quién la envía?

—Nadie...

Gimió al notar el levísimo roce del aguijón.

—¡Soy la Mano de Hierro! —gritó.

Y el insecto ya no estaba.

—Ese apodo hay que ganárselo —dijo Lucas Corta—. Dígame su nombre completo.

Alexia sentía arcadas; intentaba buscar apoyo y certidumbre en el paisaje marino de la cama de agua, temblando por la resaca del miedo.

—Alexia Maria do Céu Arena de Corta —acertó a decir—. *Mão de Ferro.*

—La última *Mão de Ferro* fue mi madre.

—Adriana. Luis Corta era mi abuelo. Le pusieron el nombre en honor a su abuelo Luis. Adriana llevaba el nombre de su tía abuela. Tenía un órgano electrónico en el piso.

Se levantó una mano contra el azul intenso de mar y cielo.

—Acérquese a la luz, Mano de Hierro.

Ahora se daba cuenta de que no la había mirado ni una vez. Había estado todo el rato sentado de espaldas a ella. La luz colapsó el bulto negro, lo aclaró, lo hizo traslúcido y macilento, una araña atrapada en la luz. Sus manos eran marañas de tendones y articulaciones hinchadas. La piel del cuello, las mejillas, las ojeras, los labios, agrietados. Tenía el aspecto de algo más decrépito que un anciano, más espantoso que un muerto.

Lucas Corta miró hacia el sol; las lentillas polarizadas le oscurecieron los ojos.

—¿Cómo pueden vivir con esto? ¿Cómo es posible que no

se distraigan continuamente? Pueden verlo moverse. Realmente creen que se mueve... y ahí está la trampa, ¿verdad? Esto ciega a la realidad. Solo se puede entender cuando se aparta la vista.

Miró a Alexia, que sintió que las lentillas negras le arrancaban la piel de la cara, la carne de las mejillas, que le dejaban todos los nervios al aire. No se encogió. El calor que irradiaba la ventana de cristal triple era palpable.

—Tiene un aire. —dijo Lucas Corta, y giró la silla para pasar de la ventana al frescor en penumbra del interior—. ¿Qué quiere, *senhora* Corta? ¿Dinero?

—Sí.

—¿Por qué debería darle dinero, *senhora* Corta?

—Mi hermano... —empezó Alexia, pero Lucas la interrumpió.

—No soy una institución benéfica, *senhora* Corta, pero recompenso el mérito. Venga a verme mañana a la misma hora. Busque otra forma de entrar; no puede volver a usar esta. Demuéstreme que es la Mano de Hierro.

Alexia recogió la bolsa de limpieza del hotel, con la mente hecha un torbellino. Podría haber muerto en esa cama. Había estado a una punta de aguja, a un instante, de que todo terminara.

Él no había dicho que sí, no había dicho que no. Había dicho: «Demuéstremelo».

—¿Cómo lo ha sabido, *senhor* Corta?

—El uniforme es dos tallas más pequeño, y no huele como debería. Las camareras tienen un aroma peculiar. Los productos químicos se les incrustan en la piel. Parece que los lunarios tenemos mejor olfato que los terrestres. Por favor, al salir pida que manden una camarera de verdad. Tengo unos horarios de sueño estúpidos.

Alexia empezó a quitarse el uniforme de camarera en el instante en que la puerta basculante de servicio se cerró tras ella: la blusa apretaba demasiado; la falda era demasiado corta. Mierda, mierda de zapatos. En ropa interior y con las medias caídas,

Alexia Corta apartó de un empujón a Norton, que la esperaba con el coche en el garaje subterráneo del Copa Palace.

—La llevo en la piel, la llevo en la puta piel —dijo exasperada mientras Norton la llevaba a su casa—. Aún la noto.

Fue directamente a la ducha.

—Debería matarlo —dijo Norton, observando su silueta tras la tela mojada.

—Ni se te ocurra.

—Ha intentado matarte.

—No ha intentado nada. Se defendía. Pero me siento sucia. Lo tenía posado encima. Un insecto, Nortinho. Nunca volveré a sentirme limpia.

—Puedo ayudarte con eso —dijo Norton, y traspasó la cortina. La ropa cayó en las baldosas mojadas. Se bajó los pantalones y se sacudió los calzoncillos—. Bueno, ¿cómo era? Estabas tan impresionada con ese insecto que no me has contado nada más.

—Da una grima terrible —dijo Alexia. Estaba de espaldas a él; el agua le corría por la espalda y bajaba por el cristal—. Es como una cosa que intenta hacerse pasar por una persona. De lejos parece normal, pero de cerca todo es muy raro. Espeluznante. Nada tiene el tamaño adecuado. Todo es demasiado largo, demasiado grande o demasiado denso. Un extraterrestre. Había oído que la gente que nace allí no crece igual, pero no esperaba...

—La familia no se elige —dijo Norton, y entró en la ducha. Se apretó contra el costado húmedo y cálido de Alexia, que dio un respingo—. Bueno, ¿cuál es esa parte tan sucia?

Alexia se apartó el pelo e inclinó la cabeza para mostrarle la zona del cuello y de detrás de la oreja, por donde había caminado el insecto asesino. Él la cubrió de besos.

—¿Más limpia?

—No.

—¿Y ahora?

—Un poco.

Norton bajó las manos para abarcarle la perfección del culo. Ella se apretó contra él y le rodeó los muslos con una pierna, para aplastarlo contra la piel suave y oscura.

—Entonces, ¿vas a verlo mañana?

—Claro.

—Un chico muy guapo.

—Aquí está con el equipo de fútbol sala. —Alexia envió al ojo de Lucas Corta una foto de Caio, sonriente con la camiseta ajustada, los pantalones cortos y los calcetines largos. Lucas estaba en la piscina; el agua fresca caía suavemente. Invitó varias veces a Alexia a bañarse con él, pero a ella le daba repelús. Se sentó en una silla de jardín, a la sombra de la pérgola. Hacía un calor insoportable, y el mar parecía estar muriéndose.

—¿Se le da bien?

—La verdad es que no. En absoluto. Lo eligieron por mí.

—Mi hermano tenía un equipo de balonmano. No eran tan buenos como creían.

Alexia abre otra foto de Caio, haciéndose el mayor en la playa, con rayas azules de protector solar en la nariz, las mejillas y los pezones.

—¿Cómo está... Caio?

—Ya anda. Tira un montón de cosas y necesita bastón. Se acabó el fútbol sala para él.

—Si no se le daba muy bien, puede que sea positivo. A mí se me daban fatal todos los deportes. No les veía el sentido. Tuve un tío que se llamaba Caio.

—A Caio le pusieron ese nombre por él.

—Murió de tuberculosis poco antes de que mi madre abandonara la Tierra. Mi madre me enseñó los nombres de todos mis tíos y tías, los que nunca subieron. Byron, Emerson, Elis, Luis, Eden, Caio. Luis era tu abuelo.

—Luis era mi abuelo, y Luis Junior era mi padre.

—Era.

—Se largó cuando yo tenía dieciséis años. Nos dejó a los tres. Mi madre se limitó a rendirse.

—En la Luna tenemos contratos para esas cosas.

Ahora. Pídele el dinero. Apela al parentesco. Te ha dejado entrar en el hotel. Alexia había localizado a la doctora Volikova y le había pedido que la enviase como masajista. Se vistió para la ocasión, con unas mallas y un corpiño de deporte. Pídeselo. Una imagen apareció en la lentilla de Alexia; el momento había pasado.

—Es Lucasinho, mi hijo.

Era un chico guapo. Alto, al chocante estilo lunar, pero proporcionado. Un pelo denso y brillante que sabía que olería a limpio y fresco. Un toque asiático en los ojos que le daba un aspecto retraído y encantadoramente indefenso; unos pómulos para enamorarse, unos labios que se podrían besar sin parar. No era su tipo; le gustaban los hombres con músculos y sin muestras visibles de inteligencia. Pero era tan mono que le había robado el corazón.

—¿Cuántos años tiene?

—Diecinueve ya.

—¿Y cómo está... Lucasinho?

—A salvo, que yo sepa. Los Asamoah lo protegen.

—Están en Twe. —Mientras Lucas investigaba a Alexia, ella los investigaba a él y a su mundo—. Se dedican a la agricultura y al medio ambiente.

—Tradicionalmente son nuestros aliados. Según la leyenda, cada Dragón tiene dos aliados...

—... y dos enemigos. Los enemigos de los Asamoah son los Vorontsov y los Mackenzie; los de los Sun son los Corta y los Vorontsov; los de los Mackenzie, los Corta y los Asamoah, los de los Vorontsov, los Asamoah y los Sun; los de los Corta...

—... los Mackenzie y los Sun. Es simplista, pero, como todos los tópicos, tiene algo de verdad —dijo Lucas Corta—. Temo por él continuamente. Es un miedo muy elegante, muy complejo. El miedo de no haber hecho lo suficiente. El miedo de no saber qué está pasando. El miedo de no poder hacer nada. El miedo de poder hacer algo y meter la pata. Me enteré de lo que hiciste a los hombres que pegaron a tu hermano.

—Tenía que asegurarme de que no volvieran a acercarse a Caio, ni a ninguno de nosotros, nunca más.

—Es lo que habría hecho mi madre. —Lucas bebió un trago de té del vaso que tenía en el borde de la piscina—. Siempre se preguntó por qué no subía ninguno de vosotros. Creo que fue la gran decepción de su vida. Construyó un mundo para su familia y nadie quiso saber nada.

—Crecí convencida de que nos había vuelto la espalda. Se había quedado con toda su riqueza y poder, y a nosotros, que nos zurcieran.

—Sigues viviendo en el mismo piso, ¿no?

—Se cae a pedazos. Los ascensores dejaron de funcionar antes de que yo naciera, y es más normal no tener electricidad que tenerla. La fontanería está bien.

—Cuando cada uno de nosotros cumplía doce años, mi madre lo llevaba a la superficie, con la tierra oscura. Señalaba los continentes, todos bordeados de luces, y las redes de luces que los llenaban, y los nudos de luces de las grandes ciudades, y nos decía: «Esas luces las encendemos nosotros».

—Ganan más dinero comerciando con la electricidad que usándola —dijo Alexia—. Pero Corta Água suministra agua limpia y de confianza a veinte mil personas en la zona de Barra da Tijuca.

Lucas Corta sonrió. Era muy difícil; le pasaba factura al cuerpo, y precisamente por eso resultaba más valioso.

—Me gustaría verlo. Me gustaría ver el lugar en el que creció mi madre. No quiero conocer a tu familia..., no sería seguro. Pero me gustaría ver Barra, y la playa en la que la luna tendía una carretera sobre el mar. ¿Puedes organizarlo?

El monovolumen era una burbuja de cristal, todo puertas y ventanas, y Alexia se sentía instintivamente incómoda. Como si fuera repartiendo bendiciones desde el papamóvil. No podía agacharse y esconderse; solo la protegían la fe y el cristal antibalas. Se revolvió en el asiento opuesto al de Lucas Corta mientras el coche enfilaba la avenida Lucio Costa.

La doctora Volikova se había mostrado inflexible en su negativa a permitir que Lucas Corta saliera del hotel hasta que estalló una discusión breve y de palabras duras que sorprendió a Alexia por la pasión y la fiereza. Paciente y médico discutían como amantes. La doctora Volikova los seguía en una furgoneta cargada de bots para tratamientos de emergencia.

—Esta es mi casa —dijo Alexia. En el frescor lila, con el añil del océano al este y las luces que se encendían calle por calle, nivel por nivel, Barra revivía su antigua elegancia. Si se pasaban por alto los baches, la acera mellada de baldosas, los tendidos eléctricos parásitos, los repetidores de móvil y las cañerías de plástico blanco que trepaban como hiedras por todas las verticales.

—Enséñamelo —dijo Lucas.

Norton ordenó al monovolumen que parase junto a la decrépita acera. Alexia no tenía intención de dejarle conducir, pero con retransmitir las órdenes al piloto automático ya se sentía suficientemente útil.

—Me gustaría salir —dijo Lucas Corta. Norton examinó la calle teatralmente. Estaba adorable cuando se hacía el duro. Alexia abrió la portezuela y desplegó el ascensor. Lucas Corta viajó unos centímetros y aterrizó en el planeta Barra—. Me gustaría andar.

—¿Estás seguro? —dijo Alexia. La doctora Volikova había llegado antes de que se abriera el coche.

—Claro que no —dijo Lucas—. Pero quiero.

Entre las dos lo ayudaron a levantarse de la silla de ruedas y le dieron el bastón. Lucas Corta dio unos pasitos por la acera. Alexia temía que apareciera una baldosa suelta, una lata errante, un niño en bicicleta, arena arrastrada por el viento, cualquier cosa que lo hiciera tropezar y caer a tierra.

—¿Qué piso es?

—El de la manga de viento Auriverde.

Lucas Corta pasó un largo rato apoyado en el bastón, mirando las luces del piso.

—Lo hemos remodelado desde que vivió ahí tu madre —dijo Alexia—. Este era un barrio rico, o eso me dijeron. Por eso vivimos tan arriba. Cuanto más ricos eran, más arriba vivían. Ahora significa solamente que hay que subir más escaleras. Todo el mundo vive tan abajo como puede permitirse. Al parecer, en la Luna es igual.

—Por la radiación —dijo Lucas Corta—. Todo el mundo vive tan lejos de la superficie como puede permitirse. Yo nací en João de Deus y viví ahí hasta que mi madre construyó Boa Vista. Era un tubo de lava de dos kilómetros de longitud. Lo selló, esculpió la roca, y lo llenó de agua y cosas que crecían. Vivíamos en apartamentos excavados tras las caras gigante de los orixás. Era una de las maravillas de la Luna, Boa Vista. Nuestras ciudades son cañones inmensos llenos de luz, aire y movimiento. Y cuando llueve... es más bonito de lo que puedas imaginar. Dices que Río es bonita, la Ciudad Maravillosa. Es una favela en comparación con las grandes ciudades de la Luna. —Apartó la vista del bloque—. Me gustaría ir a la playa.

Ya había anochecido, y la playa se había convertido en los dominios de las bandas y los quinceañeros que iban a meterse mano o vapear drogas. Norton torció la boca con disgusto, pero ayudó a Lucas a bajar los escalones que conducían a la playa. El bastón se hundió en la arena. Lucas se revolvió espantado e intentó liberarlo.

—Ten cuidado, ten cuidado —reprendió la doctora Volikova.

—Lo tengo en los zapatos —dijo Lucas—. Lo noto, me está llenando los zapatos. Esto es horrible. Sacadme de aquí.

Alexia y Norton llevaron a Lucas a la acera.

—Sacadme eso de los zapatos.

Alexia y Norton sujetaron a Lucas mientras la doctora Volikova le quitaba los zapatos y vertía hilillos de arena.

—Lo siento —dijo Lucas—. No esperaba reaccionar así. Nada más notarlo he pensado en el polvo. El polvo es nuestro enemigo. No tengo manera de controlarlo. Es lo primero que nos enseñan.

—Ha salido la luna —susurró Norton. El cuarto creciente se alzaba por el horizonte oriental. Las luces de las ciudades de la Luna tililaban como polvo de diamantes. «Océanos de polvo», pensó Alexia, y le pareció emocionante y espantoso a la vez. Este hombre, este hombre tan frágil, al que la gravedad estaba matando con cada paso y movimiento, venía de ahí. Un Corta: sangre de su sangre y completa, implacablemente alienígena. Alexia se estremeció, minúscula y muda bajo la lejana luna.

—Mi madre decía que toda la familia venía en Nochevieja y echaba al mar luces en barcos de papel —dijo Lucas—. El mar iba arrastrándolas hasta que dejaban de verse.

—Seguimos haciéndolo —dijo Alexia—. Todo el mundo se viste de blanco y azul, los colores favoritos de Yemanja.

—Yemanja era la orixá de mi madre. No creía en los orixás, pero le gustaba la idea.

—Eso de las religiones en la Luna me parece muy raro.

—¿Por qué? Somos una especie irracional, y exportamos irracionalidad a raudales. Mi madre hacía donaciones a la Hermandad de los Señores del Ahora. Sostienen que la Luna es un laboratorio de experimentos sociales. Nuevos sistemas políticos, sociales, de familia y parentesco... Su objetivo a largo plazo es dar con un sistema social humano que dure diez mil años, que es el tiempo que consideran que tardaremos en convertirnos en una especie interestelar. Me resultaría más fácil creer en los orixás.

—Me parece optimista —dijo Alexia—. Viene a decir que si no nos volamos por los aires ni nos mata el colapso climático, llegaremos a las estrellas.

—Nosotros. La Hermandad no dice nada de la gente de la Tierra. —Lucas Corta dejó vagar la vista por el mar, ahora oscuro. La luna dibujaba una cuchilla de luz contra las aguas negras—. Ahí arriba luchamos y morimos; construimos y destruimos; amamos y odiamos, y vivimos vidas de una pasión que escapa a vuestra comprensión, y a ninguno de los que estáis aquí abajo os importa. Quiero irme ya. El mar me pone nervioso. Con luz puedo aguantarlo, pero a oscuras no termina nunca. No me gusta nada.

Norton y Alexia ayudaron a Lucas a volver al monovolumen. Cuando se cerró la puerta, Alexia vio alivio en el rostro de Lucas. Norton ordenó al coche que se incorporase al tráfico; un par de motos habían pasado dos veces y le daban mala espina. Alexia volvió la cabeza para asegurarse de que no se habían situado entre el monovolumen y la furgoneta médica de la doctora Volikova.

—*Senhora* Corta —dijo Lucas—, me gustaría hacerle una

oferta. —Tocó el cristal divisor para apagar los micrófonos; Norton iba sordo delante—. Eres una joven con talento, ambición y arrojo, y tienes suficiente inteligencia para identificar las oportunidades y aprovecharlas. Has construido un imperio, pero podrías hacer mucho más. Este mundo no tiene nada que darte, así que te ofrezco lo que ofreció mi madre a tus predecesores. Ven conmigo a la Luna. Ayúdame a recuperar lo que me robaron los Mackenzie y los Sun, y te recompensaré de tal manera que tu familia nunca volverá a ser pobre.

Ese era el momento. Para eso había sobornado, chantajeado y mentido hasta llegar a la habitación de Lucas Corta. Había abierto la puerta a la riqueza y el poder de Corta Hélio. Más allá estaba la luna.

—Tendría que pensármelo.

—Claro. Solo un idiota se plantaría en la Luna sin pensárselo. Tienes tu imperio del agua; por eso no te he ofrecido trabajo. Te he ofrecido que vengas conmigo a la Luna. Quiero que te involucres. Tienes dos días para decidirte. Me queda poco tiempo en la Tierra; tengo tres, puede que cuatro semanas, antes de que el despegue me mate. De hecho, es probable que sufra secuelas permanentes. Ve a verme al hotel cuando estés segura. Sin mentiras ni disfraces.

7
Libra - escorpión de 2105

El Águila de la Luna sirve unos martinis espectaculares, pero Ariel deja el suyo sin tocar en la mesa de piedra pulida del borde del precipicio.

—¿No era siempre la hora del martini en alguna *quadra*? —pregunta el Águila.

—Ahora no estoy de humor.

Están sentados uno frente a otro, separados por una pequeña mesa de piedra, bajo la pérgola tallada del Pabellón naranja, junto a la impresionante cúpula del intercambiador de Antares. El tráfico tardío zumba por puentes y pasarelas, teleférico arriba y abajo, tambaleándose en el aire. La línea solar se oscurece y se encienden las farolas a medida que va cayendo la noche hacia los distantes extremos de los *prospekts*. La última vez que Ariel estuvo sentada allí, en ese pabellón de magníficas vistas, era por la mañana. La última vez que estuvo sentada en este Nido de Águilas, el Águila de la Luna había decretado un matrimonio dinástico. Corta y Mackenzie. Lucasinho y Denny. En las bergamotas de los árboles ornamentales quedan restos de pintura plateada de la decoración de la boda.

—Me debes una explicación, Jonathon.

—La junta directiva estaba a punto de presentar una moción de censura y me adelanté.

—Los secuestraste.

—Los detuve.

—Nuestro sistema jurídico no contempla la detención. Los secuestraste y los tienes secuestrados. ¿Dónde están?

—En sus casas, bajo custodia. He tenido la precaución de bajarles el aire. Eso hace maravillas con la obediencia.

—En los estatutos de la LDC no hay ninguna cláusula que te dé derecho a secuestrar y retener a la junta directiva de la Lunar Development Corporation.

—Esto es la Luna, Ariel. Hacemos lo que nos da la gana.

—¿Quieres que renuncie, Jonathon? Sigue diciéndome chorradas y verás. Ahí fuera hay ocho mil mandatos judiciales, y soy lo único que te separa de ellos.

—Me dieron el soplo de que la junta iba a intentar deponerme en esa reunión.

—Vidhya Rao.

—Predijo la moción de censura. El intento de quitarme de en medio por parte de la junta estaba orquestado desde la Tierra. Las naciones estado terrestres están tomando cartas contra mí.

—¿Por qué me contrataste, Jonathon?

—Las máquinas de Vidhya Rao hacen predicciones analizando pautas que muchas veces son indistinguibles para los humanos. Hizo un seguimiento de una serie de transacciones a fondos soberanos de inversión a través de una red descomunal de empresas anidadas. En el centro está alguien a quien conoces muy bien. Tu hermano.

Ariel se pone bajo el brazo el bolso tipo cartera de Óscar de la Renta y aparta la silla.

—Fantasías, Jonathon. Paranoias. Me largo. Queda rescindido este contrato. Ya no te represento.

Jonathon Kayode alarga el brazo por encima de la mesa para sujetar a Ariel por la muñeca; un movimiento muy rápido para un hombre tan grande.

—Lucas sobrevivió al intento de asesinato de los Sun, huyó de la Luna y se refugió con VTO.

—Suéltame, Jonathon. —Mira a los ojos a Jonathon Kayode, que le libera la muñeca. El Águila también es un hombre fuerte; los dedos le han dejado marcas pálidas en la piel cobriza—. Me contrataste como escudo.

—Sí.

—Que te den por culo, Jonathon.

—Vale. Entonces, ¿vas a largarte?

Ariel echa un vistazo al martini. Frío, cargado y sacrosanto. Levanta la copa de la mesa y bebe un traguito. Cordura, certidumbre. Glorioso.

—¿Estoy a salvo, Jonathon?

—Me adelanté al intento de tu hermano de derrocarme.

—Eres idiota si crees que tiene un solo plan.

El otro corredor salió por la cuesta del 8 Oeste. Marina lleva una hora y diez minutos corriendo sola. Seguirá corriendo hasta que aparezca alguien más. Es la fe de la nueva Carrera Larga. Siempre acaba por unirse alguien. La Carrera Larga no para nunca.

Marina se debate, enjaulada, en el piso nuevo. Ahora su vida es más que la subsistencia, y las nuevas comodidades y seguridades no son suficientes. La parte física del programa de vuelta a la Tierra le hace desear otros vocabularios corporales. Recuerda la Carrera Larga: los cuerpos, la piel pintada, las trenzas y flecos de colores de los orixás, la absorción en una unidad, una consciencia inconsciente donde se evaporaban el tiempo y la distancia y se disolvían los límites físicos, la bestia de múltiples piernas que corría a oscuras, cantando.

Recuerda a Carlinhos. El sudor que le surcaba la pintura fluorescente de pectorales y muslos. La timidez que mostró cuando abandonaron el arrebato corredor. La suavidad de terciopelo negro de su piel, la noche anterior a la pelea. Lo colérico y exultante que estaba bañado en la sangre de Hadley Mackenzie, en el pozo de combate del Tribunal de Clavio.

Oyó rumores en los canales deportivos, a través de su instructor de jiu-jitsu brasileño, de los *santinhos* que se marcharon de João de Deus cuando Bryce Mackenzie la convirtió en su capital. La Carrera Larga se había trasladado a Meridian, y necesitaba masa crítica. Tenía que ser eterna desde el principio. Siempre tenía que haber un cuerpo en movimiento. Meridian era distinta de João de Deus; no tenía el túnel de servicio orbital alejado de los *prospekts* principales, donde los cuerpos podían fluir y cantar interminablemente. Se había establecido una ruta, un complejo entramado de calles accesorias que recorría siete niveles del *prospekt* Volk: setenta kilómetros. Después, los cinco *prospekts* de la *quadra* Acuario: trescientos cincuenta kilómetros. Al final cubría los tres cuadrantes: ciento cincuenta kilómetros.

Se tardaría sesenta horas en completar la Nueva Carrera Larga: la carrera continua más larga de los dos mundos. El riesgo era que se pusiera de moda intentar terminarla; la Carrera Larga no era una competición ni un reto. Era una disciplina y una trascendencia. Un sistema de alertas se ocupaba de que siempre hubiera un cuerpo en movimiento. Marina no la ha fundado; la mantiene: llena los largos tramos vacíos, la hora que se convierte en dos. Encuentra una trascendencia íntima en esos largos tramos vacíos. Piensa en la Tierra; piensa en cómo se le debilitan los huesos y le aumenta la masa muscular. Piensa que no podrá correr. Pasará semanas en una silla de ruedas, y necesitará muletas y bastones durante meses. Tardará un año en atreverse a ponerse algo pequeño y elástico para correr. Pero será correr, sin más. No habrá santos, voces ni comunión.

Piensa en esto para no pensar en Ariel.

—*Punto de encuentro a sesenta segundos* —informa Hetty. Marina ve a la corredora que se incorpora por la rampa del 26 Oeste. Se reunirán en la entrada del puente de la calle 18.

—*Que sues pes correm certeza* —dice la mujer. Lleva ropa y pintura rojas, y el relámpago de Xangô le adorna el pantalón corto y el top.

—*Corremos com os santos* —dice Marina, y la mujer pasa al globo. La antigua lengua nunca se ha sentido cómoda entre los labios de Marina. Las dos mujeres sincronizan el ritmo y cruzan el puente. Es de noche y corren entre dos muros de luz interminables.

—¿Trabajas con Ariel Corta? —pregunta la mujer.

—Más o menos.

—Ya decía yo. Me suena haberte visto. Ariel me sacó de un

amórium que acabó mal. Con venganzas, acosos y todo eso. Fui la única que no acabó con un contrato de alejamiento. Todo el mundo dice que es muy fácil salir de un amórium. Mentira cochina. Cuando la veas, dale las gracias de mi parte. Amara Padilla Quibuyen. No creo que se acuerde de mí.

—Te sorprendería lo que recuerda —dice Marina. Y ya está pensando otra vez en Ariel.

Con el verde de Ogum y el rojo de Xangô, Marina Calzaghe y Amara Padilla Quibuyen se piden un cóctel. Otros pies han tomado el relevo de la Carrera Larga y, como un par de tragapolvos que volvieran tras un contrato de seis semanas, se han ido directas a un bar. Es el secreto de Amara, un huequecito de la pared del 35 Este, con sillas y mesas esculpidas en la roca; un lugar donde el camarero conoce a todo el mundo porque solo tiene un aforo de ocho personas.

—Tengo que confesar —dice Marina— que nunca me ha gustado el blue moon.

—Ni a mí. Me gustan las cosas dulces y con fruta.

Marina vuelve a hacer chocar el vaso de caipiroshka contra el batido de guayaba de Amara.

—Eternamente. —La despedida de los corredores de la Carrera Larga.

—Eternamente —dice Marina en su execrable portugués. Beber después de correr. Eso va en contra de todas sus reglas profesionales y personales de Marina. Ariel la necesita más que nunca desde el golpe del Águila de la Luna. Pero no soporta la claustrofobia del amplio apartamento; Ariel inmersa en su ejército de IA jurídicas que aniquilan escuadrón tras escuadrón de mandamientos judiciales; Abena ayudándola con silenciosa intensidad, siguiendo el rastro de casos, precedentes y dictámenes, consciente de que este trabajo está en el límite de su capacidad y su aguante y de que la hará prosperar en Cabochon. La joven ha colgado una hamaca en la cocina, pero tiene la vista puesta en el Trono Dorado.

—¿Estabas en João de Deus o en el campo?

—En Nóminas. —Amara levanta el vaso—. Cuidado con los contables.

—Tienes pinta de tragapolvos.

Amara baja la cabeza con timidez.

—Me gusta bastante su estilo.

—Te sienta muy bien.

—Bueno, ¿qué haces con Ariel?

—Me dieron el trabajo por casualidad. Tengo un doctorado en biología evolutiva informática en arquitectura de control de procesos. Estaba de camarera en la fiesta de la carrera lunar de Lucasinho Corta cuando intentaron matar a Rafa Corta. Estoy más cualificada que todos los Corta juntos y acabé de guardaespaldas, ayudante personal y camarera de Ariel.

¿Cómo ha desaparecido tan deprisa esa caipi? Dimitri, en la barra, ya está preparando la segunda.

—¿Quieres otra? —pregunta Amara.

¿Por qué no sustituir por alcohol los fluidos corporales perdidos?

—Estudié personalización lógica de inteligencias artificiales —continúa Amara—. Acabé gestionando nóminas. Por lo menos hay trabajo. Siempre habrá que pagar a la gente.

La segunda caipiroshka es tan fuerte, deliciosa y generosa como la primera.

—Por las nóminas.

—¿Cuánto tiempo llevas en la Luna? —pregunta Marina.

—¿Se me nota? Esperaba que pensaras que soy de segunda generación. En mi familia me consideran espantosamente alta. Soy filipina, en origen. De Luzón. Mi madre es dentista y mi padre trabaja en un banco. Ya lo sé, me crie en una familia nuclear de clase media alta. Se esperaba que todos fuéramos sobresalientes, todos estudiamos en los Estados Unidos, todos sacamos buenos títulos, y de repente a la loca alta le da por despedirse, montarse en un cohete y marcharse a la Luna. Siguen sin entenderlo. Tres años y ocho meses.

—Un año y once meses. Y cuatro días.

—Por eso te has terminado tan deprisa la segunda caipi.

El segundo vaso vacío sobresalta a Marina. Dimitri lo recoge. Ya tiene los ingredientes del tercero dispuestos en la barra.

—Dime, ¿qué te hizo quedarte?

—¿Qué iba a hacerme volver? Gobiernos horribles: terrorismo barato, el nivel del mar en ascenso, y la próxima persona a la que se bese puede transmitir una enfermedad mortal.

—¿La familia?

—La familia es lo que funciona. ¿Dónde están los tuyos?

—En el noroeste, en la península Olímpica, cerca de Port Ángeles. Me dirás que es muy bonito, con las montañas, los bosques y el mar. Sí. Una vez vi nevar. Pasó algo raro con el clima y de repente ahí arriba, en los picos más altos: blanco. ¡Nieve! Cogimos el coche y subimos por la carretera del viejo parque, para andar por ella. Al día siguiente no quedaba casi nada. La lluvia en la nieve es un asco.

—Vas a volver, ¿verdad?

—No puedo vivir aquí. Tengo el billete reservado. Tengo mi asiento en el cable y mi camarote en el ciclador.

Amara se termina el primer cóctel. Dimitri les sirve otra ronda: el segundo para Amara, el tercero para Marina. Amara debe de estar pidiéndolos a través del familiar.

—¿Se lo has dicho a Ariel? —pregunta Amara. Marina niega con la cabeza—. Si no puedes decírmelo ni a mí, ¿cómo vas a decírselo a ella?

Marina levanta la vista de la copa.

—No paras de hablar de Ariel y de mí.

—Llevo toda la noche invitándote a cócteles.

—Y hace dos horas estábamos corriendo juntas.

—Creo que llevabas mucho tiempo queriendo hablar de esto con alguien, y estoy dispuesta a invitarte a otra caipiroshka.

—¿Qué es esto?, ¿caipiterapia?

—El bajón de la carrera.

—Invítame a otra caipiroshka.

Llega el cuarto vaso, tan arrebatador como todos sus predecesores. Marina se estremece al beber; siente el calor y la cercanía del pequeño bar para trogloditas a su alrededor, arropándola como un traje de piedra.

—Puedo largarme de pronto, pero no limpiamente. ¿Lo entiendes?

Amara frunce el ceño mientras absorbe batido por la pajita.

—Siempre existirá una relación.

—Siempre habrá algo para lo que me necesite. Llegará un momento en que seré imprescindible y la habré abandonado.

—Si se lo dijeras, te pediría que te quedaras.

—No me lo pediría. Sería incapaz. Pero yo me daría cuenta. Y quizá me quedara, y entonces la odiaría. —Marina se pone en pie—. Tengo que irme. Tengo que volver. Lo siento. Gracias por todos los cócteles.

—Termínate ese por lo menos.

—No debería. Intento convencerla para que deje la ginebra y cojo yo y...

—Te lo has ganado.

—No, no puedo. Hetty, pídeme un taxi.

Marina se inclina a dar un beso de despedida a Amara, que la sujeta y susurra:

—Oh, cuánto lo siento. Tenía planes para esta noche, ¿sabes? Me había fijado en ti. Llevaba tiempo fijándome. Me coordiné para correr contigo. Mi malvado plan consistía en traerte aquí, atiborrarte de cócteles e intentar seducirte, o al menos quedar para otra vez, pero no es posible. No lo será nunca. Porque todos mis talentos son inútiles contra el amor. —Da un beso afectuoso a Marina—. Eternamente.

Cuanto más importante es el ejecutivo de AKA, más discreta es la seguridad, hasta que se funde con el mundo y escapa a la percepción humana. Ariel no duda de que ese zumbido de insectos, ese batir de alas de pájaro, esa bola de pelo de ojos brillantes del follaje, pueden matarla sin siquiera enterarse. Las criaturas vivas no son de fiar; es hija de su madre. Pero la sombra, bajo las ramas, está fresca y cargada del olor especiado del compost, y las sendas del parque, tan vacías como solo puede vaciarlas el Trono Dorado.

—¿Te sirve de algo? —pregunta Lousika Asamoah. Las dos

mujeres deambulan por caminos de grava rosada. Es la primera vez que quedan desde la caída de Corta Hélio, la destrucción de Boa Vista y la muerte de Rafa Corta.

—Puede que haya destrozado la trayectoria política de la chica —dice Ariel—. Va a pensar que cualquier problema puede resolverse con la aplicación de abundantes mercenarios.

La risa de Lousika Asamoah es generosa, sonora y ligera como una campanilla. Ariel negoció su *nikah* con Rafa, y desde el principio fue evidente que en esa relación había más amor del que nunca existió en el otro matrimonio de Rafa, con Rachel Mackenzie.

—Debería mandarla directa a Twe —dice Lousika Asamoah—. A saber en qué más se mete.

Habla en tono jocoso, pero Ariel capta el subtono de preocupación. La violencia política ha convulsionado la administración sobria y aburrida de Meridian, y nadie sabe cómo será de profundo el trauma ni hasta dónde llegarán los escombros.

—No está involucrada —dice Ariel.

—Creo que ahora está involucrado todo el mundo —dice Lousika Asamoah, y se detiene en el sendero de grava. Los tenues movimientos entre las ramas, en las hojas, en la hiedra del suelo, se detienen con ella. Ariel siente una docena de ojos llenos de veneno que la observan—. Nuestras familias siempre han tenido una buena relación, pero ahora hablo como *omahene* del Kotoko. Lo que ha hecho el Águila no tiene precedentes. No podemos prever las consecuencias. Eso nos alarma.

—Lo único que pide el Águila es apoyo.

—Un apoyo que no puedo darle. AKA no es como los otros Dragones. Nuestro gobierno es complejo, con muchos niveles. Hay que pedir muchas opiniones, conseguir muchos votos. Algunos lo consideran lento, rígido e ineficaz, pero siempre hemos sostenido que es mejor que el poder resida en tantas manos como sea posible. AKA se mueve despacio, pero con seguridad. Simplemente, no tenemos tiempo de alcanzar un consenso.

—El Águila agradecería hasta una indicación privada...

—No tengo autoridad para ofrecerla. El Trono Dorado no tiene voz. —Lousika sigue andando y Ariel la alcanza. Los observadores las siguen por la espesura—. Nuestras familias siempre han tenido una buena relación. Como la vuestra, la nuestra no es el Dragón más rico o poderoso. Nos hemos ganado nuestra posición manteniéndonos al margen de las rivalidades entre las otras familias, y cuando no hemos podido, pactando alianzas juiciosas. El Kotoko observará, pero no se nos puede pedir un apoyo precipitado.

—Os aliaréis con el bando ganador —dice Ariel.

—Sí. Es necesario. VTO, los dos Mackenzie, Taiyang en menor medida... Todos dependen de la relación con la Tierra. Nosotros no. Lo único que tenemos es la Luna. Pero, como decimos, todo el mundo come y todo el mundo duerme.

—¿Quieres que transmita ese mensaje al Águila?

—Es la respuesta del Trono Dorado.

Movimiento en los árboles; un revoloteo repentino. Los pájaros se elevan, las mariposas pasan frente al rostro de Ariel, y cosas pequeñas y rápidas corretean por los márgenes de los caminos. Los guardianes se marchan; se ha levantado el cordón. Ariel entiende que debe quedarse mientras se va la *omahene*. Oye el susurro de las hojas caídas arrastradas por la gravilla por los imprevisibles vientos del microclima de la *quadra* Acuario. El crujido de pisadas y neumáticos: corredores y carritos de vendedores de chucherías.

Sun *nui shi* baja las mangas del traje de Darius hasta cubrirle las muñecas. Darius vuelve a arremangarse.

—Es la moda —dice.

Sun *nui shi* lo deja estar, pero le arranca el váper de los dedos.

—Esto sí que no lo tolero.

Los zapatos de Darius resuenan contra la piedra pulida. La Gran Sala de Taiyang es un ortoedro enorme y vacío tallado con perfección milimétrica en la roca del borde del cráter Shackleton. Sus proporciones y su acústica están ideadas para impresionar. A los Sun les gusta usarla para recibir a invitados y clientes.

—Ahí está Ariel Corta —dice Darius. Con su vestido rojo de Emanuel Ungaro, Ariel Corta es el luminoso sol de una órbita de dignatarios de Taiyang. A pesar de la silla de ruedas, atrae todas las miradas. Ariel Corta no es alguien que se deje amilanar por trucos arquitectónicos—. ¿Quiénes son los que están con ella?

—La chica joven es Abena Maanu Asamoah.

—Sobrina de la *omahene* —aclara Darius. En la Gran Sala, las perspectivas son engañosas. Tiene la impresión de que ha recorrido kilómetros sin acercarse ni un paso.

—Te has fijado —dice Sun *nui shi*—. Bien. ¿Qué significa?

—Los Asamoah y los Corta son aliados tradicionales.

—La mitad de los Corta vive bajo la protección de los Asamoah.

—Como yo vivo bajo la protección de los Sun —expone Darius.

—Deja ese tono de sorna o te enveneno yo misma, jovencito —amenaza Sun *nui shi*—. La otra mujer es su guardia personal. No nos interesa.

—Mató a un hombre con un váper —dice Darius.

—¿Lo investigaste tú o le has pedido a tu familiar que lo mire?

—Me he acordado —dice Darius—. ¿Eso es lo que quieres que haga?

Se abre el corro de ejecutivos, y las cabezas bajan para saludar a Sun *nui shi*.

—Abuela, Ariel Corta representa al Águila de la Luna —indica Sun Zhiyuan.

Sun *nui shi* tiende la mano y Ariel se la estrecha. «No deberías hacer eso —piensa Darius—. Deberías besar la mano de Sun *nui shi*.»

—Sun *nui shi*...

Darius examina a Ariel Corta durante las presentaciones. Desde su silla da órdenes a toda la habitación. Su atención es un favor que raciona, y hasta los ejecutivos de Taiyang la ansían. ¿Por qué no anda aún? Puede permitirse la operación sin problemas. ¿La silla tendrá poder? ¿Le dará ventaja? Todo el mundo, hasta Sun *nui shi*, tiene que inclinarse para hablar con ella. Darius intenta entender una voluntad que elige la invalidez y la autoridad por encima de la movilidad y el anonimato. Eso entraña una lección.

—Y mi ahijado, Darius.

Darius saluda a Ariel Corta con una inclinación de cabeza.

—Encantado, *senhora* Corta.

El resplandor de los ojos de Ariel cuando se cruzan con los suyos provoca un estremecimiento de temor a Darius. ¿Ha empleado un tono demasiado meloso? ¿Ariel le ha visto las intenciones?

—Es un placer, Darius.

Sospecha de él.

—Quería presentársela —dice Sun *nui shi*—. Los jóvenes tienen que aprender el valor de la perseverancia. Nunca se ha obtenido nada bueno sin ella. Un derrumbamiento, un tiempo lejos del mundo, y el ascenso a la fama y el poder: perseverancia. Vamos, Darius.

Continúan las negociaciones. Zhiyuan y Ariel debaten sobre los funcionarios, esos operarios gracias a los cuales la Luna sigue girando alrededor de la Tierra; desde los que reciclan a los muertos hasta los administrativos que fijan el chib en todos los globos oculares entrantes. El personal seguirá trabajando para quien le proporcione el suministro de aire, pero ¿para quién trabajarán las IA administrativas de Taiyang? ¿Para el Águila o para la junta?

—Has estado muy frívolo —protesta Sun *nui shi* mientras se aleja de la reunión con Darius.

—Y tú muy borde —dice Darius—. En su cara.

—Soy la matriarca de Shackleton —dice Sun *nui shi*—. Las matriarcas somos bordes. ¿Has oído hablar de los Tres Augustos?

—Me han llegado rumores.

—Son mucho más que rumores. Son ordenadores cuánticos que creamos para el banco Whitacre Goddard, y hacen predicciones muy exactas. Profecías, si lo prefieres. Por supuesto, incorporamos una puerta trasera y desde entonces nos han iluminado mucho sobre el futuro. No hay por dónde cogerlos; son cabezotas y nunca están completamente de acuerdo. Solo coinciden en una cosa: Ariel Corta desempeñará un papel fundamental en la historia de la Luna.

—Por eso es nuestra enemiga.

—Aún no lo es. Puede que lo sea. Puede que para entonces ya me hayan llevado los *zabbaleen*, pero tú estarás listo.

—Lo estaré, bisabuela.

Los zapatos de Darius resuenan contra la piedra pulida. Fuera o viniera, jamás ha oído los pasos de Sun *nui shi*.

Abena no deja de temblar. El aire es cálido, sazonado con el aroma especiado del polvo, tan agradable para cualquiera que se haya criado en el siempre creciente laberinto de túneles y tubos agrarios de Twe. La roca, la roca, la roca interminable le resulta opresiva. Hadley es roca y metal, sin el alivio del menor rastro de vida o color. Metal muerto, sofocante y frío. Abena tiene la impresión de llevar años recorriendo ese pasillo. Debe de haber girado o haberse bifurcado, pero Abena sigue adelante, rozando con la mano el reposabrazos derecho de la silla de Ariel para reconfortarse, tiritando de claustrofobia.

—Podían habernos escoltado desde la estación —comenta Abena.

—Me niego a presentarme ante Duncan Mackenzie acompañada de los *blades* que mataron a mis hermanos —dice Ariel.

—Y que intentaron matarte a ti —dice Marina, a la izquierda de la silla que rueda en silencio.

—No entiendo que puedas venir aquí —dice Abena.

—Porque no entiendes la relación entre abogado y cliente —dice Marina—. Ariel representa al Águila de la Luna, y ha venido en su nombre. Lo que ella sienta, su historial con los Mackenzie, no tienen razón de ser ahora. No ha venido como Ariel Corta. Duncan lo respetará.

—Me sigue pareciendo que es renunciar a la integridad personal —dice Abena.

Marina se para en seco.

—No tienes ninguna lección de integridad que dar a Ariel.

—¿Queréis callaros las dos? —estalla Ariel—. No estoy muerta, coño. —Abena capta aprensión bajo la ira.

Y ahí está la puerta. Tras la puerta, un ascensor. Al final del recorrido del ascensor, una mujer sonriente de pelo dorado de Mackenzie Metals que no parecería más inerme e inofensiva si estuviera calva y desnuda. Tras ella, una sala de techo bajo, de roca y metal, con ventanas estrechísimas. Por los orificios del techo bajo entran haces de luz.

—Aún tienen los espejos —susurra Ariel.

Hay cinco figuras, de pie bajo las fuertes luces para causar más efecto. Abena los reconoce por los informes: la junta directiva de la nueva Mackenzie Metals. Todo hombres, por supuesto. Duncan Mackenzie es más alto de lo que esperaba Abena. Su gris característico y un familiar como una bola aceitosa de luz gris. Se siente impresionada por ese hombre, mientras que la psicoarquitectura del Palacio de la Luz Eterna le pareció una escenificación. Él tiene presencia y gravedad.

—Duncan...

—Ariel...

¿Cómo puede estrecharle la mano? ¿Cómo puede hablar con él? ¿Cómo puede pronunciar su nombre? Abena está segura de que ella sería incapaz de rebajarse tanto. La objetividad profesional es una lección que sabe que tiene que aprender, pero hay principios a los que no podría renunciar sin perder toda la credibilidad y la confianza en sí misma. Admira la distancia profesional de Ariel, pero no está segura de respetarla.

—Gracias por venir a Hadley —dice Duncan Mackenzie.

—¿Querías ponerme a prueba, Duncan?

—En parte. Y ya no me siento seguro en Meridian.

La mujer de Mackenzie Metals entra con una bandeja de bebidas. Ariel la rechaza sin dudar, sin siquiera echar una mirada. No se acerca a Abena ni a Marina.

—¿Qué quieres de mí, Ariel?

—El Águila de la Luna necesita saber si seguirá disfrutando del apoyo de Mackenzie Metals.

—¿Y también se lo preguntará a mi hermano?

—No dejarás que semejante minucia te nuble el juicio.

—Trescientas cincuenta muertes y doscientos cincuenta millones de bitsies en daños materiales y pérdida de beneficios no se pueden considerar una minucia.

—Tu hermano no ha solicitado aún una audiencia con el consejo del Águila. Suponía que ya lo sabías, ¿o se te ha secado la fuente de información privilegiada?

—Adrian sigue decidido a no tomar partido —dice Duncan Mackenzie, y señala un círculo de asientos. Abena se fija en que no hay sitio para Marina ni para ella. El trabajo de becaria de la abogada del Águila de la Luna incluye mucho tiempo de pie. Se alegra de que Ariel le aconsejara que se pusiera zapatos cómodos—. Necesitamos estabilidad, Ariel. El golpe de Estado del Águila, sumado a los problemas de mi familia, no ha apaciguado precisamente los mercados. El capital odia la incertidumbre, y somos hombres de negocios. Mackenzie Metals apoyará a la parte que ofrezca el entorno más seguro y estable para garantizar los beneficios. —Duncan Mackenzie se reclina en el asiento; su junta lo imita inconscientemente—. Esa es la postura de Mackenzie Metals. La del cabeza de la familia Mackenzie es esta:

»Mi padre vino a la Luna a construir un mundo. Su propio mundo, fuera de los controles y restricciones de gobiernos, consorcios, imperios, juntas y fondos de inversión. Invirtió hasta el último céntimo de su fortuna en enviar a la Luna cinco robots de prospección; después, equipos y material de construcción; después, instalaciones de producción y envío; después, una base habitada. Siempre reinvertía su parte de los beneficios. Nunca aceptó dinero de nadie, ni dejó que nadie de fuera invirtiera o comprara participaciones en Mackenzie Metals. Luchó por impedir que las naciones estado terrestres nos convirtieran en una colonia. Luchó por el cumplimiento y el refuerzo del Tratado del Espacio Exterior. Se opuso al establecimiento de la Lunar Development Corporation, y cuando se lo impusieron, se aseguró de que su poder estuviera tan fraccionado y diluido que nunca pudiera aplicar la política de los estados terrestres a los trabajadores libres de la Luna. Hasta el día de su muerte, mi padre defendió nuestra libertad e independencia. Así que te ruego que digas a Jonathon Kayode que cuenta con el apoyo de Duncan Mackenzie.

Abena ve que Ariel Corta está a punto de responder. Duncan Mackenzie levanta una mano.

—Si él me apoya contra Bryce —concluye Duncan.

Ariel observa la gota de condensación que baja la cuesta de la copa de martini. Vacila en la intersección entre cáliz y fuste, se concentra, se abulta, se estremece bajo su peso y se desliza hasta el pie.

—Precioso —dice Ariel Corta—. Lo más bonito de este cuadrante.

El tren cruza el pantano de la Podredumbre a ochocientos kilómetros por hora. La línea polar Aitken-Peary fue el primer tendido férreo de la Luna y se empleaba para enviar hielo e hidrocarburos a los dos polos, pero la Ecuador Uno le arrebató el protagonismo. Ariel, Marina y Abena son las únicas pasajeras del vagón de exploración del Polar Express. Abena se siente incómoda en la burbuja de cristal, demasiado expuesta al vacío. Le pica la piel por la radiación imaginaria. Las vistas consisten en un paisaje esquilmado por los extractores de Mackenzie Metals: todos los cráteres aplanados, todas las rimas llenas de residuos, todo lleno de huellas de róver y de material abandonado, desde maquinaria hasta refugios pasando por paneles solares y alijos.

Es más interesante que las habituales cuestas poco empinadas y colinas redondeadas de color gris.

Ariel empuja la copa hacia el camarero, al otro lado de la mesa.

—Lléveselo, por favor.

El camarero inclina la cabeza y recoge la copa. No crea ni una onda; no mueve ni una perla de condensación.

—Como vuelvas a hacer eso —le dice Ariel a Marina—, te estampo la copa en la cara.

—Así que ha funcionado.

—Y también como vuelvas a felicitarme o a venirme con mierdas motivacionales, cariño.

Marina oculta una risita. Abena no entiende la agresividad soterrada constante entre las dos mujeres, ni las risas que acompañan cada corte y cada pulla. Ariel falta al respeto, ningunea o insulta directamente a Marina, pero en Hadley, cuando Abena cuestionó la integridad personal de Ariel, Marina se volvió contra ella como una *zashitnik*.

—¿Cumplirá su palabra?

—Duncan tiene cierto sentido del honor —dice Ariel, atrapando el cambio de conversación como un as del balonmano—. A diferencia del mierdas de Bryce.

—Sigo sin entender que no se pudiera hacer a través de la red —dice Abena—. Hemos estado en Hadley y en el Palacio de la Luz Eterna, y habríamos ido a Twe si *sewaa* Lousika no hubiera estado en Meridian.

—El derecho es personal —explica Ariel—. Contratos personales; acuerdos personales, negociados personalmente. Para tratar con los Dragones tengo que ofrecerles un tesoro. Puede que lo acepten y puede que me permitan conservarlo. No hay mayor tesoro que la propia vida.

—¿Sabéis dónde no hemos estado? —dice Marina. Abena frunce el ceño. Ariel asiente.

Abena se da cuenta.

—¡Los Vorontsov!

—No han solicitado una reunión —expone Ariel.

—¿VTO apoya a los miembros de la junta de la LDC? —pregunta Abena.

—Ariel debería saberlo —indica Marina.

—Ariel debería —dice Ariel—, pero Ariel no tiene ni idea de la postura de los Vorontsov. A Ariel no le gusta eso. Así que Ariel va a hablar con alguien que pueda darle una pista.

El grabado es minúsculo, del tamaño de sus dos pulgares juntos. Ariel tiene que acercarse para distinguir las diminutas figuras de la parte superior del mundo curvo y la tercera figura, más pequeña, en el primer travesaño de la escalera de mano apoyada en el cuarto creciente.

—«¡Yo quiero!, ¡yo quiero!» —lee Ariel. Hay una inscripción bajo el minúsculo título del grabado, pero está en cursiva y no entiende esa forma de escritura.

—William Blake. —Vidhya Rao—. Artista y poeta inglés de los siglos XVII y XIX. Visionario, profeta y músico. Curiosamente, sobresalía en todos los campos.

Ariel no ha oído hablar de William Blake, pero conoce a

Vidhya lo suficiente para no pecar de falsa erudición. La comida ha sido excelente, dado el emplazamiento. Los comedores de la Sociedad Lunaria son privados y tan discretos que es posible aislar una suite de la red, pero según la experiencia de Ariel, los clubs no suelen tener buena cocina. El ramen es tan tolerable como puede ser la pasta, y el sashimi, tan fresco que Ariel sospecha que los peces estaban vivos.

—Y nuestro creador de cócteles no tiene nada que envidiar al mejor de los dos mundos —dijo Vidhya Rao cuando recibió a Ariel en el vestíbulo de la Sociedad Lunaria y cogió las asas de la silla de ruedas.

—Estoy muy atareada para los cócteles —dijo Ariel. Consciente de que tal vez no llegara nunca la hora del cóctel.

En la mesita del discreto comedor, Ariel vuelve a fijarse en el grabado. El estilo es sencillo, casi simplista, y el mensaje es claramente una parábola, pero tiene una fuerza que atrae la vista y captura la imaginación.

—Llorando por la Luna —dice Ariel. Vidhya Rao tuerce la boca con decepción.

—Adoro a Blake —afirma Vidhya—. Siempre tiene más lecturas.

—La superficie donde están las figuras se parece más a la Luna que la luna —comenta Ariel. Se ha fijado en que en la pared, junto a cada mesa, hay un pequeño grabado, justo encima de la lámpara. Beijaflor los amplía: todos son del mismo estilo, del mismo artista. La decoración sirve para entablar conversaciones.

—Interesante observación —alaba Vidhya Rao—. De hecho, desde nuestro punto de vista, podría ser la tierra desde la Luna.

—Eso sobrepasaría la imaginación del siglo XIX —dice Ariel.

—No la de Blake —dice Vidhya Rao. Saca una carpeta del bolso y la deja en la mesa. Ariel mira el interior.

—Papel.

—Me parece más seguro.

—¿Qué oscuros secretos vas a revelarme?

—Querías saber por qué VTO no ha concertado una cita.

A Ariel nunca se le ha dado bien leer. Se concentra para evitar mover los labios mientras avanza por el título y el resumen del documento. El esfuerzo se intensifica a medida que continúa. Boquiabierta, deja los papeles en la mesa.

—Van a despedazarnos.

—Sí. No somos soldados. No tenemos ejército; ni siquiera policía. Somos una colonia industrial. Como mucho, tenemos seguridad y milicias privadas.

—Te lo han revelado tus Tres Augustos.

—Con un ochenta y nueve por ciento de probabilidad de cumplimiento.

—¿Quién más lo sabe?

—¿A quién íbamos a decírselo? No tenemos defensas. Whitacre Goddard ha empezado a diversificar y reforzar su cartera de inversiones.

—Putos banqueros.

Vidhya Rao sonríe.

—Este es el quid de la cuestión. No tenemos solidaridad. Somos individuos, familias y corporaciones, y cada cual actúa en beneficio propio.

—Me comentaste que los Sun tienen una puerta trasera para acceder a los Tres Augustos. ¿Están al tanto?

—Intento identificar pautas y sacar conclusiones de ellas. A juzgar por las recientes inversiones y retiradas de Taiyang, yo diría que no.

—¿Cómo es posible que hayan pasado por alto algo así?

—Muy sencillo: no han hecho las preguntas adecuadas.

Ariel desperdiga las hojas por la mesa.

—Esto requiere una enorme capacidad de transporte espacial.

—Y las naciones estado de la Tierra no la tienen.

—Ya tengo respuesta a mi pregunta sobre los Vorontsov. Lo que no entiendo es por qué.

—VTO, a diferencia de los otros Dragones, tiene un pie en la Tierra. Eso la hace susceptible a la presión política.

—Dioses.

—Sí. Todos ellos, de todo nombre y condición. Lo siento, Ariel. ¿Un té?

Ariel está a punto de reír por la incongruencia. Té. Hojas de menta aplastadas en un vaso, cubiertas con agua hirviendo. Endulzadas al gusto. El lubricante universal. Algo conocido, algo cómodo. Algo bueno, un pequeño desafío en un vaso. Cuando caen las estrellas, cuando chocan los mundos, cuando lloran los videntes y los profetas: lo único. Un vaso de té.

—Gracias, creo que sí. Una última pregunta, Vidhya. —Ariel recoge los papeles desperdigados y los guarda cuidadosamente en la carpeta—. ¿Cuánto tiempo nos queda?

—Oh, querida mía. Ya ha empezado.

El tedio es el asesino silencioso de los campos de cristal. Kilómetro tras kilómetro, hora tras hora, vidrio negro, vidrio negro, vidrio negro. La atención se mella y se disuelve; la mente se vuelve hacia dentro. El entretenimiento y los juegos ofrecen algo en lo que concentrarse, pero tienden la trampa de la distracción. Los róvers de Taiyang están equipados con múltiples sensores y alarmas que advierten del millar de accidentes internos y externos que podrían acabar con un equipo, pero ningún trabajador de superficie deposita toda su confianza en las IA. Ningún trabajador de superficie que quiera seguir vivo.

Wagner Corta ha depurado su propia forma de trabajar en el cristal, acorde con sus dos aspectos. En el aspecto luminoso, su cerebro acepta mucha información simultáneamente; puede mirar el cristal y el horizonte, supervisar los sistemas del róver, jugar al *Run the Jewels* y escuchar dos canales de música a la vez. En el aspecto oscuro, monomaniaco e intenso, puede contemplar el cristal oscuro hasta entrar en un estado de presencia profunda y percepción absoluta. Sobre los campos de cristal, inmóvil, la tierra azul se oscurece y Wagner con ella. Con luz y oscuridad totales, los lobos son *laodas* superlativos; durante la transición son vulnerables y pueden cometer errores.

Mensaje de Control Taiyang en Tranquilidad. Se ha perdido el contacto con el escuadrón de niveladoras de Armstrong. Las grandes excavadoras lunares son la infantería de los campos de cristal; en hileras de diez, una línea de samba puede dejar lisa como la piel una franja de regolito de cien metros de ancho. Líneas de samba: una vieja denominación de Corta Hélio.

Wagner parpadea para abrir el canal de comunicaciones.

—Cambio de planes: vamos a dejar el cristal. Armstrong ha perdido un escuadrón de niveladoras. —Silbidos despectivos del equipo de cristaleros Lucky Eight Ball. La incongruencia entre las declaraciones públicas de Taiyang sobre la magnificencia de su proyecto de cinturón solar y la realidad del día a día ha pasado de broma entre los trabajadores de superficie a leyenda lunar—. Nos han encargado investigar, interceptar y reiniciar—. Control Taiyang en Tranquilidad envía las coordenadas a la lentilla de Wagner, que las retransmite al róver y programa una curva amplia entre los paneles solares con dirección sudeste—. Hay una gratificación. —Vítores escuetos del equipo de cristaleros Lucky Eight Ball.

—*Tenemos imágenes de la órbita* —dice Control Taiyang. Wagner inspecciona el mapa superpuesto. Una línea de samba de excavadoras lunares casi es visible desde la Tierra: diez paralelas perfectamente equidistantes que se dirigen sin desviarse hacia las planicies de Tranquilidad Este.

—¿Eso es raro? —pregunta Wagner.

—*Tienen un algoritmo de bandada muy sencillo, así que tienden a estar juntas. Lo raro es que van directamente hacia Kwabre.*

—¿Qué es eso?

—*Un nuevo núcleo de agráriums de AKA. Hay un equipo de ingenieros de ecosistemas trabajando ahí.* —Una pausa.

—Las niveladoras podrían atravesarlo. —Wagner aumenta la velocidad. Aun así van muy justos—. ¿Los habéis avisado?

—*No hemos podido ponernos en contacto. Hemos avisado a AKA, pero tampoco pueden comunicarse.*

Las comunicaciones pueden fallar por cien motivos distintos. Las niveladoras pueden descarriarse por docenas de motivos distintos. La intersección de esos motivos asusta a Wagner Corta.

—Intentaré llamar por la red local en cuanto pasemos el horizonte.

Kwabre está a cuarenta kilómetros del límite meridional del cinturón solar. A diez mil metros, Wagner sube la antena e intenta establecer contacto con el agrárium. Ni siquiera el susurro de un susurro. A cinco mil metros, el róver Lucky Eight Ball divisa las niveladoras. En una coreografía perfecta, las enormes máquinas, cinco veces más altas, veinte veces más largas que el róver Lucky Eight Ball, empujan regolito contra el techo transparente de los tubos agrarios.

Wagner no ha visto nunca nada parecido. Ni él ni nadie de su equipo. No lo ha visto nadie en toda la Luna.

Tras la conmoción inicial, el silencio de Kwabre tiene explicación. Las torres de comunicaciones están caídas; los espejos que conducen la luz a las granjas tubo son marcos vacíos que cuelgan del armazón.

—*Laoda* —dice Zehra—. Las niveladoras podrían haber derribado las antenas, pero esos espejos se han roto uno por uno.

—SUTRA Uno —declara Wagner. Es el mayor nivel de amenaza en superficie; vida humana en peligro inminente; brindar toda la ayuda posible—. Zehra, avisa a Twe. En espera para mandar un código 901 a VTO.

—Twe envía tres equipos —informa Zehra.

Wagner se acerca con el róver. Mantiene abiertos los sentidos, ve con más que la vista, toca con más que el tacto. Una niveladora gira hacia el equipo de cristaleros Lucky Eight Ball. Wagner se para en seco y después gira a la derecha. La máquina gira para adoptar la velocidad y el sentido del róver.

—¿Qué cojones...? —le dice Zehra a Wagner por el canal privado.

—Devuelve el mando a Control.

Wagner vuelve a maniobrar con el róver. La excavadora vuelve a hacer lo propio.

—No quiero insistir —dice Wagner.

—Ni yo que insistas —dice Zehra.

Una niveladora empuja un montón de polvo, que rompe como una ola, contra la última cúpula de cristal, allanándola, enterrándola. El escuadrón forma; la máquina que ha estado manteniendo a raya al equipo de cristaleros Lucky Eight Ball se les une. La línea de samba se dirige al nornoreste.

—*Laoda*, Tranquilidad nos ha encargado... —dice Zehra.

—Estamos en SUTRA Uno —dice Wagner—. Vida humana en peligro inminente. —Dirige el róver a la esclusa principal—. Neile, Mairead, Ola, conmigo. Zehra, retransmite a Twe la imagen de las cámaras de Neile.

—¿A Twe?

—Ahí se dirigen las excavadoras.

El equipo de Wagner salta de los asientos al regolito. Zehra sube los focos para iluminar la zona.

—Neile. —Wagner se agacha junto a unas marcas del regolito—. Graba esto.

—¿Máquinas?

—Huellas de bots. —Las pisadas de tres puntas son débiles, pero ahora que las ha identificado, Wagner ve que cubren la superficie alrededor de Kwabre—. Mira. —Las orugas de las niveladoras han tapado un rastro de huellas.

Wagner el lobo se pone en pie.

—Zehra, ilumina la esclusa principal, por favor.

Los focos giran y se concentran en la escotilla, enterrada en sinterizado. Está abierta. La luz alumbra un objeto en la rampa, justo al otro lado de la escotilla.

—¿Quieres que mande una cámara? —pregunta Zehra.

—No —dice Wagner—. Vamos a entrar.

—Ten mucho cuidado ahí dentro, *laoda* —dice Zehra por el canal privado. No dice, no hace falta que diga, que el equipo de Wagner Corta ha perdido un miembro.

—Zehra, quiero que estés lista para actuar cuando te diga.

En las paredes grises se ven trazas de blanco intenso; los mecanismos de cierre arrojan sombras alargadas. Wagner indica a su equipo que lo siga cuesta abajo hasta algo redondeado que no pinta nada en una esclusa. Las sombras preceden al equipo de cristaleros Lucky Eight Ball.

—¿Qué opina el lobo? —pregunta Zehra.

—El lobo tiene miedo.

Las luces de los cascos oscilan sobre el objeto de la rampa. El vacío mata con crueldad, pero no ha matado a ese hombre. El equipo se aparta para que los focos de Zehra iluminen el cadáver. Un joven, con las botas impermeables y el chaleco lleno de bolsillos de los trabajadores agrícolas, abierto del esternón al ombligo. El brillo de la sangre y los intestinos.

—Joder —susurra Ola.

—¿Se lo estás mandando a Twe? —pregunta Wagner al róver.

—¿Qué puede haber hecho eso? —pregunta Zehra.

—Voy a averiguarlo. —Neile se agacha junto al trabajador—. Puede que le quede bastante energía en la lentilla para leer algo. —Le roza la frente con el visor, y la luz se refleja en los globos oculares congelados. A Wagner le parece escalofriante la intimidad de Neile con el muerto. Besos de cadáver—. Te lo mando.

El retazo de memoria recuperado es breve y estremecedor. Movimiento, movimiento de correr, un giro y algo que salta contra la lentilla, algo bajo y lleno de cuchillas. Un destello plateado y la caída. Después, las sacudidas de la muerte. Al borde del campo visual, pequeñas patas de acero de tres puntas.

—Jesús y María —dice Mairead, y se besa los nudillos enguantados.

Wagner levanta una mano para pedir silencio. Los sentidos de lobo lo han alertado de algo. No es un sonido; en el vacío no se transmiten. Es un temblor. Algo que se mueve.

—Zehra, alumbra el fondo a la izquierda.

Las sombras cambian y oscilan. En la oscuridad de detrás del róver del agrárium, algo que no es un róver.

Y los sentidos de lobo de Wagner aúllan.

—Corred —dice.

La máquina salta de su escondite. Wagner ve de reojo articulaciones, cuchillas, sensores. Patitas de acero. El reflejo de los focos en el metal. Nada más. Está corriendo. Mairead va junto a él; Ola, un paso por delante, y Neile, un paso por detrás.

—¡Zehra! —grita Wagner, pero Zehra ya está en marcha. El róver cruza el borde exterior de la esclusa y aluniza a media rampa. Zehra da vueltas en el sinterizado polvoriento. Wagner agarra las sujeciones cuando el róver se dirige hacia él y salta al asiento.

—¿Neile? —grita Mairead. En la pantalla de Wagner, el familiar de Neile pasa del rojo al rosa y luego al blanco. Wagner vuelve la vista a tiempo para ver tres cuchillas de titanio de precisión que sueltan el cadáver. Cae boca abajo. Las cuchillas la han atravesado, de la columna al pecho, perforando limpiamente el recio tejido del trácsup. La sangre sale en surtidor, se evapora, se congela. Ese segundo de vacilación, ese único paso de retraso, la ha matado. Los rápidos sentidos de Wagner registran lo que hay tras el cadáver. Es un bot fabricado con el único propósito de matar. Tiene patas, no ruedas. Esas púas afiladas también sirven de armas, pero se despliegan en palas para correr por el polvo. Rápido y certero en los diversos terrenos lunares. Cuatro brazos, tres con cuchillas y uno con una pinza. Las cuchillas son más rápidas y precisas que los proyectiles. La cabeza es una aglomeración de sensores, con baterías de larga duración. El bot pasa sobre el cadáver de Neile y sus sensores se fijan en el visor de Wagner. Lo ve. Lo conoce. Salta en su persecución.

Tras él se abre la escotilla interna.

El róver Lucky Eight Ball alcanza la parte superior de la rampa a máxima velocidad y sale volando: diez, quince, veinte metros. Dos bots salen de la escotilla abierta. El tercero salta con ellos. Dioses, son rápidos. El róver aluniza levantando una nube de polvo y casi vuelca, pero Zehra logra estabilizarlo. Conduce mejor que la IA. Wagner enciende una pantalla para ver a los asesinos por las cámaras traseras. Están a baja altura, al acecho, buscando.

—Voy a pedir rescate —le dice Wagner a Zehra por el canal privado.

—Tardamos menos en ir a Twe —responde Zehra.

—No quiero que esas cosas se acerquen a Twe. Fija este punto de encuentro. —Transmite a Zehra el código de GPSS y envía dos veces la llamada de socorro, una a la red de emergencia de VTO y otra a Taiyang Tranquilidad. Enciende la pantalla de estado. Debe presuponer que las cosas que lo persiguen tienen más reservas de energía que el róver. Baterías al cuarenta por ciento. Pesa menos sin Neile. Calcula lo que supone una vida en reserva de batería, desapasionadamente, con mente de lobo. Vuelve a ver el cadáver de Neile que cae desde las cuchillas asesinas. Ha visto morir a gente. Ha visto morir a gente por accidente, de forma estúpida, horrible, absurda, pero solo otra vez había visto morir a alguien por la voluntad de otra persona. Fue al calor de la madera encerada y la sangre añeja del Tribunal de Clavio, no en la rampa de la esclusa de un agrárium muerto. El cuchillo asesino era de Hadley Mackenzie; la mano que degolló con él a su propietario, de Carlinhos.

«¿Qué puedo hacer, hermano?»

Baterías al treinta y cinco por ciento. Los bots los alcanzarán a diez kilómetros del punto de encuentro. ¿Por qué no ha respondido VTO? Le pide a Sombra que le muestre las zonas de extracción y todas arrojan la misma respuesta: no puede huir de los bots. Tiene que combatirlos.

«Somos un equipo de cristaleros. Reparamos paneles solares. Tenemos sinterizadores, elevadores de paneles, cinchas para circuitos y bots de reparación. Contra tres máquinas de matar.

Usa sus armas contra ellas.»

—Pásame el control, Zehra. —Wagner coge la pantalla de conducción—. Agarraos.

Zehra conduce mejor, pero lo que hay que hacer ahora solo puede hacerlo el lobo. Wagner aprieta los dientes mientras derrapa, levantando arcos en el polvo asentado durante miles de millones de años. Durante un momento piensa que va a volcar, pero Taiyang fabrica róvers seguros y estables. Wagner acelera y se dirige hacia los cazadores. Se dispersan sobre sus patas afiladas y rápidas. No suficientemente rápidas. Alcanza a uno y lo envía volando a cien metros, en un amasijo de patas y cuchillas. Con la rueda delantera aplasta una pata. El bot se tambalea. Wagner da marcha atrás; se incrusta la barra de sujeción en las costillas. El impacto sacude el róver, y el bot salta limpiamente por encima con una lluvia de residuos. Wagner vuelve a girar y se dirige a máxima velocidad hacia el otro bot dañado, que se levanta inestable, concentra los sensores y prepara las cuchillas. Demasiado despacio. Demasiado, demasiado despacio. La recia proa lo envía bajo las ruedas motrices. El róver salta; el equipo de cristaleros Lucky Eight Ball grita.

—Van dos —dice Zehra.

Entonces, el familiar de Jeff pasa a blanco.

—Conduce tú. —Le pasa los mandos a Zehra, que los coge sin pestañear. Ola grita por el canal común. Wagner pulsa el desanclaje de emergencia y se pone de pie en el asiento. Solo los sentidos de lobo lo salvan de la cuchilla que se dirige a su casco.

—¡Está encima del róver!

—¿Quieres que pare, *laoda*?

Ola está gritando, pero tiene el familiar uniforme rojo. El rojo es vida.

—Si paramos, estamos muertos.

El róver da saltos y tumbos. Wagner sisea de concentración, equilibrándose en el asiento. Con la mano libre suelta la pala del bastidor de al lado y empuja con ella hacia arriba. La cuchilla la alcanza con un golpe que siente en los huesos de la muñeca. En la fracción de segundo que transcurre entre el ataque y la recuperación, Wagner ya está de rodillas encima del róver.

El bot asesino también está ahí, con las patas extendidas y las púas sujetas a los rieles y la armadura. Una cuchilla está encajada atravesando el techo, y el casco y el cráneo de Jeff. Otra no para de hundirse en busca de Ola, que se encoge en la jaula de la sujeción. La tercera cuchilla es para Wagner. Al tener una cuchilla bloqueada, el bot también está atrapado. Un chorro de sangre negra, congelada al vacío, en el grupo de sensores. Esa es la máquina que ha matado a Neile. Wagner registra todo eso en el instante que tarda en parar la cuchilla libre con la pala y, mientras el bot se recupera, adelanta el borde afilado para seccionar el cableado de una pata. El trípode pierde la sujeción, sacudido por espasmos, y el bot concentra todos los sensores en él. Ataca con un borrón de cuchillas danzantes, demasiado rápidas para que las esquive ningún humano. Los ojos de lobo ven la decisión en las lentes de la máquina un instante antes de que actúe el cerebro del bot: Wagner se lanza en plancha y se aparta del recorrido de la cuchilla.

—Tuerce, Zehra!

Wagner se agarra con todas sus fuerzas, y puede que no sea suficiente cuando Zehra derrapa con el róver. Las barras y las viguetas traquetean bajo las costillas de Wagner. Está resbalando. Se acabó. Está colgado del lateral del róver. Se atreve a retirar una mano y agarra la pala mientras cae por el borde. El bot cae de lado, y la cuchilla se desencaja del casco de Jeff. Wagner barre el techo con la pala, lo alcanza, golpea otra vez y otra vez. El bot cae agitando las espadas.

—¡Zehra!

La aceleración repentina está a punto de dislocarle el hombro. Cuelga de las sujeciones y gira dolorosamente para ver al bot levantarse, recoger la pata dañada bajo el armazón y lanzarse en pos del róver.

—¡Muérete, coño, muérete ya! —grita Wagner.

Un róver despega en una rima baja de un cráter, con las seis ruedas en el vacío. Aluniza y bota. El bot dañado gira en redondo. Demasiado despacio. El róver lo alcanza de lleno. Patas, brazos y sensores estallan. El róver derrapa, cubriendo de polvo cegador al equipo de cristaleros Lucky Eight Ball. Cuando se disipa, el último bot es un amasijo de metal en el regolito, y el róver que acaba de aparecer corre junto a Lucky Eight Ball. Lleva el armazón y los paneles decorados con los intrincados diseños geométricos de AKA. El conductor de AKA les pide por señas que se detengan. Wagner baja a la superficie y cae de rodillas. No puede ponerse en pie; no puede hablar. No puede dejar de temblar. Una mano se le posa en el hombro.

—Lobinho. —Solo Zehra tiene permiso para usar su antiguo mote de Corta Hélio—. Tranquilo, lobito, tranquilo.

—¿Informe? —alcanza a decir Wagner entre los dientes castañeteantes. Está helado.

—Podemos movernos.

—Quiero decir...

—Jeff ha muerto.

—Y Neile.

—Y Neile.

—Nunca había perdido a nadie —dice Wagner—. A nadie. El equipo de cristaleros Lucky Eight Ball nunca pierde a nadie.

La jefa del equipo de AKA se agacha frente a él.

—¿Estás ileso?

Sombra la identifica como Adjoa Yaa Boakye. Wagner asiente.

—¿Qué eran esas cosas? —pregunta Adjoa.

—¿No ves que está en shock? —espeta Zehra.

—Solo quiero asegurarme de que no hay más por ahí —dice Adjoa. Su equipo de trabajadores de superficie Blackstar baja al regolito.

Wagner niega con la cabeza.

—Necesita ayuda —insiste Zehra. Wagner se mantiene enderezado por las manos que le apoya en los hombros—. ¿Dónde cojones está nuestra nave?

—VTO no responde —dice Adjoa.

—No es posible —dice Zehra.

Wagner tiene frío. Un frío terrible, terrible. Cascos, trácsups y cuerpos entran y salen de una oscuridad llena de puntos rojos.

—¡Médico! —grita Adjoa. Un miembro del equipo Blackstar se arrodilla junto a Wagner, saca una jeringuilla de una bolsa, la abre y la prepara.

—Sujetadlo. —Zehra y Adjoa agarran a Wagner por los hombros, y el médico atraviesa con la aguja el trácsup, la piel y la carne. Wagner se convulsiona como si le hubieran pasado una línea de alta tensión por la aorta, y después lo invade una oleada de bienestar. El corazón, la respiración y la sangre se asientan en sus ritmos habituales—. Esto debería estabilizarlo.

Wagner siente que Zehra y Adjoa lo levantan y lo sujetan a su asiento.

—Kwabre está muerto —susurra Wagner—. Las excavadoras están de camino.

—¿Qué ha pasado? —pregunta Adjoa.

—Sigo sin recibir respuesta de VTO —dice Zehra—. ¿Qué demonios está pasando?

Entonces, el destello.

Entonces, el temblor del suelo.

Entonces, la lluvia de metal.

Lucasinho tiene la polla larga y curvada, rematada en un glande de corona ancha. Las manos de Abena bajan hasta los huevos, lisos y flexibles, y luego suben por el abdomen perfecto hasta las tetas. Son firmes, orientadas hacia arriba, de pezón grande. Perfectas.

Abena suspira.

Tuerce ligeramente los pezones de Lucasinho entre el índice y el pulgar. Lucasinho ronronea y entreabre esos labios carnosos y brillantes. Ella se acerca, pecho con pecho, tripa con tripa. Nota la polla dura, el capullo contra el ombligo, Pasa los dedos por el pelo negro y brillante que le cae hasta el culo y lo atrae para besarlo.

Lleva una luna poniéndole piel de *futanari*. Se corrió la primera vez que él se levantó el adorable tutú de jovencita, se quitó las bragas y reveló la polla. El éxtasis de la transgresión. La segunda vez y la tercera que se folló a través de la red a *futa* Lucasinho, la gracia estaba en que él no sabía qué aspecto había dado a su avatar. La cuarta vez, la quinta y la sexta, lo electrizante era tener el control. Podía transformarlo a su antojo. Convertirle la piel en plástico, ponerle múltiples tetas de diosa. Darle una polla alienígena; los sistemas hápticos reaccionaban en consonancia. La séptima vez se fija en que le ha puesto unas tetas mucho mejores que las suyas.

Tumba a Lucasinho y se le monta encima para contemplar el bamboleo de sus tetas mientras se lo folla. Esa polla es una polla de dibujos animados, de manga. Está fantástico con ella, al otro lado de la conexión, en Twe, aunque él no sabe que se la ha puesto. A Abena le encanta su chica con polla.

Cuando al fin termina, se baja y se tumba de lado para admirar su obra de arte.

—*Kojo y Afi tienen razón* —dice Lucasinho—. *Mis tetas son mejores que las tuyas.*

—Mierda —dice Abena.

—*Podías haberme pedido permiso.*

—¿*Te molesta?*

—*No, pero ese no es el problema.*

El sexo a distancia, como cualquier otra expresión sexual

humana, requiere consenso. Al esculpir el avatar de Lucasinho sin su consentimiento, Abena se ha saltado las normas.

—Kojo y Afi no deberían habértelo dicho.

—*Afi estaba mosqueada contigo por no sé qué del grupo de estudio.*

—Eso no significa que pueda contarte mis cosas.

—*Entonces, ¿me lo habrías dicho?*

—Sí —miente Abena. Ahora que él está al tanto se ha perdido la emoción de lo clandestino—. ¿Te lo ha enseñado?

—*Sí.*

—¿Te gusta?

—*Me encanta la polla.*

—De nada. ¿Y las tetas?

—*Sigo sin tenerlo muy claro. ¿Te excitan?*

Abena vacila.

—La idea me la dio Grigori Vorontsov. Sabes que era un osazo Vorontsov, ¿verdad? Pues ya no. —Señala con un gesto el avatar de Lucasinho.

—*¿Futanari?*

—De carne y hueso.

—*Guau* —dice Lucasinho Corta, y se incorpora. «Dioses, qué culo te he dado —reza Abena en silencio—. Como un albaricoque.» Y otra vez—: *Guau. ¿Cuánto hace?*

—Desde capricornio. Tardó un tiempo en curarse.

—*Grigori. Nunca lo habría imaginado.*

—Está para mojar pan —dice Abena. El avatar de Lucasinho se sienta en el borde de la esterilla, con las piernas colgando. A media Luna de distancia, en una cabina de sexo por red de Twe, su cuerpo físico estará haciendo lo mismo—. Luca, ¿alguna vez me has cambiado la piel?

Grigori Vorontsova es despampanante. Todo lo que dijo Abena es cierto. El chaval pelirrojo y llenito que deseaba insaciablemente a Lucasinho Corta es una *futanari* esbelta, de caderas generosas y ojos de manga.

—*Olá, Luca* —dice—. *Me alegro de verte.*

—Hmmm, sí —balbucea Lucasinho—. Estás...

—*¿Fantástica? Muchas gracias. Tú estás tan bueno como siempre.*

En su habitación de la casa de *abusua* Oyoko, en Twe, a un cuarto de Luna de Meridian, Lucasinho Corta se sonroja. Grigori siempre fue capaz de alterarlo.

—*Bueno, ¿qué versión prefieres?*

—No te entiendo —tartamudea Lucasinho.

—*¿El otro Grigori o esta? Voy a ayudarte a decidir.* —Grigori se aparta de la lente. Lleva un vestido de tutú con una chaquetilla corta. Mitones, medias transparentes de Capri y tacones. Crucifijos e iconos de la Theotokos de Konstantín alrededor del cuello y un lazo marrón en el pelo. Capa tras capa, Grigori se desnuda. El sujetador cae al suelo mientras Grigori mira desafiante a la cámara. Lucasinho contiene el aliento.

—*Aún no has visto nada, Lucasinho Alves* Mão de Ferro *Arena de Corta.*

Se lleva los dedos a la cinturilla de las bragas y empieza a bajárselas.

Entonces las luces oscilan y se apagan. Grigori Vorontsova desaparece de la lentilla. La habitación tiembla; cae polvo, y fuera estallan los gritos.

Wagner se asoma desde debajo del róver. La lluvia de roca y metal ha terminado hace varios minutos, y ahora el suelo está cubierto de piedras y salpicaduras de metal fundido.

—Informe —pide.

—*Laoda* —contesta Zehra. La siguen Mairead y Ola.

El equipo de cristaleros Lucky Eight Ball sale a la superficie. El róver está hecho una pena, lleno de arañazos y grietas. Zehra inspecciona los daños, repara los cables deteriorados y parchea los conductos de soporte vital perforados. Wagner y su homóloga de AKA se reúnen en el terreno picado de viruelas, entre los dos róvers.

—¿Qué ha sido eso? —pregunta Wagner.

—Twe informa de una explosión en la central eléctrica Maskelyne G —dice Adjoa.

—¿La planta de fusión? —Wagner siente que se le encogen la tripa y los huevos, y busca con Sombra indicios de radiación. Nuevos instintos lunarios: proteger el ADN.

—Si Maskelyne G hubiera estallado, no estaríamos aquí —dice Adjoa—. Algo ha agujereado los cincuenta metros de regolito, ha atravesado las cubiertas externa e intermedia y ha rajado la interna.

Murmullos en el canal común.

—¿Un meteorito? —pregunta Wagner.

—VTO nos habría avisado —dice Adjoa.

—VTO debería haber venido a por nosotros —dice Zehra desde el techo del róver Lucky Eight Ball.

Misterio tras misterio. A Wagner no le gustan los misterios. Los misterios matan. Se están produciendo demasiadas muertes en Tranquilidad Este. Solo se está a salvo en el subsuelo, de espaldas al cielo y con roca encima.

—Un meteorito demasiado preciso —dice Zehra mientras parchea y conecta.

—¿Qué quieres decir? —pregunta Adjoa.

—Que ha sido un atentado. He hecho unos cálculos de masa y velocidad. Eso lo ha provocado algo grande, y en ese caso lo habríamos visto, o algo pequeño y muy rápido.

—¿Alguien ha visto algo? —pregunta Adjoa. Negaciones de los equipos Blackstar y Lucky Eight Ball. Nada en las cámaras.

—Yo solo digo que ni nosotros ni AKA construimos esos bots que nos hemos cargado —dice Zehra—. Los Mackenzie andan a la gresca por este cuadrante, pero tienen suficiente sentido común para no involucrar a Sun ni a AKA. Un atentado contra Maskelyne. VTO tiene una catapulta electromagnética ahí arriba, en el punto L2. Apunte adonde apunte, es un arma de proyectiles.

—¿Por qué iba...? —empieza Adjoa.

—¿Cómo quieres que lo sepamos? —interrumpe Zehra—. Solo somos los curritos, los tragapolvos. Daños colaterales.

—¿Podemos movernos? —pregunta Wagner.

—Por los pelos —dice Zehra, y salta del techo del róver, contraviniendo todos los protocolos de seguridad, para alunizar en el regolito—. Hemos perdido un par de paneles solares. No me gustaría tener que salir a toda velocidad.

—Seguidnos a Twe —dice Adjoa, y se sube a su asiento de mando.

A mediados de la década de 2060, una tropa de bots excavadores llegó al sur del mar de la Tranquilidad, desplegó los generadores solares y se puso a cavar con precisión y precaución, tallando una hélice en el lecho marino. Cuando el regolito estaba fracturado lo sinterizaban; cuando llegaban al duro basalto de los mares lunares seguían cavando lentamente, centímetro a centímetro. Al cabo de dos lunas habían horadado un conducto de cien metros de profundidad al oeste del cráter Maskelyne, con tres rampas helicoidales excavadas en las paredes. Subieron por ellas hasta el sol, cavaron los refugios y esperaron.

En el horizonte aparecieron Efua Asamoah y su caravana de trabajadores eventuales. Aparcaron sus tráilers de hábitat y los cubrieron de regolito. Descargaron de los vehículos vigas de construcción universales, un extractor que hacía pasar hidrógeno por un lecho de regolito para generar agua y dos toneladas de mierda y meados de Reina del Sur.

Efua Asamoah hundió su fortuna en este cañón del mar de la Tranquilidad. La mierda había sido especialmente cara. Ahora, el trabajo. Las vigas se ensamblaron en un pilar que recorría el tubo longitudinalmente y subía cien metros por encima de la superficie. Los sinterizadores moldearon espejos de vidrio negro del regolito: Efua Asamoah y su equipo los colgaron uno por uno de la columna vertebral. Los bots desplegaron una cubierta de carbono traslúcido resistente al impacto y la sellaron. Bajo ese techo, Efua Asamoah creó un ecosistema. Mezcló a mano la mierda de Reina del Sur con los restos pulverizados de la excavación hasta obtener tierra de cultivo. Aquel día, Efua

Asamoah levantó un puñado de su tierra, la probó y supo que era buena. Sus trabajadores la esparcieron a mano a lo largo de los conductos helicoidales. Instalaron plantas de agua, sistemas de riego, un intercambiador de gases para recoger el exceso de oxígeno, motores para guiar los espejos y una batería de focos rosa. Después, Efua Asamoah transportó una caravana de brotes desde Reina del Sur y, bajo la luz rosa, sus agricultores y ella trabajaron toda la noche lunar, plantando a mano las huertas espirales.

«Construir una granja, dar de comer al mundo», había dicho Efua Asamoah a sus inversores. El riesgo era enorme. Efua Asamoah pedía dinero presuponiendo que la Luna se desarrollaría a lo largo del ecuador, no en torno al polo. Que su radical diseño de granja, con luz solar y regolito lunar, funcionaría, por no mencionar que resultaría más barato y eficaz que las granjas aeropónicas existentes. Casi todos se marcharon. Solo acudieron dos el día en que Efua Asamoah envió la luz del sol naciente mástil abajo hasta la batería de espejos y despertó un huerto bajo el mar de la Tranquilidad.

Aquel huerto amurallado se convirtió en dos, se convirtió en cinco, echó raíces y tendió túneles, se convirtió en cincuenta, se convirtió en la ciudad agraria de Twe: trescientas cúpulas de cristal en las planicies de Tranquilidad.

Y está bajo asedio.

El equipo de cristaleros Lucky Eight Ball y los Blackstars de Adjoa Yaa Boakye superan la rima baja del oeste y se detienen. Ahora, Wagner Corta ve dónde se han metido sus niveladoras perdidas. Cien excavadoras entierran pacientemente las cúpulas de Twe en regolito lunar.

Si se bloquea la luz solar y se corta la alimentación de las baterías de focos, las cosechas morirán. Wagner se da cuenta en el acto: matar las granjas es matar de hambre al mundo.

Wagner se une a Adjoa al borde del saliente. La mente del aspecto oscuro idea estrategias y las descarta. Dos róvers llenos de tragapolvos contra un ejército de excavadoras asesinas.

—Igual podríamos contrahackear las excavadoras, poner explosivos... —dice Adjoa.

—No conseguirías acercarte —interrumpe Zehra—. *Laoda...*

Wagner ya está saltando a su asiento. Desde las grietas y trincheras que rodean Twe, una línea de veinte bots emprende la marcha hacia ellos con las cuchillas en alto.

8
Escorpio de 2105

Los dos róvers avanzaban silenciosa y velozmente hacia el oeste, cruzando el apéndice meridional del mar de la Tranquilidad. Ante ellos, pasado el horizonte, está Hipatia. Tras ellos hay veinte bots cazadores.

Hipatia es una esperanza, un paraíso. Puede que lleguen con las reservas de electricidad. Puede que en Hipatia haya algo capaz de deshacerse de un escuadrón de bots asesinos. Puede que en el breve tramo que los separa de Hipatia encuentren algo que los salve.

O puede que les fallen las baterías pese a lo que las miman. Entonces los bots los alcanzarán y los aniquilarán. Cada diez minutos, Wagner se sube a la antena del radar para ver más allá del horizonte. Siempre están ahí. Cada vez más cerca. No pueden darles esquinazo: los dos róvers dejan huellas recientes indelebles, que se dirigen a Hipatia como flechas.

Demasiadas esperanzas y conjeturas, demasiadas de las cuales acaban con todos atravesados por cuchillos, pero los miedos y temores de Wagner se concentran en Robson. La muerte no es nada; pensar que el fracaso puede ser su última emoción lo deja paralizado de terror. No hay comunicaciones en todo el cuadrante; el cielo está en silencio. No puede hablar con Control Taiyang en Tranquilidad. La Luna está patas arriba; se han sobrepasado todos los parámetros y Wagner solo puede pensar en ese chaval de trece años que ha dejado en Meridian. Imagina a

Robson esperando, sin saber, esperando, preguntando a Amal, que no sabe, preguntando a más y más gente, que no sabe.

El pinganillo lanza un ruido ensordecedor al oído interno de Wagner. El visor se torna blanco: está cegado. Nota que el róver Lucky Eight Ball se detiene bajo él. No funcionan las comunicaciones. Intenta llamar a Sombra. Nada. Se le aclara la vista con manchas de negro brillante y amarillo fluorescente. Le pitan los oídos. Parpadea intentando disipar un punto ciego del centro del ojo, pero no puede. La lentilla está muerta.

Eso no puede ocurrir.

Intenta encender la pantalla. Nada. Ni las lecturas del trácsup ni el soporte vital ni la temperatura y los signos vitales, ni los de su tripulación. Intenta ordenar al róver que se mueva, que presente un informe y, como esas dos órdenes fallan, que abra las sujeciones y lo deposite en la superficie. Nada. No tiene acceso a ningún control. Mira a su equipo. Ni nombres ni etiquetas ni familiares.

Tiene que haber una liberación manual. Todos los dispositivos que se usan en la superficie de la Luna tienen sistemas redundantes. Wagner intenta recordar sus sesiones de formación sobre el róver Taiyang XBT. A su lado se alza una mano y golpea una palanca. La barra de seguridad se eleva y el asiento cae a plomo a la superficie. Zehra junta el casco con el de Wagner.

—Nos hemos quedado colgados en el polvo. —La voz de Zehra es un grito distante, casi ininteligible, amortiguado por el aire y el aislamiento del casco.

—Esas cosas vienen detrás —brama Wagner—. ¿Qué ha pasado?

—Un pulso electromagnético. Lo único que puede apagarlo todo a la vez.

Se alza el polvo sobre el horizonte oriental. Al momento aparece un escuadrón de róvers, con los dibujos geométricos personalizados de AKA. Los Blackstar saltan a la superficie. Llevan colgados a la espalda objetos alargados y oscuros. Cuando Wagner los reconoce, la incongruencia le parece casi cómica. Arcos. Salidos de los relatos de las *madrinhas* sobre la Tierra y sus héroes. Arcos y flechas. El róver principal sube un mástil de radar para otear más allá del horizonte mientras una docena de arqueros forma un círculo y cada uno tensa el arco con una flecha. Puede que sean arcos complejos y de aspecto temible, llenos de poleas y pesas estabilizadoras, pero no dejan de ser armas medievales terrestres. Los arcos están equilibrados, calibrados y equipados con su pequeña carga cilíndrica. La inteligencia oscura de Wagner escarba en la anacronía. La trayectoria balística de las flechas es tan exacta como la del BALTRAN. Más: el efecto del viento solar se reduce en un proyectil tan pequeño. Los arcos son fáciles de imprimir: están accionados simplemente por músculos humanos. Las IA apuntan con precisión: con la gravedad lunar, las flechas de los arqueros de AKA pueden llegar más allá del horizonte. Un ingenioso sistema de lanzamiento de proyectiles de pulso electromagnético.

Bien pensado.

Los colores del trácsup del jefe del equipo de arqueros oscilan y se convierten en letras:

«ATRÁS.»

El traje se queda en blanco y forma nuevas palabras:

«A LOS»

«RÓVERS.»

Los miembros del escuadrón de AKA que no están en guardia ya están atando los róvers muertos a los suyos. Una vez más, Wagner busca la apertura manual y es Zehra quien la pulsa. Wagner imagina una sonrisa triunfante al otro lado del visor mientras se monta, se acopla al chasis y bajan las barras de seguridad.

«NO TODOS.»

«MUERTOS», dice el traje.

«Ese es el punto débil», piensa Wagner mientras los arqueros de AKA corren a sus vehículos. Los pulsos electromagnéticos son eficaces a distancia, pero afecta a todo aquello que entre en su radio de acción, como estaban él y sus acompañantes de AKA, no afectan solo al enemigo.

Giran las ruedas. Wagner se clava las sujeciones cuando el cable se tensa y el otro róver tira del Lucky Eight Ball. Dentro del trácsup, aislado del mundo, de su equipo, de su familiar, de su manada y de sus *amores*, de su chico, Wagner Corta alza la vista hacia la tierra creciente y deja que su débil luz le llene el visor. Sin que nadie lo sepa, sin declaraciones oficiales ni levas, se ha convertido en soldado de una guerra dudosa.

Un beso.

—¿No vienes con nosotros? —dice Luna Corta. A pesar del dolor de los gastados músculos de la pantorrilla, *madrinha* Elis se agacha para mirarla a los ojos.

—No hay bastante sitio en el tren, *anjinho*.

—Quiero que vengas.

El *berçário* vuelve a estremecerse. Ahí arriba, las máquinas vuelcan tonelada tras tonelada de regolito sobre las ventanas de Twe, enterrándola, nivelándola. La electricidad se ha ido y ha vuelto tres veces en otras tantas horas.

—Lucasinho cuidará de ti.

—Claro, Luna. Yo te llevo.

Lousika Asamoah ha ejercido toda la influencia del Trono Dorado para conseguir asientos en el tren a Luna y Lucasinho. *Madrinha* Elis sabe que para sacarlos ha tenido que dejar a otros dos refugiados en espera del tren siguiente. Eso no se lo dirá nunca a Luna, ni siquiera a Lucasinho.

—Tengo miedo, Elis.

—Yo también, *coração*. Pero en Meridian estarás a salvo.

—¿Tú estarás bien?

—Tenemos que irnos —dice Lucasinho, y Elis lo adora por ello. Le da dos besos. Amor y suerte.

—Adiós. ¿Lucasinho? —Lo ve tan indefenso... Ahí están los límites del cariño: un gélido paraje de sucesos y poderes ajenos a la dedicación y al amor—. Cuídate.

Mientras cierra la puerta del *berçário*, Twe vuelve a estremecerse. Se va la luz y vuelve, oscilante.

—Lucasinho —dice Luna—. Dame la mano. Por favor.

Se apagan las luces. Twe ruge. Ciento veinticinco mil voces, atrapadas a oscuras en el subsuelo. Lucasinho agarra a Luna y la abraza fuertemente, con la mejilla contra el pecho, mientras padres aterrorizados con sus hijos avanzan por el estrecho túnel en busca de la estación, del tren, del tren salvador. El rugido no cesa. Cuerpos grandes y pequeños chocan contra él. ¿Por qué se mueve la gente, cuando lo razonable es quedarse quieto y esperar a que se enciendan las luces de emergencia? Se van a encender las luces de emergencia. Las luces de emergencia solo pueden fallar si fallan los generadores de reserva. Eso se lo enseñó *madrinha* Flávia. ¿Y si fallan los generadores de reserva? Pone a Luna contra la pared y sitúa el cuerpo entre la estampida y ella.

—¿Qué pasa, Lucasinho?

—Se ha vuelto a ir la luz —dice Lucasinho. Aprieta a Luna contra sí, sintiendo el zarandeo y los golpes de los cuerpos, intentando no sentir la oscuridad como algo sólido que lo aplasta. Si se ha ido la luz, ¿qué pasa con el suministro de aire? Nota una opresión en el pecho y combate una exclamación involuntaria de pánico. Toma una decisión, en la oscuridad sofocante—. Vamos. —Coge de la mano a Luna y la arrastra tras sí, contra la marea de gente que avanza por el túnel negro como boca de lobo. Se oyen voces que llaman a niños perdidos, a niños y padres que se llaman entre ellos. Lucasinho se abre camino entre los cuerpos ciegos y desconcertados.

—¿Adónde vamos? —pregunta Luna.

Lucasinho siente su mano minúscula y ligera. Se podría escurrir muy fácilmente. Aprieta con más fuerza.

—¡Me haces daño!

—Lo siento. Vamos a João de Deus.

—Pero *madrinha* Elis dijo que íbamos en tren a Meridian, con Lousika.

—Nadie va a irse en tren, *anjinho*. Ningún tren va a ningún sitio. Vamos en BALTRAN a João de Deus. Las Hermanas nos acogerán. Jinji, pasa a infrarrojos.

—*Lo siento, Lucasinho, pero no puedo acceder a la red.*

Ciego en una oscuridad más profunda que la oscura Twe.

—Jinji —susurra Lucasinho—, tenemos que llegar a la estación del BALTRAN.

—*Puedo guiaros desde mi última posición basándome en mis mapas internos y la longitud media de vuestros pasos* —dice Jinji—. *Habrá margen de error.*

—Ayúdame.

—*Da ciento doce pasos al frente y para.*

Una mano tira de la de Lucasinho y lo obliga a pararse.

—No encuentro a Luna.

Con la oscuridad, el ruido y el miedo, Lucasinho no entiende lo que dice la voz infantil que lo sigue de cerca. ¿Cómo que Luna no encuentra a Luna? Entonces se acuerda: el familiar de la niña también se llama Luna. La abuela Adriana siempre hacía un mohín y se quejaba de que su nieta hubiera elegido una mariposa luna azul, un animal, como piel de su familiar.

—Se ha caído la red, *anjinho*. Sigue conmigo. No me sueltes la mano. Vamos a un sitio con luz y seguro.

Ciento doce pasos y parar. Lucasinho avanza a oscuras. Un paso, dos pasos, tres pasos, cuatro. El túnel parece más vacío; choca con menos gente y las voces están más dispersas. Pero cada vez que se topa con otro cuerpo se para en seco y repite en silencio el número de su último paso. La quinta vez, Luna interrumpe:

—¿Por qué paramos todo el rato?

El número de pasos se disipa como una bandada de mariposas de feria. Lucasinho combate el impulso de gritar a su prima por la frustración.

—¿Luna? Estoy contando los pasos y es muy importante que no me interrumpas. —Pero Lucasinho ha olvidado los números. Se le eriza la piel de miedo. Perdidos a oscuras.

—*Ochenta y cinco* —dice Jinji.

—¿Quieres ayudar, Luna? —dice Lucasinho. Nota el asentimiento de Luna por el ligero movimiento de los músculos del brazo—. Vamos a convertirlo en un juego. Cuenta conmigo. Ochenta y seis, ochenta y siete...

Lucasinho sabe que ha llegado a la intersección por el viento en la cara. Sonido de movimiento de otras direcciones. Huele a moho, a agua, a hojas podridas; el sudor de Twe. El aire del interior de la ciudad oscura está frío. No funciona la calefacción. Lucasinho no quiere pensar mucho en ello.

—*Gira noventa grados a la derecha* —indica Jinji.

—Sujétate bien —dice Lucasinho, y Luna aprieta con más fuerza, pero es peliagudo. Jinji puede medir los pasos fácilmente, pero los giros son más problemáticos. Si gira en la dirección incorrecta, aunque solo sea unos grados, se puede perder la ruta calculada. Lucasinho coloca el talón del pie derecho contra el izquierdo, hasta dejarlos en ángulo recto. Pone el pie izquierdo paralelo al derecho. Aspira a fondo.

—Bien, Jinji.

—*Doscientos ocho pasos, hasta el segundo corredor.*

Dos intersecciones.

—Vamos a acercarnos a la pared —dice Lucasinho, y se desplaza lateralmente hasta tocar el sinterizado liso con los dedos extendidos—. ¿La notas? —Alarga el brazo—. ¿Ya?

Silencio. Después, Luna dice:

—Te había dicho que sí con la cabeza.

—Cuenta conmigo. Uno, dos, tres...

Al llegar al ciento cinco, Luna se para en seco y grita:

—¡Luces!

Lucasinho tiene los dedos tan electrizados que casi no soporta el contacto de la pared pulida. Están sensibles y sintonizados como pezones. Escudriña la oscuridad sin fondo.

—¿Qué ves, Luna?

—No veo nada —dice Luna—. Huelo luces.

Lucasinho capta el aroma mohoso y herbáceo de las bioluces y lo entiende.

—Están muertas, Luna.

—Puede que solo necesiten agua.

Lucasinho nota que la mano de Luna se suelta de un tirón. La sigue a la oscuridad inexplorada.

—*Da doce pasos a la izquierda y continúa* —ordena Jinji.

Lucasinho oye un roce de tela, nota un tirón hacia abajo en la mano, y sabe que Luna se ha agachado. Se acuclilla junto a ella. No ve nada. Ni un fotón.

—Puedo encenderlas —declara Luna—. No mires.

Lucasinho oye otro roce de tela seguido de un chorro, y huele el perfume cálido de la orina. Las bioluces revividas desprenden un resplandor verdoso. Apenas basta para distinguir las sombras, pero crece en el momento en que las bioluces asimilan las bacterias. Un altar callejero de Yemanja; un pequeño icono impreso rodeado de un halo de bioluces pegadas al suelo y la pared. Ahora alumbra lo suficiente para que Lucasinho vea las dos intersecciones que describió Jinji, y un cuerpo tumbado contra la pared, entre ellas. Habría tropezado con él, habría caído y se habría desorientado.

—Toma. —Luna arranca puñados de bioluces y se las entrega a Lucasinho, que las siente húmedas y cálidas en las manos. Está a punto de soltarlas, asqueado. Luna hace un puchero—. Así. —Se adhiere los discos luminosos a la frente, los hombros y las muñecas.

—Es una camisa de Malihini —protesta Lucasinho.

—Hoy está de moda y mañana va a la tolva —afirma Luna.

—¿Quién te ha enseñado eso?

—*Madrinha* Elis.

Cogidos de la mano, rodean el cuerpo y tuercen por el pasillo indicado. El túnel se agita con ruidos procedentes de arriba, cosas pesadas que avanzan lentamente por la superficie. Los traicioneros vientos de Twe transportan retazos de voces, choques metálicos, gritos, un traqueteo rítmico grave. A la izquierda, rampa arriba, por esta calle periférica en curva. Un giro a la derecha los lleva a un pasillo oscuro por el que pulula una horda de gente. Luna gira en redondo.

—Pueden vernos las luces —susurra.

Lucasinho da media vuelta y oculta el resplandor.

—Están en el camino del BALTRAN.

—Si volvemos al 25 y subimos las escaleras podemos llegar a un túnel viejo —dice Luna—. Eres mayor, pero seguro que cabes.

—¿Cómo sabes eso?

—Me conozco todos los escondites —dice Luna.

A la luz del día, Lucasinho se habría deslizado alrededor, entre y bajo los salientes de la maquinaria y la antigua roca desnuda sin pensárselo, pero sin más fuente de luz que el propio cuerpo y sin saber adónde lleva el túnel, qué sorpresas puede albergar ni cuánto puede ensancharse o estrecharse, el pánico lo atenaza. El terror de quedar atrapado a oscuras mientras las bioluces se atenúan, parpadean y mueren, incapaz de ver, incapaz de moverse. Megatoneladas de roca por encima, el distante corazón de la Luna por debajo.

Nota la presión del sinterizado en la espalda doblada, en los hombros, y se queda paralizado. Está atascado. No puede avanzar ni retroceder. Puede que las generaciones venideras encuentren su momia desecada. Con una camisa de Malihini. Tiene que salir, tiene que liberarse. Pero si se contorsiona y se mueve sin control puede empotrarse más. Tiene que dar la vuelta, pasar un hombro así, después el otro, después las caderas y las piernas.

—¡Vamos! —dice Luna. Las bioluces bailando ante él como tenues estrellas verdes.

Lucasinho consigue introducir el hombro izquierdo. La tela se engancha y se rasga. En João de Deus se recompensará con una camisa nueva. Una camisa de héroe. Dos pasos y ha atravesado el escollo. Veinte pasos y sale al segundo nivel por un hueco en el que nunca había reparado. Cogidos de la mano, Luna y Lucasinho corren por el pasillo hacia el BALTRAN. La estación del BALTRAN cuenta con alimentación eléctrica independiente. Twe, que da de comer a la Luna, está bien equipada con catapultas del BALTRAN. Salen por la escotilla a un muelle de carga suficientemente grande para albergar camiones.

—Jinji —dice Lucasinho. Las cápsulas del BALTRAN cuelgan ante él en hileras y columnas, a cien metros de altura, en el silo de lanzamiento.

—*La red local está disponible* —informa Jinji.

—Estación de BALTRAN de João de Deus —dice Lucasinho.

Jinji baja una cápsula de personal, que se sitúa junto a la cámara de acceso y pide un destino.

—*He trazado la ruta* —dice Jinji—. *La red del BALTRAN está en uso, así que no es directa.*

—¿Cuántos saltos? —pregunta Lucasinho.

—*Ocho* —dice Jinji—. *Os envío pasando por la cara oculta.*

—¿Qué pasa? —pregunta Luna cuando la cápsula del BAL-TRAN se abre ante ellos. Mira con aprensión el interior acolchado, las sujeciones y redes, las mascarillas de oxígeno.

—Vamos a tener que dar ocho saltos para llegar a João de Deus —explica Lucasinho—. Pero no pasa nada; simplemente tardaremos un poco más. Vamos.

Luna no avanza. Lucasinho le tiende la mano. Luna la coge, y entran en la cápsula.

—Aún llevas puestas las luces —dice Luna. Lucasinho se las arranca. Los adhesivos le dejan círculos grisáceos y pegajosos en la camisa de Malihini. Deposita los discos luminosos en el suelo de la cápsula. Han sido buenos y fieles, y tiene una lealtad supersticiosa hacia los objetos. Jinji le enseña cómo asegurar a Luna. Después se asegura él y siente que la espuma viscoelástica se ablanda para ajustarse a su cuerpo.

—Estamos listos, Jinji.

—*Secuencia de prelanzamiento* —dice el familiar—. *A partir del lanzamiento estaré fuera de línea hasta que lleguemos a João de Deus.*

Se cierra la puerta. Lucasinho oye el sellado de las escotillas y el soplido del aire. La cápsula se ilumina con una luz suave y dorada, de un tono cálido y pacífico. A Lucasinho Corta le recuerda el vómito.

—Dame la mano —dice Lucasinho, liberando los dedos de la red.

Luna saca la mano con facilidad y lo agarra. La cápsula se agita y cae.

—¡Ay! —exclama Lucasinho Corta.

—*La cápsula está en el túnel de lanzamiento* —dice Jinji.

—¿Qué te parece? —grita Lucasinho por encima de los zumbidos y traqueteos que llenan la cápsula.

—Es divertido —afirma Luna.

No tiene nada de divertido. Lucasinho cierra los ojos y combate el miedo mientras la cápsula corre por los raíles de levitación magnética hacia la catapulta. Más traqueteo cuando la cápsula pasa a la cámara de lanzamiento.

—*Prepárense para la aceleración extrema* —dice la IA.

—¡Como las atracciones! —dice Lucasinho sin mucha convicción, y entonces la catapulta agarra la cápsula, la lanza, y sangre, bilis y semen se le acumulan hasta la última gota en los pies y la entrepierna. Le duelen los ojos, hundidos en las órbitas, y los huevos son bolas de plomo. Siente que todos los huesos del cuerpo intentan atravesarle la piel. El arnés de suspensión es una red de hilos de titanio que lo desmenuzan en trozos palpitantes y ni siquiera puede gritar.

Y se detiene.

Y no tiene peso ni dirección, ni arriba ni abajo. Se le revuelve el estómago. Si hubiera tomado algo más que el té del desayuno, todo estaría flotando en una constelación de bilis. Nota la cara hinchada y abotargada; las manos, torpes y bulbosas; dedos gordos e inertes alrededor de la mano de Luna. Puede oír la circulación de la sangre en el cerebro. Abena tiene amigos que se han montado en el BALTRAN para practicar el sexo en caída libre. No concibe que nadie pueda follar ahí. No le encuentra la menor gracia. Y tiene que pasar por ello siete veces más.

—¿Cómo estás, Luna?

—Creo que bien, ¿y tú?

Tiene el aspecto que tiene siempre Luna: pequeña, introvertida, pero con una curiosidad insaciable por cualquier mundo cosmológico o personal con que se tope. Lucasinho se pregunta si se da cuenta de que está embutida en una lata acolchada y presurizada que vuela sobre la Luna, lanzada hacia una estación receptora, incapaz de cambiar de rumbo, que depende absolutamente en la precisión de las máquinas y los cálculos de trayectoria.

—*Prepárense para la deceleración* —dice la cápsula. ¿Tan pronto? No ha habido tiempo ni para el juego previo al previo, mucho menos para las corridas en caída libre que todos los chicos describen con tanto detalle y entusiasmo.

—Vamos a entrar —dice Lucasinho.

Sin previo aviso, algo lo agarra de la cabeza y los pies e intenta hacerlo diez centímetros más bajo. La deceleración es más dura que la aceleración, pero dura menos. Puntos rojos bailan en los ojos de Lucasinho, y luego está colgado boca abajo, sujeto por la red, boqueando. El boqueo se convierte en jadeo y el jadeo en risa. No puede parar de reír. Unas carcajadas convulsivas y desgarradoras que le tiran de todos los músculos y tendones en tensión. Podría reír hasta sacar un pulmón por la boca. A Luna se le contagia la risa. Boca abajo, ríen y aúllan hasta que la catapulta del BALTRAN los sujeta y les da la vuelta para el próximo salto. Han llegado. Han sobrevivido.

—¿Preparada para repetir? —pregunta Lucasinho.

Luna asiente.

Se abre la puerta de la cápsula. La puerta de la cápsula no debería abrirse. Lucasinho y Luna deberían seguir en el entorno hermético durante toda la secuencia de saltos.

—*Salid de la cápsula* —dice Jinji.

Entra aire frío, cargado de polvo.

—*Salid de la cápsula* —repite Jinji. Lucasinho suelta la red y sale a la rejilla metálica. Nota el frío a través de las suelas de las zapatillas. Tiene la impresión de que ese lugar acaba de cobrar vida. Se oye el rugido del aire acondicionado, pero las luces son tenues.

—¿Dónde estamos? —pregunta Luna, una décima de segundo antes que Lucasinho.

—*Estación de BALTRAN de Lubbock* —susurran los familiares. Jinji muestra a Lucasinho la posición en el mapa. Están en la orilla occidental del mar de la Fecundidad, a cuatrocientos kilómetros de João de Deus.

—Jinji, traza un rumbo a João de Deus —ordena Lucasinho.

—*Lo siento, pero no es posible* —responde el familiar.

—¿Por qué?

—*No puedo lanzar cápsulas a causa de las limitaciones de energía. La central eléctrica de Gutenberg no funciona.*

Las sacudidas y vueltas de la aceleración a la caída libre y de esta al frenado electromagnético no son nada en comparación con el vacío que atenaza el estómago de Lucasinho.

Están varados en ninguna parte.

—¿Cuánto falta para que vuelva la corriente?

—*No puedo responder a eso. El acceso a la red está compro-metido. Estoy utilizando la arquitectura local.*

—¿Pasa algo? —pregunta Luna.

—Se está actualizando el sistema —miente Lucasinho, aturdido, sin saber qué hacer. Luna está asustada, y las respuestas que le da Jinji solo la asustarían más—. Puede que tengamos que pasar un rato aquí, así que ¿por qué no vas a mirar si encuentras algo de comer o beber?

Luna mira a su alrededor y se abraza para combatir el frío. Lubbock no es Twe, con su multitud de catapultas y muelles de carga. Están en una estación remota, un nodo sin personal. Dos veces por año lunar, un equipo de mantenimiento pasa ahí un día o dos. Lucasinho ve casi todo el recinto desde el andén, y no parece haber ningún lugar donde almacenar comida o agua.

—Este sitio me da miedo —declara Luna.

—No pasa nada, *anjinho*, aquí no hay nadie más.

—No me da miedo la gente —dice Luna, pero sale trotando para explorar su pequeño nuevo mundo.

—¿Cuánto tiempo nos queda? —susurra Lucasinho.

—*La estación funciona con la energía de reserva. Si no se reanuda la alimentación eléctrica en tres días, experimentaréis una degradación ambiental significativa.*

—¿Significativa?

—*Fallarán la calefacción y la atmósfera, principalmente.*

—Envía una llamada de socorro.

—*He estado emitiendo una llamada de socorro por el canal de emergencias desde que llegamos. Aún no me ha llegado acuse de recibo. Parece que no funcionan las comunicaciones en ningún lugar de la cara visible.*

—¿A qué puede deberse eso?

—*Estamos bajo ataque.*

Luna vuelve con una lata de agua.

—No hay comida —dice—. Lo siento. ¿Puedes subir la temperatura? Tengo mucho, mucho frío.

—No sé cómo subirla, *anjinho*.

Es mentira. Jinji podría hacerlo fácilmente. Lucasinho ha reconocido al fin que jamás será un intelectual, pero hasta él puede hacer los cálculos: un grado más de temperatura es una hora menos de respiración. Se quita la camisa de Malihini e introduce los brazos de Luna por las mangas. Le queda como una capa, como si se hubiera disfrazado.

—¿Qué más has visto? —le pregunta.

—Un traje. Antiguo, como el que había en Boa Vista.

La alegría de Lucasinho es un subidón químico. Un traje. Sencillo. Pueden salir andando.

—Enséñamelo.

Luna lo lleva a la esclusa. Es pequeña, ideada para una sola persona. Dentro hay un traje de supervivencia, ajustable a diversos tamaños corporales, rojo y dorado. Como el traje naranja chillón que usó para ir de Boa Vista a João de Deus. Un simple paseo por la superficie. Pero es uno solo. Lo ha dicho Luna: «un traje». No prestaba atención. Tiene que prestar atención. Necesita tener alerta todos los sentidos y nervios; no debe llegar a conclusiones precipitadas ni creer lo que quiera creer. Los *quizá* pueden matarlo ahí fuera.

La realidad es que en tres días se quedarán sin aire y solo hay un traje de superficie.

—Puede que tengamos que dormir aquí, Luna. ¿Puedes mirar si encuentras algo con lo que podamos taparnos?

Luna asiente. Lucasinho no sabe hasta qué punto la convence con las distracciones, pero prefiere que no esté delante mientras plantea las preguntas difíciles al familiar.

—Jinji, ¿dónde está el asentamiento más cercano?

—*El asentamiento más cercano es Messier, ciento cincuenta kilómetros al este.*

—Mierda. —La autonomía del traje rígido es muy inferior. El plan de ir andando en busca de ayuda acaba de venirse abajo—. ¿Hay algún otro dispositivo de superficie en esta estación? —Una vez oyó a Carlinhos usar esa frase. «Dispositivo de superficie.» Suena fuerte, lo que diría alguien que sabe de qué habla y está al mando. *Mão de Ferro.*

—*El único dispositivo de superficie es el traje de emergencia* —dice Jinji.

—¡Mierda! —Lucasinho da un puñetazo a la pared, y la explosión de dolor está a punto de derribarlo. Se chupa los nudillos ensangrentados.

—¿Qué te pasa? —Luna ha vuelto con una manta isotérmica—. Lo siento; no he encontrado nada más.

—Tenemos problemas, Luna.

—Ya lo sé. No se está actualizando.

—No. No hay electricidad, ni sé cuándo va a volver.

Luna lo entiende rápidamente y no hace preguntas. Lucasinho no tiene respuestas. Tres días de aire y un traje, y el refugio más cercano está a ciento cincuenta kilómetros. Un róver podría recorrerlos en una hora.

Podría haber un róver aparcado en la puerta y no lo vería.

—Jinji, ¿puedes entrar en el cuaderno de bitácora?

—*Es muy sencillo.*

—Quiero todos los desplazamientos de róvers de las últimas... —Calcula un número razonable—. Tres lunas.

Jinji le muestra en la lentilla datos de visitas de mantenimiento, prospecciones y cristaleros. Puede que a Lucasinho no se le dé bien leer ni entender los números, pero interpreta de maravilla los datos visuales. Su capacidad para distinguir a una persona, un objeto, un hilo narrativo en una multitud o una avalancha de datos siempre ha asombrado a la cultísima e instruida Abena.

Una anomalía, una tangente en las órbitas y recorridos de los róvers de servicio.

—Amplía esta ruta. —Jinji aísla el recorrido, un róver pequeño que llega de los páramos y gira hacia el norte para adentrarse en la zona de los cráteres Taruntius—. Enséñame esta sección. —Pasa a vídeo: las cámaras exteriores graban el róver procedente de Gutenberg que se dirige a tierra de nadie. Destino: ninguna parte. En esa dirección no hay ni rastro de asentamientos en mil kilómetros. Lucasinho calcula que avanza a treinta, puede que cuarenta kilómetros por hora—. Especificaciones. —Jinji se las muestra. De nuevo, la perspicacia visual de Lucasinho identifica la información que necesita en el barullo de datos técnicos. La autonomía a velocidad óptima es de trescientos kilómetros, más la recarga solar en ruta. Por el vídeo, Lucasinho supone que el róver iba casi a la velocidad máxima.

El asentamiento más cercano del que podría haber salido, a juzgar por su trayectoria, es Gutenberg. Lucasinho intenta determinar el destino, pero choca con una pared de números.

—Haz los cálculos, Jinji. —El familiar tiene las respuestas antes de que pronuncie la última sílaba. En la lentilla de Lucasinho aparece un arco de posibles posiciones del róver, basado en la autonomía, la velocidad y la dirección. La distancia mínima es de diez kilómetros; la máxima, de veinticinco—. Amplía. —El pequeño róver lleva la eme y la hache entrelazadas de Bryce Mackenzie. En él va una persona con trácsup. El sol está en lo alto, y la marca horaria muestra que hace diez días.

Un róver. Un trácsup. Lucasinho tiene una última pregunta para la estación de BALTRAN de Lubbock. Una última posibilidad de que todo se le escape entre los dedos.

—¿Cuánto tiempo me queda, Jinji?

Esta vez no aparecen imágenes ni gráficos. Son números fríos, implacables e impersonales. No hay tiempo para la espera, para la esperanza, para sopesar decisiones ni para estudiar posibilidades. Si va a salir andando de la estación de BALTRAN de Lubbock, tiene que salir ya. Cada segundo de demora supone vatios de energía, tragos de aire y agua. Esperar contra toda esperanza o actuar contra toda esperanza.

No hay ninguna decisión que tomar. Los números no admiten opciones.

—Jinji.

—*Lucasinho*.

—Pon en marcha el traje.

El ventanuco de la escotilla interior enmarca perfectamente a Luna, que se despide con la mano. Lucasinho sube una mano de titanio. Es un monstruo, un abandonador. Un ladrón. Se ha llenado el traje con el aire, el agua y la electricidad de Luna. ¿Y si fracasa? ¿Y si no regresa? Imagina a Luna temblando en la rejilla de acero, cada vez con más frío y sed, esperando que vuelva Lucasinho, que se restablezca la electricidad.

No puede pensar en eso. No puede pensar más que en lo que tiene que hacer, con claridad y precisión.

—Vale, Jinji, estoy listo para salir.

Lucasinho toca el icono de Dama Luna de la escotilla exterior. Suerte y desafío. Ya venció a Dama Luna una vez, sin nada más que la piel. Pero todo el mundo sabe que la Dona no perdona ningún descuido. El soplido de la despresurización da paso al silencio. Se abre la compuerta y Lucasinho sale al regolito. Jinji lo guía hasta las huellas del róver de Mackenzie Helium. Desde ahí puede seguir la pista fácilmente hacia el norte. No sabe hasta dónde, durante cuánto tiempo, pero sabrá adónde va. La memoria celular no olvida nunca, y Lucasinho adopta el ritmo de caminata en traje de emergencia. Es fácil moverse demasiado. El sistema háptico es sensible, incluso en este modelo viejo y barato de VTO. Que el traje haga el trabajo.

Pronto se separan todas las demás huellas y solo quedan las dos líneas paralelas del róver. El sol está en lo alto y la superficie está iluminada; la tierra es una tenue esquirla azul. Lucasinho se pone a cantar para evitar que la imaginación levante el vuelo. El traje está equipado con juegos, música y temporadas antiguas de telenovelas, pero los sistemas de entretenimiento consumen energía. Las canciones se adaptan al ritmo de los pasos, le dan vueltas a la cabeza como alucinaciones. Se encuentra con que está poniendo su propia letra a la música.

—*Lucasinho, es hora de llamar* —dice Jinji.

—*Olá*, Luna.

La conexión es solo de audio, para ahorrar energía.

—*Olá*, Luca.

La voz de Luna, divorciada de su cuerpo, su presencia, su imagen, suena rara a Lucasinho. Está escuchando a un ser humano, pero parece algo más elevado, raro, indómito y sabio. La llama *anjinho*, el viejo apelativo familiar. Angelito. Y así le suena.

—¿Cómo estás? ¿Has bebido? —Lucasinho dejó a Luna instrucciones de beber cada veinte minutos. La distrae del hecho de que no ha comido nada desde el desayuno.

—Sí, ya he bebido. ¿Cuándo vuelves? Me aburro.

—En cuanto pueda, *anjinho*. Sé que estás aburrida, pero no toques nada.

—No soy idiota —dice Luna.

—Ya lo sé. Vuelvo a llamarte en una hora.

Lucasinho se adentra en el terreno escarpado de Taruntius. Una melodía se le ha metido en la cabeza y lo está volviendo loco. Podría preguntar a Jinji cuánta distancia ha recorrido, cuánta es probable que le quede por recorrer, pero las respuestas podrían ser desalentadoras. Las huellas se adentran en la zona de cráteres. En su cáscara roja y dorada, Lucasinho sigue adelante.

Algo. La única ventaja de la tediosa caminata de Lucasinho por la Luna es que es perfectamente consciente del paisaje de Taruntius y de cualquier variación en la monotonía.

—Jinji, amplía.

El visor le muestra la antena y los mástiles de un róver que se alzan por encima del horizonte. Al cabo de unos minutos aparece el róver, y de repente, Lucasinho está a su lado. La figura con trácsup que vio en las cámaras sigue sentada. Durante un instante lo atenaza el miedo de que se abalance contra él y le estampe una piedra en el visor. Imposible. Nadie puede sobrevivir tanto tiempo en un trácsup. Y mucho menos, como ve cuando rodea el róver, en un trácsup con una raja de veinte centímetros, del pezón derecho a la cadera. Eso es un problema. Un problema más. Ya pensará en él en otro momento.

—¿Dónde está la conexión? —pregunta Lucasinho. Jinji resalta el puerto y Lucasinho introduce en él el cable de red.

Tal como pensaba, el róver está tan muerto como su pasajero. Rechina los dientes cuando enchufa el cable de alimentación del traje al róver; siente la transferencia eléctrica de su batería a la del róver como si perdiera la curación sobrenatural. Tiene que despertar la IA del róver, aunque no le quede energía para volver con él a la estación. Los datos le llenan la lentilla, y ahonda más en busca de lo que necesita. Los frenos no están echados y la dirección está desbloqueada. Ahí está el cable de remolque. Lucasinho lo desenrolla, se lo echa al hombro y se lo engancha al arnés.

—¿Luna? Ya vuelvo.

Lucasinho hace fuerza contra el arnés. El róver se resiste un momento; después, el sistema háptico transmite energía a los motores y supera la inercia. Lucasinho vuelve sobre sus pisadas arrastrando el róver.

Las huellas nunca se disipan en la Luna. La superficie es un palimpsesto de viajes.

El de vuelta nunca es tan largo como el de ida.

Lucasinho detiene el róver. Jinji le enseña el puerto de alimentación de la estación. Si carga las baterías del róver consumirá casi toda la electricidad de la estación, pero era la única posibilidad desde el momento en que cruzó la esclusa y salió a la superficie. Cuando lo enchufa, el róver se despierta con una docena de lucecitas y balizas.

A continuación, el trácsup. Debe considerarlo un objeto que puede salvarles la vida, aunque necesita arreglos para estar operativo. No debe pensar en el ser humano muerto del interior. Lucasinho busca la mejor forma de sacarlo de la silla. Es una mujer y está completamente congelada. Le quita el paquete de soporte vital y abre la escotilla externa.

—Te mando una cosa —le dice a Luna.

—Sé usar una esclusa —dice Luna—. Y ya he bebido.

Lucasinho empuja a la mujer suavemente y la levanta. Tiene las rodillas dobladas, y un brazo en el costado y el otro en el cuadro de mandos. La arrastra hacia la esclusa. Tiene que entrar él también; no puede pedir a Luna que saque un cadáver congelado. Estaría demasiado frío para tocarlo, y pesaría demasiado. Y es un cadáver. Lucasinho camina hacia atrás hasta que toca la escotilla con la espalda. Introduce el cuerpo congelado en la esclusa, respirando entre dientes por la frustración mientras intenta acoplarlo; encaja la cabeza y el torso en la geometría de extremidades y torso. Lucasinho está boca abajo con el cadáver encima; tiene sus rodillas sobre los hombros, el casco entre sus piernas, su cabeza contra la entrepierna. Un sesenta y nueve con un cadáver congelado. Lucasinho suelta una risa amarga. Nunca le contará a nadie ese chiste.

—Voy a entrar, Luna. Apártate de la escotilla y haz lo que te diga.

Jinji presuriza la esclusa. Lucasinho escucha el grito creciente del aire, y es el sonido más agradable que ha oído nunca. Se empuja hacia la estación, con los brazos alrededor del cadáver. Arrastra el cadáver a la cápsula vacía del BALTRAN y la cierra. No quiere pensar en lo que se encontrará cuando se haya descongelado, pero está fuera de la vista de Luna y hay otras cápsulas listas para cuando vuelva la electricidad, si es que vuelve.

Se quita el traje rígido. Las fuerzas lo han abandonado. No ha estado tan cansado en la vida: mente, músculos, huesos, corazón. Aún no ha terminado. Ni siquiera ha empezado del todo. Queda mucho por hacer y solo él puede hacerlo, y lo único que quiere es apoyarse en la pared, volver la espalda a todas las cosas que tiene que hacer y quedarse dormido.

—Luna, ¿me das un poco de agua?

No sabe de dónde sale la niña, pero le pasa una cantimplora y él intenta no bebérsela entera para quitarse de la boca el sabor del traje. Sabe que el agua de los trajes siempre ha sido orina poco tiempo atrás.

—Luna, ¿puedo acurrucarme contigo?

La niña asiente y lo abraza. Lleva el resto de la ropa de Lucasinho, una pordiosera de los ochenta. Lucasinho la rodea con los brazos e intenta acomodarse en la rejilla de acero. Se teme que está demasiado cansado para dormir. Se estremece. Tiene el frío metido en los huesos. Le queda mucho por hacer, un montón de tareas por delante, y hay mil cosas que podrían matarlo, pero ya está en ello.

—Jiji —dice Lucasinho—, no me dejes dormir demasiado. Despiértame cuando se haya descongelado.

—¿Qué? —murmura Luna.

—Nada —responde él—. Nada.

Lucasinho se despierta e intenta moverse. Siente punzadas de dolor en las costillas, en la espalda, en el hombro y en el cuello. Tiene la rejilla metálica incrustada en la mejilla. Está abotargado y atontado; se le ha dormido el brazo sobre el que reposa Luna. Lo libera sin despertarla; la niña tiene el sueño pesado. Lucasinho tiene que mear; de camino al servicio se le ocurre algo mejor.

—¿Qué haces? —Luna se ha despertado y lo observa mientras se vacía la vejiga en la coraza.

—El traje lo reciclará. Necesitamos el agua. —La orina de Lucasinho es oscura y turbia. No debería tener ese aspecto.

—Muy bien —dice Luna.

—¿Hay algo de comer? —pregunta Lucasinho.

—Unas barritas.

—Cómetelas todas —ordena Lucasinho.

—¿Y tú?

—Estoy bien —miente en la cara del vacío en el estómago. Nunca había pasado hambre. De modo que así es como se sienten los pobres: hambrientos, sedientos y con el oxígeno justo. Pronto tendrán dificultades para respirar—. Voy a conseguir otro traje y nos marchamos.

—¿De la mujer muerta de la cápsula?

—Sí. ¿Has mirado?

—He mirado.

Lucasinho teme la siguiente parte de su plan. Las cuchilladas de pánico por lo que tendrá que hacer para conseguir el trácsup han estado despertándolo insistentemente del sueño de agotamiento. Hazlo deprisa, hazlo bien, no te pares a pensar. Abre la puerta de la cápsula, agarra del brazo a la mujer y la arrastra a cubierta. Está rígida. Lucasinho palpa el traje; aún no se ha descongelado del todo. La pone boca abajo. En primer lugar, desacopla el casco, y contiene las arcadas cuando le llega el olor. Todo el mundo apesta cuando sale del trácsup, pero nunca había olido nada igual. Combate una arcada tras otra mientras deja el casco a un lado y suelta las cinchas. Con las manos temblorosas, desengancha los cierres. Otra vaharada de hedor, y se da cuenta de que es el de la muerte. Lucasinho había visto la muerte, pero nunca la había olido. Los *zabbaleen* se llevan a los muertos en sus carritos de neumáticos lisos, sin desorden, suciedad ni olor.

Lucasinho contiene la respiración mientras separa el traje de la carne. La piel es muy blanca. Está a punto de tocarla, pero se detiene al sentir el profundo frío del interior. Esto es complicado: tiene que sacar un brazo de la manga. El segundo saldrá más fácilmente cuando haya liberado el primero. Los guantes absorben los dedos y el codo se resiste. Con una maldición, se sienta en la cubierta, vuelve la cabeza de la mujer muerta para que no lo mire y, apoyándole un pie en el hombro, arranca del cuerpo la manga obstinada. Libera el otro brazo con rapidez. Ahora tiene que darle la vuelta para bajarle el traje por el torso y liberar las piernas una por una.

Se coloca de pie sobre el cadáver y tira del traje. El cuerpo se dobla. Baja el traje por el pecho y el abdomen, manchando de sangre de la terrible herida de cuchillo la pequeña convexidad del estómago. Lucha para bajarlo por las caderas. La mujer tiene una flor tatuada en la nalga izquierda. Lucasinho se desmorona, una bola sollozante y aullante. El tatuaje lo ha desarmado.

—Lo siento. Lo siento mucho —susurra.

Coge un pie con las dos manos. Libera la pierna izquierda y luego la derecha. Tiene el trácsup en las manos, como un pellejo arrancado. La mujer ensangrentada está tumbada boca arriba, mirando las luces. Le quita el forro del traje y lo echa a la tolva de desimpresión. Introduce las piernas rápidamente, se contonea y ya tiene el trácsup por el pecho. No pienses en la humedad que sientes en la piel. Un brazo, los dos. Agarra la cinta para subir la cremallera hermética y tira de las cinchas de ajuste. El traje está ideado para alguien de menor estatura. La tensión de los hombros, los dedos de manos y pies, se convertirá en dolor. El sistema de evacuación es para mujeres; también tendrá que soportarlo. Cuando coge el casco, la impresora ya tiene listo un forro nuevo, de color rosa, de la talla de Luna. Eso consume gran parte de los escasos recursos, pero Luna necesita un forro para interaccionar con el traje que había en la estación.

—Necesito que me eches una mano, *anjinho*.

Luna saca de la esclusa el rollo de cinta adhesiva, le tapa la raja del trácsup y da vueltas a su alrededor para envolverlo en tres capas.

—No uses demasiada; puede que la necesitemos —protesta Lucasinho—. Ahora ponte el forro, que voy a cargar los trajes.

—¿Qué hago con la ropa?

Está a punto de decirle que la deje, pero entonces se da cuenta de que eso sería tirar un valioso material orgánico que puede suponer la diferencia entre la vida y la muerte en la cordillera de Pyrenaeus.

—Desimprímela e imprime cinta adhesiva.

—Vale.

Lucasinho no dedica más de un segundo a pensar en el otro alijo de valioso material orgánico, tendido en el muelle frente a la cápsula.

Luna vuelve con el forro rosa puesto y un rollo de cinta adhesiva en la mano. Echa un vistazo al interior del traje de emergencia y pone cara de asco.

—Huele a pis. —Pasa al interior; el traje detecta el cuerpo menudo y ajusta el esqueleto háptico a sus medidas—. ¡Oh! —dice Luna, y el traje se cierra en torno a ella.

—¿Estás bien? —pregunta Lucasinho. Es la primera vez que Luna se pone un traje de superficie.

—Es como la cápsula en la que me sacaron de Boa Vista, pero más pequeña. Pero mejor, porque puedo moverme. —Luna camina por la cubierta—. Doy dos pasos y el traje me alcanza.

—Es muy fácil; el traje hace todo el trabajo —dice Lucasinho.

—*Carga completa de electricidad, aire y agua* —anuncian los familiares. A partir de ahora, cada respiración, trago y cada paso consumen recursos.

—Yo cruzo primero —dice Lucasinho—. Te espero al otro lado.

Lucasinho tiene la impresión de que pasa una eternidad en los escalones esperando a que la esclusa se despresurice, confiando y a la vez sin confiar en la cinta adhesiva que sella el desgarrón del trácsup robado, imaginando la salida repentina del aire cuando se despegue. No va a despegarse; está ideada para eso. Pero no acaba de creérselo, y ya tiene calambres por la compresión en los dedos de las manos y los pies. Las luces parpadean, se abre la escotilla y Luna sale a la superficie.

Lucasinho desenrolla un cable de datos del soporte vital y lo conecta al puerto resaltado de la coraza de Luna.

—¿Me oyes?

Silencio; después, una risita.

—Perdona, había dicho que sí con la cabeza.

—Gastaremos menos energía si nos conectamos juntos.

Lucasinho está orgulloso de lo que viene a continuación. Lo pensó mientras arrastraba el róver hacia Lubbock. Un róver, un asiento. Coloca a Luna, con su traje rígido, en el asiento, y se sienta encima de ella. El traje es resbaladizo y no está muy bien sujeto. Salir a mucha velocidad es morir. No había previsto ese problema, pero da con la solución al instante. Corta varios trozos de cinta adhesiva y se pega a Luna por las pantorrillas, los muslos y el torso. Oye la risita por el canal de comunicaciones.

—¿Vas bien, *anjinho*?

—Voy bien, Lucasinho.

—Pues adelante.

Jinji ya se ha conectado a la IA del róver. Con un pensamiento, Luna y Lucasinho, pegados y cableados, se alejan de los cuernos levantados de la catapulta de Lubbock cruzando el regolito pétreo del mar de la Fecundidad.

Duncan Mackenzie lleva diez años sin pisar la superficie, pero rechaza el traje rígido. Un tragapolvos nunca deja de serlo. El trácsup es nuevo, impreso específicamente para un hombre maduro que no está muy en forma, pero el rito de cerrar los sellos y ajustar las cinchas es tan familiar como la fe. Las comprobaciones previas a la salida son pequeñas oraciones.

Sube por la rampa. Tras él, el gran zigurat de Hadley es una presión física, oscura y acechante. Con las primeras pisadas levanta polvo como un principiante, pero cuando llega al campo de tiro ya ha recuperado las viejas costumbres. Lo echaba de menos. Cinco trajes lo saludan. Los tiradores se han establecido en una vía de servicio, entre las hileras de espejos.

—Enséñenme.

Una tragapolvos con un traje rígido personalizado, pintado como un orco espacial, desenfunda un dispositivo largo que lleva a la espalda. Se coloca en posición y apunta a la diana del final del camino. Duncan Mackenzie la amplía.

—Como se cargue un espejo... —bromea.

—No se lo va a cargar —dice Yuri Mackenzie.

La tiradora dispara y la diana estalla. El fusil expulsa un balín disipador de calor. La tiradora se vuelve hacia Duncan Mackenzie, en espera de instrucciones.

—Básicamente es el cañón Gauss que empleamos en la guerra del mar de la Serpiente, pero hemos aumentado la aceleración. Se puede disparar en la línea de visión o emplear la IA para llegar más allá del horizonte.

—No me hace gracia el traje rígido —dice Duncan Mackenzie.

—El retroceso es muy fuerte con el nuevo acelerador —explica Yuri—. El traje rígido es más estable. Y ofrece algo de protección si las cosas se complican.

—Proporciona veinte segundos en lugar de diez —dice Vassos Palaelogos. Duncan Mackenzie se vuelve hacia él.

—Ningún Mackenzie ha huido jamás de una pelea.

—Tiene algo de razón, jefe —indica Yuri—. Esta no es nuestra batalla. Los Asamoah nunca fueron nuestros aliados.

—Y creíamos que los Vorontsov lo eran —dice Duncan Mackenzie.

—Con todos mis respetos —insiste Yuri—, estamos especialmente expuestos. VTO nos está dejando sin centrales eléctricas en todo el cuadrante oriental. Hadley no resistiría un ataque orbital. Hasta un ataque contra el campo de espejos nos dejaría inutilizados. Puedo enseñarte simulaciones.

—Impriman cincuenta —ordena Duncan Mackenzie por el canal de comunicaciones—. Contraten a todos los Moonbeam exmilitares posibles. Y necesitaré trajes rígidos. Que no lleven esa mierda. —Señala con un dedo enguantado el diseño de colmillos, llamas y calaveras de la tiradora—. Algo que diga a todo el mundo quiénes somos y qué defendemos.

Da media vuelta y regresa por el pasillo, entre los brillantes espejos, a la ranura oscura de la escotilla exterior. Sobre él, el pináculo de Hadley relumbra con la luz de diez mil soles.

—Una tarta —dice Lucasinho Corta— es el regalo perfecto para alguien que lo tiene todo.

Coelinho está a una hora de Lubbock, subiendo la suave

cuesta de la pared noroeste de Messier E. Luna le ha puesto el nombre al róver; ha insistido en que los róvers deben tener nombre. Para amenizar los kilómetros, Lucasinho se puso a decir que los nombres eran una tontería y que las máquinas eran máquinas. «Los familiares tienen nombre», adujo Luna. Y el róver siguió llamándose *Coelinho*. Así que Lucasinho sugirió que cantaran juntos, y después de eso intentó recordar un cuento que le había contado *madrinha* Flávia, pero Luna lo recordaba mejor. Se pusieron a jugar a las adivinanzas, pero también se le daba mejor a Luna. Ahora Lucasinho está soltando un discurso sobre las tartas.

—Los objetos no tienen ningún mérito. Si alguien quiere algo y tiene cuota de carbono, se lo imprime. Los objetos no tienen nada de especial. ¿Por qué regalar a alguien algo que se puede imprimir por su cuenta? Lo único especial de los regalos es lo pensados que están. El verdadero regalo es la idea que hay detrás del objeto. Para ser especial tiene que ser raro y costoso, o quien lo regala tiene que haberse involucrado realmente. Una vez, *pai* le regaló café a *vó* Adriana, porque llevaba cincuenta años sin beberlo. Eso fue raro y costoso, así que cumplía dos condiciones, pero no es tan especial como una tarta.

»Para hacer una tarta se necesitan ingredientes que no están impresos, como huevos de aves, grasa y harina de trigo; se le dedica tiempo y se vuelca el corazón. Hay que planificar cada tarta: ¿va a ser de bizcocho o de angelfood? También puede tener varias capas. O se pueden hacer montones de minitartas. Y hay que tener en cuenta si es personal o para alguna ocasión. ¿Será de naranja, de bergamota, de té o incluso de café? ¿Cubierta de fondant o de merengue? ¿Irá en una caja o atada con cuerdas? ¿Va a entregarla un bot? ¿Tendrá una sorpresa en el centro? ¿Se iluminará?, ¿cantará? ¿Será seria o jocosa? ¿Hay alergias, intolerancias, o incompatibilidades culturales o religiosas? ¿Quién más habrá delante cuando se corte? ¿Quién va a comerse un trozo y quién no? ¿Es para compartir, o es una tarta privada, pasional?

»Las tartas son sutiles. Y hasta un simple cupcake, en el momento y el lugar adecuados, puede decir: "Ahora mismo no existes más que tú en todo el universo, y voy a regalarte este momento de dulzura, textura, sabor y sensación". Y a veces solo sirve algo enorme y estúpido, como algo de lo que pueda salir yo todo arreglado, con mariposas y pájaros de fondant y con bots que canten canciones de culebrón, para curar los corazones y poner fin a las rencillas.

»Las tartas tienen su idioma. El bizcocho de limón dice: "Esta relación me sabe agria". El de naranja transmite lo mismo, pero con esperanzas de que se arregle. El bizcocho clásico dice que todo marcha bien, que el mundo está centrado, que los Cuatro Elementos están en armonía. La vainilla dice: "Cuidado, aburrimiento"; la lavanda transmite esperanza o arrepentimiento, y a veces las dos cosas. Los pétalos de rosa confitados dicen: "Creo que me engañas", pero la glasa real con sabor a rosas dice: "Vamos a firmar un contrato". Las bayas azuladas son para los días melancólicos, cuando se siente el vacío encima y hacen falta amigos o simplemente un cuerpo amistoso. Las bayas rojas y rosa significan sexo; lo sabe todo el mundo. La nata no se puede comer a solas: es la regla. La canela es inquietud, el jengibre es recuerdo y el clavo es dolor, físico o anímico. El romero es arrepentimiento y la albahaca reafirma que se estaba en lo cierto. "¿Ves? Te lo dije"; esa es la albahaca. La menta es el horror. Una tarta chapucera. El café es lo más difícil; dice: "Bajaría la tierra del cielo con tal de hacerte feliz".

»Esa es la sociología de las tartas. Luego está la ciencia de las tartas. ¿Sabías que saben mejor en la Luna? Si fueras a la Tierra y probaras una tarta, te decepcionarías; sería plana, pesada y sólida. Tiene que ver con el tamaño de las burbujas y la estructura de la masa, y la estructura de la masa es mucho mejor en la Luna. Cuando se hace una tarta se combinan tres ciencias: la química, la física y la arquitectura. La física tiene que ver con el calor, la expansión de los gases y la gravedad. El agente leudante combate la gravedad: cuanto menor sea esta, más sube el bizcocho. Podrías pensar que, ya que a menor gravedad, mejor estructura de la masa, ¿no se haría la tarta perfecta en gravedad cero? Pues no. Se expandiría en todas direcciones y se acabaría con una bola enorme de espuma. A la hora de hornear el bizcocho sería muy difícil calentar el centro. Al final quedaría poco hecho.

»Y también está la química. Nosotros tenemos los Cuatro Elementos, y las tartas también tienen los suyos. Para nosotros son el aire, el agua, los datos y el carbono. Para las tartas son la harina, el azúcar, la grasa y los huevos u otro líquido. Con doscientos cincuenta gramos de harina, doscientos cincuenta gramos de azúcar, doscientos cincuenta gramos de mantequilla y doscientos cincuenta gramos de huevos, que vienen a ser unos cinco, tenemos un bizcocho básico. Hay que batir la mantequilla y el azúcar. Yo lo hago a mano. Así es personal. La grasa se llena de burbujas de aire y forma una espuma. Después se añaden los huevos. Los huevos tienen proteínas que envuelven las burbujas de aire y evitan que estallen, para que el bizcocho no se hunda al calentarlo. Por último, se incorpora la harina, lentamente, porque si se amasa demasiado, el gluten se estira.

»El gluten es una proteína que lleva el trigo, y es elástico. Sin él, todo lo que se hornea quedaría plano. Si se estira demasiado se convierte en pan. El pan y el bizcocho son dos caminos muy distintos que puede tomar el trigo. Yo uso harinas especiales que suben solas, de trigo con bajo contenido en gluten. Eso significa que contienen un agente gasificante que reacciona y crea un gas que dispersa las burbujas de gluten. Por eso mis tartas son dulces, bajas y esponjosas.

»Hacer un bizcocho es como construir una ciudad: se trata de atrapar y retener el aire. El gluten forma columnas y celdas que soportan el peso del azúcar y la grasa. Tiene que subir, tiene que seguir alto y tiene que mantener húmedo y esponjoso todo lo de dentro. Hay que crear una corteza que preserve la humedad y las burbujas. De eso se encarga el azúcar; permite que la parte exterior coja color y se asiente a menos temperatura que el interior del bizcocho. Eso se debe a la caramelización. Es como el sellado que impide que el aire escape a través de la roca.

»Y además de todo eso está el horneado. El horneado es un proceso en tres etapas: subir, asentar y dorar. Cuando aumenta la temperatura de la masa, todo el aire que contiene se expande y estira el gluten. Después, a unos sesenta grados, los agentes leudantes entran en acción y liberan CO_2. Unido al vapor de agua de los huevos, ¡ya está!, el bizcocho alcanza la altura definitiva.

A unos ochenta grados las proteínas del huevo se juntan y el gluten pierde elasticidad. Por último, tiene lugar la reacción de Maillard, el dorado que mencionaba, y sella la superficie. Si se hace bien, la humedad del interior se conserva.

»Ahora viene lo más difícil: decidir si está listo para sacarlo del horno. Depende de muchas cosas: la humedad, las corrientes, la presión atmosférica y la temperatura ambiente. Ese es el arte. Cuando se considera que ya está se saca, se deja reposar unos diez minutos, para que se suelte del molde, se le da la vuelta y se deja enfriar. Hay que evitar cortar un trozo en cuanto sale del horno.

»También hay que considerar el aspecto económico. Sacar el bizcocho del horno. No tenemos horno. Muchos no tenemos ni cocina; consumimos comida preparada. Los hornos que se usan para prepararla son muy distintos de los que se usan para hacer tartas. Hay que encargar un horno personalizado, y puede que en toda la Luna solo haya una veintena de personas que sepan instalar, a la altura de los ojos, un horno adecuado para hacer bizcocho.

»Veamos los Cuatro Elementos: harina, azúcar, mantequilla y huevos. La harina son las semillas molidas de la planta del trigo. Es una especie de hierba. En la Tierra es una de las principales fuentes de hidratos de carbono, pero aquí arriba no lo usamos mucho porque no proporciona demasiada energía en comparación con el espacio y los recursos que emplea. Hacen falta mil quinientos litros de agua para conseguir cien gramos de harina. Consumimos hidratos de carbono procedentes de la patata, el boniato y el maíz porque son mucho más eficaces a la hora de convertir el agua en comida. Así que para hacer harina tenemos que cultivar el trigo expresamente, cosechar las semillas y pulverizarlas. Moler el trigo es más difícil aún que hacer un horno para tartas; puede que solo haya cinco personas en todo el mundo que sepan fabricar un molinillo.

»La mantequilla es una grasa sólida procedente de la leche. Yo solo uso mantequilla de leche de vaca. Tenemos vacas, sobre todo para la gente a la que le gusta comer carne. Y si creías que cultivar trigo consumía un montón de agua, la mantequilla requiere, en proporción, cien veces más.

»Huevos. Eso no tiene tanto misterio; constituyen una buena parte de nuestra dieta. Pero nuestros huevos son más pequeños que los terrestres porque criamos aves más pequeñas, así que hay que hacer experimentos para dar con la cantidad adecuada.

»El azúcar es fácil; la cultivamos o la fabricamos. Pero para hacer una tarta se usan muchas clases de azúcar. Está el integral, el moreno, el blanco, el azúcar glas, el azúcar extrafino, el azúcar pulverizado y el fondant, y hay tartas que llevan azúcar de todos los tipos. Así que ya ves: hasta para hacer una tarta sencilla hay que usar ingredientes y habilidades más raros y preciosos que las joyas. Cuando pruebas una tarta pruebas todas nuestras vidas.

»Y por eso, cuando todo el mundo puede imprimir cualquier cosa, una tarta es el regalo perfecto.

—Luca —dice Luna.

—¿Sí, *anjinho*?

—¿Falta mucho?

—Pasamos este cráter, y después del siguiente —dice Lucasinho.

—¿Me lo prometes?

—Te lo prometo.

Coelinho trepa por la pared baja del Messier A.

—Vale —declara Luna—. Pero basta de tartas.

Las tartas, y hablar de ellas, es lo que mantiene a Lucasinho Corta despierto y alerta a pesar del frío que le entra por la raja tapada con cinta adhesiva. Mantiene sellado el traje para que no se salga el aire, pero no puede hacer gran cosa por los elementos caloríficos dañados. Lucasinho sabe, por el entrenamiento para la carrera lunar, que el cuerpo humano irradia poco calor en el vacío, pero siente que el frío persistente le arrebata la calidez de la sangre y el corazón. El frío va trepando y haciendo que la gente se sienta cómoda y atontada, que desconecte. Lucasinho ha tenido que esforzarse al límite para evitar que le castañetearan los dientes mientras hablaba de tartas.

Cuando *Coelinho* cruza el borde exterior del doble cráter Messier A y un róver grande, de seis asientos, vuela sobre el borde interior, da dos saltos, cruza a toda velocidad el suelo del cráter y se detiene frente a *Coelinho*. Lucasinho frena y reza a Ogum para no estamparse contra él.

Un róver, tres tripulantes. Suben las sujeciones, y los pasajeros se apean. Todos llevan el logotipo de Mackenzie Helium en el trácsup; cada uno saca un dispositivo del compartimento de carga. Algo que Lucasinho conoce, pero que nunca ha visto directamente. Armas de fuego.

Un tragapolvos se acerca a Lucasinho y a Luna, con el arma en ristre; da una vuelta completa a *Coelinho* y se acerca a Lucasinho. Visor frente a visor.

—¿Qué pasa? —pregunta Luna.

—No te preocupes —dice Lucasinho, y se le sale el corazón del cuerpo cuando el tragapolvos de Mackenzie pega el visor al suyo.

—Enciende las comunicaciones, puto *galah*. —La voz se oye amortiguada, conducida por el contacto físico.

Jinji abre el canal de comunicaciones.

—Lo siento; estoy escaso de energía —dice Lucasinho en globo.

—Y no solo de eso —dice el tragapolvos. Ahora que están en la red, las identificaciones aparecen sobre los hombros: Malcolm Hutchinson, Charlene Owens-Clarke, Efron Batmanglij.

—Necesitamos electricidad, agua y comida. Estoy muerto de frío.

—Antes, un par de preguntillas. —Malcolm apunta a Lucasinho con el arma. Es larga, diseñada apresuradamente, llena de varillas, estabilizadores, cargadores y cartuchos electromagnéticos, impresa y montada con rapidez—. Vivimos en la sociedad de géneros más cambiantes de la historia, así que es posible que Nadia se haya hecho una reasignación, pero nunca he oído de nadie que pueda crecer diez centímetros.

Lucasinho se da cuenta de que en cuanto se han activado las comunicaciones el traje habrá mostrado la identificación de su propietaria. Las otras dos armas se orientan hacia él.

—Tengo miedo —dice Luna por el canal privado.

—No te preocupes, *anjinho*. Nos sacaré de esta.

—El trácsup y el róver de Nadia. A juzgar por toda la cinta que llevas, recibió una herida mortal.

—Si hubiera querido robarle el traje, ¿crees que lo habría estropeado tanto?

—¿Seguro que quieres darme esa respuesta?

En todas las lecturas del casco de Lucasinho, las barras están rozando el rojo.

—No la he matado, lo juro. Estábamos atrapados en la estación de BALTRAN de Lubbock. Le seguí la pista, volví con el róver y el trácsup, y los arreglé.

—¿Qué coño hacíais en el BALTRAN de Lubbock?

—Intentábamos salir de Twe.

—Con el BALTRAN. —Lucasinho odia la forma en que ese Malcolm Hutchinson convierte cada una de sus respuestas en la mayor estupidez que haya oído nunca—. Tío, el BALTRAN está muerto. Todo el cuadrante oriental está muerto, y solo los dioses saben qué está pasando en Twe. Los Vorontsov han cerrado las vías férreas y están convirtiendo todas las centrales eléctricas en agujeros en el regolito. Unas putas pesadillas con putos cuchillos por putas manos se han cargado a la mitad de mi equipo, así que entenderás que esté un poco quisquilloso. Así que ¿adónde vais y quién coño sois?

Lucasinho tiene el estómago dolorosamente vacío, pero podría llenarse el casco de ácidos.

—Déjame hablar —dice Luna.

—Calla, Luna. Yo me encargo.

—No me hagas callar. Déjame explicárselo. Por favor.

Los tragapolvos de los Mackenzie están susceptibles, y Lucasinho, como siga hablando, va a acabar llevándose un balazo. Puede que una voz infantil les haga apartar las armas.

—Vale.

El familiar de Luna abre el canal de comunicaciones.

—Intentamos llegar a João de Deus —dice Luna. Los tragapolvos saltan dentro de los trácsups.

—Tienes una niña ahí dentro —dice Malcolm.

—En Lubbock solo había un traje rígido —dice Lucasinho—. Seguí el rastro del róver y sí, robé el traje. —Recuerda el nombre—. El traje de Nadia. Pero no la maté.

—Estás cruzando el mar de la Fecundidad con una niña metida en un traje rígido.

—No sabía qué otra cosa hacer. Teníamos que salir de Lubbock.

—Estáis muy lejos de João de Deus —dice la tragapolvos identificada como Charlene.

—Ahora mismo intentábamos llegar a Messier —explica Lucasinho.

—Venimos de allí —dice Efron, el tercer tragapolvos—. Hemos dejado tres muertos atrás. Los bots os harían pedazos.

—¡Efron! Hay una niña delante —dice Charlene.

—No sirve de nada ocultarle la verdad.

—Necesitamos aire y agua —indica Lucasinho—. El róver está casi sin batería y no recuerdo cuándo comimos por última vez.

—Tengo mucha hambre —dice Luna.

Lucasinho oye a Malcolm maldecir entre dientes.

—Hay un antiguo refugio de Corta Hélio en Secchi. Es el punto de reabastecimiento más cercano. Os llevamos.

—Tendríamos que retroceder la mitad del camino —protesta Lucasinho.

—Vale, pues moríos de hambre o asfixiaos —dice Malcolm—. O, en tu caso, congélate. Efron. —Efron se saca algo de la bolsa y se lo entrega a Lucasinho. Es un paquete calorífico: gel exotérmico de liberación lenta en un receptáculo de vidrio—. Eso te ayudará a conservar el calor. Solo hay un problema. —Roza la cinta adhesiva del trácsup con el cañón del arma—. Tienes que metértelo en el traje.

—¿Qué?

—¿Cuánto tiempo puedes aguantar la respiración, colega?

A Lucasinho le da vueltas la cabeza. Hambre, cansancio, frío. Ahora tiene que volver a mostrar la piel a la fría superficie de Dama Luna.

—Tengo una insignia de correlunas —tartamudea.

—Bien, hurra por ti, niño rico. La carrera lunar dura diez o quince segundos. Tenemos que quitarte la cinta, meter el paquete y volver a sellar la abertura. Entre cuarenta y sesenta segundos.

Eso podría matarlo. Eso va a matarlo. Es posible, es seguro. Una vez más, Dama Luna toma la decisión por él.

—De acuerdo —dice Lucasinho.

—Buen chico. Hiperventila durante un minuto y despresuriza el casco. Tengo que conectarme a la IA de tu traje.

—Tengo cinta adhesiva —dice Luna mientras Lucasinho se despega de su traje.

—Buena chica. Charlene, Efron.

Jinji cambia la atmósfera del traje por O_2 puro, que golpea a Lucasinho como un hacha. Se tambalea y lo sujetan. Aspira a fondo, más a fondo, sobrecargando de oxígeno el cerebro y la sangre. Ha hecho la carrera lunar. Ha corrido quince metros por la superficie sin más protección que la piel. Esto es fácil. Pero en la carrera lunar fueron bajando la presión durante una hora. Esto va a ser instantáneo. «La piel humana es un excelente traje de presión...» Lección primera para el uso del trácsup. Basta con algo ajustado para mantener esa presión, evitar la evaporación y retener el calor.

—*Despresurización en cinco...*

Lucasinho expulsa todo el aire de los pulmones. En el vacío es necesario para evitar que estallen.

—*Dos, uno...*

—Vamos allá —dice Malcolm.

—*Evacuando.* —El silbido del aire da paso al silencio cuando Jinji vacía el traje. Lucasinho grita sin emitir sonido al sentir el dolor repentino en los oídos. Charlene se adelanta con el cuchillo, corta la cinta cuidadosamente y la retira.

—Estate quieto, chico. Sujetadlo.

—Apartad.

El calor abrasador cuando Malcolm introduce el paquete en el tejido prieto. Lucasinho tiene que respirar. Tiene que respirar. Se le está apagando el cerebro célula por célula. Una voz de mujer, débil y aguda como la de una santa, grita: «¡Sujetadlo!». Lucasinho abre la boca. Nada. Expande los pulmones. Nada. Así es como se muere en el vacío. Todo se cierra, se estrecha, duele. Las débiles voces distantes, las manos de hierro que lo sujetan, todo arde.

Las voces distantes...

Y ha vuelto. Cae hacia delante. Las barras lo sujetan. Está a salvo, en un asiento del róver de Mackenzie Helium. Aire. El aire es maravilloso. El aire es mágico. Respira a fondo diez veces: inspiración rápida, espiración lenta; inspiración rápida, espiración lenta. Boca, nariz; nariz, boca. Nariz. Boca. Gloriosa respiración. Calor. Nota dolor bajo la costilla inferior izquierda: el paquete calorífico, apretado fuertemente por el trácsup y la cinta adhesiva. Le quedará una magulladura, pero se alegra de sentir el dolor. Significa que no se ha congelado.

—¿Luna? —croa.

—Así que ya estás aquí —dice Malcolm.

Lucasinho mira a su alrededor, a los cables y tubos que lo conectan al róver. Piensa «Agua» y recibe como recompensa un chorro fresco y limpio de la boquilla. El suspiro de placer de Lucasinho por el canal común hace reír a los tragapolvos.

—Sigue siendo pis reciclado, pero al menos no es tuyo —añade Malcolm—. Hasta hay mierdas nutritivas. Creo que tienes bastante hambre para comértelas.

Efron ata al róver grande el monoplaza del que se apropió Lucasinho y salta a su asiento.

—Bueno, Lucasinho Corta —dice Malcolm—. Si no tienes objeciones, vamos a Secchi.

Tiene algo delante de la cara. Lucasinho se despierta con un grito de pánico claustrofóbico. Lleva un trácsup, el mismo puto trácsup. La baba del sueño le ha formado una costra cristalina en la mejilla. Puede oler su propia cara dentro del casco.

—Estás despierto. —La voz de Malcolm—. Bien. Tenemos un problema.

Jinji le muestra un mapa: el convoy y el refugio de Corta Hélio saltan a la vista, igual que la línea de contactos entre los róvers y la seguridad.

—Son...

—Ya sé qué son, chaval.

—¿Puedes rodearlos?

—Puedo, pero en el momento en que nos detecten se lanzarán contra nosotros. Somos grandes y pesados, y hemos visto moverse a esos cabronazos.

—¿Qué hacemos?

—Vamos a soltaros a la niña y a ti. Coged el otro róver; ya

tiene suficiente carga para llegar al refugio. Id directamente. Nosotros intentaremos deshacernos de los bots.

—Pero decías que no podéis correr más que ellos.

—¿Donde tienes la puta fe, chaval? Sin vosotros es posible que no nos alcancen. Hasta puede que nos carguemos a unos cuantos. Los fusiles son bastante eficaces contra ellos. De lo que estoy seguro es de que, si seguimos juntos, moriremos juntos.

Los paquetes de soporte vital de los trajes están llenos de agua y aire, y las baterías están cargadas. Luna se coloca en el asiento; Lucasinho la pega con cinta adhesiva y después se pega a ella. Lucasinho le ha explicado el peligro que corren con sencillez y sinceridad, y ella sabe qué hacer sin preguntas ni instrucciones. El róver monoplaza cobra vida al contacto con Jinji. Malcolm se lleva el índice al casco: un saludo antes de la batalla. Arranca el róver grande, gira y en un momento está más allá del horizonte. Lucasinho espera a que se asiente la nube de polvo antes de poner en marcha el monoplaza.

—Vamos a cerrar las comunicaciones —había dicho Malcolm—. Nos vemos en Secchi... o en la próxima.

—Sabes quiénes somos —dijo Lucasinho por el canal privado—. ¿Por qué nos ayudas?

—Termine esto como termine, la Luna no volverá a ser igual —respondió Malcolm.

—Luna —dice Lucasinho—. De nuevo solo tienen comunicación entre ellos, para mantener el silencio de radio y la intimidad.

—¿Qué?

—¿Has bebido agua?

—Sí, he bebido agua.

—Llegamos enseguida.

Analiese Mackenzie espera en la escotilla interior. Las compuertas tardan una eternidad en abrirse, pero ahí están, oscurecidos por el polvo a pesar de los sopladores, cargados con los cascos y los paquetes de soporte vital. Tienen las botas de piedra y los trajes de plomo. El frío agotamiento les atenaza hasta el último tendón. Los combatientes pasan junto a ella con la cabeza gacha. Han librado una batalla a las puertas de Hipatia. Las cargas de demolición han destruido los tres bots supervivientes de la tormenta de flechas de AKA, pero a costa de la vida de siete Blackstars.

Misiones suicidas. Y se rumorea que los refuerzos ya alunizan en Tranquilidad Este; los motores de frenado iluminan el cielo.

Refuerzos. ¿Cómo es que conoce esa palabra?

Ve que se acerca tambaleándose.

—Wagner.

Se vuelve al oír su nombre. La conoce. No puede olvidarla en el aspecto oscuro, el único Wagner Corta que ha conocido. Esa duda, esa reticencia que lo hace vacilar al dar el primer paso hacia ella, no se debe al miedo de haberse equivocado, sino a la culpa. Se fue a Meridian. Ella le dijo que no volviera a la casa que compartían en Teófilo, pero él sabe que la dejó sola frente a su familia. Los Mackenzie no han perdonado jamás a los traidores. Analiese pagó un precio. Él sobrevivió mientras la familia de ella destruía la suya. Mantuvo la cabeza baja y sobrevivió. Ahora parece un cadáver. Tiene un aspecto derrotado.

Mira a su equipo. Una mujer atractiva, de rasgos marcados, le hace una seña con la cabeza.

—Ya me encargo yo, *laoda*.

—Analiese.

No entiende lo que está viendo. Ella vive en Teófilo. ¿Qué hace en Hipatia?

—Ven, lobito.

La cama llena el cubículo. Wagner llena la cama, extendido y estirado, sumido en algo más profundo que el sueño. Analiese tuvo suerte al conseguir esa cápsula, por pequeña que sea. Cuando dejó de funcionar el ferrocarril, Hipatia, el intercambiador más activo del cuadrante, se convirtió en un campo de refugiados, lleno de gente que dormía en la calle o se buscaba amantes con cama, de pasajeros varados tumbados al calor de los conductos térmicos.

Analiese se apoya en la pared del pasillo y observa al lobo.

Está en condiciones deplorables. Tiene la piel irritada y llena de marcas por haber llevado demasiado tiempo el trácsup. El marrón que le encantaba tocar se ha vuelto gris y opaco por la fatiga. Nunca fue muy musculoso, pero ahora está en los huesos. Probablemente no ha comido en dos, tres días. Está terriblemente deshidratado. Apesta.

Desanda el camino desde la cama hasta la primera vez que se vieron: un cruce de miradas en un taller sobre doxástica y otras lógicas de las creencias, en el Decimoquinto Simposio de Paralógica de la Universidad de Farside. Él fue el primero en apartar la vista. Ella se inclinó hacia su compañera Nang Aein, aún resacosa tras el cóctel de inauguración, y le preguntó: «¿Quién es ese?». Con un simple pensamiento podría haber pedido a su familiar que consultara la lista de asistentes y le diera el nombre, pero aquello era una conspiración: quería que la viera preguntar por él.

—Wagner Corta —respondió Nang Aein.

—¿Corta? ¿Como los...?

—De los Corta.

—Tiene unas pestañas arrebatadoras.

—Es raro. Hasta para ser un Corta.

—Me gusta lo raro.

—¿Y lo temible?

—No me dan miedo los Corta.

—¿Y los lobos?

Cuando terminó la sesión y todos fueron a tomar un té, ella siguió mirando al temible Corta, para no perderse el momento en que él eligiera devolverle la mirada. Cosa que ocurrió en la puerta doble de la sala del grupo de estudio. Tenía los ojos más oscuros y tristes que Analiese hubiera visto nunca. Hielo negro conservado en las sombras permanentes desde el nacimiento del mundo. De pequeña hería todos sus juguetes, solo para cuidarlos y curarlos. Lo encontró en el punto de estabilidad gravitatoria entre tres corrillos, con un vaso de té en la mano.

—A mí tampoco me ha gustado nunca. —Se le daban bien las pequeñas observaciones que daban pie a entablar conversación. Wagner no había tocado el té—. No es una bebida en condiciones.

—¿Qué es para ti una bebida en condiciones?

—Puedo enseñártelo.

Cuando iban por el tercer moccatini, Wagner le habló del lobo.

Cuando iban por el quinto, ella dijo: «Vale».

El lobito, tras pasar una noche y un día durmiendo, se despierta de golpe con todos los sentidos alerta. Sus primeras palabras:

—Mi equipo.

—Están bien —dice Analiese, pero a él no le basta con su palabra; tiene que llamar a la delegación de Taiyang en Hipatia. Zehra se encargó de presentar el informe y tramitar el permiso del equipo de cristaleros Lucky Eight Ball. Taiyang puede proporcionarle un familiar de acceso básico, pero las copias de seguridad completas de Doctor Luz y Sombra están en Meridian, y la cara visible sigue sin comunicaciones. La visión de Wagner sin familiar, desnudo digitalmente, excita a Analiese Mackenzie.

Una noche, un día y una noche, en tiempo de guerra, son una eternidad. Cuando falla la información prosperan los rumores. Twe sigue asediada, enterrada, silenciada, mientras sus agráriums mueren en el ocaso, sedientos de luz. En Reina del Sur queda comida para cinco días, y en Meridian, para tres. Han atacado restaurantes y trucado impresoras tridimensionales. Los informáticos de Taiyang han logrado deshackear algunas de las niveladoras poseídas, pero cualquier intento de organizar con ellas escuadrones que pongan fin al asedio atrae fuego desde la órbita. Hielo. VTO dispara hielo desde su catapulta magnética. Los Vorontsov han atrapado un cometa; suficiente munición para repetir el Cataclismo Lunar. Y los trenes están inmóviles en las estaciones, y el BALTRAN no funciona, y cualquier róver que salga a la superficie atrae a bots cargados de cuchillas. Hay un Equatorial Express entero varado en las vías, en mitad del mar de Smyth. Se quedaron sin agua hace un día, y están bebiendo orina. Les ha fallado el suministro de aire. Están comiéndose entre ellos.

Rumores y murmuraciones. Duncan Mackenzie ha enviado veinte, cincuenta, cien, quinientos tiradores, Moonbeam todos y cada uno, para romper el asedio de Twe. Con el apoyo de los arqueros de AKA, van a asaltar las escotillas exteriores de Twe y liberar la ciudad. El ejército Asamoah-Mackenzie está desmenuzado; los trozos de cadáver riegan el mar de la Tranquilidad. Meridian está sitiada; ha fallado la alimentación eléctrica y toda la ciudad está a oscuras. Meridian está ocupada. Meridian ya se ha rendido.

—Tengo que ir a Meridian —dice Wagner.

—Tienes que curarte, Lobinho.

Analiese alquila una estancia privada en un *banya*. Con tres horas debería bastar. Hay una cabina de vapor, una superficie plana y una pequeña piscina. Wagner, brillante de sudor, se tumba boca arriba en la losa de piedra sinterizada. Con un estriglio curvo, Analiese le raspa la mugre, el polvo y el sudor rancio de la piel.

—Estabas esperándome —dice Wagner con la cabeza ladeada y la mejilla contra la piedra lisa y caliente.

—Volvía de un concierto en Twe —dice Analiese—. Me quedé varada cuando pararon los trenes.

—Me ayudaste a huir y te abandoné.

Analiese le raspa la espalda a Wagner y le retira lentamente la mugre pegada por el sudor de la nuca.

—No hables —dice Analiese—. Dame el brazo. —Sigue doliendo; de repente arranca una costra que creía curada. Sangre fresca.

—Lo siento —dice Wagner.

Analiese le da una palmada en el escuálido culito.

—Ven aquí.

Introduce la piel limpia y brillante de Wagner en el agua caliente de la piscina. Wagner aspira de golpe al sentir el cosquilleo. Analiese se sienta a su lado. Se apoyan el uno en el otro. Analiese se retira el pelo húmedo de la cara. Wagner se lo echa detrás de la oreja y pasa el dedo por la línea pálida de tejido cicatrizal que es todo lo que le queda del lóbulo izquierdo.

—¿Qué pasó? —pregunta.

—Un accidente —miente ella.

—Tengo que ir a Meridian.

—Aquí estás a salvo.

—Hay un chaval. Tiene trece años. Robson.

Analiese conoce el nombre.

—Aún no has repuesto fuerzas, Lobinho.

No consigue persuadirlo. Nunca ha sido capaz. Se enfrenta a fuerzas que están más allá de la capacidad humana: la luz y la oscuridad, las dos naturalezas de Wagner, la manada. La familia. Metida hasta el cuello en el agua cálida y curativa, en plena guerra, se estremece.

Secchi es un cubil de supervivencia, un tubo de sinterizado no más ancho que las esclusas de los extremos, protegido con regolito. Lucasinho y Luna se tienden en él como gemelos en el vientre. Lucasinho no imagina ahí a los tragapolvos. Pero hay aire y agua, comida y regolito por encima, sitio para que Luna se quite el traje rígido. Él está envuelto en tanta cinta adhesiva que solo podría quitarse el trácsup cortándolo. El paquete calorífico es un rectángulo de dolor cálido y duro contra la costilla inferior izquierda. Solo está medianamente cómodo si se tumba sobre el lado derecho, de cara a la pared. Reposa en una almohadilla que aún huele a recién impresa, con todas las articulaciones y músculos cansados, pero incapaz de relajarse lo suficiente para dormir. Está tumbado dentro de su trácsup polvoriento y demasiado pequeño, con la vista clavada en la pared curva de sinterizado, visualizando el grosor del polvo que los cubre, el vacío por encima, la radiación que cruza el espacio, el regolito, el sinterizado, a Lucasinho Corta; con el oído atento al sonido de la esclusa que significaría que han vuelto los tragapolvos de Malcolm, o bien que los bots, que no ha visto pero ha imaginado con todo lujo de detalles cortantes y punzantes, entran para matarlos en los camastros.

—Luca. ¿Estás dormido?

—No. ¿No puedes dormir?

—No.

—Yo tampoco.

—¿Puedo tumbarme contigo?

—Estoy lleno de polvo, *anjinho*. Y apesto.

—¿Puedo?

—Ven.

Lucasinho siente el calor pequeño y concentrado del cuerpo de Luna contra la curva de la espalda.

—Hola.

—Hola.

—Esto está bien, ¿verdad?

—¿A que estaba buena la comida?

En el refugio se guardan dos clases de alimentos: basado en tomate y basado en soja. «Tomate», decidió Luna. Era un poco intolerante a la soja. Lucasinho no quería problemas digestivos en un cubículo de seis metros por dos. Abrieron las raciones autocalentables una por una, porque se les hacía la boca agua cuando se abría el paquete con el contenido caliente. A Lucasinho le dolieron las glándulas salivares cuando olió los ñoquis de patata con salsa de tomate.

—La verdad es que no —dice Luna contra la oreja de su primo—. Sabía a polvo. —Se echa a reír, una risita breve y privada que se alimenta de la intimidad hasta que no puede contenerla y se le contagia a Lucasinho, y juntos en el camastro, ríen como rieron tras el primer salto del BALTRAN, hasta que se quedan sin aliento, les duelen los músculos y les corren lágrimas por la cara.

—*Lucasinho.*

»*Despierta, Lucasinho.*

»*Tienes que despertarte.*

Se incorpora de un salto y se golpea la cabeza contra un techo bajo. El refugio. Está en el refugio. Ha pasado dos horas durmiendo. Dos horas. Esa es Luna, a su lado. Ya está despierta. Los familiares los han despertado a los dos. Eso le da mala espina.

—*Se acercan múltiples contactos.*

—Mierda. ¿Cuántos?

—*Quince.*

Entonces no son los tragapolvos de Mackenzie Helium.

—¿Puedes identificarlos?

—*Están en silencio de comunicaciones.*

—¿Cuánto tardarán en llegar?

—*A la velocidad actual, diez minutos.*

Prepárate, prepara a Luna, sal y pon en marcha el róver. Dioses.

—Luna, tienes que ponerte el traje.

Está aturdida por el sueño interrumpido. Lucasinho la coge en brazos y la mete en la coraza. Se despierta del todo cuando el intraesqueleto se cierra a su alrededor.

—¿Qué está pasando, Luca?

—Luna, Luna, tenemos que salir de aquí.

Tienen que salir cuanto antes. Hay un truco; lo vio en una telenovela y pidió a Jinji que comprobara si era posible. Lo es. Con eso ganarán el precioso minuto que dura la despresurización de la esclusa. Un minuto es la vida.

Cascos fijados, ciclo de comprobación de los trajes completado y luz verde.

—Sujétate a mí, Luna.

Los brazos del traje son suficientemente largos para rodear el estrecho cuerpo de Lucasinho. Los guantes se agarran al bastidor del paquete de soporte vital.

—En tres, dos, uno...

Jinji hace estallar la escotilla. El refugio se descomprime con una explosión, y Lucasinho y Luna salen disparados de Secchi envueltos en camastros, raciones de soja y tomate, palillos, artículos de aseo y cristales de hielo. Golpean el suelo. El impacto vacía de aire los pulmones de Lucasinho. Crujen cosas. El paquete calorífico es un puño de acero. Eso no pasaba en la telenovela. Ruedan. Luna choca contra el róver aparcado, y Lucasinho, contra Luna.

—¿Estás bien? —acierta a decir Lucasinho.

—Bien.

—Vamos.

Lucasinho gime de dolor cuando se pega a Luna y ella a *Coelinho*. Está herido. ¿Qué le ha hecho al traje?

—Sujétate bien.

Los guantes de Luna se anclan a las barras del róver. Lucasinho programa la aceleración máxima. Se levantan las ruedas delanteras. Se elevan las ruedas delanteras. Si vuelcan, están muertos. Luna se inclina hacia delante instintivamente. Lucasinho vuelve a gemir cuando rechinan las costillas y los músculos. *Coelinho* se aleja de Secchi a toda velocidad. El rastro de polvo será visible en la mayor parte de Fecundidad Oeste. Mientras puedan ir por delante de los bots... ¿Cómo los llamó Malcolm? Cabronazos. Son unos cabronazos. Mientras los bots se queden sin baterías antes que ellos... El róver ha pasado horas recargándose; los bots no. Supone. Estarán bajos de energía. Supone. Demasiadas suposiciones. Cabronazos.

—Jinji, ¿están ahí?

—*Están ahí, Lucasinho.*

—¿Están cerca?

—*Se acercan.*

—Mierda —maldice Lucasinho entre dientes—. ¿Cuánto?

—*A nuestra velocidad actual, los rumbos se cruzarán en cincuenta y tres minutos.*

Los rumbos se cruzarán. Las cuchillas y la sangre para un familiar.

—¿Hasta dónde llegaremos?

Jinji muestra un mapa; el lugar de reposo del róver es una banderola a veinte kilómetros de João de Deus.

—¿Y si igualamos su velocidad?

La banderola se acerca diez kilómetros más al límite sur de la franja solar del ecuador. Demasiado lejos para ir andando. La decisión está tomada.

—Acércanos tanto como puedas a João de Deus.

Coelinho surca el regolito y Lucasinho intenta no imaginar las cuchillas en la nuca. Está cansado de tener miedo. Muy, muy cansado.

La línea negra del limbo es tan total, tan abrupta, que Lucasinho está a punto de detener el róver. Falta parte del mundo. El negro crece por segundos, por metros, tragándoselo todo.

—Son los campos de cristal —dice Luna.

Han llegado al borde de la granja solar ecuatorial, el cinturón negro con que los Sun están rodeando el mundo. La perspectiva cambia cuando Lucasinho lo entiende: el negro está mucho más cerca de lo que esperaba. ¿Podrán mantener la velocidad? ¿Se romperá el vidrio bajo ellos y se desmoronará? A la mierda. Tienen quince bots asesinos detrás.

—¡Yujuuu! —grita, y Luna con él, y se lanzan a toda velocidad al cristal.

Cuando Lucasinho vuelve la cabeza ya no ve a *Coelinho*. Ni siquiera la punta de la antena. Hace veinte minutos que no recibe informes sobre los bots que los persiguen. Lucasinho y Luna están solos en el cristal, el trácsup blanco ajustado, el voluminoso traje rígido rojo y dorado. Vidrio: liso, ininterrumpido, perfectamente negro en todas las direcciones. Negro por encima, negro por debajo; los cielos reflejados en el espejo oscuro. Podría volverse loco mirando hacia abajo, a su propia imagen que avanza pacientemente. Podría caminar en círculos eternamente. Jinji los guía con los mapas que tiene cargados. La forma fantasmagórica que se ve dentro del cristal es João de Deus, más allá del horizonte, que nunca parece acercarse. El horizonte: es imposible saber dónde termina el cielo y empieza el suelo.

Lucasinho imagina que siente el calor de la energía almacenada en el cristal a través de las suelas de las botas. Imagina que oye el *tic tic* de las patitas puntiagudas de los bots surcando el vidrio reflectante. Los pasos se convierten en kilómetros; los momentos, en horas.

—Lo primero que haré cuando lleguemos a João de Deus será preparar una tarta especial, solo para ti y para mí —dice Lucasinho.

—No, no, lo primero que harás será pegarte un baño —dice Luna—. Te olí en Secchi.

—De acuerdo, un baño. —Lucasinho se imagina sumergiéndose hasta la barbilla en agua caliente con espuma. Agua. Caliente—. ¿Y tú? ¿Qué vas a hacer?

—Tomarme un zumo de guayaba en el Café Coelho —dice Luna—. *Madrinha* Elis me llevaba, y es el mejor.

—¿Puedo tomarme uno contigo?

—Claro —dice Luna—. Muy frío. —Y una docena de alarmas rojas se encienden dentro del casco de Lucasinho.

—*Luna tiene una fuga en el traje* —dice Jinji con su voz siempre tranquila y razonable.

—¡Luca!

—¡Ya voy! ¡Ya voy! — grita Lucasinho. Pero puede ver el chorro de vapor de agua que sale de la rodilla izquierda del traje rígido y se convierte en relucientes cristales de hielo. La juntura corrugada ha fallado a causa del roce constante del polvo. El traje está abierto al vacío—. ¡Contén la respiración! —La cinta. La cinta. El rollo extra de cinta que insistió en que Luna imprimiera y llevara. El que podrían necesitar: lo necesitan. ¿Dónde está?, ¿dónde está?, ¿dónde está? Cierra los ojos y lo visualiza en la mano de Luna. ¿Dónde ha metido las manos? En el bolsillo del muslo derecho del traje rígido—. ¡Ya voy! ¡Ya voy!

—*El depósito de aire de Luna está al tres por ciento* —dice Jinji.

—¡Cierra el pico, Jinji! —brama Lucasinho. Saca el rollo de cinta del bolsillo, desprende el extremo y envuelve la juntura de la rodilla. Aparta polvo con los dedos: traicionero y abrasivo polvo lunar. Sigue dando vueltas hasta que se acaba la cinta—. ¿Cuánto le queda, Jinji?

—*Creía que querías que cerrase el pico.*

—Dímelo y luego cierra el pico.

—*La presión interna se ha estabilizado; sin embargo, Luna no tiene suficiente oxígeno para llegar a João de Deus.*

—Dime cómo transferir aire —grita Lucasinho. Se superponen gráficos luminosos al traje de Luna—. ¿Cómo estás? —pregunta Lucasinho mientras conecta el conducto de aire de su paquete de soporte al de Luna—. Dime algo.

Silencio.

—¿Luna?

—Lucasinho, ¿me das la mano? —Es una voz débil y temerosa, pero es una voz oxigenada.

—Claro. —Lucasinho introduce la mano en el guante del traje rígido—. ¿Tiene bastante, Jinji?

—*Lucasinho, tengo una mala noticia. No hay suficiente oxígeno para que los dos lleguéis a João de Deus.*

—¿Puedes seguir, Luna? —Un ligero temblor en el traje duro—. ¿Has vuelto a decir que sí con la cabeza?

—Sí.

—Pues vamos. No está lejos.

Cogidos de la mano, caminan por el cristal negro, pisando estrellas.

—*¿Me has oído, Lucasinho?*

—Te he oído —dice Lucasinho. Los pasos del traje rígido son medio metro más largos que los suyos. Trota por la llanura de cristal. Le duelen los músculos; no le queda fuerza en las piernas. Lo que más desea es tumbarse en el cristal oscuro y echarse las estrellas por encima—. Seguimos adelante porque no hay más remedio. ¿Qué opciones tengo?

—*No tienes ninguna opción, Lucasinho. He realizado todos los cálculos y te quedarás sin oxígeno como mínimo diez minutos antes de llegar a la esclusa.*

—Bájame el caudal respiratorio.

—*No puedo bajarlo más.*

—¡Que lo bajes!

—*Te lo he bajado hace dos minutos. Podrías recuperar parte del O_2 de Luna...*

—Ni hablar. —Las palabras le pesan como plomo en los pulmones. Cada paso arde—. No se lo digas a Luna.

—*No se lo diré.*

—Tiene que continuar. Tiene que llegar a João de Deus. Tienes que hacer eso por mí.

—*Su familiar ya está encargándose.*

—Aunque nunca se sabe —dice Lucasinho Corta—. Puede que surja algo.

—*Te garantizo que no* —dice Jinji—. *No puedo entender ese optimismo frente a hechos indiscutibles. Y debo aconsejarte que no desperdicies el poco aire que te queda llevándome la contraria.*

—¿De quién es el aire, a fin de cuentas? —dice Lucasinho.

—*Vas a morir, Lucasinho Corta.*

La certeza lo golpea; esquiva todas las ofuscaciones y negaciones y le clava un cuchillo en el corazón. Aquí es donde muere Lucasinho Alves *Mão de Ferro* Arena de Corta. Con su trácsup demasiado pequeño, parcheado y polvoriento. Los Mackenzie no han logrado matarlo; los bots no han logrado matarlo. Dama Luna se lo ha reservado para la muerte más íntima: el beso que arrebata el último aliento de los pulmones. El traje rojo y dorado, las estrellas en el cielo y reflejadas en el cristal, la tierra creciente azul, los guantes demasiado pequeños, son sus últimas visiones, sus últimas sensaciones; el silbido del respirador y los débiles latidos de su corazón, los últimos sonidos.

Y no está tan mal; ahora está cerca y es ineludible. Siempre lo fue. Esa es la lección de Nuestra Señora de las Mil Muertes. Ahora lo único importante es la forma en que va a su encuentro, caminando hacia ella con voluntad y dignidad. Le duelen los pulmones. No consigue atrapar bastante aire. Sigue caminando. Tiene las piernas de piedra. No puede poner un pie delante del otro. Todas las lecturas del casco aparecen en rojo. Se le está estrechando el campo visual. Puede ver el casco de Luna, la mano que coge la suya. El círculo se reduce. No puede respirar. Tiene que salir. No hay ninguna dignidad al final. Suelta la mano de Luna, lucha con el casco, con el trácsup, intentando quitárselos. Le arde el cerebro. El rojo da paso al blanco. Un pitido omnipresente le llena los oídos. No puede ver, no puede oír, no puede respirar. No puede vivir. Lucasinho Corta se sume en el abrazo blanco de Dama Luna.

9
Leo – virgo de 2105

La familia subió ocho pisos con Caio en un palanquín improvisado, una silla sujeta a dos palos de bambú. Como el papa. Como un inválido al que transportan con la esperanza de una curación milagrosa. Lo llevaron al borde del jacuzzi de la azotea y lo sentaron con los pies en el agua. Entonces lo dejaron a solas con Alexia.

Tenían el trípode, tenían la pantalla, tenían el helado. De anacardo. No es el sabor favorito de Alexia, pero hay que apañarse con lo que se tiene y, de todas formas, en quien pensaba era en Caio. Se sentó a su lado, con los pies en el agua fresca y burbujeante, y se dieron en la boca cucharadas de helado de anacardo. Alexia se absorbió los trocitos de fruto seco de entre los dientes. Entonces salió la luna y lanzó destellos plateados al mar, y ella la bajó del cielo a la pantalla.

—Las zonas oscuras se llaman mares, y las partes brillantes son llanuras —dijo, y amplió el mar de la Tranquilidad. En unos días se había convertido en la experta lunar del edificio—. Se llaman así porque la gente creía que estaban llenos de agua. En realidad, son de una clase de roca distinta, como la que sale de los volcanes, y cuando está caliente fluye un poco como el agua, así que no está tan mal el nombre. Ese es el mar de la Tranquilidad. También están el mar de la Fecundidad, el del Néctar, el de la Serenidad y el de las Lluvias. Hasta hay un océano, al oeste de la Luna.... —Examinó la pantalla; la ampliación era muy buena para tratarse de un modelo económico—. El océano de las Tormentas.

—Pero en la Luna no hay tormentas —dijo Caio.

—En la Luna no hay fenómenos climatológicos —dijo Alexia.

—¿Puedo ver el pollón?

—Desde luego que no. —El King Dong era legendario, una polla con sus huevos, de cien kilómetros de largo, dibujada con huellas de róver en el mar de las Lluvias por trabajadores de superficie aburridos. El tiempo y la industria lo habían disipado, pero seguía siendo la imagen icónica de la actividad humana en la Luna—. Voy a enseñarte la liebre. —Redujo la imagen para mostrar toda la Luna y señaló la silueta formada por las orejas del mar del Néctar y la Fecundidad, la cabeza del mar de la Tranquilidad...

—No se parece mucho.

—Bueno, a la gente le gusta ver caras en las cosas. En China creían que el Conejo de Jade robó la fórmula de la inmortalidad y se la llevó a la Luna, y está moliendo las hierbas. —Alexia señaló el mortero del mar de las Nubes; giró los dedos contra la pantalla y dio la vuelta a la imagen—. En el norte ven una cara: el Hombre de la Luna. ¿Lo ves?

Caio negó con la cabeza, frunciendo el ceño.

—Ah, ya lo veo. Tampoco se parece mucho.

—Y otras veces veían a una vieja con un hato de palitos a la espalda, pero nunca he sido capaz de distinguirla. En la Luna ven un guante. De un traje de actividad de superficie.

—¿Cómo pueden verlo si están ahí?

—Tienen mapas.

—Ah, sí, claro.

Alexia trazó el guante: los dedos del mar de la Fecundidad, el pulgar del mar del Néctar, la palma del mar de la Tranquilidad.

—Eso es bastante aburrido —dijo Caio. Alexia tuvo que reconocer que era cierto—. Hasta el conejo era mejor.

El trípode seguía la luna durante el ascenso. El jardín de la azotea estaba muy iluminado; las calles habían vuelto a quedar a oscuras, con sectores enteros sin luz. «Nosotros encendemos las luces», se jactaban en Corta Hélio.

—Caio, me han ofrecido un trabajo —dijo Alexia—. Un trabajo fantástico. Muy bien pagado. Tendría dinero para que salgamos de aquí; suficiente dinero para estar seguro de que no volvamos a pasar miedo. Pero el caso, Caio, es que es en la Luna.

—¿En la Luna?

—No es tan descabellado. Nuestra tía abuela Adriana subió. Desde este mismo piso hasta ahí arriba.

—Mataron a toda su familia.

—No a toda. La gente va a la Luna, Caio. Milton estuvo allí.

—A Milton lo mataron. —dijo Caio. Alexia hundió los pies en el agua fresca y lo salpicó, pero el chaval no estaba para bromas—. Lo tienes decidido, ¿verdad?

—Voy a subir, Caio. Pero te prometo, te prometo, que contrataré a los mejores profesionales para cuidarte. Tendrás médicos, fisioterapeutas y profesores particulares. No te faltará nada. ¿Cuándo he incumplido una promesa? —Se arrepintió de decir esas palabras nada más pronunciarlas.

—No puedo hacer gran cosa, ¿verdad?

—Quería enseñarte cómo es, para que te hagas una idea.

—¿No te basta con nosotros, Lê?

A Alexia se le resquebrajó el corazón.

—Claro que sí. Lo sois todo para mí; Marisa, *mãe* y tú. Tía Iara, tía Malika y tío Farina. Pero este sitio no. Quiero más, Caio. Merecemos más. Éramos una gran familia en tiempos de la tía abuela Adriana. Se me presenta la oportunidad de conseguir salir de Barra y tengo que aprovecharla.

A Caio se le contrajo la mejilla. Se quedó mirándose los pies, en el agua que ya no burbujeaba.

—Volveré —dijo Alexia—. Dos años; es el límite de tiempo. No es tanto, ¿verdad?

Caio dio una patada al agua y salpicó la pantalla. Alexia no se sintió con derecho a reprenderlo.

—¿Queda helado de ese?

—Lo siento; se ha acabado.

—Entonces, ¿puedo ver el pollón?

Maletas de plástico y cajas bloqueaban el pasillo. Hombres de mono naranja con siglas de tres letras en la espalda maniobraban con carritos. Alexia, con un vestido de Michael Kors y unos tacones de Carmen Steffens, se abrió paso entre voluminosos dispositivos médicos blancos y pilas de cajas de cartón. Abrió la suite con el pulgar. El interior era un caos aún mayor: hombres de mono empaquetando y apilando; personal del hotel plantado con expresión desolada.

—¿Qué pasa aquí? —preguntó Alexia.

—Es sorprendente la cantidad de objetos físicos que he acumulado en tres meses —dijo Lucas Corta, y avanzó con la silla entre pies que se apartaban y cajas que se retiraban. Alexia le dio dos besos—. Me ha gustado bastante tener cosas; es una experiencia nueva. En la Luna desimprimimos y reimprimimos. Nadie tiene nada, realmente. El carbono que se empleó para este montón de periódicos no se puede usar para nada más. Bloqueado. Carbono muerto. Somos un mundo de alquiler. Puede que haya sido un poco avaricioso acumulando objetos. Ahora tengo que desprenderme de todo y no puedo evitar la sensación de pérdida. Echaré de menos esta mierda.

—Lo que pregunto es qué pasa aquí.

—Estoy haciendo el equipaje, Alexia. Vuelvo a la Luna.

—Un momento —dijo Alexia—. ¿No deberías haber informado de esto a tu ayudante personal? ¿Como un asunto prioritario?

—Es por prescripción mía —dijo la doctora Volikova. Siempre la doctora Volikova. Alexia sabía que no podía esperar que la pusiera al tanto de la salud de Lucas. Desde la primera vez que se vieron supo que no le caía bien a la médico, que la consideraba una oportunista de tres al cuarto. Una *malandra* de Barra. Alexia se ocupó de hacerle notar que la aversión era mutua. Da lo que recibas: la norma inamovible de Barra. Alexia también sabía que no iba a explicarle los motivos si no preguntaba.

—Se me debe informar de cualquier cosa que afecte al trabajo de Lucas.

Los trabajadores de naranja se quedaron paralizados. Una mirada de Lucas les hizo reanudar sus tareas.

—Por lo menos una docena de IA médicas de cinco continentes supervisan mi salud —dijo Lucas—. Cuatro de ellas coinciden en que tengo que abandonar la Tierra en un plazo de cuatro semanas si quiero tener más de un cincuenta por ciento de probabilidad de sobrevivir a la entrada en órbita.

—La fisiología del *senhor* Corta se ha deteriorado durante las dos últimas semanas —dijo la doctora Volikova.

—La Tierra es una cruel amante —dijo Lucas.

—¿Podemos hablar en privado? —dijo Alexia.

Lucas condujo la silla hacia el dormitorio y Alexia cerró la puerta. Los conocidos escáneres y monitores, el equipo de respiración, estaban retraídos. La cama de agua estaba sola, expuesta, aislada.

—Lucas, ¿soy tu ayudante personal?

—Sí.

—Entonces no me trates como a tu puta sobrina. No me has contratado para que me ponga una minifalda y unos tacones y te decore el sitio. Me has dejado en ridículo delante de los tipos de la mudanza. Por cierto, ¿quién los ha contratado? Ese es mi trabajo. Déjame hacer mi puto trabajo, Lucas.

—He cometido un error. Lo siento. No se me da bien delegar.

—Vale, pero cuando vuelvas a la Luna, si he entendido bien lo que vas a hacer, no tendrás muchos amigos. Estaré a tu lado, pero debes confiar en que si digo que voy a hacer algo, puedo hacerlo.

—Muy bien. Necesito que abandones la Tierra conmigo.

«Intentas descolocarme —pensó Alexia—. Me estás mirando los ojos, la garganta, las manos, la boca, las aletas de la nariz, en busca de indicios de conmoción. Has organizado todo este espectáculo para ver cómo reacciono. Quieres ver de qué pasta estoy hecha. Mírame a los ojos. No los aparto.»

—Esta noche me voy a Manaus a prepararme para el vuelo —continuó Lucas—. Es el mínimo necesario. Puedo reunirme a distancia con mis colaboradores, pero tengo asuntos pendientes aquí en Río.

—¿Qué tengo que hacer?

—Hay que dejar cerrado el diseño de los bots. Yo no puedo. Tienes que verlos físicamente, comprobar de qué son capaces y organizar la entrega. En VTO Manaus saben que se espera el cargamento, pero hay que avisar con veintiún días de adelanto.

—De acuerdo, Lucas.

—Te necesitaré en Manaus cinco días antes del lanzamiento. Los chequeos médicos y físicos son bastante rigurosos. Te he reservado el billete.

Puto Lucas. La había pillado. Alexia contuvo una sonrisa.

—Una cosa más. —Lucas se metió la mano en la chaqueta de Boglioli. Alexia admiraba los trajes de Lucas Corta. Nunca lo había visto repetir. Siempre una flor en el ojal, siempre rosa, siempre fresca. Siempre con rocío, hasta los días en que el calor de la avenida Atlântica golpeaba como un martillo contra el yunque. Sacó un colgante de plata. Alexia se inclinó para que Lucas se lo pusiera alrededor del cuello. No era un regalo; no era una joya. Alexia era un caballero medieval que recibía una prenda—. Contiene una clave. Lleva generaciones en mi familia. Mi madre me lo dio y yo te lo doy a ti. Si me pasa algo, si soy incapaz de pedírtelo o autorizar su empleo, úsalo.

—¿Cómo...? ¿Cuándo...?

—Lo sabrás.

Alexia observó el colgante, un hacha doble.

—El hacha de Xangô —dijo Alexia.

—El rey de la justicia —dijo Lucas Corta—. Mi madre era seguidora de los orixás. No creía en ellos, pero los honraba.

—Creo que lo entiendo. ¿Para qué sirve?

—Para llamar al relámpago.

Alexia soltó el colgante, que cayó contra la piel.

—¿En qué circunstancias podrías ser incapaz de pedírmelo?

—Me entiendes de sobra.

Alexia empujó a Lucas de vuelta a la suite. Los encargados de la mudanza habían metido los periódicos en cajas, habían apilado las cajas y habían alineado las pilas.

—Una pregunta.

—Adelante.

—¿Dónde guardabas todas estas cosas?

—Ah, es que también tenía la suite de al lado —dijo Lucas Corta.

—Vamos —dijo Alexia, y abatió el portón trasero de la caja de la camioneta. Cojines, una nevera llena de Antarctica y repelente de insectos en el bolsillo auxiliar. La sonrisa de Norton se amplió cuando vio el colchón de espuma. Alexia lo colocó en la caja abierta y subió a extenderlo. Norton puso en la radio música suave de noche cerrada y subió con ella. Colocaron los cojines y se sentaron juntos, con los pies colgando y una botella en la mano, a observar la cuchilla luminosa que formaban Recreio dos Bandeirantes y Barra da Tijuca.

Alexia había descubierto aquel escondite, en la linde de la selva, casi por accidente; un giro erróneo mientras iba a ver a un cliente la llevó a ninguna parte; solo a esa zona ancha de una vía de servicio que conducía al refugio de vida salvaje de Pedra Branca. El refugio era el último resquicio de selva costera, castigado y erosionado por los cambios ambientales, aferrado a las colinas que dominaban Recreio dos Bandeirantes. Salió de la camioneta; escuchó, se llenó los pulmones, miró a lo lejos. Sintió la frescura de la sombra y la lenta respiración de los árboles. Vio a un tucán que volaba entre las ramas más altas con un polluelo cazado en el pico. Oyó los insectos, el oleaje lejano, el viento. El tráfico interminable estaba amortiguado hasta convertirse en un zumbido.

A Alexia le encantaba su sitio secreto, pero tenía el táser a mano. Por allí vagaban jóvenes asilvestrados que huían de la policía, de las bandas, del Ejército, de su familia. La última vez que fue a Pedra Branca se le enganchó la punta del zapato en una tibia humana, transportada de la selva profunda por algún animal carroñero.

Se lo pensó mucho antes de llevar a Norton.

Estaba muy callado esa noche. Alexia esperaba que se debiera a que tanta belleza lo había dejado sin palabras. Esperaba que fuera un silencio distinto del de los cinco días que había pasado sin hablar con ella, contestar a sus llamadas ni abrirle la puerta, cuando le dijo lo de la Luna.

Alexia levantó la botella de cerveza. Norton hizo chocar la suya.

—¿En la Luna beben cerveza?

—Licores. No pueden cultivar cebada. Y tampoco comen mucha carne. Y no hay café.

—No aguantarás mucho.

—Intento ir dejándolo antes de ir.

Casi no veía la cara de Norton, pero sabía que había vuelto a subir la mirada. Notó que se reclinaba en los cojines.

—Esto es precioso —dijo él—. Gracias.

«Es un regalo para ti —pensó Alexia—. Mi sitio especial.» Se preguntó quién sería la primera chica a la que llevara allí en la moto. La crueldad del pensamiento la sobresaltó.

—Norton...

—Creía que habría algo.

—Ya me han dado la fecha.

—¿Cuándo?

Se la dijo. Norton volvió a guardar silencio un buen rato.

—Tengo miedo, Norton. —Norton era una masa silenciosa, umbría e inmóvil—. Por lo menos abrázame o algo.

Un brazo. Alexia se arrebujó contra él.

—Solo son dos años. —Un movimiento en la maleza; la camioneta encendió los faros. Unas patitas se alejaron, sobresaltadas por la luz.

—¿Has decidido qué hacer con tu negocio?

Otra vez eso. Norton se consideraba el heredero natural de Corta Água. Alexia le había insinuado de forma creativa, aunque no se lo había dicho directamente, que sospechaba que dejaría seca la empresa en un mes.

—Traspasárselo a Seu Osvaldo.

Norton se puso rígido de sorpresa y enfado.

—Seu Osvaldo dirige un gimnasio gay. No es ingeniero de canalizaciones.

—Dirige un negocio rentable.

—Es un puto gánster, Lê.

«¿Y tú qué eres?», pensó Alexia.

—La comunidad lo conoce y lo respeta.

—Ha matado a gente.

—Él no ha matado nunca a nadie.

—No hay gran diferencia, Lê.

—Sabe qué hacer y cómo hacerlo, Norton. Tú... —Se tragó el resto de las palabras.

—Yo no. Es lo que quieres decir, ¿verdad? Norton de Freitas es incapaz de gestionar tu negocio.

—Esto tiene que acabar, Norton. —La ruptura tenía que ser limpia. Sin ataduras, sin nada que la uniese a la Tierra.

—Solo son dos años. Es lo que dices siempre.

—Norton, no empieces.

—Te vas y pasa un año, dos años, tres años, y ya no puedes volver. Sé cómo funciona. La Luna te comerá y te quedarás allí atrapada, por muchas ganas que tengas de volver.

No había promesas, aplacamientos ni ofertas que pudieran servir de nada.

—Me voy a la Luna. A la puta Luna, Norton. Me meterán en un cohete y me lanzarán al espacio, y tengo mucho miedo.

Siguieron sentados juntos en la caja de la camioneta, mirando las luces de la Ciudad Maravillosa por los huecos que dejaban los árboles. No se tocaban; no hablaban. Alexia abrió otra botella, pero la cerveza le sabía rara y polvorienta. La lanzó a lo lejos, a la oscuridad.

—Mierda, Norton.

—Déjame entrenarte.

—¿Qué?

—Me he informado. Hay que entrenarse físicamente para ir al espacio. Déjame entrenarte.

El ofrecimiento de Norton era tan incongruente, tan tonto, tan sincero, que Alexia sintió que le brotaba una florecita en el corazón. Hay que aceptar el perdón cuando se encuentra.

—¿Qué tipo de entrenamiento?

—Fuerza general y resistencia. Pesas y fondo. Correr un poco.

—Nada de correr. Corro como el culo, con todo bamboleándose. Yo ando. Con tremendo garbo y dignidad.

Sintió que Norton se reía, una vibración en el chasis de la camioneta.

—No tenemos mucho tiempo, pero te aseguro que puedo ponerte en forma para el lanzamiento. Estarás como un roble, Lê. Toda cachas.

A Alexia le encantaba la imagen que evocaban aquellas palabras. Se pasó un dedo por debajo de la camiseta y se rozó la tripa. La tenía sin tono ni grasa: tripa de flaca. En una familia de tíos y tías de constitución fuerte, mientras que Caio era un niño rollizo y hasta Marisa era ancha de huesos, ella era el asta de bandera, la judía verde, la flaca. Músculos ahí abajo. Abdominales.

—Es el mejor regalo de despedida que podrías hacerme. —De despedida. Destacó la palabra. No quería que Norton albergara esperanzas vanas.

—Será un trabajo duro.

—Soy yo, Norton.

—Te recojo mañana. ¿Tienes calzado adecuado?

—Las botas de trabajo.

—Entonces empezamos por las compras.

—Ese entrenamiento sí que me gusta.

Norton se recostó en el colchón, envuelto en el olor a citronela del repelente. Se entrelazó los dedos en la nuca y contempló el techo de hojas.

—¿Sabes qué es un buen ejercicio?

Era la misma habitación. Lucas deseó haber dejado marcas, algún arañazo sutil que le permitiera identificar aquella como la suite de cuarentena en la que estuvo cuando cayó a la Tierra. Los depósitos de agua, los paneles solares, las antenas parabólicas, la horrible mezcla de cemento parduzco, cielo azul, árboles marrones polvorientos. Hacía catorce días que había humo en el cielo. Notaba el sabor, a pesar del sistema de filtrado y depuración.

La Tierra era suites, con habitaciones conectadas. Con aire acondicionado, tonos pastel, control de luminosidad, sin polvo y con personal, con olor a productos de limpieza, alfombras demasiado pisadas y recuerdos de comidas del servicio de habitaciones. La Tierra era una serie de vistazos, de paisajes enmarcados, observados a distancia a través de una ventanilla de avión, una ventana, un parabrisas. Encerrado y aislado.

Una vez escapó de la suite, rompió la ventana, cuando Alexia lo llevó a Barra da Tijuca a ver el piso en el que había nacido su madre. Cielo crudo, vistas prolongadas. Arena en los zapatos; se avergonzaba de que le hubiera entrado el pánico. Tráfico, cielo abierto. El olor del mar, de la arena quemada por el sol; neumáticos y baterías de vehículos; comida, orina, semen, muerte.

Lucas Corta se levantó de la silla de ruedas y fue dando tumbos hasta la ventana para contemplar aquel pequeño fragmento de Brasil.

Se vio la cara en la ventana, un reflejo fantasmagórico sobre el fantasma de Brasil. No era una cara de viejo, ni de joven envejecido. Era algo más terrible: la cara de un hombre adulto arrastrada por la gravedad. Todos los pliegues, todos los rasgos, todas las arrugas y poros, los labios carnosos, la nariz respingona, los lóbulos largos y sensuales, los pelos de la barba, el cuello, la barbilla, las mejillas, caídos, pesados, resbalados, colgantes y atenuados. La gravedad les había arrebatado la vida, el vigor. Toda la vitalidad, el ímpetu y el fuego que había tenido, esquilmados por la interminable, implacable gravedad.

Estaba impaciente por ir a casa, a la Luna. Ya no podía ni imaginar cómo era.

La Tierra era el infierno.

No le tocó el entrenador que lo había preparado para salir a Brasil, sino una joven huraña que le deseaba la muerte cada vez que veía el despojo en que se había convertido, pero las sesiones eran tan desalentadoras como antes y mucho más difíciles. Durante el lanzamiento soportaría hasta cuatro veces la gravedad terrestre. Veinticuatro veces la lunar.

«Habrá un equipo de emergencias esperando en el ciclador», había dicho la doctora Volikova.

Veinticuatro gravedades. Ningún entrenamiento podía preparar para abusar así del cuerpo humano, y Lucas consideraba esos minutos de tortura con ecuanimidad. Las posibilidades se inclinaban hacia su supervivencia. Con eso tenía bastante.

No pegó ojo la noche anterior al lanzamiento. Tenía llamadas que hacer, reuniones a las que asistir, detalles que repasar y comprobar. Sus aliados eran traicioneros; lo entendió en cuanto los cuidadosos agentes de los poderes terrestres aparecieron en su espacio para reuniones virtuales. Habían visto la riqueza y el poder de la Luna, y los querían. Necesitaban una cara que se reconociera en la Luna, que estuviera familiarizada con aquel mundo, con su legislación y su sistema político, con sus costumbres y sus asuntos. Cuando dejara de resultarles útil, cuando hubieran aprendido suficiente, le darían la espalda. De momento tenía que sobrevivir a veinticuatro gravedades.

Dedicó el resto de la noche a preparar una lista de reproducción de João Gilberto para que le cantara mientras entraba en órbita. Los acordes de guitarra susurrados, las vocales murmuradas, fluidas como oraciones, eran el contrapunto de las atronadoras energías del vuelo espacial.

Adriana adoraba a João Gilberto.

No desayunó la mañana del lanzamiento. Bebió agua y nadó. El joven solemne con traje de baño que lo había llevado en silla de ruedas cuando salió de la lanzadera fue el que lo empujó en el viaje de vuelta, por los pasillos con atisbos frustrantes del desgastado mundo, hasta el *finger* de embarque.

—Abi Oliviera-Uemura —dijo Lucas—. Nunca olvido un nombre.

Dejó el bastón con empuñadura de plata donde el *finger* se unía a la esclusa.

La doctora Volikova y Alexia ya tenían puestas las sujeciones. El vuelo estaba completo: además del personal directo de Lucas, sus aliados políticos enviaban diplomáticos y reporteros.

—Buenos días —saludó a Alexia, que forzó una sonrisa tensa. Estaba aterrorizada—. El viaje espacial, a estas alturas, es rutinario.

Puso a João Gilberto.

No se aferró a los reposabrazos cuando la lanzadera se desprendió del *finger* y retrocedió. No miró con aprensión a la doctora Volikova, a la izquierda, ni a Alexia Corta, a la derecha, cuando la nave empezó a correr por la pista de despegue. No se sujetó cuando giró al final de la pista y encendió los turborreactores. No soltó un grito ahogado cuando el SSTO despegó y la aceleración le tiró un edificio de oficinas al pecho. No soltó un alarido cuando se fue elevando, subiendo el morro cada vez más y más y más, y él tuvo la impresión de que miraba por el cañón de un arma espacial, y entonces se encendieron unos motores más serios.

El SSTO ascendió sobre el Amazonas. A los quince kilómetros se encendieron los motores principales, y sus cohetes lanzaron el SSTO hacia el cielo. A Lucas Corta le cayó un planeta encima. Soltó un gritito cuando se le quedaron sin aire los pulmones. No podía respirar. Intentó mirar a la doctora Volikova, transmitirle sin palabras una petición de ayuda, pero no podía mover la cabeza y ella tampoco podría haber hecho nada, incrustada en el asiento por la aceleración, con la piel de alrededor de los ojos y la boca estirada hacia atrás.

«Socorro», vocalizó sin sonido Lucas Corta. Tenía el corazón atenazado por un puño de hierro candente que apretaba más con cada latido. No podía respirar. Intentó concentrarse en la música, identificar los cambios de acorde, perderse como cuando el jazz lo ayudó a superar la tortura del entrenamiento para bajar a la Tierra. La gravedad lo aplastaba. Se le estaban tronchando los huesos. Se le estaban hundiendo los ojos, se le estaba desmenuzando el cráneo. Se le estaba muriendo el corazón, arrancado trozo a trozo, ennegrecido. En un asiento central del SSTO Manaus de VTO, Lucas Corta implosionaba. El dolor llegaba mucho más allá que nada que hubiera conocido, más allá del dolor. Era la aniquilación. Y no acababa.

Vio la cara de Alexia vuelta hacia él, con los rasgos borrosos y difuminados por la aceleración, enmarcada en un negro difuso que se estrechaba y centraba su vista en una ranura, una tesela, un atisbo. Alexia estaba gritando.

—¡Médico! ¡Médico!

En los oídos de Lucas Corta sonaba «Chega de *Saudade*». El SSTO *Domingos Jorge Velho* subía por sendas de fuego. El viento arrastraba una columna de humo sobre los restos de la selva amazónica.

Jorge Maria llevó cerveza, y Orbison, hielo. Tía Ilia llevó *doces* y tía Malika, *espetos* de carne. Tío Matteo instaló una parrilla en la terraza y montó un teatro observando la fuerza y la dirección del viento para encender el fuego con el mínimo de yesca. Wuxu, del piso doce, llevó la música con la que siempre hacía temblar el edificio, la música que nadie quería oír, porque por lo que apreciaban a Wuxu era por su capacidad para llevar imagen a todas las pantallas del piso. Pero Wuxu tocó su música de todas formas.

Dejaron el hielo en el plato de la ducha y la cerveza en el hielo; los *espetos* fueron a la parrilla, y los *doces*, a bandejas que Marisa pasaba entre los invitados. Los invitados ocuparon los asientos, las imágenes de Wuxu fueron a las pantallas grandes y pequeñas. En el apartamento había un barullo extraordinario. Parientes, amigos y vecinos desde cuatro pisos más abajo hasta la cima de la torre se congregaron para ver abandonar la Tierra a la Reina de las Cañerías.

—Callad, callad, callad, ahora viene.

Los lanzamientos eran tan habituales que se habían relegado a un canal de interés minoritario interrumpido por anuncios cada quince minutos. El piso quedó en silencio, salvo por la música de Wuxu, que atronaba desde la habitación contigua. Essen, de dos pisos más abajo, cogió un cuchillo de cocina y fue a verlo. El volumen se redujo, pero la música no paró porque nadie podía parar la música. La lanzadera corría por la pista de despegue. La cámara la siguió hasta que se disolvió en la refracción del calor al final de la pista. No pasó nada durante tanto tiempo que pidieron a Wuxu que comprobara si se había congelado la imagen. De pronto un dardo negro salió disparado del espejismo plateado. Avanzó hacia la cámara y se elevó. El piso estalló en vítores. La lanzadera subía soltando un chorro de fuego. Luego empezó la publicidad y todo el mundo abucheó.

La madre de Alexia lloraba inconsolablemente.

Wuxu volvió al piso doce con la música y todos los jóvenes, y bailaron hasta que cayó la noche.

La lanzadera rodeó la Tierra y se iluminó con la luz del amanecer, una aguja de plata que brillaba al sol. Siguió ascendiendo a veintiocho mil kilómetros por hora. La Tierra era azul y exuberante, rodeada de nubes; el vehículo de transferencia orbital, minúsculo contra la amplia curva del planeta, una brizna de tecnología. Mil kilómetros por delante, el extremo del cable orbital en posición descendente, oculto por el resplandor del sol. La lanzadera llegó a la zona de mediodía. Breves sombras entraron por las ventanillas y cruzaron rápidamente la cubierta disminuyendo hacia el cénit, creciendo hacia la zona en la que se pondría el sol en cuarenta y cinco minutos. De repente, otra vez la penumbra. El SSTO cruzó el Sáhara, dunas débilmente iluminadas de color rojizo. Los huertos solares, quinientos kilómetros por debajo, hicieron guiños al sol poniente y quedaron a oscuras. Por delante, la noche egipcia ardía en el Nilo, una serpiente de doscientos millones de luces. No había mejor demostración de que Egipto era el Nilo. Cayó la oscuridad sobre el mar Caspio; redes iluminadas recorrían el centro de Asia: ciudades, autopistas, industrias y líneas eléctricas.

Cien kilómetros para la transferencia. El SSTO desancló el módulo. La lanzadera puso en marcha los motores cohete con chorros de plasma silencioso, para entrar en vector de aproximación al cable. El brazo de grúa levantó el módulo del muelle de la lanzadera. Luces rojas intermitentes mientras la grúa realizaba las últimas alineaciones y el cable descendía. En la transferencia, durante un momento, sus velocidades relativas serían de cero. Las luces rojas se convirtieron en verdes. El extremo del cable orbital se unió al bloqueo magnético cuando se soltó la grúa. Cada vez a más velocidad, el cable giratorio levantó el módulo de transferencia del SSTO, ahora iluminado por el azul de los motores que se alejaban.

Cuando completó el ciclo, el cable orbital soltó el módulo

de transferencia y lo lanzó volando a gran altura, libremente, cruzando la cara de la Tierra hacia el sol naciente. En el corazón del amanecer, un punto negro: el ciclador *Santos Pedro y Pablo* de VTO. El cable orbital giró hacia arriba, alrededor del planeta azul. La lanzadera de transferencia no tenía más propulsión que la de los grupos de reactores de anclaje. Si el cable la hubiera lanzado con demasiada fuerza, no habría atrapado la cápsula, que habría salido volando, indefensa, hacia el espacio; con empuje insuficiente, habría caído y habría ardido en el cielo matinal al entrar en la atmósfera.

A partir de los veinte kilómetros, el ciclador adoptó la forma de un eje con anillos alrededor; depósitos ambientales y motores de maniobra en un extremo; un estallido de alas solares en el otro. Una delicada flor lunar. La aceleración arrancaría como ramitas los paneles y sus soportes. Cinco kilómetros. El cable orbital había funcionado a la perfección. No había fallado ni una vez en los cincuenta años que llevaba dando vueltas a la Tierra.

Los propulsores vernier volvieron a encenderse para girar el módulo de transferencia en la dirección de la esclusa del ciclador. Las dos naves espaciales, como bailarines cohibidos en una boda, salieron volando de la noche en dirección a una nueva aurora. La luz solar convirtió en oro brillante los logotipos de VTO de la panza de la cápsula de transferencia. Guardando las distancias: las dos naves se mantuvieron prudentemente alejadas mientras se realizaban las comprobaciones finales. Los motores volvieron a encenderse. La velocidad relativa entre las naves era de diez centímetros por segundo. Sobre el mar del Japón, las naves se unieron y se anclaron. Agarres activados, juntas presurizadas. En la esclusa del ciclador esperaba el equipo médico de VTO.

Aquí no era posible apresurarse.

Se abrió la escotilla.

Los médicos entraron en la lanzadera.

Tres días después de que el ciclador *Santos Pedro y Pablo* de VTO diera la vuelta a la Tierra y saliera hacia la Luna, Corta

Água envió un comunicado a todos sus clientes. Con el cambio de gestión habría que contratar ingenieros que mantuvieran la alta calidad de la pureza y el suministro. Lamentablemente, eso significaba que los precios subirían. Solo un poco.

Las estrellas que daban vueltas la mareaban.

La burbuja de observación era una cúpula de cristal reforzado, en el extremo del eje giratorio de la *Santos Pedro y Pablo*, suficientemente grande para que dos personas mirasen el espacio. Dos jóvenes empleadas de VTO, con trajes de vuelo ajustados de colores vivos, la habían llevado y le habían dicho que esperase. «Espera.» Alexia las llamó, pero ya nadaban a lo largo del cable guía central, impulsándose con las aletas. «¿Debería estarme quieta o girar con las estrellas?» Si se sujetaba a la barandilla de la burbuja de observación, las estrellas pasaban tan deprisa que le daba vueltas la cabeza. Si soltaba la barandilla, extendía las extremidades y se impulsaba para girar, seguía sin alcanzar la velocidad de rotación de las estrellas y el giro aparente de la nave a su alrededor le impedía enfocar nada con la vista y la dejaba al borde del vómito.

La caída libre y Alexia Corta eran un matrimonio mal avenido. Los músculos que Norton le había cincelado tan dolorosamente la protegieron contra las crueldades del despegue, pero se movían en exceso o se agarrotaban cuando intentaba desplazarse en gravedad cero. Tenía los pies, las manos y, lo peor, la cara, hinchados y tensos. Sentía la piel estirada y sucia; la baja presión atmosférica del ciclador le provocaba picores. No podía controlar el pelo; se le metía en los ojos, lo respiraba, la cegaba, hasta que le dieron una redecilla. Cuando intentaba dar media vuelta, movía las manos y las piernas como un perrito al nadar.

Alexia se sujetó a la barandilla y se impulsó hacia arriba. Contuvo la respiración; estaba flotando en el espacio. Las estrellas giratorias la coronaban. Si miraba hacia arriba, podía ver los paneles solares dispuestos a su alrededor como pétalos de una flor lunar. Bajo ellos estaban los anillos de hábitat, y si se impulsaba hasta el borde de la cúpula podía ver el final de los módulos de comunicaciones y maniobras. Daba vueltas en el espacio en un trono de cristal.

—Supongo que tienes un aire.

Las vistas eran tan cautivadoras que Alexia no se había fijado en la figura que se aproximaba. Flotaba a un metro del cable guía, anclada con cinchas y mosquetones.

—¿Qué?

—Un aire Corta. Y el arrojo de los Corta.

—*Gospodin* Vorontsov.

El hombre se encogió de hombros e hizo una mueca. O a Alexia le pareció un hombre; la figura estaba tan envuelta, tan atenuada y extendida, tan estirada con tubos y cables, que lo último que se podía identificar era su sexo. ¿Eso eran bolsas de colostomía?

—Soy Alexia Corta.

El hombre volvió a hacer una mueca y no estrechó la mano tendida. Había cambiado sutilmente de orientación para mirarla a la cara. Etiqueta de caída libre, recordó Alexia.

—Eras ingeniera de canalizaciones. Es una profesión admirable. Básica. Todo viene del agua y acaba con el agua.

—Gracias.

—Me dicen que sobrevivirá.

—Pasó siete minutos en muerte clínica. El equipo médico llegó justo a tiempo. Un infarto de miocardio grave.

—Le dije que la Tierra le aplastaría el corazón. Así que eres la última Corta.

—Lucas está en recuperación.

—Ya me entiendes. Yo pilotaba esta nave cuando Adriana Corta fue a la Luna. Cincuenta años son mucho tiempo para esperar a un Corta.

—Cincuenta años son mucho tiempo para pasar en el espacio.

Los ojos de Valeri Vorontsov destellaron.

—Raros y enfermos. Idiotas fruto de la endogamia, cargados de radiación, con el ADN podrido en las células. No se nos parecen; no se nos parecen en nada.

—No, eh...

—Es lo que piensan. Siempre nos han mirado por encima del hombro. Los Asamoah nos consideran unos bárbaros. Los Mackenzie nos toman por payasos borrachos. Para los Sun no somos ni humanos. ¿Qué piensas tú, Alexia Corta?

—Yo solo...

—La última Corta. Tienes tu arma. —Valeri Vorontsov, trabajosamente, dio la vuelta al cable guía. Las bolsas de colostomía lo seguían dando tumbos.

—Un momento... —dijo Alexia. Valeri Vorontsov se detuvo—. Lucas me dio una cosa. Una clave.

—Soy demasiado viejo para el espíritu de la escalera —dijo Valeri Vorontsov—. No puedo con los giros inesperados. Dime lo que tengas que decirme.

—Una clave que ejecuta un código. No sé para qué sirve.

—¿Qué te dijo Lucas?

—Que llama al relámpago.

—Ya tienes tu respuesta.

—Me dijo que debía usarlo si él era incapaz de pedírmelo o autorizar su empleo.

Valeri Vorontsov soltó un profundo suspiro y terminó de maniobrar. Se impulsó por el cable, recorriendo varios metros cada vez.

—¿Crees que los dos mundos necesitan relámpagos? —dijo desde la puerta del ascensor.

Con las estrellas girando alrededor de la cabeza, Alexia Corta se llevó a los labios el hacha de Xangô en Justo y la besó.

«Debes confiar en que si digo que voy a hacer algo, puedo hacerlo», había dicho. *Mão de Ferro*.

Alexia susurró la contraseña de activación que le había enseñado Lucas.

—*Ironfall*.

10
Escorpio de 2105

Doscientos cuarenta. Luna Corta tiene la cabeza llena de números. Ocho. Uno. Menos cuarto. Ocho. Sesenta. Tres. Por encima de todos esos números menores, doscientos cuarenta.

Doscientos cuarenta. El número de segundos que puede sobrevivir sin oxígeno un cerebro humano.

Ocho. El porcentaje de batería que queda en el traje rígido de Luna Corta.

Uno. Un grado centígrado. La temperatura a la que Jinji bajó la atmósfera del trácsup de Lucasinho Corta cuando se le agotaron las reservas de aire.

Menos cuatro. Grados centígrados. La temperatura a la que entran en acción en los humanos el reflejo de inmersión y la hipotermia, protegiendo considerablemente el cerebro contra los efectos de la hipoxia.

Ocho. La distancia en kilómetros hasta la escotilla externa más cercana de João de Deus.

Sesenta. La velocidad máxima de carrera del traje rígido Mark 12 de VTO.

—Luna —dice Luna a su familiar—. Lucasinho me ha dado aire. ¿Cómo se lo devuelvo?

—*No tienes bastante aire para que los dos lleguéis a João de Deus* —dice la otra Luna.

—No voy a João de Deus —dice Luna Corta.

Tres. El último número de la pantalla del casco de Luna

Corta. La distancia en kilómetros hasta la escotilla externa de Boa Vista.

—*No tienes bastante aire para que los dos lleguéis a Boa Vista* —dice Luna.

Doscientos cuarenta. El número de segundos que puede sobrevivir sin oxígeno un cerebro humano. Tres entre treinta. Luna no sabe hacer cálculos, pero es lo que tardará en llegar a Boa Vista a máxima velocidad, y debe tardar menos de doscientos cuarenta segundos. Pero solo le queda un ocho por ciento de energía y estará el peso extra, y no sabe si el traje alcanzará la velocidad máxima con una niña de ocho años en el interior.

—*Déjame los números a mí, Luna.*

Luna ordena al traje rígido que se ponga de rodillas. Tiene las manos grandes y torpes; Luna no tiene bastante experiencia con el sistema háptico y nunca ha cogido objetos tan preciosos como el que intenta levantar.

—Vamos —susurra, con un miedo terrible de romper algo, mientras pasa los guantes por debajo del cuerpo de Lucasinho—. Vamos, vamos, por favor.

Endereza las piernas y se levanta con Lucasinho en brazos.

—Vale, traje —ordena—. Corre.

La aceleración está a punto de tirarla hacia atrás. Luna suelta un grito de dolor cuando nota el tirón en las articulaciones. Siente que se le van a descoyuntar las piernas. No pueden moverse tan deprisa; nada puede moverse tan deprisa. El giróscopo del traje la estabiliza; casi suelta a Lucasinho al recuperar el equilibrio. Con su traje rígido rojo y dorado, Luna Corta cruza vertiginosamente el mar de la Fecundidad. Pasa corriendo del negro al gris; salta la línea que separa el campo de cristal del polvo desnudo. El regolito se eleva con sus pasos; un rastro de polvo que se asienta lentamente.

Ciento noventa. Es otro número que Luna, su familiar, le muestra en el casco. El número de segundos que tardará en llegar a la esclusa principal de Boa Vista. Pero después tiene que llegar de la esclusa al refugio. La esclusa tiene que abrirse y reconocerla. ¿Cuántos segundos sumará eso a los ciento noventa?

—Luna —dice, y canta una canción que conoce de toda la

vida, que *paizinho* le cantaba todas las noches cuando iba a verla al hábitat de las *madrinhas* después de que se metiera en la cama. «Escucha mi canción, *anjinho*. Canta conmigo.» La canción activa los protocolos de emergencia de Boa Vista.

¿Y si se han roto las máquinas? ¿Y si no hay electricidad? ¿Y si alguno de los cien fallos posibles impide que se abra la esclusa? ¿Y si Boa Vista no escucha su canción?

Con su traje rígido, con las piernas gritando por los calambres y el dolor. Luna Corta contiene la respiración.

—*Acuse de recibo de Boa Vista* —dice Luna.

Ve que las balizas cobran vida; pilones de luces rojas giratorias que guían a casa a los perdidos y varados. Con su primo en brazos, Luna corre a lo largo de las luces guía. Delante está la cuesta de sinterizado que lleva a la esclusa principal, y una grieta oscura se abre ante ella.

Duele, duele, duele. Nada le ha dolido tanto en su vida. Por toda la pantalla del casco, los números se ponen en blanco. El blanco es la desconexión. El blanco es la muerte. Centímetro a centímetro, la línea de oscuridad se amplía hasta formar un rectángulo.

—Enséñame el refugio, Luna.

Un mapa amarillo se superpone al paisaje negro y gris: un esquema de Boa Vista. El refugio es un cubo verde, a diez metros de la esclusa. Luna se concentra en él mientras su familiar llena el gráfico de números. Luna ve en ellos algo de aire, algo de agua, algo de ayuda médica. Algo de resguardo durante algún tiempo.

Entra corriendo en la oscuridad, pasando por la guillotina de la escotilla que aún se está abriendo.

—*No queda electricidad para las luces del casco* —se disculpa Luna, pero el traje sigue avanzando, guiándose por los datos almacenados. Ahí, el verde en la oscuridad, la débil luz verde de emergencia a través del ventanuco. Precioso, maravilloso verde.

Doscientos diez segundos.

—Zumo de guayaba, Luca —dice Luna—. Un zumo de guayaba del Café Coelho. Muy frío.

Las luces de los cascos juegan en las paredes del túnel, barriendo el sinterizado a lo largo de la pasarela, oscilando al ritmo de los cuerpos. Personas que corren tan deprisa como se atreven por el peligroso lugar; pasos descendentes de varios metros: Geni, Mo, Jamal, Thor y Calyx. Sus trácsups son ferias de colores y dibujos: cuadros amarillos y blancos, parches y pegatinas de equipos deportivos; personajes de dibujos animados pintados a mano con rotulador rojo. El rostro impasible, de beatitud cómica, de Visnú. Puntos luminosos: este avanza por el túnel oscuro en un desconcertante baile alienígena. Instrucciones escuetas saltan de casco en casco. Escombros. Techo desmoronado. Cable sin aislamiento. Vagón abandonado. Marcan rápidamente cada obstáculo con un banderín de IA y siguen corriendo. Es una carrera.

Diez metros.

—Tengo la baliza.

—Aquí.

La figura del traje de Visnú se quita el paquete de soporte vital de los hombros y lo pasa por la grieta, entre las puertas de la esclusa. La última vez que estuvieron allí se esforzaron por no dejar ni rastro, por no profanar ningún recuerdo, y volvieron a sellar todas las puertas y escotillas. Pero esto es una carrera. En cuanto la grieta se amplía lo suficiente para que pase un cuerpo, la atraviesan Geni, Mo, Jamal, Calyx, uno por uno. Thor hace palanca con una viga caída para abrirlo más y vuelve a cargarse el paquete a la espalda. Los urbaneristas, a medida que cruzan la escotilla interior, van bajando los escalones que conducen a la tremenda desolación de Boa Vista.

—A saber qué coño hay ahí fuera.

—Se ha activado la baliza.

—Esas cosas podrían estar de camino.

—Mo, se ha activado la baliza.

Se había activado la baliza. Después de meses de silencio. Después de que el interés del equipo hubiera emigrado a la arqueología industrial y a las enigmáticas ruinas, casi esculturales, de los extractores de helio-3 destruidos en el bombardeo por BALTRAN con que comenzó la guerra entre los Mackenzie y los Corta. Después de que el estallido de cólera de Lucasinho Corta en el bar hundiera un puñal en el corazón de su confianza en el amor por el urbanerismo. Se activó una baliza. Habían acordado no volver a Boa Vista: la magnitud de los estragos era opresiva; la destrucción, demasiado reciente; las caras de los orixás, demasiado sentenciosas; la culpa de la profanación, demasiado fuerte. En la Luna no hay fantasmas, pero la piedra tiene memoria. Antes de marcharse llenaron el palacio muerto de balizas con sensores de movimiento, para detectar a saqueadores, historiadores, otros urbaneristas. Pies profanadores, caminando sobre los recuerdos de la piedra.

Algo se había movido en el mausoleo de Boa Vista. La baliza parpadeó y envió una notificación a Geni.

—¿Y si es un bot?

Geni envió las imágenes al familiar de su compañero de equipo. La resolución era muy débil y la imagen oscilaba, pero era suficiente. Un traje rígido con algo a cuestas.

—Eso no es un bot.

Las luces de los trácsups eran insuficientes para iluminar un ecosistema del tamaño de Boa Vista, y el interior del antiguo tubo de lava estaba lleno de cascotes, objetos desperdigados y hielo. Geni, Mo, Jamal, Thor y Calyx trazan un rumbo entre los pabellones desmoronados, por encima de las piedras traicioneras del río congelado, guiándose por su red de balizas y las superposiciones de realidad aumentada en las lentillas, pero sobre todo por el resplandor verde claro del extremo norte del hábitat, junto a la esclusa principal.

—Vamos en róver y bajamos directamente por la esclusa. Pan comido.

—Ah, ah. ¿Recuerdas esos bots que tanto te preocupaban?

—Mierda.

—Vamos a la antigua usanza. Por el túnel del tranvía.

El resplandor verde es la luz de emergencia de un refugio, escaso de energía y recursos. Los urbaneristas avanzan por los jardines muertos de Boa Vista esquivando, corriendo, saltando. Geni, Mo, Jamal, Thor y Calyx se apelotonan alrededor del resplandor verde de la escotilla. A causa de la condensación les cuesta discernir la figura en traje rígido sentada en el suelo, contra la puerta. Tiene el casco quitado. Una niña. Ahí dentro hay una puta niña.

—Calyx.

Le neutre conecta el paquete de soporte vital a la válvula atmosférica auxiliar para introducir aire.

Hay otra figura con un trácsup blanco, tirada en el suelo.

Geni introduce el cable de comunicaciones en el puerto.

—Hola. Hola. ¿Nos oís? Somos Geni, Mo, Jamal, Thor y Calyx. Vamos a tener que sacaros de ahí cuanto antes.

Bajan en bandada desde el límite del mundo, brincando, rodando, cayendo en picado, haciendo saltos mortales. Colores eléctricos, camisetas con eslóganes, cintas en la cabeza, muñequeras, rayas azules en los pómulos, los labios y los huesos. Una catarata de cuerpos que corren por barandillas, esquivan cañerías y conducciones, vuelan desde las vigas, se lanzan entre haces de cables. Movimientos y piruetas que Robson Corta no puede igualar, solo envidiar. Lo conseguirá, con práctica. Práctica interminable. Analiza como si fueran trucos de magia los movimientos que los caracterizan. Los movimientos se articulan con un vocabulario muy sencillo: cuando se aprende, se ha aprendido la magia. Nunca ha visto una acrobacia sin intentar despiezarla para apropiársela.

Han llegado lejos los *traceurs* de Meridian, de las tres *quadras* de la ciudad, marcando rutas por la arquitectura del techo de la ciudad, corriendo kilómetros por ahí arriba, recortando fugaces siluetas contra la luz de la línea solar.

El Círculo Dorado.

Se ha caído la red; los trenes no circulan; el BALTRAN se ha parado; Twe está bajo asedio; bots, niveladoras, cosas que caen del cielo y rumores caminan por el mundo con sus patitas de titanio, pero en la *quadra* Antares, en lo alto del *prospekt* Budarin, hay un Círculo Dorado.

El Círculo Dorado es un concurso, un reto que llama a todos los *traceurs* a las alturas.

El equipo de Meridian cae alrededor de Robson Corta. Son mayores, más grandes, más fuertes. Más enrollados. Lo conocen. Es el chaval que cayó del cielo. El chico de trece años que la jodió la primera vez que hacía *parkour*. Que ha puesto un Círculo Dorado. Se alza él, en el lateral de la junta del conducto ciento doce, trazado con cinta fluorescente.

Nadie habla. Todos los ojos están clavados en Robson.

—¿Tenéis algo de comer? —tartamudea Robson.

Un chico con mallas moradas le lanza una barrita energética. Robson la engulle sin decoro ni vergüenza. Hace dos días que subió a las alturas huyendo de Denny Mackenzie. No ha comido, y solo ha bebido la condensación que ha podido lamer de los depósitos. Puede caer tres kilómetros y salir andando, pero huir se le da como el culo. Hasta que se dio cuenta de que no podía quedarse en el techo de la ciudad esperando a que aparecieran los *traceurs* de Meridian y lo rescataran. Tenía que convocarlos.

—Has puesto un Círculo Dorado —dice una mujer que lleva unas mallas grises jaspeadas y un top azul a juego con el maquillaje. Cada *traceur* lleva un tono de azul distinto. Cosas de Meridian. Tendrá que aprender para no meter la pata. Seguro que hay reglas.

—Ya. Igual no debería... —Había pasado medio día hecho un manojo de nervios hasta que reunió el valor para robar la cinta luminosa que necesitaba para hacer el Círculo Dorado.

—No, no deberías —dice el hombre de las mallas moradas.

—¿Por qué nos has llamado, Robson Corta? —dice la mujer azul.

—Necesito vuestra ayuda —dice Robson—. No tengo adónde ir.

—Tienes dinero, Robson Corta —dice Mallasmoradas—. Eres un Corta.

—He huido —dice Robson, mientras se hiela por dentro al darse cuenta de que esto puede no salir como esperaba—. Denny Mackenzie...

—Y una polla —interrumpe Mallasmoradas—. Ja, ja, ja.

—Tu equipo, Robson Corta —dice Hanna, la mujer azul—.

Los *traceurs* de Reina del Sur. Los que te enseñaron a hacer *parkour*. ¿Has tenido noticias de ellos?

—Lo he intentado, pero no consigo localizarlos.

—¿Sabes por qué no lo consigues, Robson Corta? Porque están muertos, Robson Corta.

A Robson se le corta el aliento. El corazón le late a toda velocidad. Está muy arriba y la caída es infinita. Su boca emite ruidos que no puede explicar ni controlar.

—¿Sabes cómo murieron, Robson Corta? Los *blades* de los Mackenzie los llevaron a Lansberg y los echaron a la esclusa. A todos.

Robson sacude la cabeza e intenta decir «No, no, no, no, no», pero no tiene aire en los pulmones.

—Eres tóxico, Robson Corta. ¿Y dices que es Denny Mackenzie? ¿Denny Mackenzie? No podemos ayudarte. Hasta puede que esto haya sido excesivo. No podemos ayudarte.

Hanna hace una seña y los *traceurs* se apartan de Robson en un estallido, con brincos, carreras, saltos mortales y pasavallas, un montón de movimientos distintos, un montón de formas de perderse en lo alto de la ciudad.

Baptiste, que le enseñaba la forma y el nombre de los movimientos. Netsanet, que estuvo ejercitando con él una y otra y otra vez hasta que interiorizó esos movimientos. Rashmi, que le enseñó las posibilidades de su cuerpo. Lifen, que le proporcionó nuevas formas de percibir el mundo físico. Zaky, que lo convirtió en *traceur*.

Muertos.

Robert Mackenzie prometió que no tocaría al equipo de Robson. Pero Robert Mackenzie había muerto y el mundo bien encarrilado del que estaba tan seguro se había derretido, se había desmoronado, había acabado lanzado al vacío.

Él los ha matado. A Baptiste, Netsanet, Rashmi, Lifen y Zaky.

Está completamente solo.

El segundo día, Zehra se une a Wagner en el muelle de reparaciones. El róver está muy deteriorado, pero es fácil de arreglar. Quitar un módulo, sustituirlo por otro. El trabajo es continuo y repetitivo, y adopta su propio ritmo. Wagner y Zehra trabajan sin hablar; no necesitan palabras. Wagner está concentrado a fondo. Analiese va a verlo al taller. Puede que quiera comer o tomarse un descanso. Ve la conocida concentración oscura, que puede centrarse en una sola cosa durante horas. Se pregunta cómo será el Wagner luminoso. ¿Llegará a conocerlo? El lobo y su sombra. Sale del taller sin que Wagner se dé cuenta de que ha estado ahí.

Hipatia es demasiado pequeña para tener tres franjas horarias distintas y adapta su ritmo al Tiempo Estándar de Meridian. Cuando llega la medianoche del tercer día, las reparaciones han concluido, y Wagner y Zehra descansan del esfuerzo. El róver resplandece bajo los focos. Para una mirada inexperta sería el mismo róver de seis ruedas inutilizado que remolcaron hasta la esclusa principal de Hipatia y que su agotado equipo empujó hasta el muelle de reparación. Esa mirada no podría ver la belleza de los módulos y motores nuevos, el cableado reciente, las piezas diseñadas a medida por Wagner, impresas según las especificaciones y encajadas a mano por Zehra.

—¿Cuándo te vas? —pregunta Zehra.

—En cuanto se hayan recargado las baterías y hayan terminado las comprobaciones. —Wagner rodea el róver; los diagnósticos le aparecen en el ojo derecho. La lentilla de repuesto es funcional, pero cada vez le gusta menos y menos la personalidad plana y sosa del familiar genérico. Es una sola cosa, obstinadamente indivisible.

—Te acompaño.

—Ni hablar. A saber qué hay ahí fuera.

—No vas a salir de la esclusa sin mí —dice Zehra.

—Soy el *laoda*...

—Y yo he metido una línea de código en la cadena de comandos.

Wagner ha entendido desde el principio que la relación con su *junshi* depende menos de la línea de mando que del respeto.

Cuando la conoció, la *junshi* del primer equipo de cristaleros con el que salió por la esclusa principal de Meridian se sentó en el escalón del róver y se echó hacia atrás mientras manos mayores y más sucias intentaban asustar, intimidar, descolocar, imponerse al Cortita guapo. Cuando se les acabó la munición, Zehra saltó a su asiento, al otro lado del róver, sin decir una palabra. Habían muerto equipos a causa de la enemistad entre *laoda* y *junshi*. Mientras la máquina subía lentamente por la rampa que conducía a la esclusa, Zehra dijo por el canal privado: «No sabrás lo que no sepas, Cortita. Pero estoy contigo.»

Las baterías están cargadas. El róver comprueba la integridad de veinte sistemas. El equipo lleva los trajes y las botas, y tiene llenos los paquetes de soporte vital. Wagner cursa un plan de salida. Cuando desciende el asiento y se levanta la barra, Zehra le toca el brazo.

—Tienes diez minutos. Ve a despedirte de ella.

Wagner no necesita que el familiar barato y puñetero le diga que Analiese está en la cápsula. Desde el extremo de la pasarela oye la armonía envolvente y el zumbido relajante del setar. Analiese está improvisando: el Wagner oscuro recorre las notas y encuentra sus propias progresiones y secuencias. No aprecia la música, nunca la ha apreciado, pero entiende y teme su capacidad para cautivar y dirigir la mente, su dominio del tiempo y el ritmo. Lucas se perdía en las sutiles complejidades de la bossa nova, con un acorde por nota. Wagner veía en el arrebato de su hermano algo parecido al *ekata* de la manada, pero era una euforia unipersonal, atomizada. Una comunión privada.

La música para de repente. El familiar de Analiese acaba de informar de que Wagner está en la puerta.

A él le encanta la forma en que deposita cuidadosamente el setar en su funda antes de hacer nada.

—Te queda bien ese traje, tragapolvos.

—Mejor que cuando llegué.

—Mucho mejor. —Cuando terminan de abrazarse, Analiese le coloca un paquete en la mano enguantada—. Te he impreso los fármacos.

La mano de Analiese detiene la de Wagner cuando intenta guardar el blíster en un bolsillo del traje.

—Puedo verlo, Lobinho. Tómatela ahora.

El efecto es tan palpable, tan exacto, que Wagner está a punto de caerse. Había confundido el estado depresivo con la fatiga del combate y la intensa concentración en la necesidad de dar con Robson en Meridian. No ha cometido ese error en años. En la superficie podría haberlos matado a Zehra y a él.

—Gracias. No, no, con eso no basta.

—Vuelve. Cuando termine. Pase lo que pase.

—Lo intentaré.

Mientras se dirige al muelle oye que vuelve a sonar el setar. Le quedan tres minutos para salir.

—Necesito ese código —le dice a Zehra, que ocupa el asiento del *junshi*.

—¿Qué código?

Zehra se dedica a escuchar música durante los veinte primeros kilómetros, y Wagner se alegra de estar a solas con la experiencia de la vuelta a la medicación. Está atravesando una zona de guerra interior. El mundo físico entra y sale de su campo sensorial. La atención se centra en un objeto y se dirige a la siguiente fascinación. Visualiza la oreja mutilada de Analiese. No fue un accidente. Los accidentes nunca son tan limpios. Pagó por su traición. La mano que empuñaba el cuchillo fue clemente; el precio habitual de la traición para los Mackenzie es un dedo. Eso habría silenciado para siempre la burbujeante alegría del setar.

¿Cuánto tiempo lleva Zehra hablando con él?

—¿Disculpa?

—Que me habría gustado que me preguntaras.

Es fácil llegar a Meridian, por el cristal paralelo a la Ecuador Uno. El róver tiene el mástil subido. El casco de Wagner muestra que ningún elemento hostil los separa del refugio de Silberschlag. Funcionan las comunicaciones con Hipatia; los ingenieros de Taiyang van restaurando la red a base de parches. El ferrocarril está en marcha, al menos una línea, un tren: de Santa Olga a Meridian. La guerra ha terminado, se ha ganado la guerra, se ha perdido la guerra, la guerra se ha convertido en algo distinto; Wagner y Zehra conducen entre incertidumbres y rumores.

«Se puede estar en mitad de una guerra y no saberlo», piensa Wagner. Y ha vuelto a perder la concentración y tiene que pedir disculpas de nuevo.

—Preguntarte, ¿qué?

—Vas a Meridian por Robson. ¿Se te ha ocurrido preguntarme por qué quiero ir contigo?

Wagner daba por supuesto que Zehra viaja con él por lealtad personal; de repente se da cuenta de que no sabe nada de su *junshi*.

—No. He hecho mal.

—Tengo a alguien allí.

Wagner no lo sabía. Ni lo había pensado.

—Mi madre —dice Zehra—. Es vieja; está sola, y la Luna se está desmoronando a su alrededor.

—Oh —dice Wagner Corta.

—Sí —dice Zehra Aslan.

Siguen conduciendo por el cristal puro y perfecto.

Wagner activa la aceleración y pone el róver a toda velocidad. El cinturón solar es su terreno: liso, seguro, cuerdo y aburrido, aburrido, aburrido.

El aburrimiento está bien. El aburrimiento indica que no hay conmociones ni sorpresas. El aburrimiento conduce de vuelta a los seres queridos.

El aburrimiento es el paisaje de la conversación. En ciento cincuenta kilómetros, Wagner sabe de su *junshi* mucho más de lo que habría averiguado en diez contratos. Zehra tiene un segundo apellido: Altair. Aslan es su apellido biológico, su apellido para los contratos. Altair es el apellido de su familia, de su verdadera familia. Nomathemba, una Jo Moonbeam de Johannesburgo, es su verdadera madre. Los Altair son una línea adquirida; ningún miembro de la familia llega a ella por nacimiento. Todos han entrado por adopción, acogida o *amor*. Nomathemba adoptó a Zehra cuando tenía tres meses. Tenía tres hermanos y otras dos madres. Nomathemba lleva un año muriendo lentamente de silicosis; los pulmones se le endurecen, convirtiéndose en roca lunar. Zehra está realizando los trámites para adoptar a un niño de Farside: Adam Karl Jesperson. Está aterrorizada, pero los Altair son fuertes. Zehra tiene que completar el proceso y presentar ante Nomathemba la última burbuja del torrente antes de que el aliento se le convierta en piedra.

Las alarmas llenan el casco de Wagner. Frena el róver. De inmediato tiene a Zehra en el oído. Se paran. Están a una hora al oeste de Hipatia. Amplía la anomalía en el visor. Juntos suben a la capota del róver, agarrados al mástil de comunicaciones, para ver directamente la conmoción y la sorpresa. Una concavidad en el horizonte liso y negro.

—Un impacto —dice Wagner.

—Muy fuerte —conviene Zehra.

Se aproximan lentamente, aunque el radar indica que no hay actividad. Durante tres kilómetros, Wagner conduce el róver sobre lágrimas de cristal negro que se desmenuzan entre las ruedas y el campo solar. La última docena de metros transcurre por una cuesta ascendente de esquirlas de cristal. A Wagner le parece ver también trozos de maquinaria. Maquinaria y otros fragmentos. Desde la parte superior del montículo, el róver mira hacia el cráter más reciente de la Luna. Wagner y Zehra recorren unos pocos metros hasta llegar al borde. Los visores les proporcionan las medidas: doscientos metros de diámetro y veinte de profundidad. No figura en el último mapa por satélite de Flammarion.

—Las lecturas de calor son muy elevadas —dice Zehra—. Según los sensores sismológicos, esto sigue vibrando como el gong de un templo.

—Tiene que haber pasado algo muy gordo para que VTO se haya atrevido a atacar tan cerca de la Ecuador Uno —dice Wagner—. ¿Alguna posibilidad?

—Ni la más remota —dice Zehra.

—¿Mackenzie?, ¿Asamoah? —pregunta Wagner.

—Gente con contratos y deudas.

Han muerto, con los elementos fundidos con el silicio derretido que aún irradia infrarrojos, pero lo que más solivianta a Wagner, la ofensa que le llega al alma, es el agujero en el cristal puro y perfecto.

Encuentran la primera niveladora volcada cincuenta kilómetros al oeste. La Luna está llena de basura; el equipo obsoleto y deteriorado siempre se ha abandonado en el sitio. Los campos de helio de Fecundidad y Crisis, las minas de Tormentas, donde se ha arrancado el regolito hasta doscientos metros de profundidad, están sembrados de extractores, sinterizadores, plantas solares y excavadoras. El metal es ubicuo; el metal es barato. Lo precioso son los elementos de la vida. No es nada raro encontrar una niveladora desechada; lo sorprendente es que esté tan destrozada. Es como si la hubieran lanzado desde la órbita. Está de lado con los paneles hundidos, los intestinos desperdigados alrededor del cadáver, la suspensión cortada, las ruedas en ángulos imposibles. La cuchilla delantera está partida por la mitad.

Cinco kilómetros más allá, Wagner y Zehra se topan con otras dos niveladoras; muertas, machacadas, una de ellas volcada y con la cuchilla de la otra firmemente clavada en el flanco.

—¿Algo aprovechable? —pregunta Wagner.

—Sí, pero no pienso acercarme a eso —responde Zehra.

—Hay un montón de huellas —dice Wagner.

—Todas van hacia Meridian —indica Zehra.

Pasado el horizonte se encuentran con una carnicería; un desguace, el cementerio de las niveladoras. Carcasas de metal naufragadas, tumbadas, incrustadas las unas en las otras como si las monstruosas máquinas estuvieran follando. Treinta y cinco niveladoras. Wagner imagina el juicio divino de alguna deidad del metal. Las máquinas muertas forman una escultura patética.

—No todas están muertas —advierte Zehra. Una niveladora, con la cuchilla profundamente hundida en el motor de una rival, se debate intentando zafarse. Las ruedas patinan en el cristal negro.

La niveladora sale de detrás de una pila de chatarra hecha un gurruño, tan aplastada que a Wagner le cuesta reconocerla como una máquina que sirvió para algo. Se para en seco frente al Lucky Eight Ball y baja la cuchilla.

—¡Zehra! —grita Wagner.

Zehra ya está poniendo los motores al máximo, retrocediendo tan deprisa como puede. Pero el traidor cristal que ha frustrado a la excavadora moribunda traiciona al equipo de cristaleros Lucky Eight Ball. Las ruedas giran en el vacío; el róver se desplaza lateralmente como un cangrejo. La niveladora arremete.

Zehra derrapa; el róver patina por el vidrio. La cuchilla falla por un metro escaso. El róver patina, y Zehra lucha por recuperar el control. Un fuerte impacto cuando el Lucky Eight Ball golpea lateralmente una niveladora muerta.

—¡Viene otra vez! —grita Wagner.

—¡Ya lo sé! —grita Zehra—. ¡Ya lo sé, coño!

La niveladora se recoloca. Ataca. Muere. Wagner ve apagarse las luces de posición del esqueleto de metal. Se ha quedado sin batería. Pero el momento lineal la convierte en una mole sin guía, sin destino, imparable, que se abalanza contra el equipo de cristaleros Lucky Eight Ball. Zehra hace pasar el róver por la estrecha ranura entre cuchilla y restos de carrocería. Y están fuera del cementerio de maquinaria, en el cristal puro y perfecto.

—Los Sun habrán conseguido contrahackear unas cuantas —dice Wagner—. Una guerra civil de niveladoras. Tiene que haber sido todo un espectáculo.

—Adelante, ponte a vender entradas —exclama Zehra—. Pero ¿sabes qué? Puede que esos Sun hayan salvado Meridian.

—Esto se tambalea mucho —se queja Wagner.

—Tengo una rueda y un motor muertos atrás, a la derecha —dice Zehra—. Será de cuando hemos chocado con la chatarra.

—¿Nos afecta?

—No, si no nos encontramos con más niveladoras. Voy a desconectar el róver de la red, de todas formas. Prefiero la conducción autónoma.

Después del campo de batalla, el camino hasta Meridian está despejado; lo recorren deprisa y sin más problemas. Wagner llama a Control de Meridian con su familiar genérico, barato y puñetero.

—Aquí el equipo de cristaleros Lucky Eight Ball de Tai-yang, Lucky Eight Ball, identificador TTC1128. Solicitamos entrada inmediata por la esclusa principal de la *quadra* Orión.

—Lucky Eight Ball, mantengan su posición.

—Meridian, estamos dañados, y bajos de aire y agua.

—Bonita bola, *laoda* —dice Zehra por el canal privado.

—Solo amplifico un poco los hechos —dice Wagner.

Pero está furioso. Mil kilómetros a través de la masacre, el asedio, la guerra; ataque y retirada, victoria y huida, muerte y terror, y tiene que esperar por el control de tráfico de Meridian, que lo está apartando de su manada, de su chico, de sus *amores*.

—Colócate en la entrada —ordena a Zehra, que conduce el róver entre las balizas hasta el borde de la rampa, frente a la gigantesca escotilla gris.

—Equipo de cristaleros Lucky Eight Ball, retírese de la zona de la rampa —exige Control de Meridian.

—Solicitamos entrada de emergencia. Repito, estamos bajos de O_2.

—Entrada de emergencia denegada, Lucky Eight Ball. Despejen la zona de la rampa.

—*Laoda* —dice Zehra, en el preciso instante en que Wagner siente que la sombra cae sobre él. Sube la vista y se encuentra, cincuenta metros por encima, con las luces de la panza de una nave lunar de VTO. A su alrededor, a cierta distancia, otras siete naves mantienen la posición con los propulsores—. Ya voy.

El róver se escabulle y la nave lunar se posa en la rampa. Wagner ve una cápsula de personal. Se abren las compuertas y se despliegan los escalones. Figuras con traje rígido los bajan y cruzan la compuerta. La nave lunar despega; otra se acerca como una flecha, aluniza y desembarca personal armado. Las demás, por turnos, repiten el proceso.

—Es toda la flota de naves lunares —dice Zehra.

—Setecientas personas —dice Wagner. La puerta de la esclusa se eleva; los trajes rígidos entran en la oscuridad. La puerta baja.

—Equipo de cristaleros Lucky Eight Ball, prepárense para aproximarse a la rampa —dice Control de Meridian.

—¿Qué ha pasado aquí? —pregunta Zehra.

—Creo que mientras estábamos ahí fuera hemos perdido la guerra —dice Wagner.

Primero llegan los drones. Todo un enjambre, una plaga bíblica, que sale del intercambiador de Meridian como una llama negra. Al principio, Marina cree que es humo, el gran miedo de los habitantes de la Luna: ¡Humo! ¡Fuego! Después ve que la columna se divide en ramas, cada una encaminada a un nivel. Se queda paralizada; sus compañeros de clase, recién salidos del grupo de repatriación, se quedan paralizados; Meridian se queda paralizada.

«¿Qué son esas cosas?»

Se condensan en nubes pequeñas que se reparten por los niveles. Una nube rodea a Marina y a sus compañeros. Se encuentra de cara frente a un dron del tamaño de un insecto que se sustenta con alas invisibles; nota un destello de láser en el ojo derecho. Ha interrogado a su familiar. Después se aparta y, con todo su enjambre, sigue recorriendo el 27.

«¿Estás bien?», se preguntan los repatriados entre ellos. «¿Estás bien?» «¿Estás bien?»

Las nubes de drones se concentran en el intercambiador de la *quadra* y forman un enjambre para ir al siguiente *prospekt*.

El grupo está alterado, nervioso. Su dogma de fe, que todos volverán a la Tierra, acaba de verse resquebrajado por la inexplicable noticia que se transmite por los canales de noticias y el de Gupshup. Niveladoras rebeldes. Bots asesinos. Twe sitiada. Hay escasez de alimentos, no la hay; se van a racionar, no se van a racionar. Revueltas por la comida, protestas por la comida. De camino a la reunión, Marina vio una pequeña y civilizada manifestación bajo la antigua cámara de la LDC. Protestaban por algo que no ha ocurrido ante algo que no existe. Los trenes se han parado y el BALTRAN también. El cable orbital se ha parado. La Luna está cerrada al universo. Los miembros más antiguos del grupo se dan cuenta de que están varados y les entra el pánico por si sobrepasan el visado fisiológico. «Un día o dos no cambian nada», dice Preeda, la asesora. ¿Y si un día o dos se convierten en una semana o dos, en un mes o dos? Y ¿qué hay de la lista de espera? El número de cápsulas del cable orbital es limitado. La órbita de los cicladores es fija.

Los relojes óseos no se paran.

Después de los drones llegan los bots. Marina ve el movimiento que se dirige hacia ella por el 26 Este antes de que la noticia llegue a la red. Ciudadanos que intentan salir de las calles, que se meten en tiendas y bares, que corren hacia su casa, se refugian en cualquier hueco, cogen un ascensor o una escalera mecánica para alejarse de los rumores. «Están en la ciudad.» «Están en las calles.» «No os pasará nada si estáis a cubierto.» «Poneos a cubierto; acuchillan a cualquiera que esté en la calle.» Niños a los que levantan y llevan en brazos, padres histéricos que intentan ponerse en contacto con quinceañeros, casas que cierran a cal y canto puertas y ventanas.

—Voy a volver —dice Aurelia.

—Yo llego a casa desde aquí —dice Marina. Vive en sentido contrario al flujo de gente. Baja trotando la escalera del nivel 25 y se da de narices con el bot que espera al pie, bailando un lento e intrincado minueto en el nivel 24. Es un trípode lleno de aristas, con estiletes por patas y navajas por brazos. No tiene nada que no sea cortante o puntiagudo. Cualquiera de sus piezas puede convertirse en un cuchillo. La registra con sus múltiples ojos y gira la cabeza para contemplarla.

Hay impresiones tan profundas que el cuerpo solo sabe reaccionar paralizándose. No es miedo; el miedo está bien. Es la impresión de lo incongruente. Lo que tiene delante es tan alienígena, tan repulsivo, tan distinto de nada que haya visto, que ni siquiera puede entender lo que ve. La conmoción de lo extraño la embota. No tiene nada que no ofenda la sensibilidad humana. Marina no puede moverse, pensar ni actuar. Pero la cosa se mueve, piensa, actúa. Marina ve inteligencia e intención en los ojos que la escanean de la cabeza a los pies, hasta que deja de observarla y se aleja bailando sobre sus tres patitas punzantes. Ahora llega el miedo. Marina se sienta, temblando, en el último escalón. El dios de la Muerte la ha mirado y ha pasado de largo. Llega un nuevo cotilleo por la red: «No os preocupéis, no hacen nada».

«Entonces, ¿para qué son?», piensa Marina.

La última oleada es la de los trajes acorazados.

La mayoría de la población de la *quadra* Orión, y también Ariel y Abena, está en la terraza o en la barandilla de la calle. Marina las encuentra. De la estación de tren sale un escuadrón de gente con trajes rígidos decorados con motivos metaleros: colmillos, diablos, mujeres de tetas grandes, hombres de polla grande, demonios, ángeles y cadenas. Vorontsov. Otro destacamento avanza desde la esclusa por el *prospekt* Gagarin. Llevan armaduras negras y pequeñas armas negras de proyectiles. Caminan en línea, manteniendo el paso. En el silencio atónito de la *quadra* Orión, el sonido de las botas es alto e intimidatorio.

—Marchan en formación —dice Marina.

—Son terrestres —dice Ariel.

—¿Eso son pistolas? —pregunta Abena.

—Les espera una buena sorpresa cuando intenten disparar —afirma Marina.

—Lamento que el retroceso no sea lo primero en mi lista de preocupaciones —manifiesta Ariel.

Un tercer contingente sale de oficinas y tiendas de impresión. No van acorazados; no van armados ni en hileras. Es gente normal, gente de la Luna, con ropa de diario y chaleco naranja. Se concentran en grupos de tres y se reparten por todos los *prospekts* y calles de la *quadra* Orión. Marina pide a Hetty que amplíe los chalecos: llevan un logotipo de la Luna como fondo de un ave que lleva una rama en el pico. No le suena de nada. Encima pone «Lunar Mandate Authority».

—«Peace, Productivity, Prosperity» —lee Marina: el eslógan que figura bajo el logo—. Nos han invadido los mandos intermedios.

Dos briks de zumo de guayaba y una empanada se zarandean en la riñonera de Robson Corta mientras trepa por los niveles cincuenta y tantos hasta la conducción eléctrica de Antares Oeste. Perdió al bot hace diez niveles; tienen una batería limitada y no pueden trepar. Lo único que pueden hacer es intentar seguirlo por escaleras y calles, y marcarlo para enviarle un mandato judicial. Mucha suerte en el Bairro Alto. El peligro es la atención humana que atraen, y las maquinitas están por todas partes, custodiando hasta el último resquicio.

Robson ha robado en restaurantes de todas las *quadras*; siempre es de noche en alguna parte de Meridian. Pero nunca ha tocado el Eleventh Gate. Robar en el restaurante favorito es como cagar en la puerta de casa.

Dos briks de zumo de guayaba y una empanada, y encima de tilapia. Odia la tilapia. No es una gran recompensa por un osado descenso a oscuras por el conducto de Antares Oeste. Pasó días trazando una ruta segura entre los cables de alto voltaje y los relés, y la marcó con cinta luminosa. Se alejó de un grupo de tragapolvos de permiso que abarrotaban una casa de té. Su ascenso sigue una ruta de flechas y rayas resplandecientes. Una flecha: salto en la dirección que indica. Un signo de mayor que: pasavallas. Un signo de menor que: salto de precisión a un lugar estrecho. Un signo de igual: salto de gato. Dos paralelas verticales: salto a brazo. Una cruz: lanzada o salto de longitud, según la orientación del eje longitudinal del obstáculo. Barra oblicua: salvada. Barra oblicua inversa: reverso. Una equis: ni intentarlo. Un asterisco: peligro de muerte.

Robson se bebe el primer zumo en un travesaño del nivel 70 y se guarda el brik vacío en la riñonera. La basura puede caer; la basura puede meterse en la maquinaria; la basura puede ser un peligro que aguarda al final de un salto. Se reserva la empanada para el nido. Pasó días inspeccionando las alturas hasta que encontró un escondrijo cálido, protegido, con acceso a agua sin depender del vapor ni la condensación, y seguro, sin peligro de despeñarse si daba vueltas en sueños. Lo cubrió de material de embalaje hurtado y bajó a los bares en los que bebían los trabajadores de superficie a robar mantas térmicas.

Todos los magos son ladrones. Tiempo, atención, fe; mantas térmicas.

Robson se acurruca en su nido de espuma de embalar y plástico de burbujas a comerse la empanada. Dejará el último zumo para más adelante; ha aprendido a racionar los víveres. Así tiene algo a lo que aspirar. El aburrimiento es el lúgubre enemigo de los refugiados. Las pajas son un enemigo en un sentido distinto, con máscara de amigo.

A Robson le gusta pensar que ese nido elevado le proporciona una atalaya filosófica sobre el mundo. Más arriba que ningún otro humano, puede mirar hacia abajo y reflexionar. Si la comida está custodiada, debe de tener más valor que de ordinario. En sus incursiones de latrocinio oye charlas de tetería. Los trenes no circulan y el BALTRAN se ha parado. Los Vorontsov controlan lo uno y lo otro; ¿por qué iba a interesarles cerrarlos? Twe está enterrada en regolito. Eso se notará cuando llegue la cosecha. Las plantaciones languidecerán o morirán. Puede que los Asamoah sean raros, lo son todos los que conoce, pero nunca le harían eso a su propia capital. Pero si nadie sabe cuándo habrá una cosecha, eso explica que haya bots custodiando hasta la última empanada y caja de bento.

Y luego están los relatos más misteriosos, los que le hacen quedarse un segundo más, no mover los dedos tan deprisa como debería hacia el objeto que vaya a robar. Hay cosas ahí fuera, en los mares, en los terrenos escarpados. Se han perdido escuadrones enteros; cosas asesinas, con cuchillas por dedos y estiletes por pies. Bots asesinos. ¿Quién iba a fabricar algo así? Los Sun podrían, pero ¿lo harían? ¿Qué motivos puede haber para fabricar algo que no tiene más finalidad que asustar, intimidar, amenazar y controlar?

«Nadie de este mundo», decide Robson. Acurrucado en su nido, acunado por la vibración del intercambiador térmico, envuelto en la manta robada, Robson llega a la conclusión de que sin comunicados ni declaraciones, sin que nadie lo sepa, la Tierra ha invadido la Luna. La alta tierra azul. Pero no han podido hacerlo solos; habrán necesitado a alguien que transporte la maquinaria y el personal. Los únicos que tienen capacidad para ello son los Vorontsov. Los Vorontsov se han aliado con la Tierra para hacerse con el control de la Luna.

—Jo-der —dice Robson Corta.

Y oye un *clic*. Un tamborileo que hace *clic, clic*. Una pata, elegante y precisa como un instrumento quirúrgico, asoma por la esquina del intercambiador térmico. El casco de acero arranca un *clic* a la pasarela. Robson se queda paralizado. Un brazo como una flor de cuchillos dobla la esquina hacia el nido de Robson, seguido de una cabeza. Robson cree que es una cabeza. Tiene seis ojos y no está articulada como nada que haya visto nunca, pero está seguro de que es una cabeza por la forma en que oscila a un lado y a otro para estudiarlo.

Clic. Otro paso, otra pata. Otro brazo.

Se empuja lentamente en sentido contrario.

Ha despertado el interés del bot. *Clic, clic, clic*. Camina hacia él. Robson está de pie. El bot corre hacia delante. Dioses, qué rápido es. *Clic, clic, clanc*.

El bot se queda parado y mira hacia abajo. Se le ha encajado una pata en la rejilla más ancha del nido de Robson. Mueve la cabeza a un lado y a otro mientras examina la pata atrapada. En un segundo sabrá cómo resolverlo, pero ese segundo es todo lo que necesita Robson. Solo alguien que practica juegos de manos tiene la velocidad y la destreza. Solo un *traceur*, un correcalles que cayó del techo al suelo de Reina del Sur, tiene la osadía.

Robson coge la manta térmica y la pasa por detrás del cuerpo del robot. Cuando este gira lo adelanta, con una salvada por debajo de los brazos cortantes. Lanza los extremos de la manta por encima de la barandilla y tira. Desequilibrado, el bot oscila. Robson se agacha, se apoya en los brazos con las piernas adelantadas y empuja. La palanca hace el resto. El bot trastabilla al liberar la pata, brazos y piernas se agitan, desplegados en una atrocidad de cuchillas. El peso y la velocidad lo arrastran al otro lado de la barandilla baja. Cae, con las cuchillas entrechocando en el aire, se estampa contra una pasarela, cinco niveles por debajo, y se hace añicos. Los restos caen al *prospekt* Budarin, mucho más abajo.

Robson vuelve a la seguridad de su nido. Está envuelto en la manta, al calor del intercambiador térmico, pero está temblando. No puede creer lo que ha hecho, haber tenido el valor. ¿Le habría hecho algo el robot? A lo mejor lo habría dejado en paz, pero no podía correr el riesgo. Ha hecho lo que tenía que hacer y ha salido victorioso. Podría haber fracasado. No puede pensar en ello. Ahora está tiritando. Tiene arcadas. La empanada estaría mala. Tilapia, mierda venenosa. Líquido. Necesita líquido. Está llorando. No debería estar llorando. Se arrebuja más en la manta y abre el brik de zumo de guayaba.

Luna coloca más lucecitas alrededor de la cama. Las luces guardianas en los puntos cardinales se convierten en un círculo defensor que rellena con círculos menores. Círculos de círculos alrededor de la cama de hospital. Ahora se le ocurre trazar líneas ondulantes que irradien del círculo principal. Como rayos de sol o algo así. A Luna le gusta la simetría, así que dispone al principio de seis rayos, a intervalos de sesenta grados. No tiene bastantes luces para terminar; resopla frustrada. Tendrá que ir a buscar más. La Hermandad es generosa con las bioluces.

Hay que echarles agua. Luna recorre el círculo de bioluces con la jarrita. Una gota, otra. El resplandor verde se intensifica.

El sonido procede de *mãe*-de-Santo Odunlade, que entra en la habitación. Se cree silenciosa y misteriosa, pero el caminar pesado, la respiración pesada y los murmullos de los que no es consciente la hacen tan ruidosa como una tuneladora.

—Tengo que atenderlo, Luna —dice *mãe*-de-Santo Odunlade Abosede Adekola. Es una anciana y robusta yoruba que lleva la ropa blanca de la Hermandad de los Señores del Ahora. Camina en un traqueteo de cuentas, colgantes y santos. Huele un poco.

—Puedes pasar por encima —dice Luna, desafiante. La *mãe*-de-Santo se sube el hábito y entra en el círculo de luz protectora sin rozar ni una lamparilla. Va descalza. Luna no le había visto los pies hasta ahora.

—Hemos localizado a tu madre —dice *mãe*-de-Santo Odunlade.

—¡*Maame!* —grita Luna, y vuelca la jarra al levantarse.

Abre el familiar, aunque a las hermanas no les gusta que se usen en su casa—. ¡Luna, ponme con mi *maame*!

—No tan deprisa, no tan deprisa —dice la religiosa—. La red va y viene. Tenemos nuestros propios canales. Tu madre sabe que estás aquí, en João de Deus, y que estás bien. Te manda besos y dice que vendrá a buscarte en cuanto pueda para llevarte a casa.

La boca de Luna forma un círculo de emoción chafada. Luna, el familiar, se deshace en una polvareda de píxeles.

—¿Cómo está Lucasinho? —pregunta.

—Llevará tiempo —dice *mãe*-de-Santo Odunlade—. Sufrió muchos daños. Es un joven muy enfermo.

Se inclina sobre la cama. Un montón de tubos entran y salen. Tiene tubos en las muñecas, en los brazos, en el costado. Un tubo grande en la garganta. Luna solo es capaz de mirarlo durante el momento que tarda en comprobar que aún respira. Un tubito le sale del agujero del pis. Eso le da dentera. Cables y catéteres. Bolsas y brazos sensores. Está desnudo, sin tapar, con las palmas hacia delante como un santo católico. Está más dormido que si estuviera dormido. «Coma inducido médicamente», dicen las hermanas. No se mueve, no sueña, no se despierta. Está muy lejos, viajando por las fronteras de la muerte.

Si las instalaciones médicas de la Hermandad no fueran tan buenas. Si los urbaneristas no hubieran sido tan curiosos. Si hubiera tardado treinta segundos más en abrir la escotilla del refugio de Boa Vista.

Si tal, si cual, si pascual.

Luna no está segura de que quien huele sea la madre Odunlade y no ella. La peste del traje se queda tatuada en la piel.

Diversas partes del cuerpo de Lucasinho se elevan y descienden suavemente mientras la cama se hincha y se deshincha para prevenir las escaras. Respira, pero es por la máquina. Le está creciendo pelo en la cara, el estómago y la entrepierna. Una línea de vello negro va del ombligo a los huevos.

—¿Vais a afeitarlo? —pregunta Luna. Lo encuentra fascinante y horrible.

—Lo cuidaremos tan bien como podamos —dice la madre Odunlade.

—¿Crees que podría venir *maame* y quedarnos todos aquí con vosotras?

—Tu *maame* es muy importante y tiene muchas cosas que hacer, cariño.

—Quiero que se despierte.

—Todas queremos que se despierte.

Las hermanas han dicho que Lucasinho puede tardar días en despertarse, y hasta semanas. Podría tardar años. Como en los cuentos que contaba *madrinha* Elis en el *berçário*. El guapo príncipe condenado a dormir eternamente en una profunda cueva secreta. Suelen despertarse con un beso. Lo intenta a diario, cuando no hay ninguna hermana delante. Algún día funcionará.

Mãe-de-Santo Odunlade mueve los labios en silencio mientras lee las pantallas que rodean la cabeza de Lucasinho. A veces se le escapa alguna palabra y Luna se da cuenta de que no recita los números, sino que reza.

—Ah, casi se me olvidaba —dice *mãe*-de-Santo Odunlade, y escarba dentro de la túnica blanca, algo que Luna está segura de que no tiene que ver. Saca una caja de madera, una caja de madera grande y plana, con una talla de flores tan intrincada que hasta a Luna se le cansan los ojos.

—¿Qué es? —Luna siempre está dispuesta a recibir algún regalo.

—Ábrela.

La caja está forrada con tela sedosa y brillante. A Luna le encanta su tacto. La impresora de la casa de la Hermandad no es muy buena, pero basta para imprimir telas preciosas. «¡Adiós!», gritó al odiado, odiado, odiado forro de traje cuando lo metió en la desimpresora. No quiere volver a ponerse nada ajustado nunca más.

Entonces se fija en los cuchillos. Dos, acurrucados el uno contra el otro como gajos de un cítrico. Oscuros, duros y brillantes. Tan afilados que cortan la vista que los contempla. Luna pasa el dedo por la hoja de uno. Es tan liso y suave como el forro en el que reposa.

—Son de acero lunar —dice la madre Odunlade—. Forjados

con el hierro de un meteorito de mil millones de años sacado de las profundidades del cráter Langrenus.

—Son bonitos y a la vez dan miedo —dice Luna.

—Son los cuchillos de combate de los Corta. Eran de tu tío Carlinhos. Mató con ellos a Hadley Mackenzie en el Tribunal de Clavio. Denny Mackenzie mató con ellos a Carlinhos durante la caída de João de Deus. Pasaron a nuestra custodia. No nos sentimos cómodas con ellos en este sitio especial; están demasiado manchados de sangre. Pero por amor y respeto hacia vuestra abuela, los hemos protegido. Hasta que llegara un Corta osado, de gran corazón, sin avaricia ni cobardía, dispuesto a luchar por la familia y defenderla valerosamente. Un Corta digno de estos cuchillos.

—Habrá que dárselos a Lucasinho —declara Luna.

—No, cariño —dice *mãe*-de-Santo Odunlade—. Son para ti.

11
Escorpio de 2105

Las medias, hechas una pelota, dan a Marina en la cara.

—¡Contesta alguna puta llamada! —grita Ariel.

El piso es un centro de gestión de crisis. Ariel está en su habitación. Abena está en la zona de la cocina, habla que te habla con varios familiares. Marina se encuentra en la sala de estar, mirando por la puerta abierta hacia la línea solar de la *quadra* Orión, sin otra cosa en la cabeza que las palabras: «Díselo, díselo, díselo».

—Ya se está encargando Abena.

—Abena está hablando con su tía. Tengo a Sun Zhiyuan en espera.

—¿Qué quieres que haga?

«Díselo, díselo, díselo.»

—Cuéntale un chiste. Interésate por la salud de su abuela. Pídele que te hable de informática cuántica; con eso tienes para media hora.

No fue capaz cuando el Águila depuso a la junta de la LDC. No fue capaz cuando pararon los trenes y cerraron el cielo. No fue capaz cuando enterraron Twe en regolito y se cernió la oscuridad. No fue capaz cuando aniquilaron al equipo de combate de los Asamoah y los Mackenzie en Flammarion. No era capaz ahora que una enorme pistola espacial apuntaba a Meridian. Cualquier momento estaba lleno de historia. Ningún momento era adecuado.

—Bueno, ¿qué estás haciendo?

—Intento hablar con Jonathon Kayode.

—¿No tenéis una línea privada?

—Pero no contesta, lista. Cógeme esta llamada, ¿quieres? Dioses, me gustaría seguir bebiendo.

Hetty responde a la llamada.

—¿Zhiyuan *géxià*? Buenas tardes. Soy Marina Calzaghe, la ayudante personal de Ariel Corta. Tengo entendido que ha sido incapaz de ponerse en contacto con el despacho del Águila de la Luna para informarse sobre el actual cambio de régimen. Ariel está intentando localizar al Águila...

Y ahora ha cambiado el régimen, han ocupado las ciudades de la Luna y se acabó la guerra soterrada. Los trenes están en marcha, el cable orbital sube cargamento y pasajeros, y VTO le ha confirmado la reserva y le ha dado una fecha de vuelo. Tiene concertada la partida y todos los momentos siguen llenos de historia. No es un buen momento para decir a Ariel que la deja.

—*Adrian.*

Lleva cinco años esperando a oír esa voz en la noche. Adrian Mackenzie se despierta y sale de la cama.

—*Están aquí.*

Jonathon ronca. Tiene un sueño pesadísimo. Tiene que despertarlo. Adrian le sacude un hombro sin miramientos.

—Jon.

Aspira una fuerte bocanada de aire; un terráqueo que respira por la boca. Tiene que despertarse.

—*Han llegado al vestíbulo. La seguridad del Nido de Águilas está bloqueando las puertas.*

La segunda sacudida de Adrian coincide con una alarma del águila que tiene Jonathon por familiar. Se despierta.

—¿Qué hora es?

—Estamos bajo ataque. Vístete.

Calliope abre ventanas de cámara en la lentilla de Adrian. Tres grupos. Uno delante, otro que entra por la salida de vehículos y otro que baja desde la terraza superior. Saben adónde ir, qué atacar y cómo. Las cargas revientan las puertas como el papel en una despresurización. El Águila de la Luna se queda paralizado al oír los estallidos lejanos.

—Mi seguridad...

—Esa es tu seguridad. —Por eso sabe lo de la salida por la terraza superior; era la vía de escape que había previsto Adrian. También tiene un plan B.

Jonathon Kayode está calzándose, poniéndose un pantalón corto, buscando la forma de entrar en una camisa.

—¡Déjalo! —grita Adrian—. Usa la escalerilla de servicio del jardín. No tienen nada subiendo desde abajo. —Dice a Calliope unas palabras muy ensayadas, y de las paredes brotan unos paneles. Dentro, bañado en una luz intensa, un traje acorazado. Jonathon Kayode se queda atónito.

—¿Qué?

—No lo sabes todo sobre este sitio. —El peto le ajusta; ha engordado. Ha engordado y se ha anquilosado. No hay tiempo para ponerse las grebas ni los avambrazos. Se coloca el casco—. Calliope ha pedido un taxi en la puerta de servicio del nivel 50. Te llevará a las oficinas de Mackenzie Metals en Meridian. Te recibirá un grupo de tragapolvos que va a protegerte. ¡Vete!

Por último, Adrian Mackenzie saca los cuchillos cruzados de su campo magnético. Los gira para atrapar la luz en la hoja de tungsteno damasquinado. Son sublimes. Se los guarda en las fundas de la cintura.

—¡Vete! —repite Adrian. Calliope le enseña tres grupos de hombres armados y acorazados que se dirigen al dormitorio. Han hackeado la seguridad del Nido de Águilas—. Ganaré todo el tiempo que pueda.

—Adrian...

—Ningún Mackenzie ha huido jamás de una batalla, Jon.

Un beso, breve como una ráfaga de lluvia. Adrian Mackenzie se baja el visor del casco.

En la boda, en plena celebración, su padre se lo llevó a una terraza que daba a la *quadra* Antares. «Para ti.» Adrian abrió la caja. Dentro, reposando sobre cojines de lana de titanio, estaba la pareja de cuchillos. Adrian había crecido entre armas, sabía de cuchillos, y aquellos no se parecían a nada que hubiera visto jamás. A nada que se hubiera fabricado en la historia de Mackenzie Metals. «Prueba uno», dijo Duncan Mackenzie. El mango encajaba en la mano de Adrian como si le saliera de los huesos. Tan bien equilibrado, tan certero. Lanzó tajos, fintas y estocadas. La cuchilla zumbaba en su baile. «Eso es el aire que sangra —dijo Duncan—. No podría alegrarme más por ti, hijo, pero llegará el día en que necesites un cuchillo. Guárdalos para ese día.»

Pisadas. Voces. La puerta estalla hacia el interior.

Los cuchillos de Adrian Mackenzie cantan desde sus fundas.

El Águila de la Luna es un hombre corpulento que no está en forma, cuyos músculos de Joe Moonbeam se han quedado gelatinosos. Está resoplando cuando lo alcanzan los mercenarios, en el travesaño superior de la escalerilla que baja al nivel 50, en pantalón corto y zapatillas. Grita y patalea cuando lo levantan por los aires. Manos que lo agarran y lo suben. Se le cae una zapatilla, luego la otra. Manos que lo transportan. Manos que tironean. Ahora está desnudo, temblando de miedo. Manos, más manos. Lo llevan en andas por entre las bergamotas cuidadosamente podadas. El Águila de la Luna ve adónde se dirigen y empieza a debatirse entre gritos. Las manos lo sujetan firmemente. Lo llevan hasta el pequeño pabellón desde el que se domina el intercambiador de Antares. Los cinco *prospekts* de la *quadra* Antares son bóvedas iluminadas.

En perfecta sincronía, los mercenarios levantan a Jonathon Kayode y lo lanzan hacia el aire destellante.

La presión atmosférica en un hábitat lunar es de mil sesenta kilopascales.

Cae dando tumbos. El Águila no puede volar y no sabe caer.

La aceleración, con la gravedad de la superficie lunar, es de mil seiscientos veinticinco metros por segundo al cuadrado.

Grita mientras cae, agitando brazos y piernas como si pudiera trepar por el aire como por una cuerda, hasta que golpea la barandilla del puente del nivel 33. Un brazo se hace añicos; aletea inerte en un ángulo antinatural. Se acabaron los gritos.

La velocidad terminal de un objeto que cae en la atmósfera es de sesenta kilómetros por hora.

El Águila de la Luna tardará un minuto en caer de su Nido de Águilas al parque central del intercambiador de Antares.

Existe una propiedad física llamada energía cinética. Su fórmula es $\frac{1}{2}mv^2$. Llamémosla impacto. Impactabilidad. Un objeto grande, que se mueve despacio, puede tener un impacto suave, poca energía cinética. Un objeto pequeño, a gran velocidad, tiene mucha energía cinética. Así, un proyectil de hielo disparado desde un acelerador electromagnético situado en el espacio puede agujerear la cubierta rocosa de un hábitat lunar.

Y al revés.

Un chaval de trece años, por ejemplo, muy delgado, que cae un kilómetro, tiene poca energía cinética.

Un hombre de cincuenta años, corpulento, con sobrepeso y que no está en forma, tiene una energía cinética mayor.

Basta un minuto para calcular que un chaval de trece años, muy delgado, puede sobrevivir a un impacto contra el intercambiador de Antares a sesenta kilómetros por hora. Y que un hombre de cincuenta años, corpulento, con sobrepeso y que no está en forma, no.

Hetty la despierta.

—*Marina, viajas hoy.*

Había programado una alarma. Como si se le pudiera olvidar despertarse. Como si hubiera podido dormir la noche anterior a abandonar la Luna.

Marina inspecciona sus escasas pertenencias y duda ante los flecos de la Carrera Larga, las cintas y trenzas verdes de São Jorge. Pesan unos pocos gramos y tiene derecho a transportar varios kilos. Las deja en la cama. Le acechan la visión periférica mientras se viste, rápidamente, en silencio, porque la casa está llena. Son pequeñas acusaciones: todas las partidas deberían ser limpias.

Limpias, que no estériles.

Marina lleva días dando vueltas a lo que pondrá en la nota.

Tiene que dejar una nota, sí o sí. Tiene que ser inmediata y personal, y no dejar abierta la posibilidad de que Ariel la detenga.

Una nota, escrita a mano, donde no puedan pasarla por alto. Directa, personalizada: un regalo de despedida.

Abena gruñe y abre los ojos cuando Marina saca el papel de la impresora. Abena vive en el piso desde la ocupación.

—¿Qué haces?

—La Carrera Larga —miente Marina. Es la única excusa infalible para salir de casa a las cuatro de la mañana. Ahora tendrá que vestirse de acuerdo a su coartada. Saldrá de la Luna con zapatillas de correr, un sujetador elástico y unos pantalones estúpidamente cortos.

—Pásalo bien —gruñe Abena, y se da la vuelta en la hamaca. Ariel ronca en su habitación. Marina se sienta en la cama, con las rodillas subidas, para intentar escribir. Las letras son trabajosas y rudimentarias. Las palabras son dolorosas. Se acerca a la nevera con la esperanza de calmarse con una ginebra. Idiota. No ha habido ginebra, vodka ni ninguna bebida alcohólica desde que cayó la Luna. Pero deja la nota enganchada a la puerta.

Por último, Marina se ata las cintas verdes alrededor de las muñecas, los bíceps, las rodillas y los muslos. Han tomado por ella la decisión de qué hacer con las trenzas. Abena vuelve a despertarse cuando Marina abre la puerta del piso.

—¿No tienes frío con eso?

Marina tiene la pálida piel erizada, pero no por el frío.

—Duerme. Tienes un mundo que salvar por la mañana.

Se ha vestido furtivamente, ha dejado una nota en secreto y se ha escabullido cerrando la puerta con cuidado.

—*Marina, sales en dos horas.*

Marina ahoga un gemido mientras se dirige a la escalera del nivel 25. La calle está casi vacía; las pocas caras que la saludan con un movimiento, que ella devuelve, comparten la placentera culpa comunal de los que tienen cosas que hacer antes de que amanezca. Una mujer hace yoga delante de su casa; dos hombres, apoyados en la barandilla, hablan en voz baja; una pandilla de jóvenes vuelve de una discoteca o una fiesta. Cuando cruzan movimientos de cabeza, ¿perciben en ella un propósito definido, una carga emocional? Al final de la *quadra*, una débil luz tiñe de añil paredes y terrazas. Se está encendiendo la línea solar con el comienzo de un nuevo día.

En la parte superior de la escalera hay un bot y dos guardas de VTO con armadura metalera. A Marina se le encoge el corazón; tiene miedo de que la reconozcan si establece contacto visual; tiene miedo de que, si no lo establece, la detengan por conducta sospechosa. «Usted es Marina Calzaghe. Trabaja para Ariel Corta. Tenemos que hacerle unas preguntas.» «Usted es Marina Calzaghe. Ha abandonado a Ariel Corta. ¿Adónde cree que va?»

Los mira de reojo con un ligero movimiento de cabeza. Los guardas de VTO ni siquiera la miran, y uno de los quinceañeros, no muy prudente, examina el bot con curiosidad infantil, tan cerca como puede de las cuchillas semirreplegadas.

Se ha librado una guerra; se ha ganado y perdido una guerra, y nada ha cambiado. Los chavales se colocan y se lo montan. Hombres que charlan, mujeres que hacen yoga. Corredores de la Carrera Larga que se dirigen a los puntos de encuentro. Una mujer pasea a un hurón con un arnés. El chib del ojo derecho de Marina registra el precio de los Cuatro Elementos y el saldo de su cuenta. Un cambio de gestión, eso es todo. Pero eso hace que las muertes no hayan tenido sentido. Los luchadores abatidos por las cuchillas que ahora está tocando el chaval no luchaban por los beneficios de los accionistas. No luchaban por lealtad personal hacia los ricos y distantes Dragones. Nadie lucharía por algo así. Luchaban por su mundo, su vida, su cultura, el derecho de que no les den órdenes desde otro planeta.

Marina baja por la escalera mecánica. Hay guardas en todos los niveles. Realiza un cálculo mental recreativo: el número de niveles multiplicado por el número de escaleras de cada lado del *prospekt* multiplicado por el número de *quadras*. Eso son muchos bots y muchos más Vorontsov.

Mientras baja al nivel 3, una mujer la mira desde la escalera superior. Es joven y lleva ropa de footing, escasa y reveladora; le cuelgan trenzas amarillas de los bíceps, flecos amarillos de las muñecas. Lleva una cinta verde alrededor de la rodilla izquierda, que le contrasta con la piel negra. Una participante de la Carrera Larga. Hace una seña a Marina: hermanas de carrera. Marina siente una punzada de duda y siente deseos de dar la vuelta, de correr hacia arriba por la escalera de bajada para seguirla. Le va a estallar el corazón, está segura. Quiere ir con la corredora. Quiere volver, al piso, con Ariel. Es lo que más desea.

Las escaleras mecánicas siguen separándolas y descuartizan el momento.

Abajo, en el intercambiador de Orión, encuentra un banco resguardado por altos árboles. Las sombras aumentan, y se refugia entre ellas. A esas horas, en el parque solo hay amantes, y también está ella. El añil se va aclarando y da al bosquecillo el aspecto en una empalizada de troncos. Marina se queda sentada hasta que los sollozos que la atenazan se convierten en algo soportable, algo que se pasará, algo que no le impide mirar a alguien a la cara sin desmoronarse.

No fue Ariel, sino su hermano, Rafa, quien dijo que lo único bello de la Luna eran las personas. Bello y terrible. Como el apasionado, volátil y débil Rafa. Como la presumida, esforzada y solitaria Ariel. Como el bello, condenado, airado Carlinhos. Como el sombrío, intenso, leal Lucas. «Ahora trabaja en Corta Hélio», había dicho. Si no hubiera aceptado el ofrecimiento, si él no lo hubiera hecho. Si hubiera tardado un instante más en interceptar la cibermosca. Si no le hubieran dado el trabajo de camarera en la fiesta de la carrera lunar de Lucasinho.

También estaría bajo ese árbol, recorriendo ese camino, hacia el ascensor espacial que la llevaría a casa.

Es un mundo terrible.

En lo alto del intercambiador de Meridian, donde desembocan las avenidas principales de tres *quadras* bajo una cúpula de tres kilómetros de altura, los primeros voladores hacen piruetas, trazando hélices unos alrededor de otros. Las alas resplandecen cuando captan las diez mil luces del amanecer. Extienden las plumas de nanocarbono para llenarlas de aire ascendente y suben en espiral hasta que se convierten en manchitas contra el fondo azul.

No ha llegado a volar. En la fiesta que celebró antes de partir a entrenarse para ir a la Luna se subió a la barra del bar y prometió a todo el mundo que eso iba a probarlo. «Allí vuelan.» No ha llegado a volar en la Luna; no llegó a hacer snowboard aquel semestre, cuando sus amigos subieron a Snoqualmie mientras ella terminaba el *paper*. La Chica que se Perdió la Nieve. La Chica que Nunca Voló.

La estación del cable orbital está entre los contrafuertes del sudoeste del intercambiador de Meridian. Es discreta y fácil de pasar por alto, pero es el pilar que sustenta Meridian. El ascensor estaba ahí, en el punto más cercano a la Tierra, mucho antes de que se excavaran las primeras zanjas en el Sinus Medii. Hace solo dos años que Marina cruzó esas puertas, pero nada le resulta conocido. Un mundo nuevo, formas nuevas de moverse, de sentir, de respirar, un chib nuevo en el ojo que le cobraba cada inspiración.

La estación nunca cierra. El cable orbital nunca deja de dar vueltas alrededor del mundo. El personal la espera. Hay un último examen médico, algo de papeleo. Poca cosa. En una pequeña estancia blanca, en una silla alta blanca, le piden que mire un punto negro de la pared. Un fogonazo, un momento de ceguera, imágenes intermitentes moradas que parecen zumbar en la retina; cuando recupera la visión, los numeritos de la esquina inferior derecha han desaparecido.

Marina ya no lleva el chib.

Respira aire que no se mide.

Se llena los pulmones y está a punto de caer del taburete, con una sobredosis de oxígeno. La mujer de blanco que la acompaña a la puerta sonríe.

—Todo el mundo hace eso.

Después de la conmoción, la duda. ¿Y si se equivoca? ¿Y si hay algo que no le han explicado? ¿Y si no tiene derecho al oxígeno que le llena el flujo sanguíneo? Empieza a respirar superficialmente, en bocanadas cortas, conservando el aire como a un hijo querido.

—También hace eso todo el mundo —dice la mujer mientras la acompaña a la sala de embarque—. Respire tranquila. —La vieja bendición lunar—. Su billete lo cubre todo desde ahora hasta que salga del vehículo de transferencia orbital.

Esa es la parte que no se ha pensado bien. Ha planificado la salida cuidadosamente, considerando todos los detalles y permutaciones, todos los movimientos y duraciones. No puede imaginar la llegada. Estará lloviendo. Eso es todo. No ve nada más que las cortinas de lluvia cálida y gris que ocultan el planeta de detrás.

En la sala esperan cinco pasajeros. Hay té y alcohol, pero nadie bebe más que agua. El sushi está muerto de risa en la bandeja fría, recogiendo bacterias.

Como esperaba, Amado, Hatem y Aurelia, del grupo de repatriación, están ahí. No hablan; se saludan con una inclinación de cabeza. Nadie se para a mirar su vestimenta de corredora. Nadie se atreve a establecer contacto visual. Todos se han sentado tan lejos de los demás como han podido. «Y todo el mundo lo hace», supone Marina que diría la empleada. Pide a Hetty un repaso de la música que tiene guardada, pero todo le parece demasiado trivial para la ocasión o algo que no quiere mancillar asociándolo a un suceso tan definitivo como ese.

—Falta una persona más —dice la empleada antes de cerrar la puerta.

—Disculpe, ¿tengo tiempo? —dice Marina, y señala el baño con un gesto. Igual ya está a mundos de distancia cuando pueda volver a mear tranquilamente.

Como un bostezo, las ganas de ir al servicio se transmiten silenciosa e infaliblemente. Tras ella se forma una cola.

Llega el último pasajero. No es quien esperaba Marina. Oksana era la última incorporación de su grupo. Es una ucraniana bajita, de ojos estrechos y ceño fruncido. Quien llega es un alto nigeriano. Oksana debe de haber cambiado de opinión, haber hecho las paces después de la última reunión del grupo. Habrá vuelto a abrir la puerta y habrá vuelto a casa. Habrá dado media vuelta ante los guardas de los Vorontsov, al pie de una sección de escalera mecánica, y habrá vuelto a subir. Habrá dado la espalda a la puerta de la estación del cable orbital. Habrá elegido la Luna. Y Marina está inmersa en una duda atroz. Aún está a tiempo. Podría levantarse de ese espantoso sofá blanco, cruzar la puerta y volver.

Con Ariel.

No puede moverse. Entre irse y quedarse, está paralizada.

Entonces se abre una puerta del otro extremo de la sala, otro recepcionista dice: «Estamos listos para embarcar», y Marina se levanta automáticamente con los otros, cruza con los otros la compuerta de la esclusa y pasa a la cápsula de transferencia. Ocupa uno de los asientos que rodean el núcleo. Las sujeciones se despliegan a su alrededor y disipan cualquier duda. Se cierra la escotilla. La cuenta atrás es innecesaria; cada día entran y salen cientos de cápsulas como esa. Pero tiene miedo, con su top deportivo, sus pantalones cortos y sus cintas. Se marcha como llegó: asustada.

La primera etapa del ascenso es una huida vertiginosa por el interior del intercambiador de Meridian. En unos segundos está a medio kilómetro de altura. La cápsula es un proyectil sin ventanas, pero las cámaras exteriores envían imágenes a Hetty. Marina ve el intercambiador como un gran tubo vacío, iluminado por las luces de mil ventanas, teñido de lila en el amanecer. Ahora está incluso por encima de los voladores que suben empujados por las corrientes cálidas y bajan atravesando el resplandor polvoriento.

Está abandonando la Luna mientras sale el sol artificial.

Atisba las válvulas y ventiladores, las conducciones eléctricas y los intercambiadores térmicos de la parte superior de la ciudad, y después se interrumpe la imagen cuando la cápsula entra en la esclusa. Da un salto, y Marina siente que la maquinaria entra en acción, las escotillas se bloquean; oye el silbido de la despresurización que se convierte en un susurro y da paso al silencio. Encima está la torre del elevador. El cable gira alrededor de la Luna y, con un extremo, arrancará la cápsula de la parte superior de la torre y la subirá al espacio.

«Dolerá —había dicho Preeda al grupo de repatriados—. Nunca habréis sentido un dolor igual.»

—Ariel.

La velocidad de los taxis está sujeta a limitaciones estrictas, pero cuando se ocupa el único del *prospekt*, bajo el resplandor lila del despertar de la *quadra* Orión, avanzando entre los altos árboles oscuros del parque Gagarin, se tiene la impresión de circular a la velocidad del amor.

—Ariel, es inútil.

Abena volvió a agitarse en el ligero sueño de la hamaca cuando oyó el *clic* de la puerta que se cerraba y el ronroneo de la desimpresora. Sumó dos y dos. Al ver la nota sujeta a la puerta de la nevera supo qué había ocurrido. Leyó la nota. Antes de terminar de leerla ya estaba en la habitación de Ariel.

—Marina ha vuelto a la Tierra.

El taxi ya estaba en la puerta mientras terminaba de ayudar a Ariel a vestirse. «Hazme algo en la cara», dijo Ariel al subir al vehículo con voz de hielo, mientras Beijaflor intentaba localizar a Hetty. Abena se arrodilló en el asiento y le aplicó cuidadosamente dos tonos de sombra de ojos. El taxi zumbaba, atravesando los controles de las fuerzas de ocupación sin que lo parasen.

«No la localizo —era lo único que decía Ariel—. No la localizo.»

—Sigo sin poder localizarla —dice Ariel.

—Escúchame, Ariel.

Había dejado la nota en el suelo de la cocina. Abena aún puede ver cada palabra, grabada con un clavo al rojo en la retina.

«Tengo que abandonar la Luna. Tengo que marcharme.»

—Ariel, hace un cuarto de hora que ha despegado la cápsula. El taxi llega al intercambiador de Meridian y se abre.

—Se ha marchado, Ariel.

Ariel gira la cabeza bruscamente y Abena tiembla bajo el resplandor de su mirada.

—Ya lo sé. Ya lo sé. Pero tengo que verlo.

La cápsula de llegada baja por la pared del intercambiador, tras entrar desde el espacio. El cable suelta una cápsula y recoge otra. Arriba y abajo, un tiovivo interminable.

—Lárgate —dice Ariel.

—Puedo ayudarte...

—¡Cállate! —grita Ariel—. Cierra el pico, putita estúpida; métete por donde te quepan esas homilías gilipollescas, bienintencionadas, alegres, vacuas, insensibles, ignorantes y simplistas. No quiero tu ayuda, no quiero tus ánimos, no quiero tu terapia. Quiero que te largues. Solo que te largues. Largo.

Abena estalla en lágrimas, se aparta del taxi y corre a un banco de piedra, junto a un macizo de hibiscos. El lila de la mañana da paso al dorado; los voladores surcan el aire reluciente y a Abena le parece espantoso. Hija de puta. Odiosa, desagradecida. Pero no puede evitar mirar a través del pelo, sacudida por los sollozos, hacia la mujer indefensa del taxi. Las puertas siguen abiertas a su alrededor como pétalos. Ahora tiene la cabeza gacha. Ahora la levanta. Abena intenta entender lo que ve. Recuerda cómo se sentía cuando Lucasinho tonteaba con otros chicos y chicas. Cólera, traición, necesidad de hacer un daño tan indiscriminado como el que le habían hecho a ella. El deseo de pegar a la persona que la había herido, y de verla herida. Esto es otra cosa. Es una vida que se parte por la mitad. Es una pérdida total, que vacía por dentro.

—*Ariel* —le susurra el familiar al oído.

—Abena, lo siento, ya se me ha pasado.

Abena no sabe si puede mirar a Ariel a la cara. La ha visto desnuda por debajo de la piel. Ha visto el punto débil que puede desequilibrar a una mujer para quien la compostura lo es todo. Abena se pone en pie, se alisa la ropa arrugada y aspira profundamente hasta que se le estabiliza la respiración.

—Ya voy.

Entonces los taxis y las motos se detienen alrededor del taxi de Ariel.

Figuras armadas y acorazadas salen de los taxis que se abren y bajan de las motos. Vorontsov envueltos en kevlar protector contra cuchilladas y cuajados de diéresis metaleras; mercenarios con la protección más barata que ofrezcan las impresoras; patosos guerreros terrestres con traje de combate negro. Rodean el taxi de Ariel.

Abena se queda congelada.

Ariel la necesita.

—¡Dejadla! —grita.

Una figura da media vuelta: una mujer baja de piel cobriza, incongruente con su vestido de Miuccia Prada y sus tacones de Sergio Rossi de diez centímetros.

—¿Tú eres...?

—Abena Maanu Asamoah —dice Abena.

La voz de Ariel sale del centro del círculo de hombres armados.

—Déjenla pasar —dice Ariel—. Trabaja conmigo.

La mujer de Prada asiente y los luchadores hacen sitio.

—Siento que hayas tenido que ver eso —susurra Ariel—. No deberías haberlo visto.

Abena podría reaccionar de un centenar de formas, pero todas son bienintencionadas, alegres, vacuas, insensibles, ignorantes y simplistas. Banal, ingenua e inane, la había llamado Ariel cuando coincidieron en la Sociedad Lunaria. Lo único que tiene, entiende Abena, lo único que ha tenido nunca, son reacciones.

—Venimos a por Ariel Corta —dice la mujer de Miuccia Prada. Abena no puede localizar el acento, pero le resulta desconcertantemente familiar la cara: los ojos, los pómulos... La búsqueda en la red no arroja resultados, y el familiar de la mujer es una esfera de peltre con una filigrana de damasquinado. «¿Por qué tengo la impresión de que te conozco?»—. El Águila de la Luna solicita una reunión —dice la joven. El globo no es su lengua materna.

—El Águila no suele transmitir sus solicitudes con idiotas armados —dice Ariel, y Abena quiere vitorearla.

—Ha habido un cambio de dirección —dice la joven.

Ariel le mira los ojos, los pómulos, la posición de la boca, y reconoce algo imposible. Y Abena cae en la cuenta de dónde había visto esos rasgos: en la cara de la mujer que tiene al lado.

—¿Quién coño eres? —pregunta Ariel en portugués. La joven responde en la misma lengua.

—Alexia Corta.

Los bots de reparación se han esmerado, pero el ojo de tribunal de Ariel capta las manchas de humo alrededor de los marcos de las puertas, las huellas de botas polvorientas en los suelos de sinterizado pulido. El brillo de esquirlas de cristal roto atrapadas entre el suelo y la pared. En una estancia lateral, dos bots limpian diligentemente una gran mancha de la moqueta.

Los detalles son buenos. Los detalles son disciplinas. La llevan a un juzgado, y todo, hasta su vida, está en tela de juicio.

Han ordenado a los guardaespaldas que se queden en el muelle de vehículos. Los tacones de Alexia Corta resuenan con ritmo militar en el duro suelo. Ariel Corta percibe la disciplina y el control en cada paso. Zancadas exageradas de Jo Moonbeam; tienen demasiada fuerza en las piernas y las usan más de la cuenta. La última, recién bajada del ciclador, que avanza a saltos por el *prospekt* Gagarin, es de chiste rayano en el estereotipo. Pero esta joven nunca yerra un paso. Ni con taconazos de Sergio Rossi.

Otro detalle. Otra monedita brillante que cae al pozo titilando y tintineando.

La cápsula de Marina, ¿se habría anclado ya al ciclador o seguiría surcando el vacío, en caída libre, hacia aquella lejana estrella resplandeciente? Podría pedir unos datos de vuelo a Beijaflor.

Vuelve al mundo. Concéntrate en esto, concéntrate en la información útil. Alexia Corta se hace llamar Mano de Hierro, el antiguo título de Adriana. Considera que sigue sus pasos. Es ambiciosa y está muy convencida de su inexorabilidad.

—Espera aquí —le dice Alexia Corta a Abena.

—No se ofrezcan a empujarme —dice Ariel.

—Por supuesto, *senhora* Corta.

En el momento en que Alexia dice eso, Ariel sabe a quién encontrará al otro lado de la puerta doble, tras esa mesa estúpida y recargada. Lo que encuentra le borra de la mente a Marina, y empuja el dolor lacerante hasta convertirlo en algo persistente, sordo y, en definitiva, soportable.

—Estás hecho un puto cadáver, Lucas. —Ariel habla en portugués, el idioma de la intimidad y la rivalidad, de la familia y los enemigos.

Lucas ríe. Ariel no lo soporta. Esa risa suena como un mecanismo de precisión destrozado lleno de cristales rotos.

—Estuve muerto. Durante siete minutos, según me dicen. Fue decepcionante. Nada de verlo todo desde encima del armario. Nada de luces blancas y música de spa. Nada de antepasados animándome a cruzar un túnel resplandeciente. —Coloca una botella de ginebra en el centro de la gran mesa vacía—. Mi antigua receta personal. La red nunca olvida.

—No quiero, gracias.

Le encantaría. Nada le gustaría más que llevarse la botella a un escondite y bebérsela hasta que todo se hiciera plano, difuso e indoloro.

—¿En serio?

—Solo en ocasiones especiales.

—¿Y un reencuentro familiar no te lo parece?

—Por mí no te cortes.

—Por desgracia, el equipo médico me ha dejado en tu misma posición en cuanto al alcohol.

Esa cáscara vacía, blanqueada, cuarteada, es una marioneta de su hermano. El precioso color de la piel se ha transformado en gris, jaspeado de manchas y pecas por la luz solar directa. Tiene vetas de canas en el pelo y la barba. Tiene los ojos y los huesos hundidos. Los músculos lo sostienen tras la mesa a duras penas, incluso con gravedad lunar. Ariel se fija en las muletas que tiene apoyadas en la mesa. Es como si, por alguna extraña relatividad inversa, en la Tierra hubieran pasado treinta años.

—No puedes ir a la Tierra. La madre Tierra te mataría. Todo eso. Pues he estado, Ariel. Lo he intentado. Tuve un ataque al corazón durante la transferencia al cable. Pero no me mató.

Ariel se vuelve hacia Alexia.

—Déjanos.

—Por favor, Alexia —dice Lucas, asintiendo.

Ariel espera a que se cierre la puerta, aunque Alexia sería idiota si no estuviera escuchando hasta la última palabra que se pronuncia en el Nido de Águilas.

—¿Y esa?

—Es inteligente, está hambrienta, tiene una ambición refrescante. Puede que sea la persona más despiadada que he conocido. Incluida tú, *irmã*. Tenía un pequeño imperio ahí abajo; producía y vendía agua limpia y fiable a su gusto. La llamaban la Reina de las Cañerías. Pero cuando le ofrecí la Luna, se vino. Es la Mano de Hierro. Tiene la sangre de Adriana Corta.

—Te matará, Lucas —dice Ariel—. En cuanto se te tambaleen la influencia y la posición.

—La familia es lo primero; siempre la familia, Ariel. Lucasinho está en João de Deus, en estado crítico. Lo está atendiendo la Hermandad de los Señores del Ahora. Siempre pensé que la lealtad que les profesaba *mãe* era síntoma de que chocheaba, pero al parecer son el foco de resistencia contra la ocupación de mi ciudad por Bryce Mackenzie. Ya me encargaré de eso en su momento. Lucasinho llevó a Luna a través de cuatrocientos kilómetros por el mar de la Fecundidad, ¿lo sabías? Cedió el aire que le quedaba en los pulmones para que su prima llegara a Boa Vista. En la carrera lunar dio la vuelta para ayudar a un Asamoah. Es valiente y considerado, y quiero que se ponga bien y me muero de ganas de volver a verlo. La familia es lo primero, siempre la familia.

Es un dicho viejo, pero certero: siempre pone el dedo en la llaga. Hoy lo retuerce en una carne magullada. Como todos los tópicos, encierra una profunda verdad en el centro, derretida y dando vueltas. El mundo elige a Ariel Corta. El mundo siempre se ha volcado en ella, agarrándola con manos insistentes, exigentes, por todas partes. Pocas personas tienen suficiente carácter y talento para satisfacer a un mundo. El mundo tiene necesidades, y ella las cubre. Nunca deja de pedir, y ella nunca deja de dar, aunque el mundo la aísla de cualquier otra persona o cosa que pueda pedirle algo.

—No voy a dejarme arrastrar a tu minidinastía feliz, Lucas.

—Puede que no tengas más remedio. ¿Cómo crees que se sentirá de seguro cualquier Corta cuando se entere de quién está al mando del Nido de Águilas?

—Parece que me he especializado en decir «que te follen» a las Águilas de la Luna —dice Ariel, pero ve las trampas que tiende Lucas a su alrededor.

—Eras la asesora jurídica de mi predecesor —dice Lucas—. Me gustaría que siguieras en el cargo. Considéralo un traspaso de gestión.

—Tu predecesor ha muerto estampado contra el intercambiador de Antares. —Beijaflor la ha informado de las revoluciones políticas que se han producido después de que Marina Calzaghe la dejara. Defenestración. Ariel se estremece al pensar que existe un término tan preciso, tan perfumado y comedido, para un asesinato tan atroz.

—Yo no he tenido nada que ver —dice Lucas—. Jonathon no era una amenaza. Estaba acabado, Ariel. Habría acabado sus días con alguna cátedra sinecura en la Universidad de Farside. No le deseaba ningún mal a Jonathon Kayode.

—Pero estás sentado a su mesa, con su cargo, sus sellos y sus autorizaciones, ofreciéndome tu ginebra personalizada sacada de su impresora.

—Yo no pedí este trabajo.

—No me insultes, Lucas.

Lucas levanta las manos, suplicante.

—La Lunar Mandate Authority necesitaba a alguien que se conociera la Luna.

—Esto no es el cambio de una sigla de tres letras por otra. Las juntas remodeladas no se presentan con cañones de riel orbitales.

—¿No? —Lucas se inclina hacia delante y Ariel ve en los ojos hundidos una luz que había olvidado. No ilumina; arroja sombras—. ¿De verdad? Sube con el ascensor a los niveles de arriba del todo y pregunta a la gente si sabe qué hizo la LDC, si puede darte el nombre de un solo miembro de la junta, si sabe quién era el Águila de la Luna. Lo que les importa es tener aire en los pulmones, agua en la lengua y comida en el estómago, y poder mirar en Gupshup quién se tira a quién o consultar la procedencia de su siguiente contrato. No somos una nación estado; no somos una democracia a la que se haya arrebatado el oxígeno de la libertad. Somos una entidad comercial, un puesto avanzado industrial. Producimos beneficios. Lo único que ocurre es que ha cambiado la gestión. Y la nueva necesita que el dinero vuelva a circular.

—En la cámara del consejo hay portavoces de los gobiernos de Rusia, la India, Brasil, los Estados Unidos, Corea, Sudáfrica... La República China está representada en la cámara del consejo de la LDC. ¿Esperas que el Palacio de la Luz Eterna acepte órdenes de Pekín?

—La Lunar Mandate Authority es un aglomerado, e incluye representantes de empresas de la Tierra y la Luna.

—VTO.

—Sí.

—¿Qué les has ofrecido, Lucas?

—Seguridad en la Tierra, un imperio en el espacio y respeto en la Luna.

—Esto es una invasión, Lucas.

—Claro. Pero también es la forma correcta de hacer negocios.

—¿Fuiste tú quien destruyó Crucible?

—No —dice Lucas. Ariel no contesta; el silencio le pide más—. Yo no destruí Crucible.

—El código del comando con que se hackearon los espejos era antiguo, de los Corta. Llevaba treinta años ahí, acurrucado en los sistemas de control. El código no se activa espontáneamente. Alguien tuvo que despertarlo. Alguien tuvo que enviar una instrucción. ¿Fuiste tú, Lucas?

—Yo no di la orden.

—Ciento ochenta y ocho muertos, Lucas.

—Yo no ordené la destrucción de Crucible.

—Ahora sí que quiero de esa ginebra tuya.

Lucas llena con pulso oscilante una copa de martini, le añade una dosis homeopática de vermú y lo lanza resbalando por la enorme mesa del Águila. Cuántas bebidas ha levantado Ariel, ha saboreado, ha disfrutado pura y absolutamente. Sexo duro, adulto, personal, en una copa. La deja sin tocar.

—Me has pedido que te represente, Lucas.

—Así es, y me has contestado.

Y la ginebra está fría, perlada de condensación, y siempre es fiable, nunca falla. La familia o el mundo. Esa ha sido siempre su disyuntiva. Lucas la ha atravesado de una estocada. Familia y mundo. Acepta la oferta y tendrás las dos cosas. Ariel mira largamente la copa, en la mesa del Águila de la Luna, y es fácil. Lo más fácil del mundo. Siempre lo ha sido.

—Te he contestado, ¿verdad? No, no quiero. No.

Al cabo de una hora, Sun *nui shi* pierde la paciencia. Suspira y señala con el bastón a Alexia Corta.

—Oiga.

—¿Sun *nui shi*?

Sun *nui shi* ha examinado detenidamente a esa joven, sentada tras una mesa pequeña junto a la puerta del despacho del Águila. No tiene un músculo que no delate su procedencia terrestre. Brasileña. De la familia. Cuenta la leyenda que Adriana no juzgó a ningún Corta digno de seguirla a la Luna. La chica tiene ambición, y disciplina para cumplirla. No pierde el tiempo con trivialidades ni distracciones. Sabe sentarse; sabe estarse quieta. Hay muy pocos jóvenes que sepan estarse quietos. Sun *nui shi* la llama en parte por desahogar la furia y en parte para ver si tropieza y sale disparada al otro lado de la habitación. Se mueve bien, aunque la concentración es evidente.

—Nos tienen esperando —dice Sun *nui shi*. La junta de Taiyang muestra variaciones de aburrimiento alrededor de la cómoda antecámara del Nido de Águilas.

—El Águila los recibirá cuando esté listo —dice Alexia Corta.

—Nosotros no esperamos. No somos contratistas.

—El Águila está muy atareado.

—No tanto como para no recibir a Yevgueni Vorontsov. —El viejo idiota borracho ha irrumpido hace media hora, con su séquito de gilipollas acorazados. Ni siquiera ha tenido la decencia de aparentar vergüenza. A Sun *nui shi* no le cabe duda de que el guardaespaldas con el que ha entrado pertenece a la junta, a esa generación más joven y dura que, según los rumores, ha asumido el control de VTO Luna. Tienen un aspecto homogéneo. Son musculosos y disciplinados. El diseño de la coraza, chabacano y pueril, le resulta ofensivo. A Darius le gusta la música de la que procede esa iconografía. Sun *nui shi* encuentra particularmente humillante que la custodien personajes de videojuego.

Custodia policial. Que esa noción haya llegado a la Luna.

—El señor Vorontsov es miembro de la LMA —dice Alexia Corta.

En ese momento se abre la puerta doble y sale Yevgueni Vorontsov, ese hombre oso. Los hombres y mujeres jóvenes de rostro pétreo y traje más pétreo se arremolinan a su alrededor y lo sacan prácticamente a empujones.

—El Águila la recibirá ahora —anuncia Alexia Corta. Los Sun se desenredan de la larga y aburrida espera.

Alexia Corta se sitúa frente a Sun *nui shi*.

—Usted no es miembro de la junta, *senhora*.

Sun Zhiyuan se queda paralizado. La delegación de los Sun se para en seco: Sun *nui shi* entra en primer lugar. Es la regla, la costumbre, el lugar de honor. Alexia Corta no se aparta.

—Esto es un error —dice Sun *nui shi*.

—Usted tiene asiento en la junta de Taiyang, pero no es miembro.

—Hace esperar a mi abuela y luego le dice que no es bien recibida —dice Sun Zhiyuan en voz baja, cargada de violencia cercana—. O entra mi abuela o no entra ninguno de nosotros.

Alexia Corta se lleva dos dedos a la oreja, un gesto típico de los recién llegados que aún no se han acostumbrado a las intimidades inconscientes de los familiares.

—El Águila recibirá a Sun *nui shi* con mucho gusto —anuncia. Unas Wayfarer le ocultan los ojos, y Sun *nui shi* no le ve muestras de arrepentimiento o disculpa en los músculos faciales. Qué confianza y arrogancia tiene la joven.

Sun Zhiyuan se aparta para que Sun *nui shi* encabece la comitiva.

—Eres una joven muy insolente —bisbisea Sun *nui shi* al pasar. Nunca se ha sentido tan humillada. La cólera es una delicia, una enfermedad febril y arrebatadora, algo que no esperaba sentir con tanta fuerza a sus años.

—Y tú eres un escorpión marchito que morirá pronto —susurra Alexia Corta en portugués. Las puertas se cierran tras Sun *nui shi* y la junta de Taiyang.

Jaime Hernández-Mackenzie se detiene en la puerta del ático, con una mano en el marco, jadeando. En los pulmones se le agitan mil agujas de piedra. El polvo añejo lo está matando. No se debería despertar a los viejos tragapolvos antes del amanecer para convocarlos a una reunión.

Los viejos tragapolvos saben reconocer una emergencia en cuanto la oyen.

La única luz procede de la ventana frente a la que está Bryce, una masa oscura contra el resplandor puntillista del *prospekt* Kondakova. Jaime parpadea ante la oscuridad. El familiar le dice quiénes hay y le enseña dónde están.

—Los Sun han exigido el reintegro del préstamo —dice Alfonso Pereztrejo, director financiero.

—Mierda —dice Jaime Hernández-Mackenzie reverentemente.

—El plan de devolución es generoso, pero lo quieren ya —informa Rowan Solveig-Mackenzie—. La producción de Fecundidad y Crisis está aún al cuarenta por ciento, y no tenemos reservas.

—Lucas Corta ha solicitado una reunión —dice Alfonso Pereztrejo.

—No pienso besarle el puto anillo —dice Bryce, y se aparta de la ventana—. No pienso entregar esto a Lucas Corta.

—VTO puede someternos a un bloqueo —expone Rowan.

—Y la Tierra se queda a oscuras —dice Bryce—. Sé qué pretende. Dejará que Duncan nos arrastre a la espesura mientras mantenemos las luces encendidas. Un territorio aquí, un territorio allá: lo único que le importa a la junta nueva de la LMA, o como se llame, son los cargamentos de helio.

—Yo diría que tenemos que llegar a un acuerdo con la Lunar Mandate Authority —resopla Jaime.

—Lucas Corta es el guardián de la puerta —comenta Rowan.

—Sé qué quiere Lucas Corta —escupe Bryce—. Quiere recuperar esta ciudad. La despresurizaré, con todas sus almas, antes de permitir que se la quede.

—Yo tengo una opción algo menos sangrienta —dice Jaime—. ¿Has oído hablar de la Hermandad de los Señores del Ahora?

—Me suena —dice Bryce—. Una de esas sectas brasileñas populistas con muchos tambores.

—La población las respeta —dice Jaime—. Y puede que tú la respetes un poco más cuando te diga que me he enterado de que tienen acogidos a Lucasinho y Luna Corta.

Bryce Mackenzie endereza la espalda y se hincha visiblemente contra el resplandor de la ciudad.

—Ah, ¿sí?

Viaja solo, en un vagón de autorraíl fletado expresamente, hacia la ciudadela de su enemigo. Cuando llega lo guían a su corazón, y solo las puertas adecuadas se abren ante él.

Las muletas de Lucas Corta resuenan contra la piedra pulida de Hadley.

Era inevitable que Duncan construyera un jardín. El Fern Gully de Robert Mackenzie había sido una de las maravillas de la Luna. Robert Mackenzie realizó una creación con helechos, frondas, alas y agua. Duncan Mackenzie construye con piedra y arena, viento y susurros. El entorno tiene cien metros de lado, con un cielo agorafóbicamente alto para el atiborrado Hadley. Lucas sintió el peso de su roca en los hombros y se ha liberado. El aire es seco y muy puro, con el aroma de la arena fina. Una senda de lajas de piedra serpentea entre jardines de arena rastrillada. Haces de luz caen de las altas ventanas contra la austera geometría de la piedra y la arena.

Clic, tap.

Duncan Mackenzie aguarda en el círculo de piedra, con Esperance brillando sobre el hombro. Las rocas erguidas representan todos los tipos que se encuentran en la Luna y varios de más allá. Hay menhires procedentes del nacimiento del Sistema Solar, trozos de la Tierra y de Marte lanzados al espacio por el impacto de asteroides titánicos, los centros metálicos de impactos de meteoritos que llevaban mil millones de años en el subsuelo.

A Lucas no se le escapa que todas las rocas son más bajas que Duncan Mackenzie.

—Podría haberte eviscerado una docena de veces —dice Duncan Mackenzie.

Lucas se apoya en las muletas.

—Serías un agujero en el regolito.

—Las catapultas electromagnéticas hacen buenos vecinos.

—No te guardo ninguna enemistad, Duncan.

—Estaba en Crucible. Salí corriendo con los demás cuando los espejos se volvieron contra nosotros. Oí las manos que aporreaban la escotilla de las cápsulas de salvamento. Vi arder a gente, y deposité el familiar de mi padre en el tabernáculo de Kingscourt.

—Recapitular la violencia no nos ayudará —dice Lucas—. Bryce tiene João de Deus. Me pertenece. Puedes quedarte con su negocio de helio.

—No quiero nada de ti.

—No te lo estoy regalando. Continúa con tu guerra contra Bryce y la LMA mirará para otro lado.

—Y cuando me haga con el negocio de la fusión me lo arrebatarás y Corta Hélio habrá renacido.

—No tengo forma de convencerte de que no me interesa el helio. Pero quiero João de Deus.

—No es de interés estratégico para Mackenzie Metals.

Lucas Corta contiene una sonrisa. Ha llegado a un acuerdo.

—Veo que nos entendemos. No te hago perder más tiempo. —A mitad del camino de vuelta por la senda serpenteante de piedra, Lucas gira sobre las muletas—. Se me olvidaba. En caso de que decidas reconciliarte con tu hermano, como bien has señalado, tengo una catapulta electromagnética.

—Los Vorontsov tienen una catapulta electromagnética —replica Duncan Mackenzie.

Duncan Mackenzie mira a Lucas Corta alejarse haciendo *clic, clic* entre las espirales y círculos de arena peinada.

Puto Corta. Puto Corta.

Tienes un pistolón, pero se te olvida que para estar a salvo tienes que poner algo entre el pistolón y tú.

Duncan espera a que se cierren las puertas antes de llamar a Denny Mackenzie.

—Tráeme a Robson Corta.

Puto Corta.

Más de ochenta y cinco ascensores y escaleras mecánicas están parados. Por escaleras, escalerillas y travesaños, Wagner Corta sube al techo de la ciudad. Hasta el Bairro Alto, con sus salientes y aleros, con los conductos por los que hay que pasar reptando y las pasarelas angostas, con los desposeídos y los parados; sube y sube hasta los lugares en los que el aire sale por respiraderos y, suspirando rodea cañerías y antenas; las pasarelas de rejilla metálica por las que camina tiemblan de tal forma con el pulso de la maquinaria que, cuando cambia el ritmo, tiene que agarrarse a la barandilla y obligarse a mirar al frente. Mirar hacia abajo a través de la rejilla es invocar al vértigo. Hay dos kilómetros de caída hasta el *prospekt* Budarin.

A partir del centésimo nivel desaparecen hasta las barandillas. Wagner camina a lo largo de juntas de soldadura, alrededor de depósitos cubiertos de rocío fresco. Se sienta cinco minutos con la espalda contra el cálido flanco de un intercambiador térmico, intentando hacer acopio de valor para saltar los tres metros que separan dos unidades de control de humedad. Al final se agarra con los dos puños a un cable y lo usa a modo de liana para cruzar el abismo. La muerte por electrocución es más rápida que por la caída. Pero ve rastros de presencia humana: botellas de agua, envoltorios de barritas de proteínas e hidratos de carbono, empujados a rincones y grietas por los perpetuos vientos artificiales de las alturas de Meridian. Ni siquiera los *zabbaleen*, con su legendaria obsesión por reciclar hasta la última molécula de carbono, se atreven a subir tanto. Solo la línea solar está más arriba, y Wagner la siente como una opresión constante y cegadora. El techo del mundo arde. Pero hay símbolos fluorescentes, los ideogramas de los *traceurs*, que identifican rutas aún más altas.

Ha cruzado mares y cordilleras, ha combatido monstruos y horrores, ha presenciado el valor y la desesperación, se ha acercado a energías que podrían agujerear la ciudad de un puñetazo y arrojarla al vacío. Ha sufrido hambre y agotamiento, deshidratación e hipotermia, robots y radiación. Estos quinientos últimos metros de su viaje en busca de Robson, con el fin de ponerlo a salvo, son peores que todo lo demás junto. Si le ponen delante mil kilómetros de cristal, si se ve envuelto en una guerra robótica, si lo bombardean con proyectiles de hielo hiperacelerado, luchará hasta abrirse paso. Con un salto de tres metros ante él y dos kilómetros de aire aullante por debajo, se queda paralizado. A Wagner le dan miedo las alturas.

Con el corazón latiendo a toda velocidad y la respiración convertida en una serie de inspiraciones breves, se introduce tanto como puede en la grieta que separa dos silos de intercambio gaseoso. El aire es considerablemente menos denso en el techo del mundo. Wagner aspira a fondo y se sobrecarga el cuerpo de oxígeno.

—¡Robson Corta!

Lo llama tres veces y se agacha, jadeando. Le duele horriblemente la cabeza. Si el puto niñato, por lo menos, tuviera conectado el familiar... Pero es la primera regla de la desaparición: desconectarse de la red. Wagner ha conseguido seguirle la pista hasta el techo de la *quadra* Antares a base de un intrincado reconocimiento de pautas y analítica de trazas.

—Robson, soy yo. Wagner. —Se recarga los pulmones y añade—: Estoy solo, Robson. Vengo solo yo, te lo juro.

La voz rebota por el titánico paisaje de metal del alto Antares. A Wagner siempre le han horrorizado las voces, los gritos, el ruido. Llamar una atención indeseada. La gente bulliciosa. Es el lobo que nunca aúlla.

Es el lobo acojonado que se resguarda del abismo en una cuna de acero.

—¡Robson! —Vuelve a llamarlo tres veces entre los planos de metal reverberante. Odia oírse.

—Wagner.

La voz suena tan cerca que Wagner da un respingo. Se empuja hacia atrás en su hueco, alejándose del precipicio.

El corazón de Wagner se encoge de terror. Robson está de

pie en una viga de diez centímetros, sin asideros. Las puntas de las zapatillas de escalada se curvan alrededor del borde. Bajo ellos hay dos kilómetros de aire sin obstáculos; entre ellos, una separación de cinco metros. Por la capacidad de Wagner para cruzarla, podría ser el vacío entre la Tierra y la Luna.

—¿Cómo estás?

El chaval va hecho unos zorros. Tiene el pantalón corto manchado y grasiento. Se le ha desgarrado una manga de la enorme camiseta y cuelga libremente. El pelo es una maraña, a medio camino de las rastas, y tiene la piel sucia y llena de rasguños y heriditas en distintas etapas de curación. Nunca fue robusto, pero está escuálido. Wagner le ve la clavícula por encima del cuello de la camiseta. Tiene los ojos brillantes y fieros.

—¿Y tú?

—Bien. No. Robson, tengo que hablar contigo, no pasa nada.

—Me enfrenté a un robot —dice Robson—. Creo que solo estaba de inspección, pero tenía cuchillas. Lo tiré y no me vio venir; fue como un truco de cartas. Se dio contra la pasarela del 115 y se desbarató. Los trozos se esparcieron entre el veinte y el cuarenta. Había una advertencia de residuos, para que nadie se hiciera daño.

—Robson, he venido a llevarte a casa.

—No pienso volver allí.

—Ya lo sé. Me lo ha dicho Amal. Te quiere; es solo que..., bueno, nuestro amor es distinto. Resultó malheridoa, Robson. Intentaba protegerte.

—¿Cómo está?

—Se recuperará. —El bazo desgarrado y traumatismos abdominales graves. «Tenían un puño de hierro», dijo a Wagner cuando fue a visitarloa al centro médico—. Intentaba protegerte.

—Ya lo sé. Pero no puedo ser como tú, Wagner.

—Ya me he dado cuenta. No volveremos a la casa de la manada, te lo prometo.

—¿Qué vas a hacer?

—Estar contigo.

—Necesitas a la manada. Sin ella no eres tú.

En la pasarela, embutido en un hueco del tamaño justo de su

escuálido culo, con las rodillas subidas y los brazos alrededor de ellos para bloquear todo lo posible las terroríficas y magníficas vistas que tiene ante sí, Wagner Corta siente que se le resquebraja el corazón.

—Te tendré a ti.

—Estabas ahí fuera, ¿verdad? —pregunta Robson.

—He visto cosas que no podía creer. He visto cosas que nadie había visto antes, que nadie debería ver. He visto cosas de las que nunca hablaré.

De nuevo, un silencio prolongado.

—Robson —continúa—. Debo decir que todas esas cosas que he visto me asustaban, pero no tanto como esto. Estoy aterrorizado. No puedo estar aquí. Me siento morir. No sé si puedo moverme. ¿Me ayudas a bajar?

Wagner no observa esfuerzo físico, no ve músculos tensarse ni prepararse, pero Robson salta el vacío, extiende un brazo y se agarra a una viga. Pasa balanceándose frente al silo de intercambio de gases, pasa volando por encima de la ranura en la que se refugia Wagner, agarra otra viga y aluniza con seguridad y naturalidad en la rejilla de acceso.

Wagner había recorrido esa rejilla a cuatro patas. Robson le tiende una mano.

—Sujétate; mírame a los ojos y a nada más.

Wagner se adelanta ligeramente. Tiene los músculos de las piernas embotados y no confía en los tobillos.

—Cógeme la mano.

Extiende el brazo. Durante un instante cae hacia delante y el abismo se abre ante él. Entonces está sujetando la mano de Robson y se da cuenta de que nunca había tocado esa mano, abrazado ese cuerpo. Es fuerte, suave y cálida. Con una resistencia obstinada. Wagner logra ponerse en pie.

—Mírame.

Y está rodeando el segundo intercambiador de gases, por el borde de la pasarela.

—¿Estás bien?

—Creo que voy a vomitar.

—Procura que no caiga.

Wagner se apoya en la barandilla, jadeante, pálido y sudoroso. Tres veces siente que suben las náuseas y se detiene hasta que se le pasa.

—Vamos. Primera parada, un *banya*. Qué peste echas, *sobrinho*.

Aun así, la sonrisa de Robson podría parar mundos en sus órbitas.

—Tú tampoco hueles a rosas, Lobinho.

Wagner pasa un largo rato tumbado en la penumbra cálida de la sala de baños. Piedra lisa bajo la espalda, el agradable cosquilleo del sudor que se concentra y cae, arrastrando la fatiga arraigada en los músculos. Estrellas por encima, incrustadas en la constelación inmóvil de la cúpula. Una tierra llena en mosaico blanco y azul.

Está creciendo. Lo nota, hasta a gran profundidad en las cavernas lunares. Sabe que es la medicación, siempre han sido la medicación y sus propios ritmos fisiológicos y psicológicos, pero siente la tierra sobre Meridian sin necesidad de verla. Siente que tira de él hacia la unión de la manada. No puede ir. Tiene un niño. Tumbado en la losa, rodeado de calor, Wagner siente pánico. No solo durante esta tierra llena, sino durante todas, estará separado de la manada. Lo soportará. Es necesario. Tiene un niño.

Sombra campanillea.

—Ya estoy.

Robson se sube a un taburete de la barra de tés del *banya*. Se ha impreso una camiseta corta, gris jaspeada, que lleva con las mangas subidas, y un pantalón de chándal con tres rayas. Su pelo es un glorioso pompón caoba.

—¿Huelo mejor? —pregunta Robson. Está reluciente.

—Eucalipto, mentol. Junípero. Bergamota, un poco de madera de sándalo. —Un último olfateo—. Y trazas de olíbano.

—¿Cómo lo sabes?

—En la etapa oscura sé un montón de cosas.

—Quiero enseñarte un truco —declara Robson, y se saca la media baraja del bolsillo del chándal. Coge una carta y se la enseña a Wagner. ¡Hop!, la carta no está.

—La tiene en la mano —dice una voz—. Entre el pulgar y la palma. No puedes verla desde donde estás, pero yo sí.

La magia es el arte del despiste. La mano distrae la atención, aquí, y no se ve el movimiento de la carta. Ni la llegada del primer *blade* de Mackenzie Metals.

Denny Mackenzie se apoya en la barra. Ve que Wagner chequea el vestíbulo en busca de *blades*.

—Estoy solo. Se te ha dado muy bien encontrar al chaval.

—Me llamo Robson. Ni «el chaval» ni Robbo. Robson.

—Sí, claro —dice Denny Mackenzie. Te pido disculpas. Y tú... —Se dirige al camarero—. No. Podría con todos los guardas de seguridad, pero no va a haber jaleo.

—¿Qué quieres? —pregunta Wagner.

—Me he enterado de que has venido desde Twe. Perdimos un montón de tragapolvos allí.

—Sí. ¿Qué quieres?

—Quería estar en Twe, pero soy el primer *blade* y eso me obliga a estar en Hadley. Salvo en las ocasiones en que Duncan necesita que le haga un recado. Quiere a Robson.

Wagner se interpone entre Robson y Denny Mackenzie.

—Muy encomiable, Wagner, pero no eres luchador —dice Denny—. Duncan quiere un cuerpecillo caliente que colocar entre tu hermano y tú. Tienes la boca abierta, Wagner. Estás mirándome de hito en hito. ¿De verdad no lo sabías? ¿Dónde te habías metido? Ah, sí, claro. Tu hermano es el Águila de la Luna. Lucas Corta.

—Lucas no...

—Creo que te encontrarás con que no está nada muerto. Duncan quiere un rehén. Lo que busca es la cabeza de Bryce; es demasiado Mackenzie para darse cuenta de que Lucas no es su enemigo. Sería idiota si se pusiera en contra del Águila de la Luna y de la LDC, como quiera que se llame ahora. No soy político, pero hasta yo me doy cuenta. Hay una forma de salir de esta, Wagner Corta.

—Estás en deuda conmigo, Denny Mackenzie, y te hago la tercera y última petición.

—Y te la concedo, Wagner Corta. —Denny Mackenzie se

saca el cuchillo de la funda del interior de la chaqueta de Armani y besa la hoja—. La deuda ya está pagada. —Vuelve a enfundar el cuchillo—. Vete lejos de aquí, Wagner Corta. De inmediato.

—Gracias —dice Wagner, y tiende la mano.

—No voy a estrechar una puta mano de Corta —dice Denny Mackenzie. Se dirige a la puerta y se vuelve en el umbral—. Robson: si puedes hacer trucos con las cartas, puedes hacerlos con el cuchillo. Piénsalo.

—¿Tío Lucas es el Águila de la Luna? —pregunta Robson.

—No lo entiendo —dice Wagner—. Pero lo entenderé. —«Vete lejos de aquí», ha dicho Denny Mackenzie. Lejos de los *blades* de Duncan Mackenzie; lejos de las maquinaciones de Lucas Corta. Lejos del amor, el calor y la camaradería de la manada. Lejos, donde espera un tipo de amor distinto.

—Vamos, lobezno.

Denny opina que el jardín de arena es una afectación ridícula. Algo en lo que los Sun desperdiciarían recursos y después se sentirían civilizados y superiores. Plano y relamido. El viejo Fern Gully le ponía la piel de gallina, con la humedad, el verde y las cosas vivas. Cuando entraba sentía que se le pegaban cosas. Había sido idea de Jade Sun, por la época en que al viejo Bob se le empezó a ir la cabeza. Los Mackenzie cavan; los Mackenzie funden. Nuestro trabajo es nuestro trabajo.

—Te he pedido que me trajeras a un niño de trece años —dice Duncan.

—He pagado una deuda.

—Necesitamos una baza contra Lucas Corta.

—He pagado una deuda.

—A un puto Corta.

—He pagado una deuda.

—Has fallado a tu puta familia.

Denny Mackenzie levanta la mano izquierda. Le falta el dedo meñique. La amputación ha sido breve y precisa, pero soportable. Sus ayudantes se apresuraron a esterilizar y cauterizar la herida, y rechazó los analgésicos. El dolor es soportable. Lo peor es la pérdida de sensación de los nervios cortados.

—¿Crees que basta con eso? —dice Duncan—. ¿Una estúpida deuda de honor y todo está arreglado? Te revoco todos los privilegios, accesos, derechos y permisos. Estás fuera. Ya no eres un Mackenzie. No tienes apellido. No tienes padre.

A Denny Mackenzie le oscilan las comisuras de los labios.

—Que así sea.

Los tacones resuenan contra las lajas de piedra mientras se aleja. Podría pasar por encima de los meticulosos círculos y ondas de arena esculpida. Mierda zen. Sería rastrero. Continúa por el camino. Los números dorados del chib se vuelven verdes. Respira, de momento. Lo único que necesita es suficiente aire para salir de Hadley.

El pasillo al que da el jardín de piedra está lleno de tragapolvos. Trácsups, ropa de trabajo o de deportes, los típicos leggings y sudaderas con capucha. Nada de retro de la década de 1980. Son trabajadores. Denny Mackenzie no mira las líneas de *blades* mientras camina entre ellas. Los nudillos acuden a las frentes para saludarlo. Tras él crece una oleada de aplausos que lo impulsa hacia delante.

Cierra fuertemente el puño izquierdo.

Mueve la cabeza casi imperceptiblemente cuando gira en el ascensor y se cierra la puerta.

En la estación espera un billete. Primera clase. Aún tiene el chib en verde. Sabe quién lo ha pagado. Ocupa su asiento en el vagón de observación. Cuando el tren sale del túnel se vuelve hacia Hadley y contempla la pirámide negra hasta que solo se ve el ápice, relumbrante con la luz de diez mil soles. Después, también eso se pierde tras el horizonte.

Sigue sin sensación en la herida de la mano izquierda.

Una esquirla, una lasca, el último arañazo de luz terrestre resplandece más allá de la ventanilla del tren. Robson está acurrucado en el asiento, con la boca abierta, babeando un poco, profundamente inconsciente. El sueño es el principal vehículo de la curación; cruza grandes distancias de renovación y regeneración. Wagner no puede dormir, pero no es la luz de los lobos lo que le quita el sueño. Ha volcado los últimos resquicios de concentración oscura en las noticias lunares y terrestres, los comentaristas, los columnistas, los foros y reportajes políticos. Empieza a entender qué ocurrió cuando Zehra y él realizaron la égira a través del mar de la Tranquilidad, en qué estuvo trabajando su hermano durante las dieciocho lunas transcurridas desde la caída de Corta Hélio y la destrucción de Boa Vista. Wagner fue al exilio y dos mundos creían que Lucas Corta había muerto.

Se da cuenta de que las guerras que impulsaron al poder a los Corta y los Vorontsov son escaramuzas de batallas que sacudirán la Luna hasta el frío corazón. Batallas filosóficas y políticas, sobre familias y privilegios, poder y dinastías, legislación y libertad, pasados y futuros.

El lobo sabio se pega al suelo.

Treinta minutos para el cruce de Hipatia, el transbordo a la lanzadera local de Teófilo, Analiese.

Robson se agita en sueños. Suelta un gemido y se apoya en Wagner, que lo rodea con el brazo. Está tan delgado y fibroso... No tiene nada blando ni redondeado. Robson se hunde más a fondo en el calor del cuerpo de Wagner, que reclina el asiento y se echa hacia atrás para contemplar el arco de la traicionera Tierra. Apoya la mejilla en el pelo de Robson. Eucalipto, mentol. Junípero. Bergamota, madera de sándalo, olíbano. Y Wagner Corta descubre que, a fin de cuentas, el sueño no es tan esquivo.

Los enganches se acoplan alrededor del taxi. Sun *nui shi* se aferra a una barra de seguridad y, al instante, Darius y ella están a decenas de metros de altura, subiendo por el lateral de la torre. El suelo boscoso de Reina del Sur se aleja, y cuando vuelven a respirar están a cientos de metros. Subiendo. Darius contempla por la burbuja transparente los centenares de torres de Reina del Sur, techos unidos a suelos. Tras las estrictas horizontales de Crucible y el laberinto de claroscuros del Palacio de la Luz Eterna. Un mundo vertical resulta emocionante. Aprieta las manos contra la burbuja. Ahora están a un kilómetro de altura, a un kilómetro y medio. El ascensor decelera y suelta el taxi en el nivel 100. El pequeño vehículo sin conductor circula por el carril exterior. No hay barandilla.

—¿Aquí? —El taxi ha aparcado frente a un cierre metálico anodino, industrial y desprovisto de distintivos físicos o virtuales. ¿Quién pone un almacén en el centésimo nivel de la torre Jin Mao?

—Aquí —dice Sun *nui shi*, y espera a que Darius le ofrezca la mano para ayudarla a salir. Cosa que hace diligente y espontáneamente. Un hombrecillo de piel aceitunada con una barba muy cuidada sale de una pequeña puerta de acceso, incrustada en la persiana. Darius se fija en el vestido. Primoroso, clásico, con un corte magnífico. Solo tiene que dar tres pasos para alcanzar a sus visitantes, pero esos pasos son tan medidos, elegantes y económicos como los de un bailarín.

—Sun *nui shi*... —Besa la mano de la anciana.

—Mariano... —El pulcro hombre hace una reverencia. Darius acepta la mano tendida y siente la fuerza y el tono muscular. Sonríe.

—Qué precavido es este.

—Un rasgo admirable en un Mackenzie —dice Sun *nui shi*—. Tienes un buen material al que dar forma.

—¿Qué pasa aquí? —pregunta Darius. Está a cien kilómetros de altura, en una carretera sin barandilla. Sus opciones de huida son limitadas—. ¿Quién es este hombre?

—Lo que pasa, querido, es el lento y deliberado resentimiento —dice Sun *nui shi*—. Los Corta me han humillado. No puedo tolerarlo. Devolver la humillación no es una venganza adecuada. Necesito un arma que les arranque el corazón del pecho, los cauterice, les arrebate cualquier esperanza de sucesión y los borre de la historia. Quiero que vean morir a sus hijos, el fin de su línea. Quiero que seas mi arma, Darius. Llevará tiempo, tal vez más del que me queda, pero me reconforta saber que, tras mi muerte, mi venganza caerá sobre ellos. A algunos les cuesta pronunciar esta palabra: venganza. Les parece que suena teatral, exagerada. Melodramática. En absoluto. Tienen la lengua demasiado blanda para ella. Aprópiate de la palabra. Prueba su sabor.

El figurín se inclina hacia Sun *nui shi*.

—Me llamo Mariano Gabriel Demaria y dirijo este establecimiento. Me responsabilizaré personalmente de tu formación, entrenamiento y educación, Darius. Aquí fabricamos armas. Bienvenido a la Escuela de las Siete Campanas.

Ninguno quiere ser el primero en hablar, pero alguien tiene que romper el hielo, en una situación tan extraña como la de siete desconocidos encerrados en una cápsula presurizada, en caída libre, lanzados por un cable de transferencia de momento lineal.

Primero, las risitas. La culpa del superviviente. «¡Lo conseguimos!» (Pese a que todo el mundo llegó de la misma forma; pese a que cada día viajan en esas cápsulas decenas de personas.) Después, las preguntas: «¿Estás bien?», «Sí, bien, ¿y tú?», «¿Todo el mundo está bien?», «¿Y Aurelia? ¿Está bien?».

—¿Marina? ¿Marina?

—Estoy bien —susurra. No lo está, no lo estará nunca. Nada volverá a estar bien. Ha perdido a la única persona a la que ha querido en su vida y la única que, lo sabe con la certeza del firmamento mientras la cápsula orbita en dirección al enorme ciclador de los Vorontsov, la ha querido a ella en su vida.

El escuadrón sale por la rampa de la esclusa principal. Las luces de los cascos lanzan largos haces oscilantes y arrancan a los desechos sombras angulosas, expresionistas. El alcance limitado de las luces no hace sino amplificar la vasta oscuridad que se extiende ante ellos.

La figura del traje rígido amarillo levanta una mano. El escuadrón se detiene: cinco tragapolvos en trácsup y otra figura con armadura lunar.

—Iluminación —dice Lucas Corta.

Los bots corren rampa abajo hacia la oscuridad. Luz: el techo derrumbado de un pabellón, columnas hechas añicos, árboles sin hojas congelados hasta el fuerte corazón. Poco después se enciende otra luz: de los labios carnosos y sensuales de Iansã cuelga una esquirla de hielo. Y otra: el curso rocoso de un río muerto, un césped congelado a gran velocidad. En un minuto, todo el túnel de lava está lleno de focos. Las caras de los orixás, con una teatral iluminación a ras del suelo, contemplan las ruinas de Boa Vista.

Lucas Corta oye la exclamación de sorpresa de Alexia por el canal común.

—¿Vivías aquí?

—Era el palacio de mi madre —dice Lucas.

Se desenvuelve bien con el traje rígido, piensa Lucas, para ser una Jo Moonbeam. Otra de sus manifiestas habilidades. La excusa de Lucas es que el esqueleto interno le sujeta la ruinosa musculatura. Es la primera vez que camina por el vacío desde que era pequeño. Desde que su madre lo llevó a contemplar la lejana Tierra. Cae en la cuenta de que no es así. Cinco metros a través del mar de la Fecundidad, desde el róver hasta la estación del cable orbital. Sin traje, sin oxígeno, sin despresurización. Su carrera lunar privada.

Baja por la rampa y pasa de largo el refugio. Luna llevó allí a Lucasinho y se las apañó para salvarle la vida. Lucasinho salió de Twe andando con Luna. Insensatos y geniales. Niños.

Al final de la rampa sale al césped seco. Las botas pulverizan la hierba congelada. La destrucción es mayor de lo que imaginaba: se da cuenta de que nunca había visualizado Boa Vista muerta, nunca había dejado vagar la mente hacia lo que ocurrió el día en que los *blades* de los Mackenzie hicieron estallar la esclusa de emergencia y vaciaron el palacio al vacío. La desolación, la muerte oscura, congelada, es mayor de lo que imaginaba, pero menor de lo que temía.

Nunca adoró Boa Vista, como la adoraban Rafa y Lousika, Luna y Lucasinho, Adriana. Él prefería João de Deus, a distancia de las exigencias y los dramas familiares, en su piso con terraza con vistas al *prospekt* Kondakova, con la mejor sala acústica de dos mundos. Ahora la carcasa vacía es suya y se la quedará. El mundo entero es suyo.

El escuadrón se apelotona a su alrededor. *Escoltas* elegidos uno a uno, todos ellos antiguos trabajadores de Corta Hélio.

—¿*Senhor* Corta?

—¿Cuándo podemos empezar?

Glosario

En la Luna se hablan muchos idiomas y el vocabulario adopta alegremente términos del chino, el portugués, el ruso, el yoruba, el castellano, el árabe y el acano.

A: contracción habitual de *asexual*.

***Abusua*:** grupo de personas que comparten ancestros por línea materna. AKA mantiene la tradición y el tabú de matrimonio para preservar la diversidad genética.

***Adinkra*:** símbolos visuales acanos que representan conceptos o aforismos.

Agrárium: campo de cultivo cilíndrico excavado en la Luna.

***Amor*:** amante o pareja.

Amórium: entramado de personas unidas sexual o sentimentalmente mediante contrato.

***Anjinho*:** «angelito». Apelativo cariñoso de los Corta.

***Banya*:** sauna y baño de vapor ruso.

Blackstar: trabajador de superficie de AKA (derivado del sobrenombre de la selección de fútbol ghanesa).

***Berçário*:** cuarto de los niños.

Chib: pequeño panel virtual de la lentilla interactiva que muestra el estado de las cuentas de los Cuatro Elementos del portador.

Coração: «corazón». Apelativo cariñoso.

Cuatro Elementos: aire, agua, carbono y datos: las necesidades básicas de la existencia en la Luna, que se abonan diariamente mediante el sistema de chibs.

Ekata: la unidad, la mente grupal de la manada de lobos.

Escolta: guardaespaldas.

Galah: cacatúa australiana de pecho rosado; en argot designa a un idiota ruidoso.

Globo: inglés simplificado con una pronunciación codificada identificable por las máquinas.

Gupshup: el principal canal de cotilleos de la red lunar.

Irmã / irmão: hermana / hermano.

Jo / Joe Moonbeam: recién llegada/o a la Luna.

Junshi: segundo al mando de los equipos de superficie de Taiyang.

Keji-oko: segundo cónyuge.

Kotoko: consejo rotatorio de AKA.

Kuozhao: mascarilla antipolvo.

Laoda: jefe de los equipos de superficie de Taiyang.

Laowei: término mandarín que designa a los no chinos.

Madrinha: gestadora; literalmente, «madrina».

Mãe / Mamãe: madre / mamá.

Malandragem: malandraje, malas artes.

Nana: título ashanti de respeto hacia los mayores

Nikah: contrato matrimonial. El término proviene del árabe.

Oko: cónyuge.

Omahene: consejero delegado de AKA; cargo rotativo cada ocho años.

Orixás: deidades y santos de la religión sincrética umbanda afrobrasileña.

Prospekt: avenida excavada en la Luna. Se divide en niveles verticales.

Quadra: conjunto de *prospekts* dispuestos en estrella.

Santinhos: «santitos». Gentilicio coloquial de João de Deus.

Saudade: melancolía. La añoranza agradable es un elemento sofisticado y esencial de la bossa nova.

Trácsup: traje de actividad de superficie.

Zabbaleen: recicladores de material orgánico, contratistas de la LDC, propietaria de todo el material orgánico.

Zashitnik: luchador contratado para los juicios por combate. Literalmente «defensor».

Calendario lunar

El calendario lunar se divide en doce lunas que llevan por nombre los signos del zodiaco: aries, tauro, géminis, cáncer, leo, virgo, libra, escorpión, sagitario, capricornio, acuario y piscis. Además, hay un día de año nuevo al principio de aries.

Los días de la luna se derivan del sistema hawaiano, consistente en dar a cada día el nombre de una fase lunar distinta. Por tanto, cada luna tiene treinta días, sin semanas.

 1: Hilo
 2: Hoaka
 3: Ku Kahi
 4: Ku Lua
 5: Ku Kolu
 6: Ku Pau
 7: Ole Ku Kahi
 8: Ole Ku Lua
 9: Ole Ku Kolu
10: Ole Ku Pau
11: Huna
12: Mohalu
13: Hua
14: Akua
15: Hoku
16: Mahealani

17: Kulua
18: Lā'au Kū Kahi
19: Lā'au Kuū Lua
20: Lā'au Pau
21: 'Ole Kū Kahi
22: 'Ole Kū Lua
23: 'Ole Pau
24: Kāloa Kū Kahi
25: Kāloa Kū Lua
26: Kāloa Pau
27: Kāne
28: Lono
29: Mauli
30: Muku